HEYNE
BÜCHER

Von Patricia Grasso sind
als Heyne-Taschenbücher erschienen:

Rose der Wüste · Band 04/203
Die Druidengöttin · Band 04/226

PATRICIA GRASSO

SMARAGDGRÜNER ZAUBER

Roman

Deutsche Erstausgabe

WILHELM HEYNE VERLAG
MÜNCHEN

HEYNE ROMANE FÜR »SIE«
Nr. 04/249

Titel der Originalausgabe
EMERALD ENCHANTMENT

Aus dem Amerikanischen
von Beate Darius

Printed in France 1998
Umschlagillustration: John Ennis / Agentur Schlück
Umschlaggestaltung: Atelier Ingrid Schütz, München
Satz: Fotosatz Prechtl, Passau
Druck und Bindung: Brodard & Taupin

ISBN 3-453-14596-8

PROLOG

London, im November 1563

»O'Neill!«

Beim Klang seines Namens wandte Hugh O'Neill sich um und spähte suchend durch den überfüllten Ballsaal des Whitehall-Palasts Ihrer Majestät, Königin Elizabeth. Ein distinguierter, grauhaariger Mann mittleren Alters bahnte sich langsam seinen Weg durch die Reihen elegant gekleideter Höflinge und kam auf ihn zu.

»Lord Fitzgerald?« Fragend streckte Hugh ihm seine Hand entgegen.

»Ja«, bestätigte ihm Fitzgerald knapp und schwieg, überrascht von der Erscheinung seines Gegenübers.

Der junge Ire mit dem glänzenden dunkelbraunen Haarschopf war stattliche ein Meter achtzig groß. Breitschultrig und schmalhüftig besaß er den muskulösen, durchtrainierten Körper eines Soldaten. Seine frische Gesichtsfarbe und die leuchtenden braunen Augen deuteten darauf hin, daß er sich bester Gesundheit erfreute und Sinn für Humor hatte.

Hugh O'Neill strahlte bereits mit seinen siebenundzwanzig Jahren eine unwiderstehliche Aura der Macht aus, die sich mit den Jahren sicherlich noch verstärken würde.

»Sind Sie gerade aus Irland eingetroffen?« fragte Hugh lächelnd, da ihn der prüfende Blick des älteren Mannes amüsierte.

Lord Fitzgerald nickte und ließ den Blick umherschweifen, um sicherzugehen, daß sie niemand belauschte. »Burke läßt Ihnen mitteilen, daß Ihr jüngster Cousin der O'Neill-Linie in Rosa bezaubernd aussehen wird. Sie spielen vielleicht mit dem Gedanken, ein Taufgeschenk zu überbringen.«

Als Hugh diese Neuigkeit erfuhr, grinste er breit. Sein Onkel Shane hatte also keinen männlichen Erben gezeugt, und der Anspruch auf Tyrone war auch für die Zukunft nicht sichergestellt. Ungewollt tauchte vor seinem geistigen Auge das Bild der Ehefrau seines Onkels auf — kupferrotes Haar, grüne Augen, so verletzlich jung. Da er die Launenhaftigkeit seines Onkels nur zu gut kannte, überkam ihn beinahe Mitgefühl für die kleine englische Schönheit, die ihn im vergangenen Jahr bei Hofe fasziniert hatte.

Beinahe.

»Wie bitte, Sir?« Hugh wurde bewußt, daß der andere Mann etwas gesagt hatte.

»Ich erwähnte gerade«, wiederholte Lord Fitzgerald, »daß meine Tochter Rita dort drüben steht. Ich möchte sie Ihnen vorstellen.«

»Es ist mir eine Ehre.«

Die beiden Iren bahnten sich einen Weg durch die Menge, wurden jedoch von Sir Henry Sidney aufgehalten. »Lord Burghley wünscht Sie zu sprechen«, sagte er an Hugh gerichtet.

Mit dem Versprechen, bald zu ihm zurückzukehren, entschuldigte sich Hugh und verließ gemeinsam mit Sir Henry den Saal. Schweigend gingen die beiden durch ein Gewirr schwach beleuchteter Gänge zu den Amtsräumen des Premierministers.

»Guten Abend«, begrüßte sie Burghley und bedeutete ihnen, sich zu setzen. Sir Henry und Hugh nahmen auf den Stühlen vor dem Schreibtisch Platz. »Die neueste Nachricht aus Irland lautet, daß Shane O'Neill ein Mädchen geboren wurde und nicht der ersehnte männliche Erbe«, sagte Burghley und beobachtete die Reaktion des jungen Mannes.

In einem Ausdruck überraschten Erstaunens öffneten sich Hughs Lippen. »Mich darüber in Kenntnis zu setzen, ist überaus freundlich von Ihrer Majestät«, meinte er. »Erhalte ich damit die Erlaubnis, nach Irland zurückzukehren und meinen rechtmäßigen Platz im Parlament wieder einzunehmen?«

»Dafür ist die Zeit noch nicht reif.« Lord Burghley, der sich auf seinen zumeist unfehlbaren Instinkt verließ, entschied, daß die Überraschung des jungen Mannes echt gewesen war. Die O'Neills hatten keine Spione in ihren Diensten. »Wir müssen Ihrem Onkel Zeit lassen, um sich mit den von uns ausgehandelten Bedingungen vertraut zu machen, andernfalls riskieren wir, die junge Kathryn Devereux in eine unhaltbare Position hineinzumanövrieren.«

»Ich sehne mich nach dem Tag, an dem ich meinen Sitz im Dubliner Parlament beanspruchen kann, um meiner Königin meine Loyalität zu beweisen«, sagte Hugh diplomatisch, »aber ich unterwerfe mich selbstverständlich der weitsichtigen Klugheit Ihrer Majestät.«

Lord Burghley lächelte erfreut. Wenigstens dieser O'Neill war der Krone treu ergeben.

1

Dublin, im April 1567

Der irische Nebel, so sinnierte er, *verhüllt die Taten der Heiligen und der Sünder gleichermaßen* ... Es war gut, endlich wieder zu Hause zu sein.

Während er sich den Weg durch die Straßen seiner Heimatstadt Dublin bahnte, genoß Hugh O'Neill das Gefühl des feuchten Nebels auf der Haut und dachte über die so sehnsüchtig erwartete Heimkehr nach.

Die Morde an seinem Vater Matthew O'Neill und an seinem Bruder Brian zu rächen, würden seine ersten Handlungen in Irland sein. Matthew, Shane O'Neills älterer, aber illegitimer Halbbruder, hatte mit Shane im Streit über den Führungsanspruch in Ulster gelegen, nachdem ihr Vater verstorben war. Das Dubliner Parlament hatte mit Matthews Sichtweise sympathisiert, wohingegen Shane sich in Ulster großer Beliebtheit erfreute. Die Fehde zwischen den beiden zerstrittenen Brüdern endete, als Shanes Männer Matthew aus einem Hinterhalt überfielen und ihn töteten.

Als nächstes würde Hughs Schwert seinen Cousin Turlough niederstrecken, um den Tod seines älteren Bruders Brian zu rächen. Während Shane sich in London aufgehalten hatte, um mit der Königin Friedensverhandlungen zu führen, hatte Turlough Brian ermordet. Ausgeführt im Auftrag von Shane, daran bestand für Hugh kein Zweifel.

Das beste an seinem beabsichtigten Rachefeldzug war die Tatsache, daß ihn die Engländer gewähren lassen würden; das Dubliner Parlament würde seinen Anspruch gegenüber Tyrone vorbehaltlos unterstützen. Da er in England aufgewachsen und Mitglied des Hofstaats gewesen war, hielt die Königin Hugh für loyal und hatte ihm ihren Segen mit auf den Weg gegeben.

»Tun Sie alles, um Ulster von unseren Feinden zu befreien«, hatte die Königin ihn ersucht.

Und das war der erste Fehler Ihrer Majestät gewesen, dachte Hugh. Selbst tausend Jahre in England hätten das Herz eines Iren nicht verändern können!

»Gütiger Himmel, wie ich das irische Wetter hasse«, beschwerte sich Sir Henry und unterbrach den Tagtraum seines Begleiters. »Erscheinen die Sonne und die Sterne hier denn niemals am Himmel?«

»Auch in England regnet es«, meinte Hugh begütigend.

»Ja, sicher, mein Freund, aber der englische Regen ist . . . ist . . .«

»Trockener?«

»Angenehmer«, beendete Sir Henry seinen Satz.

Die beiden Männer verließen die Straße und lenkten ihre Pferde auf den Privatweg, der zum Anwesen der O'Neills führte. »Habe ich Ihnen jemals erzählt«, fragte Hugh plötzlich, »wie meine Familie ihren Besitz erwarb, die Rote Hand von Ulster?«

»Nein, ich glaube nicht, daß ich diese Geschichte kenne.«

»In einem Wettstreit um die fruchtbarsten Ländereien Ulsters«, begann Hugh, »ruderten die Oberhäupter der O'Neills und der O'Donnells mit ihren Booten über den Lough Neagh. Wer als erster das andere Ufer berührte, war der Sieger. Als mein umtriebiger Vorfahre erkannte, daß er sich vermutlich würde geschlagen geben müssen, hackte er sich eine Hand ab, warf sie noch vor dem Eintreffen der O'Donnells an Land und erklärte sich zum Prinzen von Ulster.«

Sir Henry warf seinem Gefährten einen schiefen Seitenblick zu. »Reizende Geschichte.«

»Ich frage mich, wer von uns heutigen O'Neills noch ein solches Opfer brächte?«

»Nun, wenn Sie töricht genug sind, sich dazu hinreißen zu lassen«, konterte der Engländer, »nehmen Sie wenigstens nicht Ihre Schwerthand. Die brauchen Sie vielleicht noch.«

Hugh kicherte leise. »Danke für den Hinweis.«

Als sie die Halle des Herrenhauses betraten, war Hugh beruhigt, daß alles so war, wie es sein sollte. Das Haus nach Brians Tod neu auszustatten und den Hausstand aufrechtzuerhalten, war wirklich das Geld wert gewesen, das er dafür aufgewendet hatte.

Hugh führte Sir Henry ins Arbeitszimmer, schenkte zwei Gläser Whiskey ein und reichte eines dem Engländer. Dann klopfte es an der Tür, und als diese geöffnet wurde, gab sie den Blick auf eine unförmige Frau mittleren Alters frei.

»Peg?« fragte Hugh.

Die Haushälterin nickte und zog einen versiegelten Umschlag aus ihrer Tasche. »Der Gesandte des Vizekönigs hat diesen Brief heute für Sir Henry Sidney abgegeben.« Sie gab Hugh die Depesche, die dieser an Sir Henry weiterreichte. »Soll ich Ihnen etwas zu essen bringen?« fragte Peg, bevor sie sich zum Gehen wandte.

»Nein, wir brauchen heute abend nichts mehr«, sagte Hugh und entließ sie.

Nachdem er das Siegel aufgebrochen hatte, las Sir Henry die Mitteilung, dann blickte er lächelnd auf. »Der Vizekönig meint, daß für Sie augenblicklich keine Gefahr besteht. Shane O'Neill ist anderweitig beschäftigt.«

»Wo?«

»Ihr Onkel führt einen *Überraschungsangriff* gegen die O'Donnells aus.«

»Wie kann Russell das wissen?« fragte Hugh mit gleichgültigem Gesichtsausdruck.

Sir Henry zuckte die Schultern. »Sehr wahrscheinlich hat er einen taktisch geschickt plazierten Spion in Ulster.«

Ein taktisch geschickt plazierter Spion in Shanes Haus, dachte Hugh. *Vielleicht die reizende englische Braut? Oder ein unzufriedenes Familienmitglied?*

»Ich würde mich freuen, Sie heute nacht als Gast in meinem Hause zu wissen«, sagte Hugh einladend.

»Nein«, lehnte Sir Henry ab und griff nach seinem Umhang. »Russell will uns heute nacht auf Schloß Dublin treffen.«

»Heute nacht?« Hugh runzelte die Stirn, dann grinste er sein Gegenüber an. »Ich habe fünfzehn Jahre lang auf meine Heimkehr gewartet. Ich schätze, ein paar Stunden mehr machen da auch nichts mehr aus.«

In der Nähe des alten Bollwerks von Haskulf dem Dänen trotzte das Symbol englischer Macht in Irland. Schloß Dublin, ein riesiger, viereckiger Gebäudekomplex, war eine Festung, Regierungssitz, Gefängnis — das Herz der englischen Unterdrückung.

Hugh und Sir Henry folgten einem jungen englischen Soldaten, der mit seiner Laterne vorausging, durch ein Gewirr finsterer Gänge bis zu dem Sitzungssaal. Neugierig fragte sich Hugh, warum man sie zu solch später Stunde gerufen hatte. Handelte es sich wirklich um eine dringende Besprechung, oder erwartete ihn ein Attentat?

Ihr Führer klopfte an die Tür des Sitzungssaals, öffnete sie und schob die beiden in den Raum. Verwirrt lächelte Hugh die drei ihm vertrauten Männer an, die bei ihrem Eintreten aufblickten.

»Setzen Sie sich«, sagte Sir William Russell, Königin Elizabeths Vizekönig.

Mit einem begrüßenden Kopfnicken zu Lord Fitzgerald und Lord Burke vom Dubliner Parlament nahm Hugh am Tisch Platz und wandte sich an den Vizekönig. »Welche dringende Angelegenheit macht ein Treffen zu dieser späten Stunde erforderlich?« fragte er, während ihm ein Sekretär ein Glas Whiskey reichte.

»Ihr Sieg über Shane O'Neill ist für uns offenkundig«, antwortete Russell, dann nickte er seinem Sekretär zu, der die Tür öffnete und jemanden hereinwinkte.

Ein Kurier der MacDonnells betrat eilig den Raum. In seinen Händen hielt er einen übelriechenden Sack.

»Legt ihn auf den Tisch«, befahl der Vizekönig. Und dann: »Öffnet ihn.«

»*Großer Gott!*« entfuhr es Lord Fitzgerald.

»Verdammt«, murmelte Lord Burke.

Hugh wurde leichenblaß, als das finstere, vom Teer verunstaltete Haupt eines Mannes enthüllt wurde. »Wer ist das?« wollte er wissen.

Der Vizekönig zählte aus einer Schatztruhe tausend Taler ab und gab sie dem Kurier.

Der Sekretär begleitete den Gesandten der MacDonnells zur Tür.

»Sie erkennen Ihren eigenen Onkel Shane nicht wieder?« fragte der Vizekönig. Ohne eine Antwort abzuwarten, wandte er sich dem Sekretär zu und befahl: »Steckt das Haupt auf eine Pike und stellt sie am nordwestlichen Tor auf. Ganz Dublin soll die Bestrafung für Hochverrat gegen die Krone sehen.«

Für Sekundenbruchteile überrascht starrte Hugh auf das geteerte Haupt, doch dann gewann der stolze Hochmut der O'Neills wieder die Oberhand über ihn und brachte das Blut in seinen Adern zum Kochen. Seine Hand griff an seinen Dolch, doch Burke berührte freundlich warnend seinen Arm.

Ich wäre auf ehrbare Weise mit Shane fertig geworden, dachte Hugh, *hätte ihn in einer Form zu Grabe getragen, die einem gefallenen Prinzen von Ulster gebührt. Ich hätte seinen Körper nicht geschändet. Die Männer von Ulster haben ein gutes Gedächtnis; diese sinnlose Grausamkeit wird die Engländer mehr kosten, als sie zu zahlen bereit sind.*

»Nun?«, fragte der Vizekönig.

»Es ist uns schließlich gelungen, Shane O'Neill aus dem Feld zu räumen«, sagte Sir Henry zu Hugh, »und doch sehen Sie nicht gerade glücklich aus.«

Innerlich fletschte Hugh die Zähne, doch es gelang ihm, ein Lächeln auf seine Lippen zu zaubern. »Es ist alles in Ordnung auf dieser Welt, Henry, aber man ist meiner Rache zuvorgekommen.«

Der Vizekönig kicherte. »Wie ich sehr wohl weiß, wird Sie diese Enttäuschung nicht umbringen.«

Dungannon, Ulster, Irland

Shane O'Neill, der Hoffnungsträger der rebellischen Iren, war tot. Als trauerte der Himmel um sein Verscheiden, hingen triste Regenwolken am düsteren grauen Himmel.

Vollkommen in Schwarz gehüllt kniete Kathryn Devereux O'Neill am Grab ihres Mannes und versuchte zu beten, doch ihre Gedanken kreisten immer wieder um ihre ungewisse Zukunft. Shane war von ihr gegangen, und nun war sie gezwungen, sich allein durchzuschlagen und für ihre vierjährige Tochter sowie das Kind, das in ihr heranreifte, zu sorgen. Wie konnte sie ihren Kindern jemals erklären, daß dort in der Erde der geköpfte Leichnam ihres Vaters begraben lag? Oder daß Shanes eigener Cousin ihn betrogen und die Geschehnisse in die Wege geleitet hatte, die mit seinem brutalen Mord geendet hatten? Warum sollte sie ihnen andererseits aber nicht die Wahrheit sagen? Und wohin sollten sie gehen? Sollte sie zu ihrer Familie nach England zurückkehren oder sollte sie in diesem barbarischen Land ausharren, weil sie seinen Erben unter ihrem Herzen trug?

»Was soll ich nur tun?« schluchzte Kathryn voller Verzweiflung.

»Sprichst du mit mir, Mama?« fragte Maeve. Kathryns Tochter war eine Miniaturausgabe ihrer Mutter, das gleiche kupferrote Haar und die smaragdgrünen Augen.

»Ich spreche mit Papa«, antwortete Kathryn.

Das kleine Mädchen blickte sich um und sah dann wieder seine Mutter an. »Ich sehe Papa gar nicht.«

»Das bedeutet aber nicht, daß er nicht hier ist«, erwiderte Kathryn. »Du siehst auch die Sonne heute nicht, und trotzdem ist sie irgendwo am Himmel; und du kannst deinen kleinen Bruder nicht sehen, und doch ist er in meinem Bauch.«

»Ich habe schon so lange gewartet. Wann kann ich ihn endlich sehen?«

»Ich habe dir schon mehrmals gesagt«, erwiderte Kathryn, »daß er im Herbst bei uns sein wird.«

»Und Papa auch?«

»Nein, Papa ist im Himmel.« *Dafür stehen seine Chancen allerdings schlecht,* dachte Kathryn bei sich und reichte ihrer Tochter die Hand. Mit Maeve im Schlepptau verließ sie den Friedhof.

Patrick und Conal O'Donnelly, Ritter und Soldaten im Dienste Shane O'Neills, erwarteten Kathryn im Hof. »Ich zweifle nicht daran«, sagte Conal, »daß Turlough den Besitz O'Neills für sich beanspruchen wird und auf Dungannon Einzug hält.«

»Hugh ist in Dublin«, bemerkte Patrick, während er beobachtete, wie Kathryn und Maeve den Friedhofsweg entlang schlenderten. »Er besitzt mehr Rechte auf Tyrone als Turlough.«

»Wenn wir uns Hugh anschließen«, sagte Conal, »erhalten wir vielleicht die Gelegenheit, Shanes Tod zu rächen.«

»Was ist mit Katie und Maeve?« fragte Patrick mit einem schiefen Seitenblick auf seinen Bruder. »Wir haben geschworen, sie zu beschützen.«

»Katie wird in ihre Heimat zurückkehren«, sagte Conal. »Dungannon hat ihr nichts zu bieten, schon gar nicht, wenn Turlough auf der Bildfläche erscheint.«

»Glaubst du, daß Hugh uns dabei helfen wird, sie nach England zu bringen?«

»Ich weiß es nicht«, erwiderte Conal, »aber es ist einen Versuch wert. Du bleibst hier bei Katie, und ich werde nach Dublin reiten.«

Maeve, die die beiden Männer erspäht hatte, rannte auf ihren Lieblingsonkel aus der O'Neill-Familie zu. »*Onkel Patrick!*«, rief sie. Lachend fing Patrick sie mit seinen Armen auf.

»Papa ist jetzt im Himmel«, erzählte ihm Maeve. »Und

ich werde meinen kleinen Bruder sehen — ich habe nur vergessen, wann.«

»Ist das so?«

Maeve nickte. »Mama hat das gesagt.«

»Dann wird es wohl stimmen«, bestätigte Patrick. »Wie wär's mit einem Kuß?« Maeve drückte ihm einen feuchten Schmatzer auf die Lippen.

»Und was ist mit mir, Kleine?«, fragte Conal. Sich vorbeugend berührte Maeve widerwillig seine Wange, und Patrick grinste über die offensichtliche Abneigung gegenüber seinem Bruder.

»Wir haben eine dringende Angelegenheit zu besprechen«, sagte Patrick zu Kathryn.

Kathryn nahm ihm Maeve aus den Armen und setzte sie zu Boden. »Lauf ins Haus. Maude oder Polly werden dir etwas zu trinken geben.« Als das kleine Mädchen verschwunden war, blickte Kathryn die beiden Brüder erwartungsvoll an.

»Turlough wird nach Dungannon zurückkehren«, erklärte ihr Patrick.

»Bringt ihn um! Ich will seinen Tod.«

»So einfach ist das nicht«, sagte Conal. »Turlough wird der neue Clanchef der O'Neills.«

»Und was ist mit *meinem Kind?*«

»Shane hat Turlough zu seinem rechtmäßigen Nachfolger ernannt und hatte keine Gelegenheit, diese Entscheidung vor seinem Tod noch zu widerrufen«, erklärte Patrick. »Die Familie unterstützt ihn.«

»Turlough hat Shane hintergangen«, schrie Kathryn fassungslos. »Würden sich die O'Neills denn einem Verräter unterwerfen?«

»Sein Verrat ist unbewiesen«, warf Patrick ein. »Außerdem können die O'Neills nicht solange warten, bis Shanes Sohn geboren und erwachsen ist. Die Familie braucht einen Sippenführer, um die Engländer in Schach zu halten.«

»Sind meine Kinder in Gefahr?« fragte sie.

»Shanes Witwe und seinen Kindern etwas anzutun, würde selbst Turlough nicht wagen«, versicherte Conal ihr.

»Was soll ich tun?«

»Ruhe bewahren«, riet ihr Patrick, »zumindest solange, bis wir ermessen können, aus welcher Richtung der Wind weht.«

»Ich breche nach Dublin auf, um deine Flucht vorzubereiten«, meinte Conal, »falls du das für erforderlich hältst.«

»Tu nichts, was Turlough gegen dich aufbringen könnte«, warnte Patrick, während sein Bruder sich zum Gehen wandte.

»Was meinst du damit?« fragte Kathryn vorsichtig. Sie würde eher sterben, als sich diesem widerlichen Verräter hinzugeben, der versucht hatte, sie zu vergewaltigen.

»Ich meine«, antwortete Patrick, »daß du mit deiner schrecklichen kleinen Angewohnheit brechen solltest, diesen Mann zu quälen.«

Ein Lächeln glitt über ihre Lippen, das erste nach vielen Tagen. »Ich werde es versuchen«, versprach Kathryn, »aber es wird bestimmt nicht einfach werden. Bei Turlough, befürchte ich, gibt es nur Unterwerfung oder Gewalt.«

»Ich werde dir zur Seite stehen«, sagte Patrick.

Nachdem er mit halsbrecherischer Geschwindigkeit geritten war, erreichte Conal wenige Tage später Dublin, wo er erfuhr, daß Hugh das Haus bewohnte, das sein Großvater Conn O'Neill, erster Graf von Tyrone, für jene Zeitspannen hatte erbauen lassen, die seine Anwesenheit in Dublin erforderten. Er ritt zum Anwesen der O'Neills, und nachdem er der Haushälterin seinen Namen genannt hatte, ließ diese ihn eintreten.

Hugh, der eine unwiderstehliche Aura der Macht ausstrahlte, erhob sich von seinem Stuhl und trat hinter seinem Schreibtisch hervor, um dem Kurier der O'Neills entgegenzutreten. »Nun?« drängte Hugh, als Conal ihn schweigend betrachtete.

»Ich bin ein Verwandter, Conal O'Donnelly aus Ulster«, stellte sich Conal vor. »Shane O'Neill ist tot.«

»Ich weiß«, erwiderte Hugh und beobachtete das ihm bis dahin unbekannte Familienmitglied. »Es war mir unmöglich, seinen Kopf auf einer Pike zu übersehen.«

Conal fiel auf die Knie. »Ich versichere dich meiner und der Loyalität meines Bruders Patrick«, erklärte er förmlich.

»Steh auf«, sagte Hugh und streckte dem anderen seine Hand entgegen. »Dein Bruder war immer Shanes Favorit, und wenn ich mich recht entsinne, besaß er einen ausgeprägten Sinn für Humor.«

»Das ist Patrick. Er ist immer für einen Scherz zu haben, aber wehe, wenn sich sein beißender Spott gegen einen richtet.«

»Warum ist er nicht selbst gekommen, um mir seine Treue zu schwören?«

»Patrick ist auf Dungannon geblieben, um für das Wohlergehen von Shanes Witwe und deren Tochter zu sorgen«, antwortete Conal. »Wir versprachen Shane, uns um ihre Sicherheit zu kümmern.«

Das Bild der englischen Schönheit, der er einst einen Kuß abgerungen hatte, erschien vor Hughs geistigem Auge. *Zierlich und doch wohlgerundet — makellos weiße Haut, die nicht von Sommersprossen verunziert wurde — schimmerndes Haar, das an einen rotgoldenen Sonnenuntergang erinnerte — eine kleine Stupsnase über einem ansteckenden Lächeln — faszinierende smaragdgrüne Augen, die mit der grünen Landschaft Irlands wetteiferten.* »Wie geht es der Dame?« fragte Hugh.

Conal zuckte die Schultern. »Shanes Tod war ein furchtbarer Schlag für sie. Ihre Tochter Maeve ist vier, und Lady Kathryn erwartet erneut ein Kind.«

»Irgendwelche Neuigkeiten von Turlough?«

»Wir vermuten, daß er bald auf Dungannon einreiten wird und sich als rechtmäßiges neues Oberhaupt der O'Neills ausrufen läßt. Lady Kathryn haßt den Mann und befindet sich vielleicht sogar in Gefahr. Turloughs versuchte Vergewaltigung vor der Schlacht bei Farsetmore verursachte die Kluft zwischen Shane und ihm. Shane kehrte allerdings nie mehr nach Hause zurück und hatte somit keine Gelegenheit, einen anderen Nachfolger zu ernennen. Könntest du uns helfen, sie nach England zu schaffen?«

»Meine Haushälterin wird dir einen Raum zuweisen, in dem du dich ausruhen kannst, während ich diese Neuigkeiten auf mich wirken lasse«, meinte Hugh ausweichend und mit undurchsichtigem Gesichtsausdruck. »Wir sprechen uns morgen früh wieder.«

Nachdem Conal von Peg aus dem Raum geführt worden war, goß Hugh sich einen Whiskey ein und hob das Glas an seine Lippen. Dann ertönte ein Klopfen an der Tür. Auf sein Rufen wurde sie geöffnet, und Sir Henry Sidney trat ein. »Sind Sie bereit?« fragte der Engländer.

»Wofür?«

»Lord Fitzgerald erwartet uns.«

»Würden Sie mich bitte bei ihm entschuldigen?« meinte Hugh. »Ich habe gerade eine Mitteilung erhalten, die eine dringende Familienangelegenheit betrifft.« Als er den fragenden Gesichtsausdruck des Engländers bemerkte, fügte er hinzu: »Ich werde Ihnen davon berichten, sobald ich über die Sache nachgedacht habe.«

»Lady Fiona wird enttäuscht sein«, bemerkte Sir Henry. »Sie hatte gehofft, Ihre in London begonnene Freundschaft zu vertiefen.«

»Enttäuschung wird sie nicht gleich umbringen«, entgegnete Hugh, »oder so etwas Ähnliches sagte der Vizekönig einmal. Sagen Sie Fiona, daß ich sie bei nächster Gelegenheit besuchen werde.«

Mit einem Knurren akzeptierte Sir Henry Hughs Seitenhieb. »Wie Sie wünschen.«

Wieder allein leerte Hugh seinen Whiskey in einem Zug und schenkte sich ein weiteres Glas ein, dann ließ er sich in einen Sessel neben dem Kamin sinken. *Was soll ich hinsichtlich Shanes schwangerer Witwe unternehmen?* fragte er sich. *Sie Turlough überlassen oder ihr zur Flucht nach England verhelfen? Keine der beiden Möglichkeiten ist zufriedenstellend, wenn sie einen Jungen gebärt und mein Anspruch auf Tyrone damit in einer Sackgasse endet.*

Während er seinen Whiskey schlürfte, sinnierte Hugh über Kathryns Zukunft. Ein kühner Plan kam ihm plötzlich in den Sinn, dessen vollkommene Schlichtheit ihn zum Schmunzeln brachte.

»Ich weiß genau, was ich mit dir anstellen werde, Lady Kathryn«, murmelte er vor sich hin, »und du wirst mir dabei helfen.« Mit vor Vorfreude glänzenden dunklen Augen erhob sich Hugh und schlenderte zu seinem Schreibtisch; dann genehmigte er sich einen weiteren Whiskey und hob prostend sein Glas. »Auf Kathryn Devereux O'Neill — wenn in diesem Leben doch alle Probleme so einfach zu lösen wären!«

2

Nicht ahnend, daß sie und ihre Kinder ein wertvolles Pfand für die ehrgeizigen Ziele zweier ehrgeiziger Männer geworden waren, betrachtete Kathryn aus dem Fenster ihres Schlafgemachs den erwachenden Frühlingstag. Wer hätte gedacht, daß Shane an einem solch blühenden Morgen tot sein würde? Und, was noch schwerer ins Gewicht fiel, daß sie gezwungen war, Turlough allein gegenüberzutreten? Sie war nicht ganz allein, verbesserte sich Kathryn und blickte in den Hof hinunter.

Patrick, ständig auf der Hut, wie ein einsamer Engländer es in Ulster nur sein konnte, schritt dort unten im Kreise. Ein reitender Kundschafter hatte in der vergangenen Nacht auf Dungannon die Nachricht hinterlassen, daß man an diesem Morgen mit Turlough rechnen mußte. Daraufhin hatte Patrick Kathryn empfohlen, sich während des Tages nicht zu zeigen, so daß er zunächst Turloughs Absichten in Erfahrung bringen konnte. Patrick wollte vorgeben, daß sie sich aufgrund ihrer Schwangerschaft nicht wohl fühlte; zumindest während des Abendessens würde Kathryn allerdings anwesend sein müssen, ansonsten riskierte sie, Turloughs Unmut auf sich zu ziehen.

In der Ferne erspähte Kathryn einen Trupp herannahender Männer. Turloughs *gall-oglach* waren finster dreinblickende Soldaten. Söldnertrupps, die dafür bezahlt wurden, daß sie den Sippenführer der O'Neills mit ihren kraftstrotzenden Körpern beschützten. Die Männer trugen Kettenhemden, Eisenhelme, leuchtendbunt karierte, enge Kniehosen und Ledergamaschen. Das in die Stirn fallende Haar war kurz geschoren, wehte ihnen jedoch am Hinterkopf lang in den Nacken. Sie trugen Schwerter an den Hüften und schwangen Streitäxte in ihren Händen.

Patrick erblickte Kathryn und gab ihr ein Zeichen, daß sie vom Fenster verschwinden sollte. Geschwind eilte sie durchs Zimmer und warf sich auf ihr Bett.

Polly, ihre Kammerzofe, kam in das Schlafgemach gerannt. »Mylady«, flüsterte sie. »Turlough wird gleich hier sein.«

»Ja«, erwiderte Kathryn, »aber Flüstern ist nicht erforderlich.«

Maude, die Haushälterin auf Dungannon, betrat das Zimmer und warf einen Blick auf ihre Tochter. »Polly, hol den Nachttopf und leg Katie eine Kompresse auf die Stirn.« Dann wandte sie sich Kathryn zu und erklärte: »Es gibt nichts Reizloseres für einen Mann als eine kotzende Frau.« Daraufhin brachen Haushälterin und Zofe in haltloses Kichern aus.

Während der neue Clanchef der O'Neills gemächlich in den Hof von Dungannon einritt, begutachtete er alles ringsherum. Turlough war ein Hüne von einem Mann — mindestens einen Meter achtzig groß. Stattlich, aber nicht feist, zeugte seine muskulöse Erscheinung von vielen Jahren beständigen Trainings. Allein schon seine Größe vermittelte Respekt, wenn sie nicht sogar Furcht in den Reihen der tapfersten Soldaten heraufbeschwor. Von heller Haut, mit gefälligem, flachsblondem Schopf und blauen Augen, war Turlough außerdem ein recht attraktiver Mann. Wenn er lächelte, nahmen seine Gesichtszüge jungenhaften Charme an.

Alles, was Shane besessen hat, gehört jetzt mir, dachte Turlough voller Befriedigung, *außer dem einen kupferroten Frauenzimmer, aber auch daran werde ich bald etwas ändern.*

Patrick trat zu Turlough und sank auf ein Knie. »Ich versichere dich meiner Loyalität«, sagte er förmlich und ließ dabei das Gesicht des anderen Mannes nicht aus den Augen. Patrick hoffte, daß ihm Gott diese schreckliche Lüge verzeihen möge, denn der Verrat war das abscheulichste Verbrechen überhaupt.

Turlough zeigte sich überrascht. »Diese Worte klingen völlig anders als das, was du bei unserem letzten Zusammentreffen gesagt hast«, sagte er und genoß die Qualen seines Gegenübers.

»Als ältester O'Donnelly und Erbmarschall der Streitkräfte O'Neill gehört meine ungeteilte Loyalität selbstverständlich dem Clanchef der O'Neills, egal, wer das ist«, konterte Patrick. »Wenn du meinen Schwur akzeptierst, bist du dir meiner unerschütterlichen Standhaftigkeit und meines Schwertarms bis zum letzten Atemzug gewiß.«

»Ich kann einen Mann respektieren, der keinen Vertrauensbruch begehen will«, erwiderte Turlough. »Die O'Donnellys waren in den Diensten der O'Neills stets loyale Soldaten. Steh auf — ich hege keinen Groll gegen dich.«

Als sie die Halle des Hauptgebäudes betraten, konnte Turlough seinen drängenden Wunsch nicht länger bezähmen. »Hol Katie«, befahl er und ging auf das Arbeitszimmer zu.

»Das ist im Augenblick unmöglich«, erklärte ihm Patrick.

Abrupt blieb Turlough stehen. Er wirbelte herum, und seine Augen funkelten vor ungläubigem Zorn. Seine rechte Hand griff nach dem Schwert an seiner Seite.

»Es handelt sich dabei nicht um eine Respektlosigkeit«, fügte Patrick hastig hinzu, während seine Augen die Hand am Schwertknauf fixierten. »Das morgendliche Unwohlsein gehört zu den Leiden schwangerer Frauen. Lady Kathryn bittet um Entschuldigung, daß sie erst zu einer späteren Stunde erscheinen wird.«

»Ich habe fünf Jahre gewartet und keine Minute länger«, schnaubte Turlough und marschierte auf die Treppe zu. »Ausflüchte helfen ihr jetzt auch nicht weiter.«

Patrick mußte dem Drang widerstehen, diesem Mann die Kehle aufzuschlitzen; statt dessen stürmte er hinter ihm her und legte ihm beschwichtigend eine Hand auf seinen Arm. »Bevor du Katie siehst, muß ich mit dir reden«, sagte er, und als Turlough zögerte, fuhr er fort. »Außerdem ist eine unter Übelkeit leidende Frau so ziemlich der unattraktivste Anblick, der einem am Morgen begegnen kann. Es sei denn, du hättest vor, ihren Kopf zu halten?«

Als sie schließlich das Arbeitszimmer betreten hatten, setzte sich Turlough in den Lieblingssessel seines verblichenen Cousins. »Nun, worum geht es?« fragte er ungehalten.

Die Blicke der beiden Männer trafen sich. »Ich möchte deine Pläne für Katie erfahren«, sagte Patrick und war sich fast sicher, daß er damit sein Todesurteil unterschrieb.

»Das wagst du einen O'Neill zu fragen?« brüllte Turlough ihn ungläubig an.

»Ich möchte die Gewißheit, daß sie sich in Sicherheit befindet.«

»Ihr wird kein Leid geschehen«, erwiderte Turlough und fügte dann mit einem für ihn ungewöhnlichen Lächeln hinzu: »In der Tat beabsichtige ich, sie zu heiraten.«

Patrick war von dieser Aussage nur geringfügig überrascht. »Darf ich dir einen Rat geben?«

»*Du* willst *mich* im Umgang mit Frauen beraten?« Turlough argwöhnte, daß Patricks Verstand irgendwie gelitten hatte.

»Nein, das würde ich niemals wagen.« Patrick zwang sich zu einem schwachen Lächeln. »Seit Shanes Tod habe ich viele Stunden damit zugebracht, Katie zu trösten, und ich möchte dir den Rat geben, behutsam vorzugehen, wenn du es wirklich vorziehst, daß sie einverstanden ist.«

»Natürlich ziehe ich es vor, daß sie einverstanden ist«, unterbrach ihn Turlough, »aber ob mit ihrem Einverständnis oder ohne, ich werde sie bekommen.«

»Shanes Kind unter dem Herzen zu tragen, während ihr Mann dort auf dem Friedhof begraben liegt, läßt ihre Erscheinung trostlos wirken«, log Patrick. »Geh langsam vor und werbe bedächtig um sie.«

»Fürs Werben bleibt mir nicht die Zeit«, warf Turlough wütend ein. Als Clanchef der O'Neills verdiente er die umgehende Erfüllung seiner Wünsche.

»Wenn du es vorziehst, daß sie einverstanden ist, dann nimm dir die Zeit«, riet Patrick. »Katie ist sicherlich empfänglicher für Liebenswürdigkeit.«

Turlough blickte Patrick an und erwog dessen Worte. »Ich werde es einige Tage lang versuchen«, lenkte er schließlich ein.

»Katie vertraut mir«, fuhr Patrick fort. »Je länger du dir Zeit nimmst, desto mehr Gelegenheit habe ich, um ihr deine vielen Vorzüge näherzubringen.«

»Tu das«, stimmte Turlough zu, »aber ich werde nicht ewig warten.«

Kurz vor dem Abendessen schlüpfte Kathryn aus ihrem Zimmer. Als trauernde Witwe trug sie ein schwarzes

Kleid mit züchtig hochgeschlossenem Kragen, dessen einziger Schmuck eine weiße Spitzenkrause war. Die Blässe ihrer Haut stand im scharfen Gegensatz zu ihrem Kleid und ließ sie kränklich erscheinen. Ihr Haar war streng zurückgekämmt und geflochten zu einem Knoten im Nacken zusammengesteckt worden. Die dunklen Ringe unter ihren Augen zeugten von schlaflosen Nächten. Außer ihrem Trauring trug Kathryn keinen Schmuck, gleichwohl war ihre Schönheit unbenommen, lediglich ihre Zerbrechlichkeit stärker betont.

Sie schwebte die Treppe hinunter. Ihre Knie zitterten, doch ihre Miene war ausdruckslos. Am Treppenabsatz blieb sie einen Augenblick stehen, dann straffte sie in stolzer Entschlossenheit die Schultern und steuerte auf das Arbeitszimmer zu.

»Herein«, rief Turlough auf ihr Klopfen hin.

Kathryn erschauerte beim Klang seiner Stimme, öffnete jedoch die Tür.

Whiskey schlürfend hatte es sich Turlough in einem Sessel gemütlich gemacht, während seine Füße noch in den Stiefeln auf dem Schreibtisch ruhten. Bei diesem Anblick drohten Kathryns Beine zu versagen, und sie tastete haltsuchend nach der Tür.

Turlough sprang auf und verhinderte gerade noch, daß sie stürzte, dann rückte er ihr einen Stuhl zurecht. Er fiel vor ihr auf die Knie, und seine riesigen Hände ergriffen die ihren. »Es tut mir leid, was mit Shane passiert ist, und ich bedauere mein ungehöriges Verhalten zutiefst, als ich ...«

Als du versuchtest, mich zu vergewaltigen, dachte Kathryn.

»... meinem natürlichen, männlichen Begehren nachgab«, beendete er seinen Satz.

Kathryn nickte mit traurigem Gesichtsausdruck, doch tief in ihrem Innern wurde sie von Rachegefühlen geschüttelt. *Bastard!* fluchte sie heimlich. *Wenn du an Shanes Seite gekämpft hättest, hätte die Schlacht bei Farsetmore anders geendet, und Shane hätte nicht bei den MacDonnells auf Schloß*

Dunluce Zuflucht nehmen müssen. Sein Tod ist gleichermaßen ihnen wie dir zuzuschreiben.

Da sie sich sicher war, daß ihre Augen ihre Gedanken verrieten, senkte Kathryn den Blick und sah den Dolch, der in seinem Gürtel steckte. Einem mächtigen Drang widerstehend, ihm diesen zu entwenden und ihn tief in seine Brust zu stoßen, wandte sie den Blick ab.

»Als Oberhaupt der Familie«, fuhr Turlough fort und tätschelte ihre Hand, »schwöre ich bei allem, was heilig ist, daß ich dich und Shanes Kinder beschützen werde.«

»Beschützen?« wiederholte sie. »Aber wer würde uns denn etwas antun wollen?«

»Hugh O'Neill würde alles daransetzen, um der neue Graf von Tyrone zu werden«, erklärte ihr Turlough. »Der Tod von Shanes Kindern würde sicherlich seinen Zwecken dienen, und Englands Königin verzeiht ihrem geschätzten O'Neill beinahe jeden Verrat. Aber es besteht kein Anlaß zur Sorge. Ich werde persönlich für deine Sicherheit sorgen.«

Und wer wird uns vor dir beschützen? dachte Kathryn, sagte jedoch laut: »Was auch geschehen ist, ich habe immer gespürt, daß wir uns auf dich verlassen können.«

Von diesen Worten ermutigt blickte Turlough ihr tief in die unglaublich schönen Augen und war beinahe hypnotisiert von diesen smaragdgrünen Juwelen. Er sehnte sich danach, sie in seine Arme zu reißen, ihren Körper an den seinen zu schmiegen und sie zu besitzen, aber aufgrund von Patricks Rat widerstand er dem Drang und durchlitt die süßesten Qualen seines Lebens.

»Sollen wir das Abendessen einnehmen?« fragte Kathryn und brach den Zauber. Während sie an Turloughs Seite in dem riesigen Saal saß, starrte Kathryn auf die Tafel, auf der Brot, Butter und Honig im Überfluß standen. Nicht in der Lage, auch nur einen Bissen zu sich zu nehmen, beobachtete sie Turlough, der lächelnd ihren Weinkelch füllte. Kathryn zwang sich, sein Lächeln zu erwidern, dann führte sie ihr Glas zum Mund und nahm einen Schluck.

Maude trug den ersten Gang auf, der aus Gerstensuppe mit gekochtem Schweinefleisch bestand. »Sie sehen so prächtig wie immer aus, mein Junge«, machte sie Turlough auf kühnste Weise Komplimente.

»Und ich fühle mich noch besser, als es den Anschein hat«, brüstete er sich.

»Frühlingsgefühle?«

»Aber, Maudie! Wenn ich nur etwas älter wäre, wärst du in gewaltigen Schwierigkeiten.«

»Sie wären derjenige mit den Schwierigkeiten«, konterte Maude. »In meiner Jugend wurden die Priester reihenweise blaß, wenn sie mir die Beichte abnahmen.« Daraufhin schallte Turloughs grölendes Gelächter durch den gesamten Saal.

Gegen die Wand in der Nähe des Eingangs gelehnt, beobachtete Patrick die hohe Tafel während des gesamten Mahls und betete, daß Kathryn nicht wie die meisten Frauen reagieren und die Beherrschung verlieren würde. Zu seinem Mißfallen fiel ihm Kathryns Appetitlosigkeit auf. Als Turlough auf ihren Teller deutete und ihr etwas ins Ohr raunte, setzte Patricks Herzschlag beinahe aus, und seine Hand berührte den Knauf seines Dolchs. In der Gewißheit, daß sie ihrem Tod sehr nahe waren, beobachtete er mit gemischten Gefühlen, wie Kathryn sich erhob und den Saal verlassen wollte. Mitgefühl und Besorgnis spiegelten sich in Turloughs Gesichtszügen wider.

»Das Baby bereitet mir Übelkeit«, flüsterte Kathryn im Vorbeigehen Patrick zu.

Erleichtert nahm Patrick an der Wand eine entspannte Haltung ein und schloß die Augen. Die Gefahr würde am nächsten Tag erneut entbrennen und jeden weiteren Tag, solange es ihm nicht gelang, Kathryn von Dungannon fortzuschaffen.

»Da hast du mir einen schönen Rat gegeben.«

Beim Klang dieser Stimme riß Patrick die Augen auf.

»Dieses Werben ist eine mühselige Angelegenheit«, beschwerte sich Turlough. Dann fragte er mit leiser Stimme: »Kennst du keine entsprechende Frau?«

Patrick schmunzelte. »Du könntest Maura besuchen.«

»Maura?«

»Du weißt doch, Shanes Mätresse unten im Dorf.«

»Du hast mir heute gute Dienste geleistet«, sagte Turlough, erfreut von der Aussicht, Shanes Ehefrau und zusätzlich dessen Mätresse zu übernehmen. »Ich habe ein gutes Gedächtnis.«

Patrick grinste ihn an. »Dessen bin ich mir sicher.«

Nachdem Turlough aufgebrochen war, verließ Patrick unbeobachtet die Halle und ging nach oben. Ohne sich überhaupt die Mühe zu machen und anzuklopfen, schlüpfte er in eines der Gemächer und blieb abrupt stehen, denn der sich ihm bietende Anblick war bezaubernd.

Kathryn saß in einer Wanne vor dem Kamin, während Polly ihren Rücken wusch. Als sie ein Geräusch hörten, wirbelten beide Frauen herum. Kathryns Gesicht war von einer dunklen Röte überzogen, und mit einem heftigen Atemzug sank sie tiefer ins Wasser. Polly warf ihm einen vorwurfsvollen Blick zu.

Patrick schlenderte zu einem in der Nähe stehenden Stuhl. »Es tut mir leid, daß ich dich beim Bad stören muß«, entschuldigte er sich mit einem unwiderstehlichen Lächeln, »aber wir müssen miteinander reden, solange Turlough anderweitig beschäftigt ist.«

»Beschäftigt? Womit?« fragte Kathryn.

»Er besucht Maura.«

»Ich wußte, daß sie für irgendwas gut ist«, knurrte Polly.

»Turlough hat vor, dich zu heiraten«, berichtete Patrick.

»Ich soll ihn heiraten?« schrie Kathryn. »Das werde ich nicht tun, und er kann mich nicht dazu zwingen.«

»Das stimmt«, erwiderte Patrick, »aber er kann dafür sorgen, daß du bereust, es nicht getan zu haben.« Bei diesen Worten wurde Kathryn aschfahl.

»Ich habe ihm den Rat gegeben, es auf die langsame Tour mit dir zu versuchen«, fuhr er fort. »Versteh mich richtig, Kathryn. Alles hat einmal ein Ende. Willst du fortgehen oder bleiben?«

»Ich gehe fort«, antwortete sie ohne zu zögern. »Hast du irgend etwas von Conal gehört?«

»Noch nicht.« Patricks Blick fiel auf Polly. »Kommst du mit uns, Mädel?«

»Ich komme mit Ihnen.«

»Keine Briefe nach England, die unsere Ankunft ankündigen«, warnte Patrick Kathryn. »Und verärgere den Mann nicht. Wir spielen ein gefährliches Spiel, und nur die Gnade Gottes kann uns vor einer Entdeckung bewahren.«

Patrick erhob sich und durchquerte den Raum, um zur Tür zu gelangen; dort blieb er stehen und blickte sich noch einmal um. »Ich darf noch hinzufügen, Katie«, neckte er sie, »daß du eine verdammt aufreizende Kehrseite hast.« Noch ehe der Waschlappen sein Ziel erreicht hatte, war er verschwunden.

Während der darauffolgenden Tage gelang es Kathryn, Turlough fast völlig aus dem Weg zu gehen. Sie aß zwar jeden Abend mit ihm zusammen in dem riesigen Saal, zog sich aber bald darauf zum Schlafengehen zurück. Tagsüber beanspruchten ihn die Soldaten der O'Neills, und nachts war ihm Maura zu Willen.

Zu Kathryns Tagesablauf gehörte auch der allmorgendliche Spaziergang zum Friedhof. Sie glaubte, daß es ihre Pflicht sei, Shanes Grab zu besuchen und Gebete zur Erlösung seiner Seele zu sprechen. Daß sie guten Grund hatte, diesen Mann zu verachten, zählte nicht. Kathryn kniete trotz allem, was gewesen war, an seinem Grab, schmückte es regelmäßig mit einem Strauß frischer Blumen aus ihrem Garten und betete für seine verlorene Seele.

»Ach, wie wenig wußten wir vor all den vielen Jahren davon, daß sich deine Prophezeiungen bewahrheiten würden«, sagte Kathryn eines Morgens laut und war sich nicht bewußt, daß sie belauscht wurde.

»Hmhm!« hörte sie eine tiefe Stimme neben sich. Entsetzt wirbelte Kathryn herum und warf schützend die Hände vor ihren Körper, um einen Angriff abzuwehren.

»Ich wollte dir keine Angst einjagen«, entschuldigte sich Turlough, während er sich vor ihr aufbaute.

Unfähig, auch nur ein Wort herauszubringen, nickte Kathryn ihm grüßend zu. Eine Hand hielt sie an ihren wogenden Busen gepreßt, als könnte diese ihr rasend klopfendes Herz beruhigen.

»Von welchen Prophezeiungen sprichst du?« fragte er.

»Am Tage unserer Hochzeit«, sagte Kathryn atemlos, »bat Shane mich, ihm jeden Tag Blumen auf sein Grab zu legen. Es war ein Scherz.«

»Oder eine Vorahnung.« Turlough streckte seine Hand aus. »Komm mit mir. Ich möchte mit dir reden.« Er war ihr beim Aufstehen behilflich, und dann machten sie sich gemeinsam auf den Rückweg.

»Ein Kundschafter traf noch spät in der Nacht ein«, erklärte Turlough ihr im Arbeitszimmer. »Hugh O'Neill und seine Männer bereiten mir ständig Schwierigkeiten. Ich werde aufbrechen müssen und vermutlich zwei Wochen lang fort sein.«

Kathryns Lebensgeister regten sich aufgrund der Ankündigung seiner Abreise, aber ihr Gesichtsausdruck blieb unbeteiligt. »Welche Schwierigkeiten?« fragte sie.

»Nichts, worüber du dich aufregen solltest«, erwiderte er. »Patrick wird hierblieben, um für deine Sicherheit zu sorgen. Wenn ich nach Dungannon zurückkehre ...« Turlough zögerte einen Augenblick lang, dann zwang er sich zum Weitersprechen. »Aufgrund meiner Zuneigung zu Maeve und dir habe ich beschlossen, daß wir heiraten werden. Ich bin sicher, daß Shane es so gewollt hätte.«

Obwohl sie seine Pläne gekannt hatte, war Kathryn völlig verblüfft. Der Klang seiner Worte machte alles nur zu real. Er hatte ihren Ehemann hintergangen und das Bett seiner Geliebten geteilt. Nun wünschte er — *nein, er hatte es bereits beschlossen* —, sie zu heiraten! In dem Verlangen, ihm seine arrogante Kehle aufzuschlitzen, blickte Kathryn auf ihren Leib und versuchte, ihren Zorn zu unterdrücken.

»Ich kann deinen Antrag nicht annehmen«, sagte sie und blickte vorsichtig zu ihm auf.

Turloughs Augen glitzerten gefährlich.

»Andererseits«, fügte Kathryn rasch hinzu, »möchte ich deinen Antrag auch nicht ablehnen. Es ging nur alles so schnell. Ich bin so verwirrt.« In einer anrührenden Geste bedeckte sie ihr Gesicht mit beiden Händen und weinte.

Turlough, der sie trösten wollte, kniete vor ihr nieder und streichelte ihren Arm.

»Shane ist noch nicht lange tot«, flüsterte Kathryn. »Ein gesundes Kind zu gebären ist das einzige, woran ich jetzt denken kann. Kannst du diese Sorge einer Mutter verstehen?«

»Selbstverständlich.« Turlough war so vollkommen verärgert, daß er eher den Wunsch hatte, sie zu schlagen, als ihr den Hof zu machen. »Schwäche ist eine Eigenschaft der Frauen«, sagte er, »es ist ganz natürlich, daß du aufgewühlt bist. Überdenke mein Angebot. Die beste Medizin für dich ist vermutlich eine rasche Neuvermählung.«

Oder dein vorzeitiges Ableben, dachte Kathryn voller Häme, sagte jedoch mit einem zitternden Lächeln: »Ich verspreche dir, daß ich lange und ausgiebig darüber nachdenken werde.« Um ihn in Sicherheit zu wiegen, küßte sie ihn schüchtern auf seine Wange und murmelte: »Ich werde dich vermissen.«

Turlough zog sie an seine Brust; aus Furcht, sie zu verschrecken, ließ er es jedoch dabei bewenden.

An jenem warmen und sonnigen ersten Junitag standen Patrick und Kathryn gemeinsam im Hof und warteten darauf, Turlough Lebewohl zu sagen. Als er vor ihr stand, streckte ihm Kathryn ihre Hand entgegen und zwang sich zu einem heiteren Lächeln, das dem Tag alle Ehre gemacht hätte.

»Wir werden dich vermissen, besonders Maeve, die ihren Onkel Turlough inzwischen für den wichtigsten Mann in ihrem Leben hält.« Vor lauter Besorgnis, daß er sie küssen würde, oder, noch schlimmer, seinen Entschluß änderte, redete Kathryn immerfort. »Ich habe mir eine besondere Überraschung ausgedacht, um ihr den Verlust erträglicher zu machen.«

»Verlust?«

»Erst Shane, und jetzt mußt du abreisen.«

»Aber ich werde zurückkehren«, versicherte Turlough ihr.

Kathryn lächelte warmherzig. »Den Unterschied zu begreifen, ist für ein Kind schwierig.«

»Und was ist das für eine Überraschung?« fragte er.

»Ein Picknick.«

»Es ist gefährlich, hier umherzustreifen«, warnte Turlough.

»Wir werden nicht sehr weit gehen«, erklärte Kathryn und befürchtete schon, er würde seine Abreise verschieben. »Patrick und Polly werden uns begleiten.«

Turlough nickte zustimmend und zog sie an sich. Seine Lippen streiften die ihren und berührten dann ihre Wange. »Ich hoffe, daß mich Maeves Mutter ebenfalls vermissen wird«, flüsterte er ihr ins Ohr.

In einem Anflug vorgetäuschter Schüchternheit sah Kathryn weg. Lächelnd bemerkte Turlough, wie ihre Wangen von einem rosigen Hauch überzogen wurden. Dann bestieg er sein Pferd und setzte sich an der Spitze der Soldaten der O'Neills in Bewegung.

»Gut gemacht«, sagte Patrick und kicherte erleichtert. »Das hast du *sehr* gut gemacht, Katie.«

»Ich habe mein Gesicht heute schon einmal gewaschen«, beklagte sich Kathryn und wischte sich mit ihrem Ärmel über den Mund. »Jetzt muß ich es noch einmal gründlich waschen und hoffen, daß ich seine eklige Berührung vergesse.« Lachend bot ihr Patrick seinen Arm und führte sie zurück ins Haus.

Später brachen sie zu ihrem Ausflug auf. Sie verließen das Anwesen und machten einen gemütlichen Spaziergang; als Maeve müde wurde, hob Patrick sie zum Ausruhen auf seine Schultern. Auf Kathryns Frage, wie weit sie noch gehen müßten, wurde ihr gesagt, daß sie das hinreißende Plätzchen für ein Picknick schon bald erreichten. Nachdem sie eine Biegung hinter sich gelassen hatten, bemerkten sie eine Kutsche und zwei Männer, die ihnen auf der Straße entgegenkamen.

»*Conal!*« schrie Kathryn und rannte auf ihn zu.

Erleichtert, daß sie sich in Sicherheit befand, umarmte Conal sie, dann stellte er den anderen Mann als Sean vor und öffnete den Kutschenverschlag. Polly kletterte ins Innere, dann nahm sie Maeve aus Patricks Armen.

»Auf geht's«, sagte Patrick zu Kathryn gewandt.

»Ich verstehe das alles nicht«, sagte sie, verwirrt über das, was da geschah.

»Wir fahren nach England«, erklärte Conal ihr.

»Ich kann jetzt nicht einfach abreisen«, protestierte Kathryn. »Ich habe überhaupt nichts mitgenommen! Was ist mit meinen Sachen?«

»Wir könnten nicht heimlich fliehen, wenn wir auch noch deine Koffer packten«, wies Patrick sie zurecht. Diese sinnlose Verzögerung brachte sie alle in Lebensgefahr. »Steig ein und zwar schnell.«

Kathryn tat, wie ihr geheißen.

3

Dunkel und geheimnisvoll wölbte sich das sternenklare, nächtliche Firmament über Hugh O'Neill, als dieser den Hof betrat.

In einiger Entfernung bog eine Kutsche in den Weg ein,

der zu dem nebelumwölkten Anwesen führte. Als sie anhielt, eilte Hugh zu ihr und öffnete die Tür. »Patrick O'Donnelly?« fragte er.

»In Fleisch und Blut.«

Hugh musterte die anderen Insassen der Karosse und fixierte einen der Reisenden mit besonderer Aufmerksamkeit. »Ist sie krank?«

»Wir haben ihr ein leichtes Schlafmittel verabreicht«, antwortete Patrick. »Sie glaubt, daß wir in der Bucht von Barnstable ein Schiff genommen haben, und ich habe keine Lust, ihr die Wahrheit zu erklären.«

Hughs Blick fiel auf Maeve, die in Pollys Armen schlief. »Und das Kind?«

»Die ganze Aufregung hat sie müde gemacht.«

»Ich übernehme Lady Kathryn«, sagte Hugh. »Ihr kümmert euch um das Kind.«

Hugh streckte seine Hände aus und nahm Kathryn in die Arme, dann ging er auf das Herrenhaus zu. Instinktiv die Wärme seines Körpers suchend, schmiegte sich Kathryn an seine Brust. Diese intime Geste überraschte Hugh. Für Sekundenbruchteile hielt er inne und betrachtete das verletzlich schöne Gesicht, das ihn bereits in unzähligen Träumen angelächelt hatte.

Nachdem er die Treppen überwunden hatte, brachte Hugh sie in eine der Schlafkammern mit Blick auf die Gärten an der Rückseite und legte sie vorsichtig auf das Bett. Dicht hinter ihm wies Peg Patrick und Polly an, daß sie Maeve im Nebenzimmer unterbringen sollten.

Ich hoffe, daß sie ebenso leidenschaftlich wie schön ist, dachte Hugh, während er sich über sie beugte, um sie genauer zu betrachten. Behutsam streckte er eine Hand aus und strich ihr eine Locke ihres kupferroten Haars aus der Stirn.

Grüne Augen öffneten sich, und Kathryn blickte in das männliche Gesicht, das nur wenige Fingerbreit von dem ihren entfernt war. Ihre Augenlider schlossen sich erneut, und sie glitt in einen betäubten Schlaf.

Wie konnte diese bezaubernde Erscheinung seinen Onkel geliebt haben? fragte sich Hugh, und eine ihm unbekannte und gänzlich widerstrebende Eifersucht überkam ihn. Und wie war es ihr überhaupt gelungen, mit seinem launischen Temperament fertig zu werden?

Als durchlitte sie einen Alptraum, wimmerte Kathryn im Schlaf. Eine einsame Träne kullerte über ihre Wange.

»Ruh dich nur aus«, flüsterte Hugh und strich mit seinen Fingerspitzen die Träne fort. Seine tiefe, männliche Stimme schien sie zu beruhigen. Als er sich zum Gehen wandte, entdeckte er zu seiner großen Verärgerung, daß die anderen ihn neugierig anstarrten.

Am späten Vormittag des darauffolgenden Tages erwachte Kathryn schließlich. Erschöpft blickte sie sich im Raum um und betrachtete das kostbare Mobiliar. Bemerkenswert kostspielige Möbel für ein englisches Gasthaus, dachte sie, doch sie konnte sich nicht mehr an ihre Ankunft erinnern.

Trotz ihrer Benommenheit setzte Kathryn sich auf. Als ihr Blick auf das Nachthemd fiel, wunderte sie sich, warum sie ein fremdes Gewand trug. Wem gehörte es? Und warum konnte sie sich nicht mehr an ihre nächtliche Ankunft in diesem Gasthaus erinnern? Was geschah da mit ihr? Verlor sie ihren Verstand?

Polly öffnete die Zimmertür und sprach mit jemandem, der draußen wartete. Patrick trat ein, durchquerte den Raum und blieb am Fußende des Bettes stehen. In Kathryns Augen spiegelte sich Verwirrung, als sie ihn ansah.

»Katie ...« Patrick zögerte, denn er haßte die Aufgabe, die nun vor ihm lag. Kathryn legte ihren Kopf schief und betrachtete ihn wie durch einen Nebelschleier.

Unbemerkt stand Hugh auf der Türschwelle und beobachtete das sich ihm bietende Szenario. Sein scharfer Blick glitt über seine unwissende Geisel und bemerkte ihre Verwirrung. Kathryn schüttelte den Kopf, als müßte sie ihren Verstand wachrütteln, und ihr prächtiger Haarschopf umwirbelte sie dabei wie ein feuerroter Schleier.

Fasziniert von diesem Anblick lehnte sich Hugh entspannt gegen den Türrahmen.

»Katie«, fing Patrick erneut an, dann blickte er zur Tür. Kathryn, deren Augen seinem Blick gefolgt waren, entfuhr ein Seufzer der Überraschung.

»Guten Morgen«, sagte Hugh fröhlich.

»S-S-Sie!« Kathryn riß die Bettdecke bis zum Kinn hoch.

»Hugh O'Neill, mit Verlaub.« Mit übertriebener Höflichkeit verbeugte er sich vor ihr. »Ich bin überwältigt, daß Sie sich noch an mich erinnern.«

»Wo bin ich?« fragte Kathryn und wandte sich erneut Patrick zu.

»In Dublin«, antwortete dieser, die Unverfrorenheit des anderen Mannes innerlich verfluchend.

»Du hast mich betrogen! Du hinterhältiger, verlogener ...!« Kathryns Körper bebte vor Zorn. Ungeachtet ihrer dürftigen Bekleidung sprang sie aus dem Bett und baute sich wie ein feindlicher Krieger vor ihnen auf. Wie konnte sie ihnen am besten entfliehen?

»Hier ist der sicherste Ort für Maeve und dich«, versuchte ihr Patrick zu erklären. »Hugh ...«

»Schutz in der Höhle des Löwen suchen?« unterbrach ihn Kathryn schroff. »Du Holzkopf! Dieser O'Neill will mein Kind tot sehen.«

Mit einem Blick auf Polly befahl Kathryn: »Hol Maeve. Wir brechen auf.«

Hugh, der den Zornesausbruch seines Gastes genoß, schmunzelte innerlich und bedeutete Polly, Ruhe zu bewahren. Als Kathryn ihn wütend anstarrte, verwandelte sich sein Schmunzeln in schallendes Gelächter.

Kathryn griff nach dem Messingkerzenleuchter, der auf dem Nachttisch stand. Diesen umklammernd stürzte sie sich auf ihren Widersacher.

»Versuchen Sie, mich aufzuhalten«, drohte sie, »und ich werde Sie töten.«

Das Lachen erstarb. Reglos erwartete Hugh ihren Angriff, während sein Blick dem ihren standhielt.

»Gehen Sie beiseite«, schrie Kathryn völlig entsetzt über seinen passiven Widerstand. Sie holte mit dem Kerzenleuchter zum Schlag aus, doch Hugh packte ihr Handgelenk. Nur eine Handbreit voneinander entfernt prallten ihre zornigen Blicke aufeinander.

»Glauben Sie mir, Madam«, erklärte ihr Hugh, »wenn ich Ihren Tod gewollt hätte, wären Sie jetzt nicht hier.«

Als er bemerkte, wie Kathryns Gesichtsfarbe plötzlich das Grün ihrer Augen annahm, warf Hugh den Kerzenleuchter beiseite, umschlang ihre Taille und eilte mit ihr durch das Zimmer. Kathryns Magen rebellierte und leerte seinen wenigen Inhalt in den Nachttopf. Geschwächt lehnte sie ihr ganzes Gewicht gegen seine Beine.

»Sie werden sich bald besser fühlen«, versicherte ihr Hugh. »Das Schlafmittel hat eine Magenreizung verursacht.« Nachdem er ihr zurück ins Bett verholfen hatte, verließ er gemeinsam mit Patrick das Zimmer.

»Ich will meine Tochter sehen«, drängte Kathryn und versuchte aufzustehen.

»Maeve ist in Sicherheit.« Polly zwang ihre Herrin, sich wieder hinzulegen.

»Du hast von allem gewußt«, beschuldigte Kathryn sie.

»Wären Sie lieber bei Turlough geblieben?« entgegnete die junge Frau. »Wenigstens hat Hugh an Shanes Mord keinen Anteil gehabt.«

»Ach, geh weg.« Kathryn drehte ihr abweisend den Rücken zu und schlief sogleich wieder ein. Polly seufzte erleichtert auf. Das Schlimmste war überstanden. Das Gewitter war vorüber. Wenn sie nur Gewißheit hätte, daß die Entscheidung, Kathryn nach Dublin zu bringen, die richtige gewesen war.

Als die schweren Vorhänge am nächsten Morgen beiseite gezogen wurden, durchflutete helles Sonnenlicht den Raum. Gähnend kuschelte sich Kathryn tiefer in die Kissen.

»Es wird Zeit, daß Sie wieder von den Toten auferstehen«, mäkelte Polly laut.

»Hast du denn überhaupt kein Mitgefühl?« Kathryn bemühte sich aufzusitzen. Ein Klopfen an der Tür erregte ihre Aufmerksamkeit, doch noch bevor sie antworten konnte, flog diese auf.

Maeve eilte herein, sprang auf das Bett und umarmte ihre Mutter stürmisch. Kathryns Laune besserte sich erheblich, als sie das fröhliche Gesicht ihrer Tochter betrachtete. »Mir gefällt es hier«, erklärte ihr Maeve. »Onkel Hugh ist nett, nicht so wie Onkel Turlough.«

»Onkel Hugh?« wiederholte Kathryn und strich ihrer Tochter eine kupferrote Locke aus der Stirn. Sie zwang sich zu einem Lächeln. »Ich bin sehr froh, daß es dir hier gefällt, Liebes.«

»Onkel Hugh hat gesagt, daß ich einmal eine berühmte irische Königin werde«, fuhr das kleine Mädchen mit vor Aufregung glänzenden grünen Augen fort. »Eines Tages werde ich Königin von Irland. Das hat mir Onkel Hugh versprochen.«

»Wie schön!« Kathryn umarmte ihre Tochter. »Ich bin sicher, daß du die großartigste Königin aller Zeiten werden wirst, eine noch viel bessere als Elizabeth Tudor.«

»Elizabeth wer?«

Ein Kichern aus der Richtung der Tür zog ihre Aufmerksamkeit auf sich. Mit vor der Brust verschränkten Armen stand Hugh gegen den Türrahmen gelehnt. »Guten Morgen«, begrüßte er Kathryn. »Fühlen Sie sich besser?«

Da sie nicht wußte, wie sie sich verhalten sollte, starrte Kathryn ihn nur an. Mußte sie Angst vor ihm haben? Wenn er nichts Böses mit ihnen vorhatte, warum hatte er sie dann entführt?

Gut gebaut, befand Kathryn unbewußt Hughs äußere Erscheinung. *Mit strahlenden Augen, wenn er lacht — ein hinreißendes Lächeln . . .*

»Mama, sag guten Morgen, sonst bist du unhöflich«, schalt Maeve in unüberhörbarem Flüsterton.

»Guten Morgen.« Kathryn errötete über ihre abschweifenden Gedanken. »Es geht mir schon viel besser.«

Unaufgefordert trat Hugh ins Zimmer und schlenderte zum Fußende des Bettes.

»Komm *ruhig* rein, *Onkel* Hugh«, knurrte Kathryn zornig.

»Komm mit, Maeve«, sagte Polly. »Wir kümmern uns um das Frühstück und um ein Bad für deine Mutter.«

Als er Kathryn betrachtete, gefror Hughs Lächeln auf seinen Lippen. Pegs riesiges Nachthemd war verrutscht und hatte eine von Kathryns Schultern entblößt, was ihr eine verführerische Ausstrahlung verlieh.

Was, zum Teufel, geht eigentlich in mir vor? fragte er sich und spürte, wie seine Männlichkeit in Erregung geriet. *Schon viele Frauen haben mein Lager geteilt, und ich habe sie bestimmt nicht entführen müssen.*

Seufzend wandte Hugh seinen Blick ab, wurde aber sogleich wieder magisch von ihrer unwiderstehlichen Schulter angezogen. *Herr im Himmel!* betete er insgeheim. Sie war so verführerisch wie die Sünde!

Kathryn verfolgte seinen Blick. Tiefrot vor Zorn riß sie das heruntergerutschte Nachthemd hoch.

»Wir haben viel zu besprechen, aber ich bin fast den ganzen Tag unterwegs«, sagte Hugh und überlegte, ob diese rosige Schattierung wohl ihren gesamten Körper bedeckte ... Er räusperte sich und verbannte die Vorstellung aus seinen Gedanken. »Speisen Sie mit mir zu Abend?«

»Ganz wie Sie möchten.« Für die Abendstunden hatte Kathryn eigentlich andere Pläne als einen verlängerten Aufenthalt in Dublin und schon gar nicht den Wunsch auf ein gemeinsames Abendessen mit Hugh.

»Dann bis heute abend.« In der Gewißheit, daß sie letztlich doch nachgeben würde, wollte Hugh das Zimmer verlassen, blieb an der Schwelle jedoch noch einmal stehen. »Ihnen stehen sämtliche Räume des Hauses offen, aber unternehmen Sie keine unüberlegten Schritte. Sie werden genau beobachtet.« Dann war er verschwunden.

Kathryn lehnte sich ans Kopfende zurück und blickte auf die Tür. Was hat er eigentlich mit mir vor? Kann man ihn davon überzeugen, daß er mir zur Flucht nach England verhilft? Genau beobachtet? *Dieser hochnäsige Bastard!*

Verzweifelt über ihre erbärmliche Erscheinung blieb Kathryn auf dem Treppenabsatz stehen und versuchte eine vermeintliche Falte in ihrem Kleid zu glätten — dem Kleid, das sie auf ihrer Flucht aus Dungannon getragen hatte. Obwohl es frisch gereinigt und früher einmal eines ihrer Lieblingskleider gewesen war, war der Rock nun verschossen und das Leinenoberteil so einfach wie das einer Bäuerin geschnitten. Genau das, was man zu einem Picknick trägt, dachte sie mit einem traurigen Seufzen. Aber daran ließ sich jetzt nichts ändern.

Nicht ahnend, daß sie für alle Zeiten ihr Schicksal besiegeln sollte, straffte Kathryn ihre Schultern und setzte einen Fuß auf die Treppe. Während sie aufgewühlt die Stufen hinabging, wirbelten ihr die Gedanken im Kopf herum. *Was hat dieser O'Neill mit mir vor?* fragte sie sich bereits zum hundertsten Male. *Will er meine Zustimmung, daß er meinen Kindern ihre Geburtsrechte nimmt?* Sie würde ihm nichts gewähren. Andererseits, das mußte sie zugeben, war er freundlich gewesen. Vielleicht würde ihn weibliche Sanftmut überzeugen, daß er ihr zur Flucht nach England verhalf.

Zögernd blieb Kathryn am Fuß der Treppe stehen und blickte in die verlassene Halle. Auf einmal erschien Peg wie aus dem Nichts, bedachte sie mit einem aufmunternden Lächeln und begleitete sie dann in das herrschaftliche Speisezimmer.

Als sich die Tür öffnete, wandte sich Hugh lächelnd zu ihnen um. Mit seinen dunkelbraunen Kniehosen und dem cremeweißen Seidenhemd war Hugh einfach und doch elegant gekleidet. Seine braunen Augen glänzten, und seine rosige Gesichtshaut strotzte vor Gesundheit.

Kathryn wich seinem Blick aus und betrachtete statt

dessen das Zimmer. Maskuliner Geschmack beherrschte den Raum. Kostbare Wandteppiche mit Jagdszenen bedeckten die Wände, und schwere Portieren hingen vor den Fenstern. Um der kühlen Abendluft zu trotzen, knisterte ein flackerndes Feuer im Kamin. Hugh fühlte sich wohl in dieser kostbaren Umgebung, eine Tatsache, die Kathryn nicht entging.

Er durchquerte das Zimmer, bot ihr seinen Arm und führte sie zu ihrem Platz. »Sie sehen reizend aus, Mylady.«

»Ich muß mich für meine Garderobe entschuldigen«, sagte Kathryn hastig und errötete. Verglichen mit ihm war sie in Lumpen gehüllt. »Ich ... wir haben Dungannon in aller Eile verlassen und ...«

»Dieses Problem läßt sich leicht beheben«, unterbrach Hugh sie und machte eine beschwichtigende Geste mit seiner Hand. »Ich werde mich morgen früh darum kümmern.«

»Nein!« entfuhr es Kathryn. »Das ist nicht notwendig.«

»Ich bestehe darauf.« Hugh konnte beängstigend höflich sein, wenn er jemanden aus der Fassung zu bringen versuchte, damit er seinen Willen bekam.

Kathryn öffnete den Mund, um zu protestieren, wurde jedoch von Peg, die das Abendessen auftrug, daran gehindert. Die Haushälterin servierte ihnen gefülltes und gegrilltes Hühnchen, Salat, gedünsteten Lauch und Wein.

Kathryn entschied, daß es sicherlich einfacher wäre, ihn schläfrig und mit vollem Magen auf ihr Anliegen anzusprechen. Deshalb wandte sie ihre volle Aufmerksamkeit dem Essen zu, aß langsam und warf gelegentlich einen verstohlenen Seitenblick auf Hugh, dessen Augen unablässig auf ihr zu ruhen schienen.

Schließlich hielt sie es nicht mehr aus und fragte: »Was wollten Sie mit mir besprechen?«

»Geschäftliches und private Angelegenheiten miteinander zu verknüpfen, ist keine gute Vorgehensweise«, schalt Hugh sie mit einem ironischen Lächeln. »Sie müssen sich in Geduld wappnen, Mylady.«

Wie kann er sich erdreisten, mich zurechtzuweisen! dachte Kathryn plötzlich überaus verärgert. Da sie es jedoch nicht wagte, ihm zu widersprechen, brütete sie schweigend vor sich hin.

»Nach dem Abendessen haben wir noch Zeit genug, um diese Dinge zu bereden«, fügte Hugh hinzu. Als er den Weinkelch an seine Lippen hob, bemerkte er ihren aufgebrachten Gesichtsausdruck und hoffte nur, daß sie nicht explodierte.

»Ich bedanke mich für diesen Hinweis, Mylord«, erwiderte Kathryn lächelnd, denn sie hatte sich geschworen, höflich zu bleiben.

Hugh verschluckte sich an seinem Wein. Die Verachtung in ihrem Blick strafte ihre honigsüßen Worte Lügen. Hugh erkannte, daß er diese junge Frau unterschätzt hatte, die über eine ungeheure Selbstbeherrschung verfügte. Weil er dachte, daß er seine Pläne am besten enthüllte, wenn sie entspannt war, füllte Hugh ihren Weinkelch erneut.

»Man hat mir berichtet, daß Sie sich heute meine Stallungen angesehen haben«, bemerkte er höflich. »Nur keine dummen Gedanken, Mylady. Pferdediebstahl wird in Irland mit dem Tode bestraft.«

Daraufhin verschluckte sich Kathryn an ihrem Wein. »Ich glaube nicht, daß *Leihen* mit dem Tode bestraft wird«, konterte sie. »Außerdem ist es, wie Sie bereits erwähnten, eine schlechte Angewohnheit, Geschäftliches mit angenehmen Dingen zu verbinden.«

Hughs Lippen kräuselten sich vor Vergnügen. »Ich danke Ihnen für diesen Hinweis, Mylady. Bitte nennen Sie mich Hugh — wie alle meine Freunde. Und Sie?«

»Ich, Mylord?«

»Wie werden Sie von Ihren Freunden genannt?«

»Lady Kathryn.«

Hugh runzelte die Stirn. »Erzähl mir von dir, *Katie.*«

»Lady Kathryn. Sie erinnern sich?«

Hughs Lippen zuckten. »Erzählen Sie mir von Ihrem Leben in England und von Ihrer Familie, *Lady Kathryn.*«

»Da gibt es nicht viel zu erzählen«, antwortete sie. »Schloß Basildon gehörte den Devereux' bereits in der Tudorzeit, genauer gesagt, als noch der Großvater der Königin lebte. Als Dank für seine Loyalität und seine Dienste für die Tudors erhielt mein Urgroßvater die Erbin von Schloß Basildon, also meine Urgroßmutter, zur Frau. Mein Vater lernte meine Mutter in Frankreich kennen und heiratete sie dort, als er noch im Dienste des alten Königs Heinrich stand.« Kathryn, die für Sekundenbruchteile ihre Reserviertheit vergaß, lächelte und fügte hinzu: »Sie heirateten ohne die Einwilligung des Königs.«

Hugh grinste. »Ihr Vater muß ein mutiger Mann gewesen sein.«

Kathryn nickte. »König Heinrich, der die Liebe liebte, vergab seinem vierten und liebsten Cousin. Als Vater starb, wurden wir zu Schützlingen der Königin erklärt.«

»Wir?«

»Mein Bruder, meine Schwestern und ich.«

»Wie viele Schwestern haben Sie?«

»Zwei — beide sind jünger. Und was ist mit Ihnen?«

»Ich bin allein«, antwortete Hugh. »Die Politik des verblichenen Königs Heinrich forderte, daß die irischen Stammesführer ihre Söhne, freiwillig oder unfreiwillig, nach England zu schicken hatten, wo sie in einem der adligen Haushalte erzogen werden sollten. Zu Engländern geformt werden sollten, um es einmal so zu sagen.«

»Wenn Ihnen England soviel vertrauter ist, warum sind Sie dann nach Irland zurückgekehrt?« fragte Kathryn, obwohl sie die Antwort bereits ahnte.

»Mein Vater, Matthew, war Shanes Halbbruder«, erklärte Hugh ihr. »Sein *älterer* Halbbruder. Ein Gerücht besagte, daß Matthew ein Bastard war und deshalb nicht erbberechtigt, aber ob unehelich oder nicht, mein Großvater Conn O'Neill bestimmte meinen Vater zu seinem Nachfolger. Das Dubliner Parlament unterstützte seinen Anspruch auf Tyrone, wohingegen sich Shane reger Unterstützung in Ulster erfreute.«

Kathryn senkte ihren Blick. »Ich habe die Geschichte gehört.«

»Dann wissen Sie auch, daß Shanes Männer meinen Vater getötet haben, und als mein älterer Bruder seinen rechtmäßigen Titel beanspruchen wollte, mußte auch er überstürzt sterben.«

»H-hat mein Ehemann Ihren Bruder ge-getötet?« stammelte Kathryn.

»Shane war gerade am Hof der Tudors, als Brian starb«, erklärte Hugh und füllte ihr Weinglas nach.

»Wer hat Brian umgebracht?«

»Turlough.«

Bei dem Gedanken, daß ihr verstorbener Ehemann vermutlich die Ermordung befohlen hatte, verlor Kathryn ihren Appetit, zwang sich jedoch dazu, an ihrem Wein zu nippen. *Hughs Grolls gegen Shane war sicherlich berechtigt. Würde er sie und Maeve wegen seiner Grausamkeiten gegenüber diesem Mann jetzt töten?*

»Haben Sie ihn geliebt?« fragte Hugh abrupt.

»W-wie bitte?«

»Haben Sie meinen Onkel geliebt? Waren Sie glücklich?«

»Wie können Sie es wagen!« Kathryns auflodernder Zorn siegte über jede Furcht. »Meine Ehe mit Shane geht Sie überhaupt nichts an.«

Hugh grinste. »Mylady, ich muß Ihnen erneut für Ihre Zurechtweisung danken.«

Daraufhin verlief das Essen ohne weitere Auseinandersetzungen. Hugh, der nur noch beiläufige Themen anschnitt, gelang es, seinem schönen Gast das eine oder andere Lächeln abzuringen. Kathryns Weinkelch wurde nicht leer, und als das Abendessen beendet war, war sie leicht beschwipst. Hugh stand auf und bot ihr seinen Arm, dann geleitete er sie durch die Empfangshalle in sein Arbeitszimmer.

Vom Wein gelöst lobte Kathryn freimütig die Einrichtung des Zimmers. Ein Schreibtisch stand in der Nähe des Fensters, und gegenüber der Eingangstür befand sich ein Kamin, in dem behaglich ein Feuer prasselte. Zwei gemütliche Sessel standen davor.

Hugh rückte Kathryn einen Sessel zurecht, dann setzte er sich. Er betrachtete sie und überlegte, wie er am besten beginnen sollte.

»Warum hat man mich hierhergebracht?« fragte Kathryn und kam seiner Überlegung zuvor.

»Ihre Sicherheit zu gewährleisten, war von vorrangiger Bedeutung«, antwortete Hugh diplomatisch. »Der zweite Grund ist ... Wir werden sobald wie möglich heiraten.«

Nicht schon wieder, dachte Kathryn. Ihr Schwur von weiblicher Höflichkeit kam ihr in den Sinn. »Entschuldigen Sie bitte«, sagte sie, »aber sind Sie von allen guten Geistern verlassen?«

»Sie werden mich heiraten«, wiederholte Hugh, mit eindringlicher Stimme jedes Wort betonend.

»Die Ignoranz scheint wohl in der Familie zu liegen«, schnappte Kathryn zurück.

»In Ihrer oder meiner?« konterte Hugh.

»Ich habe weder die Absicht, Haarspalterei mit Ihnen zu betreiben noch Sie zu heiraten.« Kathryn funkelte ihn an, doch der grimmige Zug um seine Lippen ängstigte sie. Ihren Häscher gegen sich aufzubringen, war äußerst riskant.

»Bitte verstehen Sie mich«, bat sie. »Ich bin erst seit kurzem Witwe und habe nicht den Wunsch, erneut zu heiraten.«

»Eine Witwenschaft mit baldiger Wiederheirat ist vielen anderen Dingen bei weitem vorzuziehen«, sagte Hugh kühl. »Stimmen Sie mir da zu?«

»Soll das eine Drohung sein?«

»Um Himmels willen!« *Einmal ist sie sanft wie ein Lamm,* dachte Hugh mit wachsendem Unmut, *dann wieder der zänkischste Drache — je nachdem, wie sie ihren Kopf am besten durchsetzen kann.* Er atmete mehrmals tief ein, beruhigte sich wieder und fuhr dann fort. »Ich meine, Gräfin von

Tyrone zu sein, ist doch der Tatsache, heimatlos oder Turloughs Gnade ausgeliefert zu sein, allemal vorzuziehen.«

»Gräfin von Tyrone?« wiederholte Kathryn. »Sie sprechen in Rätseln.«

»Hören Sie mir gut zu«, sagte Hugh und beugte sich in seinem Sessel vor. »Für Sie ist kein Platz in England. Ihre Mutter hat wieder geheiratet, und wenn Ihr Bruder erwachsen und verheiratet ist, übernimmt seine Frau auf Schloß Basildon das Regiment. Sie wären nur die arme, unglückselige Verwandte. Die Königin verheiratet Sie vielleicht mit einem Engländer, aber würde der Ihre Kinder versorgen, die von einem irischen Rebellen gezeugt wurden?« Einen kurzen Augenblick lang hingen seine Worte im Raum, dann gab Hugh zu: »Eine Verbindung zwischen uns wäre für uns beide von Vorteil.«

»Wieso?« fragte Kathryn.

»Die Königin weigerte sich wegen Shane, mir den Grafentitel zu verleihen«, erwiderte Hugh, »und im umgekehrten Fall war es natürlich ebenso.« Da er ihr nur ungern Versprechungen machte, erhob sich Hugh und ging langsam auf seinen Schreibtisch zu, wo er sich ein Glas Whiskey einschenkte und sich dann zu ihr umdrehte. »Wenn wir heiraten, wird die Königin mir den Titel eines Grafen von Tyrone zuerkennen, und wenn Sie einem Sohn das Leben schenken, werde ich ihn zu meinem Erben erklären.«

»Die Königin ist keine Närrin«, sagte Kathryn. »Sie würde uns die Heiratserlaubnis verweigern.«

»Was verleitet Sie zu der Annahme, daß ich diese nicht bereits habe?« konterte Hugh.

»Wenn es, wie Sie sagen, für meine Kinder und mich keinen Platz in England gibt«, erwiderte Kathryn, »könnte ich nach Dungannon zurückkehren. Schließlich wird mein Sohn das Anwesen ohnehin erben.«

»Zu Turlough zurückkehren? Das glaube ich kaum.«

»Turlough will nur, was Shane gehört hat«, erklärte sie ihm.

»Sehr einleuchtend«, sagte Hugh, ihre Logik bewundernd. »Frauen von ungewöhnlicher Schönheit und dazu noch mit scharfem Verstand sind selten.«

Aufgrund seines unverschämten Verhaltens kochte Kathryn innerlich, und ihr entfuhr eine gelungene Version eines irischen Verses: »Ach ist das schön, ich find' den selt'nen Mann, der beides akzeptieren kann.«

»Es war als Kompliment gemeint«, sagte Hugh, der sich nicht provozieren lassen wollte. »Turlough ist das neue Oberhaupt der O'Neills und will Sie, wie mir berichtet wurde, heiraten. Wenn Sie nach Dungannon zurückkehren, wird er Sie entweder heiraten oder er läßt Sie umbringen.«

Das stimmte. Patrick hatte so etwas angedeutet. Kathryn ahnte, daß sie dieses Wortgefecht verlor. »Warum sollten Sie ausgerechnet Shanes Witwe und deren Kindern helfen?« fragte sie. »Er hat Ihren Vater umgebracht und vermutlich auch den Tod Ihres Bruders befohlen.«

»Uns bleibt keine andere Wahl. Gemeinsam werden wir siegen; wenn wir getrennte Wege gehen, werden wir uns gegenseitig vernichten.«

Kathryn erhob sich, schritt durch den Raum und blieb vor ihm stehen. »Sie würden Shanes Sohn wirklich zu Ihrem rechtmäßigen Erben erklären?«

»Ja.«

Kathryn wandte sich ab und dachte einen langen Augenblick über seine Worte nach. »Ich werde es mir überlegen«, sagte sie schließlich.

Hughs Hand schoß nach vorne und wirbelte sie zu sich herum. Ihre Körper waren nur wenige verlangende Zentimeter voneinander entfernt. »Das werden Sie«, beharrte er.

»Ja, ich werde es mir überlegen.« Kathryn versuchte, sich ihm zu entziehen.

Hugh ließ seine Hand sinken und gab sie frei; als er sprach, klang seine Stimme sanft und überzeugend. »Uns bleibt keine Zeit für lange Überlegungen. Ich könnte

Sie zur Frau nehmen, noch ehe Turlough Sie nach Dungannon zurückholt.«

Kathryn zögerte. An diese Möglichkeit hatte sie nicht gedacht. Welche andere Wahl hatte sie noch? »Sie würden eine rechtlich bindende Vereinbarung unterzeichnen, in der Shanes Sohn zu Ihrem Erben ernannt wird?« fragte sie.

»Das habe ich bereits gesagt«, erwiderte Hugh und wußte, daß er gewonnen hatte.

»Im Beisein entsprechender Zeugen?«

»Ja.« Hughs Blick fiel auf ihre Brüste, und für Sekundenbruchteile dachte er an die vielen langen Nächte, die sie als Ehepaar gemeinsam verbringen würden.

»Wenn ich einverstanden wäre«, fragte Kathryn und erkannte diesen Blick, »was ist dann mit der eigentlichen Eheschließung?«

»Ich verstehe nicht.«

Aufgebracht wandte Kathryn sich ab und dachte über ihre Worte nach, dann lenkte sie ein. »Ich ... ich nehme an, daß es sich bei dieser Heirat lediglich um eine reine Formsache handelt.«

»Diese Annahme ist unzutreffend, Mylady. Die Heirat entspricht den Tatsachen.« Als sie seinem Blick ausweichen wollte, zwang Hugh sie sanft dazu, ihn anzusehen. Sein Tonfall hatte etwas Endgültiges, war aber nicht unfreundlich. »Sie werden hier mit mir zusammenleben, in meinem Bett schlafen und meine Kinder gebären. Unsere Ehe wird vollzogen. Sie wissen, daß das so sein muß.«

Verunsichert von seinen Worten, seiner Nähe, seiner maskulinen Ausstrahlung, stammelte Kathryn: »V-v-vollzogen, wenn mein S-sohn ge-geboren ist.«

»Nein, direkt nach der Trauungszeremonie.«

»Ich lehne es ab, daß mein ungeborenes Kind gestört wird.«

Ihren Mut bewundernd sann Hugh über ihre Worte nach, und er ertappte sich kurz bei dem Gedanken, welche Farbe ihre Augen annahmen, wenn sie zornig war.

»Ein Kompromiß ist sicherlich machbar«, lenkte er ein. »Unsere Ehe wird im Anschluß an die Trauung vollzogen, und dann werde ich warten, bis Sie sich von der Entbindung erholt haben. Das ist ein mehr als großzügiges Angebot.«

»Sind Sie bereit, dieses Angebot durch eine rechtlich bindende Vereinbarung zu besiegeln?«

»Nein, Madam, das bin ich nicht«, brüllte Hugh und fixierte ihre grünen Hexenaugen. »Mein Privatleben, oder wie auch immer Sie es nennen wollen, geht niemanden etwas an.« *Gütiger Jesus! Sie war eine hinterhältige Schlange, die sich als Engländerin ausgab!* Wie sie die unberechenbare Launenhaftigkeit seines Onkels überlebt hatte, würde ihm immer ein Rätsel bleiben. »Und was, zum Teufel, starren Sie da ununterbrochen an?«

»Den Schaum.«

»Den Schaum?«

»Ja«, erwiderte Kathryn, ganz geheuchelte Unschuld. »Wissen Sie, die wenigen Verrückten, die ich mit Schaum vor dem Mund gesehen habe, nun, es interessiert mich ... Ach, Entschuldigung, wenn ich Sie beleidigt habe.«

Hugh war es nicht gewohnt, seine Beherrschung zu verlieren, doch diesmal gelang es ihm nur mit Mühe, seine Fassung zu bewahren. Leise zählte er bis zehn, dann weiter bis dreißig, damit er seine guten Manieren nicht vergaß.

»Selbst wenn Sie sich mir zu Füßen werfen und um meine Aufmerksamkeiten betteln«, gelobte er, »werden Sie diese nicht bekommen, bevor das Baby nicht geboren ist. Darauf gebe ich Ihnen mein Wort als Ehrenmann.« Er musterte sie kurz von Kopf bis Fuß, dann fügte er hinzu: »Das dürfte mir auch nicht schwerfallen.«

Kathryn lächelte ihn affektiert an und wandte sich von ihm ab. Sie wußte, daß die Heirat für sie bedeutete, sich seinen Launen und Leidenschaften zu unterwerfen. Wenn sie doch nur heimkehren könnte ... Aber Tyrone stand ihrem Sohn laut Geburtsrecht zu, und sie wollte, daß er es erbte. Was sollte sie also tun? Besser diesen O'Neill als Turlough oder irgendeinen ihr unbekannten Engländer, überlegte sie.

Kathryn wirbelte herum, und diese plötzliche Bewegung kam für Hugh, der bewundernd ihre Kehrseite begutachtet hatte, völlig überraschend. Ihre Augen verengten sich zu Schlitzen über diese Unverschämtheit, aber sie sagte nichts. Erneut trat sie auf ihn zu.

»Einverstanden«, stimmte Kathryn zu.

Hugh entspannte sich und lächelte. »Sollen wir den Handel mit einem Kuß besiegeln?«

Kathryn versteifte sich und wich einen kleinen Schritt zurück. »Wenn der Vertrag unterzeichnet ist«, erwiderte sie eisig.

Als er in ihr stolz erhobenes Gesicht blickte, war es um Hugh geschehen. Ihre Augen spiegelten die grüne Insel Irland wider, überschwenglich und einladend brachten sie sein Blut in Wallung und verzauberten ihn. Er trat einen Schritt vor, sein Gesicht kam dem ihren immer näher, bis sein Mund schließlich ihre Lippen berührte, sich vortastete, kostete und ihre Süße schmeckte.

Unfähig, sich zu bewegen, spürte Kathryn, wie sie seinem Zauber verfiel, wie ein Prickeln ihre Sinne durchströmte. Hughs Hand, die ihren Nacken umschlungen hielt, hinderte sie daran, sich ihm zu entziehen.

»Lassen Sie mich los«, hauchte sie.

Niemals.

Erst als Hugh die kalte Berührung der Stahlklinge an seiner Gurgel spürte, unterbrach er abrupt seinen Kuß. »Wie . . .?«

»Ich habe es beim Essen mitgehen lassen.« Kathryn hielt das Messer umklammert und trat einige Schritte zurück, ihr Blick hing jedoch wie gebannt an seinen Lippen. Was war eigentlich in sie gefahren? Den letzten Rest ihrer Würde zusammennehmend reichte Kathryn ihm das Messer, dann drehte sie sich auf dem Absatz um und verließ den Raum. Gemessenen Schrittes ging sie durch die

Eingangshalle, dann hastete sie, verfolgt von Hughs dröhnendem Gelächter, in Windeseile die Treppe hinauf.

Schön, mutig und intelligent, überlegte Hugh schwärmerisch und bewunderte Kathryns Auftreten. Eine Engländerin, die diese drei bewundernswerten Eigenschaften besaß, war ihm bislang noch nie begegnet. Jetzt befand sie sich sogar in seinem eigenen Haus und würde bald seine Ehefrau! Eines wußte Hugh mit absoluter Bestimmtheit. Das Zusammenleben mit diesem temperamentvollen Wesen würde sicherlich nie langweilig werden.

4

Am nächsten Morgen nahm Hugh gemeinsam mit Patrick, Conal und Sean das Frühstück ein. Als Peg das Speisezimmer betrat, um das Geschirr abzuräumen, bat Hugh sie, sich zu ihnen zu setzen. Er hatte eine wichtige Neuigkeit mitzuteilen. Erwartungsvoll blickten ihn vier Augenpaare an.

»Lady Kathryn und ich werden sobald wie möglich heiraten«, erklärte ihnen Hugh. Seiner Ankündigung folgte betretenes Schweigen.

Patrick erholte sich als erster. »Weiß *sie* schon davon?« fragte er trocken.

»Sie hat meinen Antrag gestern abend angenommen.« Mit einem verstohlenen Blick auf seine Zuhörer fügte Hugh hinzu: »Offensichtlich verfügt Lady Kathryn nicht nur über Schönheit *und* Intelligenz, sondern auch über einen guten Geschmack.« Befreiendes Gelächter entfuhr den Männern, und Hugh stimmte gutgelaunt mit ein.

»Ich habe Fiona Fitzgeralds Schneiderin benachrichtigt«, sagte Hugh an Peg gerichtet. »Wenn Madame Bujold eintrifft, führe sie bitte nach oben zu Lady Kathryn.«

»Hast du die arme Frau mitten in der Nacht geweckt?« fragte Patrick.

»Nein.« Hugh grinste breit. »Ich habe ihr bereits gestern eine Nachricht gesandt.«

Die vier Männer lachten anzüglich, doch Peg hatte für ihre männliche Arroganz wenig übrig.

»Spar dir deine Bemerkung«, sagte Hugh, der ihr mißfälliges Stirnrunzeln bemerkt hatte. »Können wir innerhalb der nächsten zwei Wochen einen kleinen Empfang vorbereiten?«

»Ja.«

»Gut. Bereite für Lady Kathryn das Zimmer vor, das sich an meines anschließt, aber sag ihr noch nichts von dem Umzug.«

Die Haushälterin blickte ihn entsetzt an. Was er da vorhatte, war unschicklich.

»Meine Absichten sind ehrenhaft«, versicherte ihr Hugh mit einer Geste der Unschuld. »Das erspart uns die Unannehmlichkeiten eines späteren Umzugs. Und jetzt geh.«

Unüberhörbar schnaubend über seine Unverschämtheit verließ Peg das Zimmer. Er erwartete doch wohl nicht, daß sie ihm glaubte!

»Du triffst die Vorbereitungen mit Vater Dunn von St. Mary und erklärst ihm, daß die Fahnen gehißt werden müssen«, wies Hugh Sean an. »Wenn ihm das gelingt, wird St. Mary eine großzügige Spende erhalten. Wenn nicht, sag ihm, daß er sich zum Teufel scheren kann.«

Einen Priester bestechen, wunderte sich Patrick. Selbst Shane hätte es nicht gewagt, einen Mann der Kirche zu bedrängen, erst recht nicht, wenn es sich um reinen Eigennutz handelte. Hugh O'Neill in Aktion zu sehen, war ein beeindruckendes Erlebnis.

»Wenn das gehißte Banner sichtbar ist«, erklärte Hugh und wandte sich Patrick und Conal zu, »wird Turlough versuchen, Kathryn noch vor der Hochzeit zurückzuholen. Deshalb ist Vorsicht angeraten, wo immer er sich aufhält.« Als sie zustimmend nickten, fuhr er fort. »Euch beide werde ich hier als Sicherheitsposten aufstellen. Einer von euch wird jeweils Wache halten und bei Turlough auf das Schlimmste gefaßt sein.«

»Wenn irgend etwas schiefgeht«, sagte Patrick und wandte sich zum Gehen, »trägt Conal die Schuld.« Streitlustig folgte dieser seinem Bruder nach draußen.

In diesem Augenblick traf Sir Henry Sidney ein und nahm auf dem Stuhl Platz, den Patrick gerade verlassen hatte. »Ich habe Ihre Nachricht erhalten«, sagte er, ein Gähnen unterdrückend. »Was liegt denn so Dringendes an?«

»Ich werde heiraten und brauche Ihre Hilfe«, antwortete Hugh.

Überraschung spiegelte sich in den Gesichtszügen des Engländers, dann lächelte er amüsiert. »Sie heiraten und brauchen meine Hilfe?« wiederholte Sir Henry. »Soll ich Sie auf Ihre Braut hieven?«

Lachend schüttelte Hugh den Kopf. »Bis heute abend benötige ich eine schriftlich niedergelegte Verlobungsvereinbarung zur Unterzeichnung.«

»Wer ist die Braut?« fragte Sir Henry.

»Kathryn Devereux O'Neill.« Hugh beobachtete die Reaktion des anderen Mannes. »Onkel Shanes Witwe.«

Sir Henry war überrascht. »Die Tochter des verblichenen Grafen von Basildon?«

»Kennen Sie sie?«

»Nein. Warum die Eile?«

»Die Lady ist nur widerwillig bereit«, gab Hugh zu, »sie wird aber ihren Entschluß nicht mehr ändern, wenn der Vertrag erst einmal unterzeichnet ist.« Dann warf Hugh seinem ehrgeizigen Gegenüber einen unwiderstehlichen Köder hin. »Sind Kathryn und ich erst einmal verheiratet, werden wir der Königin eine Petition für Tyrone einreichen. Um meine guten Absichten zu beweisen, werde ich dafür sorgen, gegen die Krone gerichtete Unruhen einzudämmen. Selbstverständlich auf meine eigenen Kosten. Das sollte Ihrer Majestät doch gefallen. Stimmen Sie mir da nicht zu?«

Sir Henry nickte, während er überlegte, welche Vorteile ihm das bei der Königin einbrächte. »Nennen Sie mir die entsprechenden Passagen, und mein Sekretär wird den Vertrag abfassen. Ich werde ihn heute abend vorbeibringen.«

»Danke, Henry. Peg wird Ihnen in meinem Arbeitszimmer ein Frühstück servieren. Sobald ich Kathryns Überlegungen mit der Schneiderin in Erfahrung gebracht habe, geselle ich mich zu Ihnen.«

In der oberen Etage hatte Hugh bereits seine Hand gehoben, um an die Tür zu klopfen, doch in der Hoffnung, Kathryn unbekleidet vorzufinden, umfaßte er statt dessen den Türknauf und marschierte sogleich ins Zimmer.

Heute war einfach sein Glückstag, entschied Hugh, angetan von dem erfreulichen Anblick, der sich ihm bot. Polly betrachtete gerade die Entwürfe der Schneiderin, während Maeve gelangweilt aus dem Fenster blickte; Mme. Bujold nahm Kathryns Maße, die nur spärlich mit einem Unterrock bekleidet war.

Unbemerkt blieb Hugh in der Nähe der Tür stehen und verschlang seine Zukünftige mit den Augen.

Hughs Blick glitt von Kathryns zierlichen Füßen zu ihren langen Beinen und hing dann wie gebannt an ihren schlanken, aber wohlgerundeten Hüften und ihren verlockenden Schenkeln. Dieser Anblick machte Hugh beinahe schwach, doch dann fiel sein Blick stirnrunzelnd auf ihren sanft gerundeten Bauch, eine Hinterlassenschaft seines Onkels. Als Kathryn sich vorbeugte, um mit der vor ihr knienden Mme. Bujold zu sprechen, schien es, als wollten ihre beiden vollen Brüste den Ausschnitt ihres Unterkleides sprengen.

Seufzend genoß Hugh diesen Anblick und wünschte sich, daß die beiden folgenden Wochen im Fluge vergehen sollten. *Es gibt einen Gott im Himmel,* folgerte Hugh, *und aus mir unbekannten Gründen ist er überaus zufrieden mit mir.*

Als Kathryn aufsah, bemerkte sie das Verlangen — glutvoll und intensiv — in seinem hingebungsvollen Blick. Sie fühlte sich so verletzlich und entblößt unter dieser gestrengen Prüfung. Dann dachte sie an den Kuß vom vergangenen Abend, und eine heiße Röte überzog ihren plötzlich zitternden Körper.

»Onkel Hugh«, rief Maeve und lief vom Fenster weg.

Lachend bückte sich Hugh, um ihre stürmische Umarmung entgegenzunehmen.

»Mama sagt, daß wir für immer hierbleiben«, sprudelte das kleine Mädchen heraus. »Ich hab' dich lieb, Onkel Hugh. Bekomme ich ein eigenes Pferd?«

»Maeve«, rief Kathryn mit strenger Stimme.

Lächelnd dachte Hugh, daß die Listen einer Frau instinktiv und nicht vorsätzlich eingesetzt wurden. Nachdem er der Mutter noch einen bewundernden Blick zugeworfen hatte, umarmte er das Kind. »Vielleicht, aber nur sehr artige Mädchen bekommen Ponys geschenkt.«

Immer am Verhandeln, dachte Kathryn höhnisch.

»Polly, sorge dafür, daß Patrick Maeve und dich zu den Ställen begleitet, damit ihr euch die Pferde ansehen könnt«, sagte Hugh und ignorierte den mißfälligen Blick, den ihm seine schöne Zukünftige zuwarf. Froh über diesen Auftrag lächelte Kathryns Zofe und verließ mit Maeve den Raum, um Patrick zu suchen. Hugh zwinkerte Kathryn wissend zu. Daß er Pollys Schwärmerei für Patrick für seine eigenen Zwecke einsetzte, brachte Kathryn innerlich zum Kochen.

Mme. Bujold, die den Zenit ihrer Jugend längst überschritten hatte, war eine schlanke, gepflegte Erscheinung. Ihr braunes Haar wurde von grauen Fäden durchzogen. Ihre sanften, haselnußbraunen Augen vermittelten Güte und Sinn für Humor. Die Schneiderin verhielt sich bemerkenswert nachsichtig gegenüber den Unzulänglichkeiten anderer Menschen, denn Boshaftigkeit war ihrem herzlichen Naturell fremd.

»Lady Kathryn ist ganz reizend«, meinte die Schneiderin, als sie sich Hugh zuwandte.

»Ja, ich kann mich glücklich schätzen.« Hugh lächelte schwach, während er den leicht bekleideten Körper seiner Zukünftigen verstohlen musterte.

»Auch die Dame darf sich glücklich schätzen«, machte Mme. Bujold ihm Komplimente, während sie ›die Dame‹ für deren Zustimmung ansah.

»Ja.« Kathryn wandte ihr vor Beschämung gerötetes Gesicht ab.

»Kommen Sie und sehen Sie sich die von mir mitgebrachten Modelle an«, drängte die Schneiderin und deutete auf die auf dem Bett ausgebreiteten Skizzen.

Während Mme. Bujold endlos über Schnitte, Stoffe und Farben fachsimpelte, legte Hugh seinen Arm um Kathryns entblößte Schulter. Kathryn spürte nur diese Hand auf ihrer Haut, sie stand zwischen den beiden, verstand aber nichts von dem, was sie besprachen. Als sie seine Fingerspitzen vorsichtig streichelten, wurde ihr gesamter Körper von wohligen Schauern durchzuckt.

»Lady Kathryn benötigt alles neu«, informierte Hugh, der sich seiner verheerenden Wirkung überhaupt nicht bewußt war, gerade die Schneiderin. »Sie braucht sofort drei bis vier neue Kleider, und das Hochzeitskleid muß in zwei Wochen fertig sein. Alles andere können Sie später fertigstellen. Haben Sie damit Probleme?«

»Alles wird nach Ihren Wünschen erledigt«, versicherte ihm die Schneiderin.

Ohne Vorwarnung umarmte er Kathryn und drückte ihr einen sittsamen Kuß auf die Schläfe. »Liebling, Sir Henry erwartet mich im Arbeitszimmer. Die Vereinbarung wird heute abend zur Unterzeichnung vorliegen.« Mit diesen Worten verließ er das Zimmer, blieb an der Tür jedoch stehen, als wäre ihm noch etwas eingefallen. »Madame Bujold, bitte sorgen Sie dafür, daß die Kleidungsstücke recht große Säume erhalten.«

Entsetzt und verärgert rang Kathryn nach Atem, während ihn die Schneiderin verwirrt über diese Anweisung anblickte.

»Lady Kathryn ist schwanger«, sagte Hugh knapp.

»Ah«, seufzte Mme. Bujold, die annahm, daß er der stolze Vater sei. Ein verständnisvolles Lächeln glitt über ihr Gesicht. *»L'amour!«*

»Oui, l'amour!« Dann war Hugh verschwunden, doch als er durch den Flur schlenderte, schallte sein Lachen bis zu ihnen zurück.

»Madame Bujold, haben Sie vielleicht ein Kleid, das ich heute abend tragen könnte?« fragte Kathryn, nachdem sie die Beherrschung wiedergewonnen hatte.

Die Schneiderin unterbrach ihre Arbeit und runzelte nachdenklich die Stirn, dann erhellten sich ihre Gesichtszüge. »Ich habe ein Kleid, das eigentlich für . . .«

»Ich zahle Ihnen den dreifachen Preis«, unterbrach Kathryn ihr von soviel Großzügigkeit überraschtes Gegenüber. »Verstehen Sie, ich habe heute abend nichts anzuziehen.«

Aus Mitgefühl für die Nöte dieser reizenden jungen Frau entschied Mme. Bujold, daß deren Bedrängnis größer war, und nickte. »Ich werde das Kleid heute nachmittag vorbeibringen und die notwendigen Änderungen vornehmen.« Die Schneiderin lächelte. Lady Fiona Fitzgerald würde außer sich sein, wenn sie erfuhr, daß sie Mann und Kleid an ein und dieselbe Person verloren hatte. Wie delikat!

Als sie an diesem Abend die Treppe hinunterschwebte, sah Kathryn in ihrem malvenfarbenen Kleid mit den langen weiten Ärmeln einfach großartig und so vornehm wie eine Königin aus. Das Oberteil war eng anliegend und der viereckige Halsausschnitt gewagt offen, für ihren Geschmack hemmungslos einladend! Wenn sie doch wenigstens ihren Schmuck hätte! *Oder — noch besser — eine Decke!*

Stirnrunzelnd hatte Kathryn ihr gewagtes Dekolleté betrachtet, doch dann war ihr ein listiger Gedanke gekommen, und sie mußte lächeln. Dieser arrogante O'Neill hatte die Kühnheit besessen, ein Brautkleid zu bestellen, bevor er überhaupt eine Braut hatte. Diesem Kerl mußte einfach eine Lektion erteilt werden. Sie würde ihren beiderseitigen Vertrag respektieren und diesem liebestollen Hugh O'Neill nicht mehr zugestehen, als es ihre Pflicht war.

Kathryns Selbstvertrauen schwand mit jedem Schritt, den sie in Richtung des Arbeitszimmers unternahm, und wurde von nervöser Unentschlossenheit besiegt. *Eine Flucht war unmöglich, sobald sie die Papiere unterzeichnet hatte. Oder nicht? Sollte sie hierblieben oder mit Maeve weglaufen? Aber wohin sollten sie gehen? Sie war ohne jedes Hab und Gut aus Dungannon geflohen.*

Kathryn straffte ihre Schultern und klopfte an die Tür. Hugh öffnete ihr und bemerkte sogleich ihren verzweifelten Gesichtsausdruck. Seine Hand schoß nach vorn und umklammerte die ihre. Er zog sie ins Zimmer und warf die Tür ins Schloß, während Sir Henry Sidney und Patrick sich von ihren Stühlen erhoben.

»Sie sehen heute abend bezaubernd aus«, versicherte ihr Hugh galant und in dem Versuch, sie zu beruhigen. »Das Kleid steht Ihnen besonders gut, meine Liebe.«

»Ich bin froh, daß es Ihnen gefällt«, erwiderte Kathryn mit einem gewinnenden Lächeln. »Für die prompte Lieferung hat Madame Bujold Ihnen das Dreifache berechnet.«

Sir Henry und Patrick kicherten leise, doch Hugh blieb ruhig. Seine Lippen kräuselten sich, und in seine Augen trat Erheiterung. Die Dame erwies sich als wesentlich gerissener, als er jemals zu träumen gewagt hätte, und es gab nichts, was Hugh mehr schätzte als die Herausforderung.

»Mylady, ich möchte Sie mit Sir Henry Sidney bekannt machen«, stellte Hugh die beiden vor. »Sir Henry und Patrick werden unsere Vertragsvereinbarungen bezeugen.«

Kathryn streckte dem Engländer ihre Hand entgegen. »Ich bin erfreut, Ihre Bekanntschaft zu machen, Mylord.«

»Ich kann Ihnen gar nicht sagen, wie froh ich bin, daß Hugh soviel gesunden Menschenverstand besitzt, eine Engländerin zu heiraten«, sagte Sir Henry.

Hugh führte sie zu seinem Schreibtisch, und nachdem er den Ehevertrag unterzeichnet hatte, reichte er ihr die Feder. »Mach dein Zeichen hier, Katie.«

»Ich werde meinen Namen unter kein Dokument setzen, das ich nicht zuvor gelesen habe.«

»Du kannst lesen?« Hugh war ehrlich überrascht.

Beleidigt funkelte Kathryn ihn an. »Ich habe Unterricht beim Lehrer meines Bruders genommen. Darüber hinaus habe ich noch viele weitere Talente, von denen du nichts weißt.«

»Das hoffe ich doch«, murmelte er, während sein Blick auf ihren Busen fiel.

Kathryn errötete bis zu den Haarwurzeln. Sir Henry und Patrick, die nur mühsam einen Lachanfall unterdrückten, wandten sich ab.

»Es ist alles in Ordnung«, versicherte ihr Hugh. »Du brauchst es nicht zu lesen.«

»Ich bestehe darauf«, entgegnete Kathryn.

»Du vertraust mir nicht?«

»Kaum.«

Das hatte gesessen. Hugh reichte ihr das Dokument und schlenderte fort, behielt sie jedoch unablässig im Auge. Kathryn las es sorgfältiger durch, als es vielleicht notwendig gewesen wäre. Alles schien seine Richtigkeit zu haben, und eigentlich hatte sie auch nicht geglaubt, daß er sie hintergehen würde. Sie hatte Hugh lediglich ärgern wollen.

Nachdem er ihr verhältnismäßig wenig Zeit zum Nachdenken gelassen hatte, trat Hugh wieder neben sie und drängte sie zur Unterschrift. Sobald sie ihren Namen unter das Dokument gesetzt hatte, traten Sir Henry und Patrick vor, um ihre Unterschrift zu leisten. Daraufhin goß Hugh allen Beteiligten ein Glas Whiskey ein.

»Auf Lady Kathryn, das reizendste Mädchen, das ich jemals gesehen habe«, prostete Hugh ihr zu und hielt mit seinen strahlenden braunen Augen ihren Blick gefangen. Sir Henry und Patrick erhoben ihre Gläser, und Kathryn, die seine Worte seltsam berührt hatten, bedachte ihren Bräutigam mit einem bezaubernden Lächeln.

»Laßt uns zu Abend essen«, schlug Hugh vor.

»Würde es dir etwas ausmachen, wenn ich mit Patrick kurz unter vier Augen spräche?« fragte Kathryn. Hugh schüttelte den Kopf und verließ gemeinsam mit Sir Henry den Raum.

Kathryn schlenderte auf Patrick zu und sah zu ihm auf. Ihr Blick wirkte sanft und verletzlich. »Bitte verzeih mir meine häßlichen Worte von gestern«, entschuldigte sie sich.

»Da gibt es nichts zu entschuldigen«, sagte er lächelnd.

»Tue ich wirklich das Richtige?«

»Das weiß nur Gott allein, aber ich glaube, daß du mit Hugh die richtige Wahl triffst.«

»Ich denke nur daran, daß Shanes Sohn Tyrone beerben sollte, ganz gleich, wie hoch der Preis dafür ist«, sagte Kathryn, die verzweifelt nach einer Bestätigung suchte.

Patrick berührte ihre Hand. »Ich bin mit dir einer Meinung, daß er das sollte.«

»Mein Leben an der Seite von Shane war ein einziger Alptraum«, gab Kathryn zu. »Seine dauernde Schürzenjägerei zerstörte in mir jede Hoffnung auf eine glückliche Ehe, und sein grausames Naturell und seine Streitsucht waren mir regelrecht zuwider. Aber diese Heirat liefert mich der Gnade eines weiteren O'Neill-Ehemannes aus, der vielleicht die gleichen schlechten Eigenschaften wie sein Onkel hat.«

»Ich schwöre, daß ich dich beschützen werde«, erwiderte Patrick. »Allerdings glaube ich, daß Hugh und Shane so unterschiedlich sind wie Tag und Nacht. Sollte ich mich irren, so verspreche ich dir, daß ich dir zur Flucht nach England verhelfe.«

»Was würde ich nur ohne dich tun?« flüsterte Kathryn und umklammerte seine Hände. »Wirst du mich bei der Hochzeit zum Altar führen?«

»Es wäre mir eine Ehre.« Überwältigt von seinen Gefühlen klang Patricks Stimme rauh, und seine Augen schimmerten verdächtig feucht.

Patrick begleitete Kathryn ins private Speisezimmer der Familie, und Hugh führte sie zu dem Platz an seiner Seite. Sir Henry und Patrick saßen ihnen gegenüber.

Peg trug das Abendessen auf. Es gab Krabben und Schnecken mit Kräuterbutter, Fasan in einer schmackhaften Sauce, frisches Weißbrot, Gurken- sowie Blattsalate und dazu einen kräftigen Burgunderwein.

»Die Hochzeit wird eine zwanglose Angelegenheit«, sagte Hugh gerade zu Sir Henry.

»Ich habe Patrick gebeten, mich zum Traualtar zu führen«, fuhr ihm Kathryn ins Wort.

»Eine hervorragende Idee.« In Hughs Stimme schwang Anerkennung mit.

Vielleicht sollte sie ihm wirklich ihr Vertrauen schenken, dachte Kathryn, und seiner Freundlichkeit zuvorkommender begegnen. »Welche Vorbereitungen sollen wir treffen, Mylord?« fragte sie.

»Alle Vorbereitungen sind bereits getroffen«, antwortete Hugh und tätschelte ihre Hand. »Du brauchst nur anwesend zu sein.«

Kathryn runzelte die Stirn. »Wann?«

»Wie bitte?«

»Wenn ich nur anwesend sein muß«, sagte Kathryn mit sarkastischem Unterton in der Stimme, »dann sag mir wann, und ich werde es tun. *Mit absoluter Sicherheit.*«

Hugh betrachtete sie mit zusammengekniffenen Augen, und die beiden anderen am Tisch stellten sich taub. »Ich wollte dich nicht verletzen«, sagte Hugh. »Anstrengende Tätigkeiten sind in deinem Zustand viel zu gefährlich, und Turlough ist und bleibt ein überaus großes Risiko, solange die Zeremonie noch nicht vollzogen ist.«

Seine Logik gab ihr das Gefühl, außerordentlich töricht gewesen zu sein. »Das Baby macht mich überempfindlich«, murmelte sie als halbherzige Entschuldigung.

»Ich verstehe.« Lächelnd streichelte Hugh ihre Hand,

als wäre sie ein Kind, was ihren Zorn unweigerlich verstärkte.

Peg servierte ihnen zum Dessert frische Erdbeeren mit Sahne, doch Kathryn, die in Gedanken abwesend war, stocherte nur darin herum. Man machte sie zum Statisten ihrer eigenen Hochzeit. Als die Gesprächsthemen zu Politik und Kriegsführung übergingen, verlor sie jegliches Interesse an der Unterhaltung der Männer.

»Die Maguires haben unsere Truppen erneut angegriffen«, sagte Sir Henry gerade.

»Stimmt das wirklich?« meinte Hugh und gab sich desinteressiert.

»Ja«, fuhr Sir Henry fort. »Die Königin sieht sich vermutlich gezwungen, jemanden zu schicken, der dem ein Ende bereitet. Russell kann nicht überall zur gleichen Zeit sein, verstehen Sie. Und ...«

»Es war ein langer Tag für mich«, unterbrach ihn Kathryn und erhob sich von ihrem Stuhl. Sie hatte genug vom Kämpfen und Sterben und wollte unter keinen Umständen noch länger zuhören. »Ich wünsche Ihnen eine gute Nacht.«

Hugh war unwillkürlich aufgesprungen und griff nach ihrer Hand. »Macht es euch in meinem Arbeitszimmer bequem«, sagte er zu Sir Henry und Patrick. »Ich bin gleich zurück.« Zu Kathryn gewandt meinte er lächelnd: »Ich muß dir etwas zeigen.«

Mit gemischten Gefühlen ging Kathryn an Hughs Seite die Treppe hoch. Ihr Zorn über seine selbstgefällige Art war nicht so leicht zu besänftigen. Als könnte sein anziehendes Gesicht alle Fragen beantworten, blickte Kathryn ihn von der Seite verstohlen an. Für den Rest ihres Lebens würde sie diese Stufen mit diesem Fremden hinaufgehen, der nun ihr Ehemann werden sollte. Was hielt die Zukunft für sie beide bereit?

Statt sie zu ihrem Zimmer zu begleiten, führte Hugh Kathryn in einen anderen, weitaus größeren Raum auf der gegenüberliegenden Seite des rechtwinklig angelegten Korridors. Polly wartete dort bereits auf sie. Verwirrt richtete Kathryn ihren fragenden Blick zu ihm auf.

»Dieses Zimmer ist wesentlich passender für die Dame des Hauses«, erklärte Hugh.

Kathryns unterschwellige Feindseligkeit schwand aufgrund dieser rücksichtsvollen, warmherzigen Aufmerksamkeit.

Ihre Gesichtszüge entspannten sich. »Wie freundlich von dir«, murmelte sie, während ihr Blick durch das geräumige Zimmer wanderte.

Das Himmelbett mit seinem Samtbaldachin war riesig und wurde von einem Samtüberwurf bedeckt. Farbenfrohe Wandteppiche schmückten die Wände des Zimmers, und vor dem Kamin standen zwei bequeme Sessel. Kostbare Teppiche bedeckten den Boden.

Kathryn fiel an diesem Raum lediglich eine kleine Merkwürdigkeit auf. In England hatte ihr Zimmer einen Zugang gehabt und auf Dungannon zwei. Ohne die Flurtür mitzuzählen, besaß dieser Raum allerdings drei!

Als hätte er ihre Gedanken erraten, öffnete Hugh die erste Tür. »Hinter dieser Tür lassen sich alle die Kleider verstauen, für die ich bezahlt habe«, sagte er und zwinkerte ihr zu. Kathryns befreites Lachen erfüllte den Raum.

»Ein Salon mit Blick auf den Park«, sagte Hugh beim Öffnen der zweiten Tür.

Vielleicht würde nun doch noch alles gut werden, dachte Kathryn, als sie erkannte, daß er ihr damit eine Freude machen wollte. »Und diese Tür?« fragte sie und deutete auf die dritte Tür.

»Mein Schlafgemach.« Hugh grinste so schuldbewußt wie ein Junge, den man bei einer Lüge ertappt hatte.

Entsetzt starrte Kathryn ihn an.

Polly, die die beiden beobachtete, konnte ein Kichern nicht unterdrücken und erntete von beiden Seiten bitterböse Blicke.

»Vielen Dank für deine Freundlichkeit«, sagte Kathryn. Sie wollte ihm ihre Hand entziehen, doch Hugh zog sie näher zu sich heran und küßte sie sanft auf die Wange. Dann verließ er das Zimmer.

Mit Pollys Hilfe entkleidete sich Kathryn und zog das seidene Nachtgewand an, das Mme. Bujold an diesem Nachmittag abgeliefert hatte. Sie schlenderte durch das Zimmer und betrachtete die prasselnden Flammen im Kamin. Als sie mit dem Rücken zu dem wärmenden Feuer stand, starrte sie nachdenklich auf die Tür, die ihren Schlafraum mit dem ihres Bräutigams verband.

»Gibt es noch etwas für mich zu tun?« fragte Polly bereits im Gehen.

»In der Tat, da ist noch etwas«, sagte Kathryn mit einem schalkhaften Grinsen. Sie marschierte durch das Zimmer auf ihren Nachttisch zu, und während sie diesen gegen die Verbindungstür schob, rief sie über ihre Schulter: »Nimm du die Sessel.«

»W-was?« Pollys Gesichtsausdruck war von Betroffenheit gezeichnet.

»Ich sagte, nimm die Sessel und schieb sie hierher.«

Kathryn rückte den Nachttisch gegen den sie kränkenden Zugang und verstärkte ihre Verbarrikadierung mit den beiden Sesseln. »Die O'Neills sind ein verflucht arroganter Haufen«, erklärte sie ihrer entsetzten Zofe. »Und dieser hier macht da keine Ausnahme.«

Nachdem er Sir Henry und Patrick eine gute Nacht gewünscht hatte, ging Hugh am späten Abend die Treppe hinauf, um zu seinen Gemächern zu gelangen. Währenddessen dachte er mit großer Befriedigung darüber nach, daß sich seine Pläne schließlich in die Tat umsetzen ließen. Als er an Kathryns Zimmer vorbeiging, hörte Hugh ein Geräusch und blieb stehen. Unterdrücktes Schluchzen.

Da er nicht wußte, wie er sich verhalten sollte, blickte er verunsichert auf die Tür. Hatte er etwas getan oder vielleicht auch *nicht* getan, was sie verletzt hatte? Sollte er sie trösten?

Hugh griff nach dem Türknauf und wollte ihn drehen. Die Tür war *verschlossen.*

In seinem Schlafzimmer angelangt, eilte Hugh sogleich auf die Verbindungstür zu. Erneut wollte er die Klinge hinunterdrücken, doch er hörte nur ein leises Knirschen.

»Geh weg«, schrie Kathryn von der anderen Seite. »Wie kannst du es wagen, in mein Schlafzimmer einzudringen!«

Sie *klang* wirklich nicht so, als bräuchte sie seinen Trost.

Stirnrunzelnd trat Hugh einen Schritt zurück, dann verbesserte er sie. »*Mein* Schlafzimmer. Dieses Haus gehört *mir.* Warum hast du geweint?«

»Das geht dich nichts an! Im Gegensatz zu diesem Haus gehören meine Gedanken immer noch mir«, erwiderte Kathryn patzig. »Ich bin nicht dein Eigentum.«

Noch nicht, aber bald, dachte Hugh und verzog die Lippen zu einem Grinsen. Er zwang sich zu einem ernsten Tonfall und rief dann: »Seien Sie auf der Hut, Madam. Diese Barrikade wird in zwei Wochen entfernt.«

Bumm! Irgend etwas Schweres krachte gegen die andere Seite der Tür.

Zurückschlendernd fing Hugh an, sich für die Nacht zu entkleiden, doch seine Augen hingen wie gebannt an der Verbindungstür; seine Gedanken kreisten ständig um die zornige Frau – diese außergewöhnlich schöne, zornige Frau – auf der anderen Seite dieses Zugangs.

Wie konnte er jemals zu hoffen wagen, daß er die Stammesoberhäupter der irischen Adelsfamilien vereinigte und sie gemeinsam diese englischen Hunde aus ihrem Land verjagten, wenn es ihm nicht einmal gelang, mit seiner eigenen Braut fertig zu werden?

»Zum Teufel mit dir«, brummte Hugh, wie um seine eigene Frage zu verdrängen. Ein Ire weiß immer, was die Engländer denken. Er setzte sich auf sein Bett und starrte mit wachsender Verwirrung auf die ärgerniserregende Tür. Er wünschte sich nur, die Gedanken einer Frau ebenso gut erraten zu können!

5

Ich will nicht reiten lernen«, wimmerte Polly. »Ich habe Angst vor Pferden.«

»Reiten ist eine Notwendigkeit«, beharrte Kathryn. »Deine erste Unterrichtsstunde wird jetzt gleich stattfinden.«

Polly wurde blaß, entgegnete aber nichts.

Während die beiden Frauen zu den Stallungen schlenderten, genoß Kathryn die wohltuend warmen Sonnenstrahlen auf ihrer Haut. Das war erst der zweite sonnige Tag, den sie seit ihrer Ankunft in Dublin genießen konnte. Die anderen waren fast ebenso trist und freudlos gewesen wie ihr Gemüt.

Im Verlauf ihrer unglücklichen Ehe mit Shane hatte Kathryn die entspannenden Freuden des Reitens entdeckt, und nun fehlte ihr die Landschaft rund um Dungannon. Da sie Untätigkeit nicht gewohnt war, fieberte Kathryn darauf, sich ein Pferd aus den Ställen zu nehmen und solange zu reiten, bis sie vor Erschöpfung aus dem Sattel fiel. Um ihren Wunsch in die Tat umzusetzen, hatte sie schließlich diesen irrwitzigen Plan ausgeheckt. Sie würde ihren Ausritt bereits beendet haben, noch bevor Hugh ihre Abwesenheit überhaupt bemerkte.

»Sattle das friedfertigste Pferd für Polly«, wies Kathryn den Stallmeister der O'Neills an. »Ich nehme die hübsche Stute dort drüben.«

Seamus, der Stallmeister, verharrte sekundenlang bewegungslos und überlegte, was er tun sollte. Instinktiv ahnte er, daß seine Lordschaft den Ausritt seiner Braut sicherlich nicht gutheißen würde.

»Stimmt irgend etwas nicht?« wollte Kathryn wissen.

»Nein, Mylady«, erwiderte er. Dann kümmerte er sich um die Pferde.

Mehrere Soldaten der O'Neills beobachteten neugierig, wie die beiden Frauen ihre Pferde aus dem Stall führten. Kathryn erklärte die richtige Art des Aufsitzens und ließ sich den Vorgang dann von Polly wiederholen.

»Richtig«, sagte Kathryn. »Und jetzt steig auf.«

Zitternd vor Angst wandte sich Polly ihrem Pferd zu, war aber nicht in der Lage aufzusitzen. Die umstehenden Soldaten lachten, was Kathryn um so entschlossener werden ließ. Sie hatte nicht vor, sich zum Gespött dieser Männer zu machen.

»Ich werde dir helfen«, sagte Kathryn.

»*Mir helfen?*« rief Polly. »Ihr werdet dabei nur dem Baby Schaden zufügen.«

»Unsinn! Ich habe gesagt, daß ich dir helfen werde.« Kathryns Stimme ließ keinen Widerspruch zu, so daß Polly gehorchen mußte.

Kathryn nahm ihre ganze Kraft zusammen und hievte Polly in den Sattel. Mit einem triumphierenden Lächeln betrachtete Kathryn Hughs Männer, die sich vollkommen desinteressiert gaben, und schwang sich dann gekonnt auf ihr eigenes Pferd.

Auf dem Parcours vor den Stallungen zeigte Kathryn den richtigen Einsatz der Zügel und wie man einem Pferd Befehle erteilt. Dann bestand sie darauf, daß Polly es selbst versuchte. Das irische Mädchen erwies sich als gelehrige Schülerin.

»Bleib hier und übe das, was du gerade gelernt hast«, befahl ihr Kathryn. »Ich mache einen kurzen Ausritt.«

»Nein«, protestierte Polly. »Sie . . .«

Kathryn gab ihrem Pferd die Sporen und ließ ihrer Zofe keine Möglichkeit für weitere Einwände.

Hin- und hergerissen zwischen der Sorge um ihre Herrin und der Angst, hinter ihr herzureiten, entschied Polly, daß dies nicht der richtige Zeitpunkt für Feigheit wäre. Sie lenkte ihr Pferd vorwärts, doch dann griff die Hand eines Mannes ihr in die Zügel. Es war Patrick. Er sah sie stirnrunzelnd an und hob sie vom Pferd, dann blickte er in die Richtung, die Kathryn eingeschlagen hatte. Hugh ritt wie der Teufel hinter seiner Braut her.

Kathryn wehrte sich mit Händen und Füßen, als sie schließlich gepackt und aus dem Sattel gezerrt wurde.

»Du kleine Närrin«, knurrte eine vertraute Stimme in ihr Ohr.

Kathryn blickte zu ihrem Häscher und sah in Hughs wutverzerrtes Gesicht. Es hatte ganz den Anschein, daß ihre Entdeckungstour durch Dublin ein rasches Ende gefunden hatte.

»Versuchst du zu entkommen, meine Liebe?« fragte Hugh.

»Und lasse Maeve allein zurück?« konterte Kathryn.

Mehr wurde nicht gesagt. Hugh hatte Angst, daß er aus Verärgerung etwas Falsches sagen könnte, und Kathryn schmollte schweigend vor sich hin.

Auf der Koppel vor den Stallungen streckte Patrick seine Arme aus und hob Kathryn von Hughs riesigem Hengst hinunter. Sogleich wirbelte Kathryn zu Hugh herum.

»Und was hast du dir eigentlich dabei gedacht?« fauchte sie ihn an.

Hughs angespannte Nerven drohten zu zerreißen. »Es ist dir untersagt, diesen Grund und Boden vor unserer Heirat zu verlassen«, fuhr er sie im Befehlston an und baute sich vor ihr auf. Er warf seinen gaffenden Männern, die jedes Wort verfolgten, einen strafenden Blick zu. »Haben wir uns verstanden?«

»Ich habe Polly doch lediglich Reitunterricht gegeben«, sagte Kathryn, darüber verärgert, vor Publikum zurechtgewiesen zu werden. »Ich kann keine Zofe gebrauchen, die sich nur im Wagen spazierenfahren läßt.« Um ihren Worten mehr Nachdruck zu verleihen, stampfte sie heftig mit dem Fuß auf.

»Sich meinem Schutz zu entziehen ist gefährlich. Turlough könnte dich erwischen.«

»Mit etwas Glück erwischt dich der schwarze Mann!« Kathryn versuchte, sich an ihm vorbeizudrücken, aber seine Hand schnellte vor und packte ihren Oberarm.

»*Schlag mich nicht!*« schrie sie und zuckte zusammen.

»Dich schlagen?« wiederholte Hugh überrascht. »Denkst

du, ich wäre ein Ungeheuer? Warum glaubst du, daß ich dich schlagen würde?«

Weil Shane mich geschlagen hat, dachte Kathryn bei sich. Die entsetzliche Erinnerung an jenen verhängnisvollen Tag im Kerker von Dungannon überkam sie erneut. Ihr Mann hatte sie so heftig verprügelt, daß sie ihr zweites Kind verloren hatte. Und hier stand ein weiterer O'Neill vor ihr, der sich im Zorn an ihr vergriff.

Shane, fiel es Hugh augenblicklich ein. Sein Onkel war offenbar schnell mit der Faust gewesen. Auch wenn dieses hübsche kleine Frauenzimmer eine gehörige Abreibung verdiente, war es Hugh zuwider, Frauen zu schlagen.

Mitgefühl trat in Hughs braune Augen, als er sich vorstellte, was sie unter seinem Onkel durchlitten hatte. »Denk wenigstens daran, aufgrund deiner Schwangerschaft etwas vorsichtiger zu sein«, sagte er schließlich leise.

Vor lauter Hochmut und Eigensinn ignorierte Kathryn die Sorge, die in seinen Gesichtszügen geschrieben stand. »Deine Besorgnis ist wirklich unbegründet. Wer kann es denn besser als ich selbst wissen, was ich mir zumuten darf?«

»Die Geburt eines einzigen Kindes«, konterte Hugh, »macht dich noch lange nicht zur Expertin auf diesem Gebiet.«

»Und wie viele Kinder hast du geboren, Mylord?« schnappte sie zurück. »Ich bin schließlich zum dritten Mal schwanger.«

»*Dreimal?* Was ist mit dem zweiten Kind geschehen?«

»Ich bin gefallen«, erwiderte Kathryn schnippisch und versuchte, die schreckliche Erinnerung zu verdrängen. Sie weigerte sich, hier vor allen Leuten zusammenzubrechen.

»Von einem Pferd?« fragte Hugh in dem Versuch, die Oberhand zu gewinnen, bereute seine Worte jedoch sogleich.

Kathryn zuckte zusammen, als wäre sie geschlagen worden. »Mein bisheriges Leben geht dich nichts an!«

»Daß wir uns richtig verstehen, junge Dame«, sagte Hugh knapp. »Babywäsche zu nähen ist das Anstrengendste, was du bis zur Geburt des Kindes noch tun wirst.«

»Scher dich zum Teufel.« Kathryn wandte sich zum Gehen.

»Wohin gehst du?«

»Verzeihung, Mylord. Dürfen Maeve und ich auch nicht mehr in den Park?«

»Doch.«

»Gut.« Ohne ein weiteres Wort zu verlieren, drehte sich Kathryn auf dem Absatz um und stolzierte davon.

Für Sekundenbruchteile betrachtete Hugh den aufgebrachten Schwung ihrer Hüften, dann heiterte er seine Männer dadurch auf, daß er sich mit Patrick anlegte. »Gib Polly Reitstunden«, wies er ihn an. »Lady Kathryn wünscht sich eine Zofe, die reiten kann.«

Leise fluchend beäugte Patrick die scheu lächelnde Polly. Als sein Blick auf ihre üppigen Brüste fiel, grinste Patrick breit. Polly Reitunterricht zu geben, war letztlich vielleicht gar nicht so übel.

Kathryn hatte sich in ihrem Reisekleid im Garten ins Gras gesetzt und lehnte gegen einen Baum. Sie schloß ihre Augen und atmete den süßen Duft, der in der Luft hing, tief ein.

Ich bin Hughs Gefangene, brütete sie vor sich hin, ihr Nervenkostüm so strapaziert wie das abgetragene Kleid, das sie anhatte. Auch wenn es sich um eine überaus luxuriöse Gefangenschaft handelte, so war sie trotzdem seine Gefangene.

Kathryn öffnete die Augen. Maeve stand vor ihr und streckte ihr eine Hand mit einem Geschenk entgegen. Kathryn lachte, bis ihr salzige Tränen die Wangen hinunterrollten und sie nur noch mühsam nach Atem ringen konnte. Die Hand des kleinen Mädchens hielt Hughs liebevoll gezüchtete Blumen umklammert, die es mitsamt der Wurzeln ausgerissen hatte. Kathryn nahm das Geschenk an, flocht aus den langen Blütenstengeln einen Kranz und setzte ihn ihrer Tochter feierlich auf den Kopf.

»Jetzt brauchst du auch eine Krone«, sagte Maeve und bewunderte das Geschick ihrer Mutter.

Kathryn wand einen weiteren Kranz. Mit allem Prunk einer Krönungszeremonie setzte Maeve die Blütenkrone dann auf den Kopf ihrer Mutter.

»Onkel Hugh braucht auch eine«, beharrte das kleine Mädchen.

»Ich bezweifle, daß Onkel Hugh eine Krone aus Blumen gefällt, mein Schatz. Gold würde ihm eher zusagen.« Als sie den enttäuschten Gesichtsausdruck ihrer Tochter wahrnahm, fügte Kathryn hinzu: »Andererseits würde er sie sicherlich vorübergehend akzeptieren.« Als sich Maeves Gesichtszüge aufhellten, fing Kathryn erneut mit der Arbeit an.

Allein in seinem Arbeitszimmer arbeitete Hugh an seinem Schreibtisch, als Peg anklopfte und eintrat. »Lord Fitzgerald und Lady Fiona sind eingetroffen«, meldete die Haushälterin.

»Führe sie zu mir, Peg.« Hugh hoffte, daß Fiona Fitzgerald ihm keine Schwierigkeiten in bezug auf Kathryn machen würde. Mit einem herzlichen Willkommenslächeln auf den Lippen begrüßte er seine Gäste an der Tür und bat sie herein.

Trotz seines fortgeschrittenen Alters war Lord Fitzgerald ein attraktiver, schlanker Mann mit vollem silbernen Haar. Aufgrund seiner scharfen Intelligenz war er ein angesehenes Mitglied des Dubliner Parlaments. Sein einziger Schwachpunkt bestand in seiner überaus weichherzigen Nachsicht gegenüber seinem einzigen Kind.

Ausstaffiert wie eine Prinzessin an der Seite ihres Vaters stolzierend, war Fiona Fitzgerald der Inbegriff weiblicher Schönheit. Ihr dunkelbraunes Haar, die saphirblauen Augen, der rosa Schmollmund und die marmorweiße

Haut machten sie zur Traumfrau eines jeden Mannes und hätten sämtliche Dichter ins Schwärmen gebracht. Ihrer bezaubernden Schönheit stand allerdings ihre Arroganz im Wege, eine natürliche Folge der allzu großen Nachsicht ihres Vaters.

»Verzeihen Sie bitte unser Eindringen«, entschuldigte sich Lord Fitzgerald. »Aber nachdem wir Ihre Hochzeitseinladung erhielten, bestand Fiona darauf, daß wir Ihre Braut kennenlernen. Sie werden bald erkennen, mein Junge, wie schwierig die Damen sein können, wenn sie sich etwas in den Kopf gesetzt haben.«

»So langsam beginne ich zu verstehen, wie wahr Ihre Worte sind«, erwiderte Hugh, der an Kathryns Reitwunsch dachte. »Bitte nehmen Sie Platz.«

Lord Fitzgerald und seine Tochter setzten sich vor den Kamin, und Hugh plazierte einen weiteren Sessel neben sie.

»Ich werde Kathryn holen«, sagte er und wandte sich zum Gehen.

Als Hugh die Tür erreicht hatte, stand Kathryn mit Maeve davor. Bevor er noch ein Wort hervorbrachte, hatte Maeve ihn gekrönt, und Kathryn schüttelte sich vor Lachen.

»Ist dein Gesinde immer so ausgelassen?« fragte Fiona spitz.

»Oh!« Kathryn blickte verstohlen ins Arbeitszimmer. »Wir wußten nicht, daß du Gäste hast.«

Hugh nahm ihr Maeve aus den Armen. »Ich möchte dir Lord Fitzgerald und seine Tochter, Lady Fiona, vorstellen.«

Kathryn verbeugte sich vor Lord Fitzgerald, dann warf sie Hugh einen verstohlenen Blick zu. Die Blütenkrone saß schief auf seinem Kopf. Mit einer Geste, die recht viel Vertrautheit erkennen ließ, nahm sie ihm den Kranz ab und glättete eine seiner widerspenstigen Locken, dann nahm sie in dem Sessel neben ihm Platz. Lächelnd blickte Kathryn Fiona an, war jedoch erstaunt über den unverhohlenen Haß, der sich in den faszinierenden blauen Augen der anderen Frau widerspiegelte.

»Ich wünsche Ihnen viel Glück für Ihre bevorstehende Heirat«, sagte Lord Fitzgerald und war überwältigt von der edlen Schönheit, die der junge O'Neill sich irgendwie zugelegt hatte. *Ich wünschte, ich wäre dreißig Jahre jünger,* dachte er im stillen und nahm dankend das von Hugh gereichte Glas Whiskey an.

»Ihr verstorbener Vater war der Graf von Basildon«, bemerkte Fiona, während ihr scharfer Blick unablässig die Reize ihres Gegenübers musterte und nach einem Makel suchte.

»Ja, mein Bruder hat den Grafentitel geerbt«, erwiderte Kathryn steif, da sie sich bei dieser unverhohlenen Prüfung unwohl fühlte.

»Ich wurde Hugh damals in London vorgestellt«, sagte Fiona und bedachte ihn mit einem warmherzigen Lächeln. Ihr Gesichtsausdruck wurde allerdings bemerkenswert kühl, als sie sich erneut Kathryn zuwandte. »Wir haben dort viele gemeinsame Stunden verbracht.«

Hugh wand sich unbehaglich in seinem Sessel, und Lord Fitzgerald hüstelte verlegen.

Da ihr die gespannte Situation auffiel, wunderte sich Kathryn über die Beziehung zwischen Hugh und Fiona. Und das verursachte ihr aus unerfindlichen Gründen Magendrücken.

Erfreut über den verunsicherten Gesichtsausdruck der anderen Frau, setzte Fiona ihren Schlagabtausch fort. »In der Tat«, sagte sie, »hatte mein Vater eigentlich erwartet, daß Hugh und ich heiraten würden.«

Lord Fitzgerald und Hugh O'Neill räusperten sich gleichzeitig und zogen damit die Aufmerksamkeit der beiden Damen auf sich. »Guter Whiskey«, lobte Fitzgerald. »Allerdings ein wenig stark, meine ich.«

»Ja«, stimmte Hugh ihm zu.

Kathryn dachte über die Äußerung der Irin nach und blickte zu Hugh, um ihn zu zwingen, sie anzusehen. Er tat es nicht. Sich erneut ihrer schönen Widersacherin zuwendend, sagte Kathryn kalt: »Als Engländerin bin ich sicherlich stolz auf mein Heimatland. Während meines Aufenthalts in London fiel mir allerdings auf, daß diese Stadt schmutzig ist — voller Unrat.« Ein diebisches Grinsen umspielte ihre Lippen, als sie das Wort *Unrat* besonders betonte.

Fionas Gesicht verzerrte sich vor Wut über diese offensichtliche Beleidigung. Lord Fitzgerald verschluckte sich und spuckte einen Schluck Whiskey zurück in sein Glas.

Ein Lächeln unterdrückend saß Hugh lässig entspannt in seinem Sessel. Die englische Rose hatte spitze Dornen und konnte sich recht gut wehren.

»Es hat mir sehr leid getan, als ich vom Ableben Ihres Ehemanns erfuhr.« Lord Fitzgerald unternahm den schwachen Versuch, das Thema zu wechseln.

»Wer war denn Ihr verstorbener Ehemann?« fragte Fiona.

»Shane O'Neill.« Kathryns Stimme war nur noch ein gequältes Flüstern.

»Shane O'Neill!« kreischte Fiona. »Der ist doch erst drei Monate tot!«

Kathryns Gesicht lief dunkelrot an, und ihre Augen waren schmerzumwölkt. Hugh beobachtete sie beunruhigt.

Obwohl sie seine zärtliche Besorgnis bemerkte, fuhr Fiona herzlos fort. »Ich muß Sie warnen, meine Liebe. Die Nachricht von einer so überstürzten Neuvermählung wird Dublins Gerüchteküche anfachen. Und dann auch noch mit dem Neffen Ihres verstorbenen Gatten? Man wird sagen, daß man der Tochter eines Grafen mehr Feingefühl zugetraut hätte.« Ein Bild der Unschuld liefernd, zitierte sie scheinheilig: »›Meine Güte, wie skandalös! Stellen Sie sich vor, eine solch kurze Trauerzeit.‹«

»Es tut mir leid, wenn ich Ihr Feingefühl verletzt habe, *Mylady*«, konterte Kathryn und stand so ruckartig auf, daß Fiona in ihrem Sessel zusammenzuckte. »Ich darf Ihnen versichern, daß Grafentöchtern Benehmen beigebracht wird, das Ihrer Erziehung vermutlich fehlt. Wenn Sie mich jetzt bitte entschuldigen …« Kathryn griff nach der Hand ihrer Tochter und stolzierte aus dem Arbeitszimmer.

»Wie kannst du es wagen!« herrschte Lord Fitzgerald seine Tochter an.

»Habe ich etwas Falsches gesagt?« Fiona sah ihren Vater aus unschuldigen Augen an.

Wütend stand Hugh auf. »Ich muß nach Kathryn sehen. Peg wird Sie hinausbegleiten.«

»Es tut mir wirklich leid«, entschuldigte sich Lord Fitzgerald.

»Es ist nicht Ihr Fehler, Sir«, meinte Hugh und wirbelte dann zu Fiona herum. »Dein boshafter Charakter übertrifft deine Schönheit bei weitem. Guten Tag.«

Hugh fürchtete sich vor dem, was nun vor ihm lag, und ging deshalb mit bleiernen Füßen die Treppe hinauf; dabei verfluchte er Fiona Fitzgerald von ganzem Herzen. Kathryn hatte gerade begonnen, ihr Schicksal zu akzeptieren und das Beste daraus zu machen. Jetzt war er vermutlich gezwungen, wieder von vorn anzufangen.

Zum Teufel mit Fiona, fluchte Hugh insgeheim. *Und zur Hölle mit Shane O'Neill!* Unbewußt ärgerte ihn Kathryns Ehe mit seinem Onkel.

Hugh klopfte an Kathryns Schlafzimmertür, erhielt jedoch keine Antwort.

Er klopfte erneut.

Wieder keine Antwort.

Ungebeten öffnete Hugh die Tür und trat ins Zimmer. Kathryn stand mit dem Rücken zu ihm und blickte aus dem Fenster. Er durchquerte das Zimmer und stellte sich neben sie.

Kathryn versuchte, seine Gegenwart zu ignorieren.

Hugh streckte seine Hand aus und berührte zärtlich ihr Gesicht, damit sie ihn anblickte. Tränen rannen über ihre Wangen. Mit seinen Fingerspitzen strich Hugh sie fort.

»Ich habe angeklopft«, sagte er.

»Ich weiß«, erwiderte sie.

»Warum hast du mir nicht geantwortet?«

»Ich hatte angenommen, du wärest wieder gegangen.«

Darüber mußte Hugh lächeln. »Was gerade passiert ist, tut mir leid.«

»Lady Fiona hat recht. Wir sollten die Hochzeit verschieben oder . . .«

»Fiona Fitzgerald ist keine Lady«, schnitt Hugh ihr das Wort ab. »Und sie hat keine Ahnung von den Umständen unserer Heirat.«

»Sie ist eine sehr schöne Frau.«

»Das ist sie.«

»Welche Beziehung hast du zu ihr?« fragte Kathryn, die diese Frage nicht unterdrücken konnte.

»Ich habe keine Beziehung zu Fiona. Während meines Aufenthalts in London gehörte ich zu einer Reihe von Männern, die ihr vorgestellt wurden. Um Himmels willen, diese Katze sucht einen Titel und keinen Ehemann.« Hugh grinste erzürnt. »Wärest du eifersüchtig?«

»Niemals«, entgegnete Kathryn.

Immer noch lächelnd zog Hugh sie an seinen muskulösen männlichen Körper und senkte seinen Kopf, um sie zu küssen.

»Laß mich los«, bat sie, als seine Lippen die ihren berührten.

»Niemals.« Hughs Mund bedeckte den ihren mit einem zarten, verlangenden Kuß.

Kathryn stemmte ihre Hände gegen seinen Brustkorb und versuchte ihn fortzustoßen, aber Hugh wich keinen Millimeter. Eine seiner Hände hielt sie fest am Rücken gepackt und drückte ihren Körper gegen den seinen. Seine andere Hand in ihrem Nacken hielt ihre Lippen gegen die seinen gepreßt.

Sein Kuß war zärtlich und hingebungsvoll. Hugh saugte sanft an ihren Mundwinkeln, bis er spürte, daß sie erbebte.

Kathryns Widerstand schmolz dahin. Als ihre Arme seinen Hals umschlangen und ihn enger an sich zogen, wurde der Kuß heftiger und fordernder. Hugh drang forschend mit seiner Zunge in ihren Mund ein, schmeckte und liebkoste. Bebend vor ihrem so heftig verleugneten Verlangen erwiderte Kathryn seinen Kuß.

»*Unterwirf dich mir*«, hauchte Hugh mit rauher Stimme und durchbrach den fast magischen Zauber.

Entsetzt über sich selbst wich Kathryn zurück und starrte verwundert auf seine Lippen. *Was war über sie gekommen?* Ungeachtet aller Folgen holte Kathryn aus und schlug ihm mit voller Wucht ins Gesicht.

Überrascht blickte Hugh sie einen Augenblick lang an. Er berührte seine brennende Wange, dann grinste er und schlenderte durch den Raum auf die Tür zu.

»Galt der Schlag meiner Beziehung zu Fiona, meinem Kuß — oder deinen lustvollen Empfindungen?«, fragte Hugh spöttisch, bevor er das Zimmer verließ. Kaum hatte sich die Tür hinter ihm geschlossen, sauste der bereits ziemlich lädierte Messingkerzenleuchter dagegen und fiel scheppernd zu Boden.

»Heb das auf, Madam«, rief Hugh vom Flur her, »denn die Schmiede von Dublin sind ohnehin schon steinreich.«

»Ganove«, murmelte Kathryn, drehte sich unwirsch zum Fenster um und starrte aufgewühlt hinaus.

Obwohl ihre Ehe mit Shane alles andere als glücklich gewesen war, sinnierte Kathryn, hatte er die Ehre einer gewissen Trauerzeit verdient. Drei Monate waren wirklich unzureichend, selbst wenn ...

Skandalös! Das Wort lastete quälend auf ihrem Gewissen.

Das ließ sie nicht auf sich sitzen. Aber was konnte sie noch ändern? Der Vertrag war unterzeichnet und beglaubigt.

Fliehen. Unbemerkt zu fliehen war einfach, wenn sie Maeve zurückließ, aber sie würde ihre Tochter nicht im Stich lassen. Das war undenkbar.

Kathryn hatte das Gefühl, in einer Falle zu sitzen. Sie schloß die Augen, und in dem schwachen Versuch, ruhig zu werden, seufzte sie tief. Im nächsten Augenblick riß sie ihre funkelnden grünen Augen wieder weit auf, da ihr eine außerordentlich riskante Idee in den Sinn gekommen war.

Das könnte funktionieren, entschied sie, und die Andeutung eines Lächelns umspielte ihre Mundwinkel. Wenn sie geschnappt würde, hätte sie eine glaubhafte Erklärung. Schließlich spielten sie und Maeve doch nur ein Kinderspiel, eine ganz natürliche Sache für eine Mutter und ihr Kind.

Am folgenden Nachmittag saß Kathryn vor dem dunklen Kamin in ihrem Zimmer. Polly und Maeve leisteten ihr Gesellschaft. Kathryn legte ihre Stickarbeit beiseite, gähnte und streckte sich.

»Es wird höchste Zeit für Maeves Mittagsschlaf«, sagte sie zu ihrer Kammerzofe.

»Ich will keinen Mittagsschlaf machen«, ertönte Maeves Stimme vom Boden, wo sie spielte.

»Ich werde sie zu Bett bringen«, bot Polly an.

»Mach dir keine Mühe«, sagte Kathryn. »Maeve und ich werden gemeinsam ruhen.«

»Kein Mittagsschlaf, Mama«, beharrte das Kind, als Polly das Zimmer verließ.

Als die Tür hinter der Zofe ins Schloß fiel, warf Kathryn ihrer Tochter ein bezauberndes Lächeln zu. »Kein Mittagsschlaf, mein Schatz? In Ordnung.«

»Was?« Maeve war überrascht. Das Spiel ›kein Mittagsschlaf‹ war ihr einfach zu leicht geglückt.

»Wie wär's statt dessen mit einem Spiel?« schlug Kathryn vor.

»Ein Spiel?« wiederholte Maeve.

»Verstecken und herumhuschen«, sagte Kathryn.

»Verstecken und herumsuchen?«

»Nein, noch besser, verstecken und herumhuschen.«

»Wie spielen wir dieses Spiel?«

»Wir huschen von einem Versteck zum nächsten«, erklärte Kathryn. »Wenn wir Schloß Dublin erreichen, noch bevor Onkel Hugh uns findet, haben wir das Spiel gewonnen.«

Maeve klatschte vor Freude in die Hände. Obwohl ihre Mutter immer unterhaltsam war, hatte sie sich diesmal selbst übertroffen.

»Pst!« brachte Kathryn das kleine Mädchen zum Schweigen. »Niemand darf unser Verschwinden bemerken.«

»Warum nicht?« flüsterte Maeve laut.

»Weil die Diener Onkel Hugh sonst verraten, wo er uns finden kann.«

»Aber das ist doch lustig!«

»Leider würde Onkel Hugh das überhaupt nicht lustig finden. Bist du bereit?«

Maeve, die ihrer Mutter so ähnlich sah, lächelte und nickte gehorsam, dann gingen sie durch das Zimmer auf die Tür zu. Kathryn öffnete sie einen Spaltbreit und lauschte.

Absolute Stille.

Kathryn öffnete die Tür noch ein Stück weiter und steckte dann den Kopf hinaus, um vorsichtig den Gang zu überblicken. Es war niemand zu sehen.

Sie wandte sich wieder ihrer Tochter zu und legte den Zeigefinger in einer Geste auf die Lippen, die dem Kind zu schweigen gebot. Mit ernstem Gesicht imitierte Maeve sie sogleich, und Kathryn hatte Mühe, ihr Lachen zu unterdrücken. Hand in Hand gingen sie auf Zehenspitzen durch den verlassenen Flur, bis sie die Treppe erreichten. Kein Geräusch drang aus der Eingangshalle nach oben.

Mit Maeve im Schlepptau schlich Kathryn die Treppe hinunter. Horchend blieben Mutter und Tochter am Treppenabsatz stehen. Den großen Saal bereiteten die Diener für das Abendessen vor, und vom Hof schallten die Stimmen der Männer in die Halle. Der Hintereingang, der in den Park hinaus führte, bot die einzige Möglichkeit zur Flucht.

Kathryn wandte sich nach links, führte Maeve zum Nebenausgang der Halle und zog sie hinter sich in den Garten. Gegen den kühlen, nackten Stein des Gebäudes gelehnt, atmete Kathryn erleichtert auf. Zumindest war es ihnen gelungen, ins Freie zu kommen.

Als witterte sie den Duft der Gefahr, hob sie den Kopf, beobachtete den einsamen Garten und wünschte sich, sie wüßte, wo Hugh sich gerade aufhielt. Welche Richtung sollten sie einschlagen? Der Pfad zu ihrer Linken führte zu den Ställen, und rechter Hand befanden sich Küche, Öfen und der Bedienstetentrakt.

»Siehst du den Rosenstrauch da drüben an der Wand?« flüsterte Kathryn und duckte sich neben ihre Tochter. »Dahinter verstecken wir uns. Und denk bitte daran, keinen Laut!«

Kathryn und Maeve schlichen geräuschlos über den gepflegten Rasen und krabbelten hinter den Rosenstrauch. »Ist das nicht lustig?« fragte Kathryn.

»O ja«, antwortete Maeve. »Und was machen wir jetzt?«

»Warten.«

»Warum?«

»Damit uns Onkel Hugh nicht findet, bis wir Schloß Dublin erreicht haben.«

»Ich weiß was!« rief Maeve.

»Pscht!« beschwichtigte Kathryn ihre Tochter. »Sei bitte still.«

»Aber warum?« flüsterte Maeve.

»Man könnte uns hören und Onkel Hugh erzählen, wo wir sind.«

»Oh.«

Eine halbe Stunde lang saßen Mutter und Tochter unbequem hinter dem Rosenstrauch. Schließlich durchbrach Maeve ihr Schweigen.

»Ich hab' solchen Durst, Mama.«

»Wir werden uns einen Siegestrank genehmigen, wenn wir auf Schloß Dublin angekommen sind«, flüsterte Kathryn. »Wäre das nicht großartig?«

Maeve nickte wenig überzeugt. Eine weitere halbe Stunde schleppte sich zäh dahin.

»Mama?«

»Was ist denn?«

»Mein Hinterteil tut weh«, beklagte sich Maeve.

Kathryn lächelte. »Setz dich auf meinen Schoß.«

Maeve krabbelte auf den Schoß ihrer Mutter. Kathryn nahm ihre Tochter liebevoll in die Arme.

»Mama?« Mit entwaffnenden grünen Augen strahlte Maeve sie an.

»Ja, mein Schatz?«

»Ich will meinen Mittagsschlaf.«

»Schließe deine Augen, mein Kind«, sagte Kathryn lächelnd. »Mama paßt auf dich auf, während du schläfst.«

Maeve schloß die Augen. Zwei Sekunden später öffnete sie sie erneut. »Mama?«

»Ja?«

»Ich hab' dich lieb.«

»Und ich liebe dich noch tausendmal mehr«, sagte Kathryn.

Maeve schloß ihre Lider. Innerhalb weniger Minuten wurde der Atem des Kindes gleichmäßiger, und Kathryn erkannte, daß es schlief.

Zwei Stunden später entstiegen Mme. Bujold und zwei ihrer Gehilfinnen auf dem Vorplatz einer Kutsche und betraten das Haus. Peg führte sie nach oben, doch Kathryns Gemächer waren verlassen. Nachdem sie in Maeves Zimmer, im Salon, der Bibliothek und im Arbeitszimmer nach ihr gesucht hatte, rannte Peg auf den Hof, wo Hugh mit einigen seiner Männer ins Gespräch vertieft stand.

»Mylord«, rief Peg, offensichtlich in heller Aufregung, »Madame Bujold wartet, und ich kann Lady Kathryn nicht finden. Auch die kleine Maeve ist verschwunden.«

»Sie wollten eigentlich einen Mittagsschlaf machen«, meldete sich Polly zu Wort, die etwas weiter entfernt neben Patrick stand.

»Durchsucht noch einmal das Haus«, ordnete Hugh an.

»Peg, sieh du in der Küche und bei den Öfen nach. Geh zu den Ställen, Conal, und vergewissere dich, daß kein Pferd fehlt.« Mit grimmigem Gesicht wandte er sich Patrick zu. »Wir suchen im Garten. Schau hinter jeden Strauch, ob sich diese kleine Schlange, die sich als englische Lady ausgibt, dahinter verbirgt.«

Hinter dem Rosenstrauch verfluchte Kathryn ihren törichten Plan, nach Schloß Dublin entkommen zu wollen. Ihre Beine waren verkrampft, ihr Hinterteil völlig gefühllos und ihre Arme schmerzten, da sie ihre Tochter die ganze Zeit festhielt.

Kathryn sandte ein stummes Dankgebet gen Himmel, als Maeve ihre Augen endlich wieder öffnete. Wenigstens konnte sie ihre schmerzenden Arme entlasten.

»Setz dich neben mich«, flüsterte Kathryn Maeve zu, die vom Schoß ihrer Mutter heruntergekrabbelt war.

»Autsch!« quietschte Maeve, als eine Dorne in ihr Hinterteil piekste. »Eine Schlange hat mich gebissen, Mama!«

»Pst!« Kathryn blickte auf ihre Tochter herab.

»Die einzige Schlange hinter diesem Strauch ist deine Mutter«, erklang Hughs Stimme. »Kommt sofort raus.«

Kathryn schloß ihre Augen, als sie das Paar glänzender schwarzer Stiefel vor dem Rosenstrauch sah. Als sie sie einen Augenblick später wieder öffnete, standen dort plötzlich zwei Paar schwarzer Stiefel.

»Kommt sofort raus, habe ich gesagt.«

Lachend schlüpfte Maeve hinter dem Strauch hervor und grinste Hugh und Patrick an. »Du hast gewonnen, Onkel Hugh«, rief sie. »Jetzt mußt du dich zu Schloß Dublin schleichen, und Mama und ich müssen dich suchen. Wir werden unsere Augen schließen und bis zehn zählen.«

Hinter dem Rosenstrauch seufzte Kathryn entsetzt auf. Ihre Tochter hatte gerade ihre Ausrede zunichte gemacht.

»Wir spielen morgen weiter«, erklärte Hugh dem Kind. »Es ist bald Abendbrotzeit. Patrick, sorg dafür, daß Polly Maeve ins Haus bringt.«

Patrick streckte dem kleinen Mädchen seine Hand entgegen, und sie schlenderten gemeinsam zum Haus zurück.

»Das Spiel ist vorbei«, sagte Hugh zu dem Rosenstrauch. »Komm endlich raus.«

»Ich komme ja schon«, brummte der Rosenstrauch.

Zerknirscht und von Kopf bis Fuß verschmutzt krabbelte Kathryn hinter dem Rosenstrauch hervor. Ohne ein weiteres Wort packte Hugh ihren Oberarm mit schmerzhaft festem Griff und zerrte sie zum Haus. Im Inneren des Gebäudes führte er sie unter den beobachtenden Blicken der Dienerschaft wie eine gemeine Verbrecherin in sein Arbeitszimmer. Mit einem gewaltigen Knall schloß sich die Tür hinter ihnen.

»Du hast den Verstand eines Schafs«, herrschte Hugh sie an und deutete anklagend mit dem Finger auf sie.

Gewandt entzog sich Kathryn seinem Griff und rieb sich ihren schmerzenden Oberarm, dann wirbelte sie zu ihm herum; ihre Augen sprühten Funken. »Und du, mein hochwohlgeborener Lord, bist so hinterhältig wie eine Schlange, hast die Moral eines Kaninchens und Manieren wie ein Schwein. Du bist gemein, grausam ...«

»Genug!« fuhr ihr Hugh ins Wort, dann lächelte er. »Ich glaube, ich habe die richtige Idee.« Er deutete auf einen Sessel. »Bitte, setz dich, damit wir die Angelegenheit in aller Ruhe besprechen können.«

»Ich ziehe es vor zu stehen.«

»Ich sagte, setz dich hin.«

Mit der Anmut einer Königin setzte sich Kathryn und glättete sorgfältig die Falten ihres schmutzigen, mit Grashalmen übersäten Kleides. Nachdem sie ihre zitternden Hände in den Schoß gelegt hatte, blickte sie mit hochmütigem, verächtlichem Gesichtsausdruck zu ihm auf.

Die Dame ist wirklich gut, dachte Hugh, ihre Haltung bewundernd. Gestandene Männer fürchteten sich vor seinem Zorn, doch diese zarte Person besaß den Mut, sich ihm entgegenzustellen.

»Warum wolltest du fliehen?« fragte er sie stirnrunzelnd.

»Warum ich ...? Mylord, bei allem ehrerbietigen Respekt muß ich dich doch bitten, erst *nachzudenken,* bevor du dumme Fragen stellst.«

»Kläre mich auf«, sagte Hugh, ihren Sarkasmus ignorierend.

»Lady Fiona ...«, setzte Kathryn an.

»Fiona Fitzgerald ist eine niederträchtige Hexe«, schnitt Hugh ihr das Wort ab. »Wir haben das bereits mehrmals besprochen, Katie. Ich respektiere deinen Wunsch, meinem Onkel zu gedenken, aber wegen Turlough können wir unsere Hochzeit nicht verschieben. Außerdem ist der Vertrag bereits unterzeichnet.«

»Verträge dürfen gebrochen werden«, erwiderte Kathryn. »Ein Schwur nicht.«

»Die Königin gibt unserer Verbindung ihren Segen«, log Hugh. »Sie erwartet, daß wir umgehend heiraten.«

In brütendes Schweigen versunken, wandte Kathryn sich ab. Hugh zog sich einen Sessel heran, setzte sich und ergriff ihre Hände. »Sieh mich an«, sagte er, und als sie das tat, fragte er leise: »Ist eine Ehe mit mir denn eine so entsetzliche Vorstellung?«

Kathryns Gesichtszüge entspannten sich. »Nein.«

Ihre Hände umschlungen haltend, kniete Hugh lächelnd vor ihr nieder. »Willst du mir die große Ehre erweisen und meine Frau werden?« fragte er und zwang sie, ihn anzusehen.

Von seinem Zartgefühl berührt, nickte Kathryn, denn sie brachte kein Wort hervor. Noch nie in ihrem jungen Leben hatte man sie umworben, statt dessen war sie zu ihrer ersten Heirat gezwungen worden.

»Gut«, sagte Hugh kurz angebunden, dann erhob er sich wieder. Vor jemandem zu knien, bereitete ihm sichtliches Unbehagen. »Du kannst dich im Haus und auf dem Anwesen frei bewegen, aber solange das Baby nicht geboren ist, ist dir das Reiten untersagt. Und du versprichst mir, daß du keine weiteren Fluchtversuche unternimmst.«

»Dir würde mein Ehrenwort genügen?« fragte Kathryn, überrascht über sein Vertrauen.

»Selbstverständlich. Gibst du es mir?«

»Ja, ich verspreche es.«

Hugh musterte sie von Kopf bis Fuß und mußte über ihre ramponierte Erscheinung lachen. »Geh jetzt und wasch dir vor dem Abendessen noch den Schmutz aus dem Gesicht.«

Schelmisch grinsend erhob sich Kathryn, und er begleitete sie zur Tür. Dort blieb sie stehen. »Nur noch eine Sache.«

Hugh wartete.

»Ich möchte, daß du endlich aufhörst, mich mit Küssen zu bestürmen, wenn wir allein sind«, erklärte sie ihm.

Hugh nickte zustimmend.

»Ich möchte dein Wort darauf.«

»Ich schwöre, daß ich dich nicht mehr mit Küssen bestürmen werde ...«

Sein Ehrenwort akzeptierend senkte Kathryn den Kopf und schloß die Tür hinter sich.

»*... bis die Zeremonie vorbei ist«*, fuhr Hugh in Gedanken fort; dann entschied er, Patrick damit zu beauftragen, sie zu beobachten. Diskret natürlich.

6

Der Morgen des Sommertages, der Hughs und Kathryns Hochzeitstag werden sollte, war sonnig und warm. Nachdem Kathryn gebadet hatte, kleidete sie sich mit Hilfe von Polly und Peg an, die staunend ihr Werk betrachteten. Aufgeregt schwirrte Maeve immer wieder um ihre Mutter herum, bis diese sich wie ein Maibaum vorkam.

Der Zauber eines Sommernachtstraums, dachte Kathryn ironisch, wenn unheilvolle Kräfte von Menschen Besitz ergreifen und diese zu schrecklichen Taten befähigen. In meinem Fall wird das Schlimmste wohl heute nacht in diesem Zimmer stattfinden.

Kathryn sah aus wie die schönste und verlockendste Blüte des Sommers. Ihr blaßgelbes Seidenkleid hatte lange weite Ärmel und einen viereckigen Halsausschnitt, der ihr Dekolleté betonte. Schlitze im Rock und in den Ärmeln gaben den Blick auf ein reinseidenes Unterkleid und eine Bluse frei. Kostbare Goldstickereien und aufgesetzte Perlen schmückten den Halsausschnitt und die Kleiderschlitze. Ihre üppige kupferfarbene Haarpracht war im Nacken zu einem Knoten hochgesteckt. Um den Hals trug Kathryn eine ebenmäßige, zweireihige Perlenkette mit einer kostbaren Brillantschließe — Hughs Hochzeitsgeschenk.

Ein Geräusch hinter der Verbindungstür ließ die Blicke der drei Frauen in diese Richtung schweifen. Peg rannte durch das Zimmer, öffnete die Tür einen Spaltbreit und starrte auf Hugh.

»Was möchten Sie?« fragte sie.

»Lady Kathryn — wenn es dir nichts ausmacht.«

»Es macht mir aber etwas aus«, erwiderte Peg. »Sie ist unabkömmlich.« Sie versuchte, die Tür wieder zu schließen, doch er hatte seinen Fuß dazwischengestellt.

»Wollen Sie das Unglück auf dieses Haus ziehen, Mylord?«

»Nein.«

»Dann gehen Sie. Es bringt Unglück, die Braut vor der Hochzeit zu sehen.«

»Da verstehen wir keinen Spaß, Onkel Hugh«, mischte sich Maeve ein und brachte die Frauen zum Lachen.

Nachdem Hugh seinen Fuß weggezogen hatte, wurde ihm die Tür vor der Nase zugeschlagen. Fluchend drehte er sich um und marschierte aus seinem Zimmer, um sich zu St. Mary aufzumachen.

Auf die Aufforderung wartend, daß sie die Kapelle betreten sollten, standen Patrick und Kathryn in dem kleinen Kirchenschiff von St. Mary. Bleich und zitternd sprang Kathryn auf, als die Tür geöffnet wurde.

»Es wird Zeit«, sagte Conal und verschwand dann wieder.

»Kneif dir in die Wangen, Katie«, befahl Patrick, als sie ihn unsicher anblickte. »Du siehst aus wie ein Gespenst.«

»Am Tag deiner eigenen Hochzeit wirst du meine Gefühle besser verstehen«, entgegnete sie und rieb über ihre Wangen. »Um ehrlich zu sein, ich sehe diesem Tag mit Freuden entgegen.«

Patrick hielt Kathryns Hand und führte sie in die Kapelle. Am Ende des Gangs zögerte sie, doch sein Griff machte eine Flucht unmöglich. Ihr blieb nichts anderes übrig, als ihm zu folgen.

Unter den prüfenden Blicken der Hochzeitsgäste glitt Kathryn zu dem blumengeschmückten Altar, wo Hugh bereits neben Vater Dunn wartete. Als sie dort ankamen, führte Patrick ihre zitternde Hand an seine Lippen und trat dann zurück.

»Sei ganz ruhig«, flüsterte Hugh und drückte ihre Hand. Er führte sie in das Sanktuarium, wo sie gemeinsam vor Vater Dunn niederknieten.

Aufgrund der vielen Messebesuche in ihrem Leben antwortete Kathryn vollkommen mechanisch auf die wie von weither an ihr Ohr dringenden Gebete des Geistlichen, denn in ihrem Inneren wurde sie von angsterfüllten Überlegungen gepeinigt. *War es bereits zu spät, um die Zeremonie zu unterbrechen? Was würde Hugh tun, wenn sie sich plötzlich umdrehte und zum Kirchenausgang stürmte?*

Kathryn war klar, daß solche Überlegungen vollkommen unsinnig waren, deshalb sah sie Hugh verstohlen an und versuchte sich auf seine ansprechenden Gesichtszüge zu konzentrieren. Er war attraktiv und intelligent — freundlich — großzügig — geduldig — er küßte hervorragend ... Als sie an ihre bevorstehende körperliche Vereinigung dachte, fiel ihr Blick auf seine Männlichkeit.

»Lady Kathryn?« vernahm sie Vater Dunns Stimme.

Hugh wandte abrupt den Kopf, um sie anzuschauen. Der verträumte Glanz in ihren Augen lieferte den Beweis, daß sie gerade an etwas Amouröses gedacht hatte. Hugh hatte Schwierigkeiten, sein Lachen zu unterdrücken. *Diese kleine Scheinheilige!*

»Antworte Vater Dunn«, flüsterte er aus den Mundwinkeln.

Überrascht aus ihrem Traum gerissen, errötete Kathryn und blickte den Geistlichen an. »Entschuldigung«, murmelte sie.

Schön und gewitzt, dachte Vater Dunn. Nachsichtig lächelnd räusperte er sich. »Willst du, Kathryn Marie O'Neill, diesen Mann, Hugh Owen O'Neill, zu deinem rechtmäßigen Ehemann nehmen?«

»Ja, ich will.«

Vater Dunn nickte Hugh zu. »Stecken Sie der Braut den Ring an den Finger.«

Hugh wollte ihr den schmalen Reif über den Finger streifen, hielt jedoch plötzlich inne. Kalter Zorn war seinen Gesichtszügen abzulesen.

Kathryns Blick wanderte von seinem furchteinflößenden Gesichtsausdruck zu ihrem Ringfinger. Sie rang nach Luft, und ihre Augen weiteten sich vor Entsetzen. Sie trug immer noch Shanes Ehering!

»Es tut mir leid«, stieß Kathryn schließlich hervor. Rasch entfernte sie das Ärgernis von ihrem Finger, da sie aber keine Jackentaschen hatte, steckte sie ihn an den Mittelfinger ihrer rechten Hand.

Hugh streifte ihr seinen Ehering über den Finger, dann blickte er zu dem über das Vorgefallene sichtlich konsternierten Geistlichen. »Sie war Witwe«, klärte er, immer noch verärgert, die Situation auf.

»Sie dürfen die Versammelten als Ehepaar begrüßen«, sagte Vater Dunn, nachdem er sie zu Mann und Frau erklärt hatte. Als sie sich ihren Gästen zuwandten, sagte der Geistliche feierlich: »Mylords und Myladies, hiermit stelle ich Ihnen Lord Hugh O'Neill und seine Ehefrau, Lady Kathryn, vor.«

Was für eine Dummheit habe ich da angerichtet? fragte sich Kathryn, plötzlich von schmerzhaftem Magendrücken geplagt. Nun gab es für sie kein Entrinnen mehr.

»Es tut mir leid«, entschuldigte sich Kathryn erneut bei ihrem Ehemann.

»Ist bereits vergessen«, entgegnete Hugh. »Laß uns nicht mehr darüber sprechen.« Er legte ihren Arm auf den seinen, dann führte er sie durch den Gang aus der Kapelle und zu der wartenden Kutsche.

Der riesige Saal des Herrnhauses der O'Neills war überreich mit Blumenbouquets aus dem Garten geschmückt. Im Eingangsbereich begrüßten Braut und Bräutigam ihre Gäste.

Kathryn war erleichtert und glücklich, daß die gute Laune ihres Mannes wiederhergestellt war. Hugh, der ihre Hand nicht losgelassen hatte, führte diese immer wieder zärtlich an seine Lippen, während er ihr lächelnd in ihre betörenden grünen Augen blickte. Jedem Beobachter wären die O'Neills wie ein liebendes Paar vorgekommen, auch wenn diese beiden eine solche Beschreibung überrascht hätte.

»Lord und Lady Burke«, stellte Hugh das Paar vor, das vor ihnen stand. »Sehr enge Freunde von mir.«

Von etwa gleichem Alter wie Hugh, war auch Lord Burke ein attraktiver, stattlicher Mann, dessen dunkler Teint vor aller Welt sein normannisches Erbe bezeugte. Zierlich und hellhäutig war die hochschwangere Lady Burke das genaue Gegenteil ihres Mannes.

Als das Paar weiterging, klärte Hugh Kathryn darüber auf, daß die Burkes bereits zwei Söhne hatten und in Connaught lebten.

Die Burkes waren nur nach Dublin gekommen, um der Hochzeit beizuwohnen, und wollten dann wegen der Geburt ihres dritten Kindes umgehend nach Hause zurückkehren.

Als Lord Fitzgerald und seine Tochter vor sie traten, drückte Hugh fürsorglich Kathryns Hand.

Fionas Kleid hatte die Farbe ihrer Augen — saphirblau — und einen gewagten Halsausschnitt, der ihren Brustansatz freigab. Um ihren Hals trug sie ein kostbares Collier aus Saphiren und Diamanten, deren funkelndes Feuer die Aufmerksamkeit der Männer magisch anzog und sie dazu einlud, ihre Blicke über die seidenweiche Haut dieser Frau schweifen zu lassen.

Kathryn verglich ihren eigenen Busen mit dem ihres Gegenübers und schnitt schlecht ab.

»Meinen herzlichen Glückwunsch«, sagte Lord Fitzgerald und schüttelte Hughs Hand, dann deutete er auf ein Paar, das direkt hinter ihm stand. »Das ist meine Nichte Aisling, und wie Sie sicherlich wissen, ihr Ehemann, Lord O'Brien.«

Lady Aisling O'Brien war eine unglaublich schöne junge Frau. Wie ihre Cousine Fiona hatte sie saphirblaue Augen, ihr Haar glänzte in einem faszinierenden Goldton, und ihre Haut war pfirsichzart. Überraschend war allerdings, daß Lord O'Brien dem Alter nach ihr Großvater hätte sein können. Ihre Heirat war arrangiert worden, und mit etwas Glück war Lady Aisling bald eine wohlhabende junge Witwe.

Fiona, die Kathryn völlig ignorierte, strahlte Hugh an, doch dieser hatte nur Augen für seine Braut. Daraufhin schlenderte sie am Arm ihres Vaters weiter.

Königin Elizabeths Vizekönig war einer der letzten Gäste, der ihnen seine Glückwünsche überbrachte. Sir William Russell war mittleren Alters, klein und gedrungen. Er lehnte alles Irische ab, ließ sich statt dessen von englischen Titeln beeindrucken und arbeitete daran, auch selbst zu mehr Ruhm und Ehre zu gelangen.

»Sie haben eine hervorragende Partie gemacht, O'Neill«, sagte Sir William und lächelte Kathryn an. »Wenn die Königin Ihrer Petition nachkommt, werden Sie und Mylady auf Schloß Dublin gefeiert.«

»Wir freuen uns darauf«, erwiderte Hugh. »Erweisen Sie uns die Ehre, mit an unserer Festtafel zu sitzen?«

Sir William nickte und ging weiter.

»Wenn man einen Titel anstrebt, muß man der Königin eine Petition einreichen«, erklärte Hugh, als ihn Kathryn fragend anblickte. »In unserem Fall eine reine Formsache.«

Flankiert von ihrem Ehemann und dem Vizekönig saß Kathryn an der Ehrentafel. Da er die Braut zum Altar geführt hatte, saß Patrick zur Rechten Hughs und Sir Henry Sidney zur Linken von Sir Willam. Frisch gebackenes Brot, goldgelber Honig, sahnige Butter und Bataillone von Weinkaraffen bedeckten den Tisch.

Die Bediensteten trugen den ersten Gang aus Krabben, Schnecken mit Kräuterbutter und Austern auf. Hugh legte Kathryn einige Krabben vor und langte dann selbst zu. Als einer der Wachhabenden der O'Neills dem Brautpaar riet, sich gegenseitig mit Austern zu füttern, da das die Freuden der Hochzeitsnacht erhöhte, errötete Kathryn. Sehr zu ihrer Verärgerung, jedoch zur Freude der Wachen lachte Hugh schallend.

»Erlaubst du«, sagte Hugh und hob eine Auster an ihre Lippen.

Kathryn fiel ein anderes Hochzeitsfest ein und sie erstarrte. Sie bemühte sich nach Kräften, die Tränenflut zurückzuhalten, die ihr in die Augen stieg.

Hugh legte seinen Arm um ihre Schulter und zog sie eng an sich. »Was ist denn?«

»Nichts«, log sie, während sie ihre Lider senkte, unfähig, seinem Blick standzuhalten.

»Erzähl mir, was dich bedrückt«, forderte Hugh sanft. »Ich möchte nicht, daß wir Geheimnisse voreinander haben.«

»Ich habe Shane mit Austern gefüttert, als wir ...« Als sie bemerkte, wie der Blick ihres Ehemanns stahlhart wurde, zögerte Kathryn für Sekundenbruchteile und versuchte dann zu erklären: »Die Erinnerung an sein grausames Ende ... Ich ... ich habe Angst, daß du ...«

»Die Aufforderung, daß das Brautpaar Austern essen soll, ist nichts Ungewöhnliches«, erklärte ihr Hugh. »Es besteht kein Grund zur Furcht.«

»Oh.«

Hugh beugte sich ganz nahe zu ihr und küßte sie. Die anwesenden Hochzeitsgäste klatschten vor Vergnügen in die Hände, was Kathryn erneut erröten ließ.

Das weitere Mahl verlief ohne besondere Zwischenfälle.

Der zweite Gang bestand aus gebratenem Rindfleisch, gegrillter Lammkeule und Spanferkelbraten. Appetitlich aussehende Pasteten mit Geflügelfüllung wurden als nächstes aufgetischt. Salat, Lauch und Radieschen wurden schüsselweise vertilgt. Der Höhepunkt für die Gäste, die Desserts — Käsecremes, Gebäck, frische Erdbeeren mit Schlagsahne, eine glasierte Hochzeitstorte — schlossen sich an.

Nachdem das Gesinde die Tische abgeräumt hatte, schoben die wachhabenden Offiziere die Tische beiseite, um im Saal eine große Freifläche zu schaffen. Hugh und Kathryn eröffneten den Tanz und waren bald umringt von ihren vielen Gästen.

Kathryn tanzte mit Patrick und Sir William. Hugh nahm sie wieder in Empfang und schlug ihr vor, ihre Gäste zu umrunden, als sie jedoch am Eingang des Saals angelangt waren, zog er sie hinter sich in die Eingangshalle.

»Peg holt gerade Maeve«, erklärte er und deutete auf die Treppe. »Ich muß dir etwas zeigen.« Als das kleine Mädchen die Treppe hinuntergehüpft kam, schob Hugh sie beide hinaus in den Park.

»Patrick!« rief er.

Maeves grüne Augen, die ihrer Mutter so ähnlich waren, weiteten sich vor freudiger Überraschung, als der Offizier der O'Neills erschien und ein schwarzes Shetlandpony am Halfter führte. Augenblicklich raste Maeve auf den lachenden Patrick zu, der sie auf das Pony schwang und sie dann durch den Garten führte.

»Du weißt genau, wie man Damen eine Freude bereitet«, bemerkte Kathryn mit leuchtenden Augen, als sie ihre glückliche Tochter beobachtete.

»In deinem Fall hoffe ich das wirklich«, sagte Hugh. Als er ihre Blässe bemerkte, fügte er hinzu: »Es wird keine Zeremonie für unsere Hochzeitsnacht geben. Geh unbesorgt und bereite dich auf die Nacht vor. Ich werde Maeve der Fürsorge von Peg überlassen.«

»Danke«, sagte Kathryn.

Selbstzufrieden lächelte Hugh ihr nach, als sie verschwand.

Polly wartete bereits in Kathryns Schlafgemach. Als sie den angespannten Gesichtsausdruck ihrer Herrin bemerkte, entschied Polly, daß Ruhe das beste wäre. Sie löste Kathryns prächtige kupferne Haarpracht und bürstete sie aus, dann half sie ihr beim Entkleiden und zog ihr das bezaubernde Nachtgewand über, das Mme. Bujold eigens für die Hochzeitsnacht angefertigt hatte.

»Laß mich allein«, sagte Kathryn. »Ich möchte ein paar Minuten allein sein.«

»Sie waren eine wunderschöne Braut.« Polly schlenderte zur Tür.

»Polly?« Als sich die junge Frau umwandte, deutete Kathryn auf das Bett, das mit Blütenzweigen geschmückt war, wie es die alten heidnischen Fruchtbarkeitsriten vorsahen. »Das war nicht notwendig. Ich bin bereits schwanger.«

»Ich wollte nur dafür sorgen, daß Sie das nächste Kind empfangen, wenn dieses geboren ist.«

Allein in ihrem Zimmer stand Kathryn vor dem Wandspiegel und betrachtete ihr Ebenbild. Ihr Nachtkleid bestand aus fast durchsichtiger cremefarbener Seide, die von schimmernden goldfarbenen Fäden durchzogen war. Am Busen enganliegend, fiel das Gewand locker über ihren Bauch und die Hüften, um ihre Schwangerschaft so geschickt wie möglich zu verbergen. Es war ärmellos, und das enge Oberteil wurde am Busen von drei Bändern aus goldfarbenem Satin gehalten. Das schimmernde Nachtgewand und ihr glänzendes Haar, das ihr in kupferroten Kaskaden über die Schultern fiel, gaben Kathryn im flackernden Feuerschein die Aura einer heidnischen Göttin.

Ich bin kein unschuldiges Mädchen mehr, das sich fürchten muß, versuchte Kathryn ihre angespannten Nerven zu beruhigen. *Ich bin einen Handel eingegangen und muß meiner Kinder willen Wort halten.*

In einen seidenen Morgenmantel gehüllt, schlüpfte Hugh leise durch die Verbindungstür und trat von hinten an Kathryn heran. Er legte seine Hände auf ihre Schultern. Ihre Augen begegneten sich im Spiegel. Sein forschender, durchdringender Blick ließ Kathryn herumwirbeln, und sie sah ihn an. Jeder Gedanke an ihre Kinder und den Handel war auf einmal vergessen.

Hugh, der ihre Furcht bemerkte, ließ Kathryn keine Möglichkeit zum Nachdenken.

Zärtlich, aber bestimmt, ergriff er ihre Oberarme, zog sie an seinen schlanken, muskulösen Körper und bedeckte ihre Lippen mit einem leidenschaftlichen, nicht enden wollenden Kuß.

»Meine süße, schöne Ehefrau«, flüsterte er zärtlich, dann hob er den Kopf, um in ihre faszinierenden grünen Augen zu blicken.

In diesem Augenblick entdeckte er die beiden stummen Tränen, die langsam über ihre Wangen rannen.

Entschlossen, sich zu nehmen, was ihm zustand, öffnete Hugh das oberste Goldbändchen, legte ihre üppigen Brüste frei und verschlang sie mit seinen Blicken. Er öffnete das zweite Band, doch als seine Hand zum dritten glitt, spürte er die sanfte Rundung ihres Leibes. *Shanes Kind!*

Von seiner Lust beschämt, fluchte Hugh leise und gab sie frei. »Geh zu Bett«, befahl er und wandte sich ab.

»Aber ...«

»Niemand soll glauben, daß unsere Ehe nicht vollzogen

wurde«, unterbrach Hugh sie. »Wir werden heute nacht das Bett teilen. Geh schlafen, bevor ich meinen Entschluß noch ändere.«

Verwirrt und auch erleichtert krabbelte Kathryn ins Bett und zog die Bettdecke bis zum Kinn hoch.

Er wollte sie. Mit jeder Faser seines Herzens. Das war ihm vollkommen klar. Und er wollte sie bereits verdammt lange.

Fünf Jahre zuvor war Hugh dem frischvermählten Shane und Kathryn am Hofe der Tudors begegnet. Die fünfzehnjährige, unglaublich schöne Frau seines Onkels hatte ihn sogleich angezogen. An jenem lange vergangenen Abend war es ihm gelungen, sie allein aufzuspüren und ihr einen Kuß abzuringen.

Leider hatte Shane die beiden gefunden und diesem ersten, wunderbaren Kuß ein jähes Ende bereitet. Sein Onkel hatte Hugh zum vermutlich hundertsten Male verflucht und Kathryn geschlagen.

Damals hat Shane mich gehindert, dachte Hugh, *und heute nacht war es sein Sohn.*

Nein, berichtigte er sich. *Es waren ihre Tränen.* Aufgrund ihrer Ehe mit Shane war Kathryn verängstigt und brauchte Zeit. Solange zu warten, bis sie ihr Kind geboren hatte, war doch das mindeste, was er tun mußte. Schließlich waren sie noch eine lange, lange Zeit verheiratet.

Am nächsten Morgen erwachte Hugh sehr früh. Kathryn schlief noch eng an ihn gekuschelt. Als er ihren friedlichen Gesichtsausdruck sah, entschied er, daß sie eher einem Engel als einer Verführerin glich. Sein Blick glitt über ihren dürftig verhüllten Körper, und zu seinem Leidwesen spürte er, wie seine Männlichkeit erwachte.

Ein verräterisches Lächeln umspielte seinen Mund. Warum sollte er sich nicht jetzt mit ihr vergnügen? Schließlich hatte sie dem Vollzug ihrer Ehe zugestimmt.

Hugh griff nach einer ihrer runden, verlockenden Brüste. Ein schrecklicher Gedanke durchfuhr ihn, und seine Hand hielt mitten in der Bewegung inne, noch bevor sie die große, dunkle Brustwarze berührt hatte. War es dieses verstohlene Vergnügen denn wirklich wert, daß sie ihm ein Leben lang Ehrlosigkeit vorwerfen könnte?

Nein! Rasch zog Hugh seine Hand fort.

Unbefriedigt zu sein, ist doch nichts Tragisches, versuchte sich Hugh zu besänftigen, *allenfalls eine unerträgliche Qual.* Um der Versuchung zu widerstehen, kroch er aus dem Bett und suchte in seinem Schlafzimmer Zuflucht.

Im Halbschlaf wälzte sich Kathryn in dem riesigen Bett und tastete instinktiv nach dem Körper, der sie in der Nacht gewärmt hatte. Vorsichtig öffnete sie ein Auge, dann das zweite, und stellte fest, daß sie plötzlich allein war.

Als die Tür plötzlich aufsprang, erschrak sie. Polly kam herein und betrachtete sie mit wissendem Blick. »Ihr Bad ist in Lord O'Neills Zimmer vorbereitet«, rief sie.

»Wo ist m-mein ... Lord O'Neill?« Kathryn versuchte, Distanz zu wahren.

»Spielt mit Maeve im Garten Nachlaufen.« Pollys Lippen zuckten aufgrund der Förmlichkeit, die ihre Herrin gegenüber ihrem neuen Ehemann an den Tag legte. »Sie haben mit dem Frühstück auf Sie gewartet.«

In einen apricotfarbenen, züchtig hochgeschlossenen Seidenmorgenmantel mit Spitzenbesatz gehüllt, stürmte Kathryn die Treppe hinunter, zögerte jedoch, bevor sie ins Freie trat. Verlegen über ihre nächtlichen Tränen überlegte Kathryn zum wiederholten Male, ob ihr Ehemann nun vorhatte, ihre Ehe in der kommenden Nacht zu vollziehen. Schließlich hatte sie dem zugestimmt.

Verdammt. Kathryn verfluchte ihre kindische Nervosität und zwang sich weiterzugehen.

Hugh, der Maeve auf ihrem schwarzen Pony durch den Garten führte, drehte sich um und bemerkte Kathryn, die mit hochroten Wangen schüchtern auf sie zukam. Mit ihrer frischen Haut und dem zarten Gewand erschien sie ihm wie eine seltene und wunderschöne Blume, die in seinem Garten wuchs. Hugh überkam der drängende Wunsch, sie zu pflücken.

»Guten Morgen, Mylady«, rief er und verbeugte sich galant in ihre Richtung, dann winkte er den wartenden Stalljungen herbei und hob Maeve aus dem Sattel.

»Mama, hast du gesehen, wie ich Soot geritten habe?« fragte Maeve aufgeregt.

»Soot?«

»Mein Pony!«

»Ja, mein Schatz. Du bist eine hervorragende Reiterin. Aber wäre Midnight nicht ein schönerer Name für ein solch prächtiges Pony?«

Die grünen Augen des Kindes funkelten. Die kleine Himmelfahrtsnase stolz nach oben gereckt, ähnelte es seiner Mutter, wenn diese zornig war. »Ich mag Soot«, beharrte Maeve, »und er gehört *mir.*«

»Dann heißt er natürlich Soot, mein Schätzchen.«

»Madam, Ihre unvergleichliche Schönheit stellt jede andere Blüte in den Schatten«, schmeichelte ihr Hugh und deutete mit ausladender Geste auf den Garten.

»Mylord, Sie hätten Dichter werden sollen«, erwiderte Kathryn, deren Lippen ein zartes Lächeln umspielte.

»Der Schatz eines Dichters sind seine Worte«, sagte Hugh. »Ich ziehe etwas Greifbareres, um nicht zu sagen, Wertvolleres, vor. Sollen wir frühsücken?«

Als sie zu dritt das Herrenhaus betraten, legte Hugh seinen Arm vertraulich um Kathryns Taille. Überrascht blickte sie ihn an und begegnete seinem entwaffnenden Lächeln.

»Ich hoffe, du hast gut geschlafen?« fragte er und zog sie enger an sich.

»J-j-ja«, stammelte sie, und ihr Gesicht nahm das flammende Rot seiner prächtigsten Rosen an.

Nachdem sie Maeve am selben Abend zu Bett gebracht hatte, ging Kathryn sogleich in ihr Schlafzimmer. Wenn sie sich noch zu ihrem Ehemann im Arbeitszimmer gesellt hätte, dann hätte sie sich möglicherweise in eine unangenehme Situation hineinmanövriert, und das wollte sie vermeiden.

Polly wartete bereits in ihrem Zimmer. Nachdem sie ihrer Herrin beim Entkleiden geholfen hatte, verließ sie sie, konnte es sich jedoch nicht verkneifen, ihr mit wissendem Blick noch angenehme ›Träume‹ zu wünschen.

Kathryn fragte sich, warum ausgerechnet Polly, was eheliche Pflichten anbelangte, soviel wußte. Das war zweifellos Patricks Verdienst!

Sobald sie in ihrem Bett lag, fiel ihr Blick auf die Verbindungstür, und sie dachte an ihren Ehemann. Sie spürte beinahe, wie seine geschmeidigen Hände sie umschlangen und stellte sich vor, daß sein kräftiger, muskulöser Körper sie auf das Bett drückte. Dann machte sich das Kind in ihrem Bauch bemerkbar, und sie stöhnte über ihre abwegigen Gedanken.

»Was ist denn nur mit mir los?« fragte Kathryn in das leere Zimmer hinein. Von der gegenüberliegenden Seite der Tür hörte sie ein Geräusch und wußte, daß sich Hugh zur Ruhe begab. *Wird er in mein Bett kommen oder nicht?* überlegte sie, verunsichert, was sie eigentlich wollte. Kathryn schätzte seine Rücksichtnahme auf ihre Gefühle, aber war sie denn so unattraktiv, daß er es nicht wenigstens versuchte?

Es dauerte lange, bis der Schlaf Kathryn schließlich von ihren aufgewühlten Gedanken erlöste.

Hugh legte sich ins Bett und starrte beschwörend auf die Verbindungstür. Schlief Kathryn bereits oder war sie mit ihren Gedanken bei ihm? Bei der Vorstellung, sie könnte vielleicht an Shane denken, krampfte sich sein Herz zusammen.

Den ganzen Tag war seine Ehefrau warmherzig und liebenswürdig gewesen. Hatte sie, was ihren Handel anbelangte, vielleicht ihre Meinung geändert? Von Natur aus unstet, änderten Frauen häufig ihre Ansichten. Alles, was er tun mußte, war, diese Tür zu öffnen.

Und was dann?

Stolz und unbeugsam wie sie war, würde Kathryn niemals zugeben, daß der verfluchte Handel ein Fehler gewesen war. *Oder vielleicht doch?*

Nein! Hugh wollte nichts riskieren. Er hatte keine Lust, sie zu irgend etwas zu zwingen oder sich eine Abfuhr zu holen.

Hugh rollte sich zur Seite, doch auch er brauchte sehr lange, bis er den erlösenden Schlaf fand.

7

»Mama, ich möchte auf Soot ausreiten«, sagte Maeve, die vor dem Kamin spielte.

»Nein, Soot würde sich bei diesem Regen fürchterlich erkälten«, wandte ihre Mutter ein.

Am Fenster ihres Salons stehend, betrachtete Kathryn überaus verstimmt den regnerischen Septembernachmittag und seufzte. Noch zwei lange beschwerliche Monate, dann war sie endlich von ihrer Last befreit. Als sie an ihrem unförmigen Körper hinabblickte, fragte sie sich beunruhigt, um wieviel dicker sie noch werden könnte und ob ihr die auffällig runde Gestalt etwa erhalten bliebe. Dann wandte sich Kathryn wieder ihrer Aufgabe zu, setzte sich in den Sessel vor dem Kamin und griff nach den Babysachen, die sie gerade nähte.

Polly kam in den Salon. »Sir William Russell wartet unten.«

»Der Vizekönig?«

»Lord O'Neill und er erwarten Sie im Arbeitszimmer.«

»Bleib hier bei Maeve«, wies Kathryn Polly an, während sie sich gemächlich aus ihrem Sessel erhob. Als sie die Röcke ihres Kleides richtete, fühlte sie sich viel zu unförmig, um einen so wichtigen Gast zu begrüßen, und sie wünschte sich, daß ihre Schwangerschaft noch nicht so weit fortgeschritten wäre.

Im Erdgeschoß klopfte Kathryn an die Tür des Arbeitszimmers und trat ein.

Hugh war sogleich an ihrer Seite und führte sie zu einem Sessel vor dem Kamin, dann setzte er sich auf die Sessellehne.

»Entschuldigen Sie meine Unhöflichkeit«, sagte Kathryn zu Sir Willam. »Aber der Hofknicks ist in meinem augenblicklichen Zustand ziemlich schwierig.«

»Sie brauchen sich doch nicht zu entschuldigen, Mylady«, entgegnete der Vizekönig. »Ich habe hervorragende Neuigkeiten für Sie, obwohl ich heute auch etwas recht Tragisches erfahren mußte.«

Hugh warf seiner Frau einen Seitenblick zu, dann sah er Sir William warnend an, was diesem allerdings entging.

»Erzählen Sie zuerst die schlechte Nachricht«, sagte Kathryn lächelnd. »Die gute Nachricht wird uns wieder aufbauen.«

»Bist du sicher, daß du das verkraftest?« fragte Hugh vorsichtig und sah ihr tief in die Augen.

»Ein Kind zu bekommen, bedeutet nicht, daß ich selbst ein Kind oder nicht belastbar bin«, konterte Kathryn.

Hugh rollte die Augen, denn er war mit seiner Geduld langsam am Ende. Es gab Zeiten, da verhielt sich seine Frau genau wie ein störrisches Kind — was sie allerdings verleugnete.

»Lord Burkes Gattin ist verschieden«, berichtete ihnen Sir William, »bei der Geburt ...« Er brach ab, als sein Blick auf Kathryns Leib fiel und er seine Ungeschicklichkeit bemerkte.

Hugh und Kathryn waren beide um einiges blasser geworden.

»Verflucht!« knurrte Hugh und beugte sich fürsorglich über seine Frau. »Ist alles in Ordnung?«

Sichtbar erschüttert, nickte Kathryn. Bei der Entbindung zu sterben, war ihr noch nie in den Sinn gekommen. Hugh griff nach ihrer zitternden Hand.

»Und die gute Nachricht?« fragte Kathryn mit schwacher Stimme.

»Es tut mir wirklich sehr leid, Lady Kathryn«, entschuldigte sich Sir William, dann fügte er lächelnd hinzu: »Oder soll ich Sie mit *Gräfin* anreden?«

»Was?« riefen Kathryn und Hugh wie aus einem Munde.

»Ihre Majestät hat Ihrer Petition zugestimmt«, verkündete Sir William. »Am ersten Januar des kommenden Jahres sind Sie auf Schloß Dublin geladen, um dort zum Grafen und zur Gräfin von Tyrone ernannt zu werden.«

Hugh verbeugte sich, dann küßte er seine Frau auf die Wange. »Danke«, hauchte er.

Kathryn lächelte ihn an, fasziniert von der Zärtlichkeit in seinem Blick. Für Sekundenbruchteile vergaßen beide ihren Gast.

Sir William räusperte sich. »Allerdings ist da noch eine kleine Bedingung zu erfüllen.«

»Fahren Sie fort.« Hugh war plötzlich ganz Geschäftsmann.

»Im kommenden Frühjahr wird Sir Henry Bagenal in Dublin eintreffen, um . . .«

»Mein Stiefvater?« unterbrach ihn Kathryn überrascht.

»O ja. Ich hatte völlig vergessen, daß Ihre Mutter und er im letzten Jahr geheiratet haben. Oder war es vor zwei Jahren? Wie auch immer, Bagenal führt eine Einheit gegen die Maguire an, die, wie Sie wissen, unsere Truppen angegriffen hat. Hugh, man erwartet von Ihnen Unterstützung, die Sie, wie versprochen, aus eigenen Mitteln finanzieren.«

Kathryn öffnete den Mund, um zu protestieren, doch dann spürte sie, wie Hugh ihre Hand drückte. Schweren Herzens schwieg sie.

»Es ist mir eine Ehre, Ihre Majestät und meinen Schwiegervater zu unterstützen«, erklärte Hugh dem Vizekönig. Waffen auf seine eigenen Landsleute zu richten, war ihm zwar äußerst zuwider, aber er hatte keine andere Wahl.

»Ich werde dafür sorgen, daß die Kunde verbreitet

wird. Am ersten Januar werden wir Ihnen zu Ehren auf Schloß Dublin ein Fest geben.« Sir William lächelte sie an.

Kathryn erwiderte sein Lächeln höflich, doch Hughs Gesichtsausdruck blieb unbewegt.

»Da ist noch eine andere Sache, die ich mit Ihnen besprechen muß«, fuhr Sir William mit einem Blick auf Hugh fort. »Unter vier Augen.«

»Ich darf mich verabschieden«, sagte Kathryn. Mit der Hilfe ihres Mannes erhob sie sich und ging zur Tür. »Ich fürchte, ich werde mit der Babywäsche nicht mehr fertig.«

»Meine Teure, näh du nur immerzu Babykleider«, neckte Hugh sie, »und Dublin wird bald keine blauen Stoffe mehr haben.«

Dann drehte er sich um und sah Sir William an, der verträumt auf die Tür starrte, durch die Kathryn gerade entschwunden war. »Selbst in ihrem hochschwangeren Zustand ist sie bezaubernd«, bemerkte der Vizekönig.

Hughs Lippen zuckten vor Erheiterung über die Ausdrucksweise seines Gegenübers. »Danke, ganz meine Meinung.«

»Ich meine, die meisten Frauen sind, selbst wenn sie nicht guter Hoffnung sind, nicht so anziehend«, erklärte Sir William. »Die Schwangerschaft verleiht Lady Kathryn noch mehr Ausstrahlung.«

»Dann muß ich dafür sorgen, daß das so bleibt«, sagte Hugh trocken. »Sie wissen, daß bei einer Frau noch andere Maßstäbe wichtig sind als nur das Augenfällige.«

»Von solchen Dingen verstehe ich nichts«, mußte Sir William zugeben.

Erleichtert fragte Hugh: »Was ist denn so wichtig, daß wir Katie wegschicken mußten?«

»Ich habe schlechte Nachrichten aus England.« Sir William überreichte ihm einen an Kathryn adressierten Brief. »Im Hinblick auf den Zustand Ihrer Frau hielt ich es für besser, es zunächst Ihnen mitzuteilen.«

»Worum handelt es sich?«

»Heather Devereux, die jüngste Schwester Ihrer Gattin,

sollte in Frankreich heiraten. Das Schiff ist nie angekommen, und man vermutet, daß sie tot ist. Ich nehme an, daß dieser Brief ihrer Mutter Ihnen näheres berichtet. Da Bagenal wußte, daß Lady Kathryn schwanger ist, teilte er mir den tragischen Vorfall in seiner Depesche mit und bat mich, ihn mit aller Vorsicht zu erwähnen. Für eine werdende Mutter ist eine solche Aufregung nicht zuträglich. Sie könnte dem Kind schaden.«

»Was ist denn passiert?« fragte Hugh und ließ den Brief in seiner Innentasche verschwinden.

»Das weiß nur Gott allein«, sagte Sir William schulterzuckend. »Das Schiff ist niemals in Frankreich angekommen. Möglicherweise im Sturm gesunken.«

»Verflucht! Wie soll man eine solche Nachricht vorsichtig überbringen?« Hugh schwieg einen Augenblick lang. »Es Katie erst nach der Niederkunft mitzuteilen, erscheint mir am sinnvollsten. Das Baby in Gefahr zu bringen, macht ihre Schwester auch nicht wieder lebendig. Ich bitte Sie nur, es vor niemandem zu erwähnen.«

Sir William nickte. »Sie können sich auf meine Verschwiegenheit verlassen.«

»Und die Königin kann sich auf mich verlassen«, sagte Hugh und schüttelte dem Vizekönig die Hand.

Sir William schlenderte zur Tür. »Ich werde dafür sorgen, daß Ihre Majestät die Nachricht erhält.«

Allein in seinem Arbeitszimmer starrte Hugh auf den Brief, den ihm Sir William ausgehändigt hatte. Wie konnte ein so unverfänglich wirkender Gegenstand eine solch tragische Botschaft enthalten?

Sollte er es Kathryn mitteilen? Wenn sie die Wahrheit über ihre Schwester irgendwie selbst herausfand, würde sie ihn dafür verantwortlich machen, daß er sie ihr nicht mitgeteilt hatte.

Sein Schweigen war vielleicht ein Fehler.

Und, so entschied Hugh, der Verlust des Kindes war Shanes Verlust, nicht seiner.

Hugh verließ sein Arbeitszimmer und ging die Treppe

hinauf, um zu Kathryns Salon zu gelangen. Diesmal klopfte er an und wartete, bis sie ihn hereinbat.

In einem Sessel vor dem Kamin sitzend lächelte Kathryn ihn an, als er durch das Zimmer auf sie zukam. Polly saß in dem anderen Sessel, während Maeve auf dem Teppich zu ihren Füßen spielte.

Hugh verabscheute es, diese friedliche Stimmung zerstören zu müssen.

»Polly, geh mit Maeve nach unten«, wies er die Zofe an. »Ich möchte mit Lady Kathryn unter vier Augen sprechen.«

Nachdem sie gegangen waren, schritt Hugh unruhig vor dem Kamin auf und ab. Kathryn fragte sich, was sie nun wieder angestellt hatte.

»Was ist los?« brach sie die Stille.

Hugh hielt inne, wollte etwas sagen, doch dann zögerte er und wandte den Blick ab.

Sie vertraut mir, erkannte er, als sein Blick erneut auf ihr stolz erhobenes Gesicht fiel. Er konnte es ihr nicht sagen. Eine Fehlgeburt konnte zu *ihrem* Tod führen, und das hätte er nicht ertragen.

»Nun?« forschte Kathryn.

»Ich werde mir morgen zwei Bewerberinnen ansehen, die für die Anstellung als Kindermädchen in Frage kommen«, erklärte Hugh ihr. »Aber wen auch immer ich für Maeve und das Baby einstellen werde, du hast selbstverständlich das letzte Wort bei der Entscheidung.«

Kathryn nickte, erfreut über seine Fürsorglichkeit. »Um wieviel Uhr soll ich dich in deinem Arbeitszimmer treffen?«

»Um zehn Uhr.«

»Gut, dann werde ich dortsein.«

Ohne ein weiteres Wort zu verlieren, verließ Hugh den Salon und begab sich wieder in sein Arbeitszimmer. Er schritt zum Kamin, holte den tragischen Brief aus seiner Innentasche und warf ihn ins Feuer. Er würde Kathryn die schlechte Nachricht mitteilen, sobald das Baby geboren war. Es bestand kaum die Gefahr, daß sie die Wahrheit bereits vorher herausfand.

Zum ersten Vorstellungsgespräch am folgenden Morgen erschien Kathryn recht spät, aber immerhin früh genug, um sich viel Kopfzerbrechen zu ersparen. Ohne anzuklopfen eilte sie ins Arbeitszimmer, setzte sich in den Sessel neben ihren Ehemann und begutachtete die erste Bewerberin, die vor ihr einen Knicks machte und sich dann wieder setzte.

»Das ist Maggie O'Malley«, stellte Hugh die üppige Blondine vor, die ihnen gegenübersaß.

Kathryn blickte die junge Frau an, die sicherlich alles andere als ein Kindermädchen war. Die achtzehnjährige Maggie O'Malley war blond und blauäugig — zu blond und zu blauäugig für Kathryns Geschmack. Stechende grüne Augen musterten den üppigen Busen des Mädchens und erregten Kathryns Mißfallen. Als ihr kritischer Blick erneut zu Maggies Gesicht wanderte, grinste das Mädchen. Nun, wenigstens hatte die kleine Schlampe noch alle Zähne!

Ihre Ehe war gewiß keine Liebesheirat gewesen, dachte Kathryn, während sie das Mädchen betrachtete, und Frauen hatten sich den Launen und Vorlieben ihrer Ehemänner zu unterwerfen. Was Hughs Gunst anbelangte, konnte sie in ihrem unförmigen Zustand beileibe keine ernstzunehmende Konkurrenz gebrauchen. Vorbeugen war also allemal besser als heilen!

»Maggie wird uns wärmstens empfohlen«, sagte Hugh gerade.

»Wir müssen uns noch eine weitere Bewerberin ansehen«, erklärte Kathryn dem Mädchen. »Wir lassen von uns hören.«

Nachdem sie Hugh mit verwunderten Kuhaugen angeschmachtet hatte, stand Maggie O'Malley auf, knickste und verließ das Zimmer.

»Nun?« fragte Hugh mit hoffnungsvoller Stimme.

»Sie ist nicht die Richtige.«

»Warum denn nicht?«

»Das Frauenzimmer paßt besser in eine Spelunke als in ein Kinderzimmer«, entgegnete Kathryn. »Ruf die nächste herein.«

Kopfschüttelnd ging Hugh zur Tür und bat die zweite Bewerberin herein. Nellie Dowd, um die fünfzig und recht beleibt, watschelte ins Zimmer.

»Sie ist die richtige Person«, sagte Kathryn.

»Sie ist die richtige Person?« wiederholte Hugh entgeistert.

»Ja.«

»Aber du hast noch nicht einmal mit ihr gesprochen«, wandte er ein.

Kathryn lächelte ihren Ehemann an. »Nellie ist eine entfernte Cousine von Peg. Außerdem braucht Maeve eine Kinderfrau, die etwas Großmütterliches ausstrahlt.« Sie wandte sich Nellie zu. »Komm mit. Ich möchte dich meiner Tochter Maeve vorstellen.« Hinter ihnen fiel die Tür ins Schloß.

Hugh blickte fassungslos dorthin und fragte sich, was gerade geschehen war. Verglichen mit seiner Frau war die Auseinandersetzung mit den Engländern ein angenehmer Zeitvertreib.

Die fruchtbare Saat, die im Frühjahr ausgesät worden war, war gewachsen und gereift. Wie die Bauern auf dem Feld ihre Ernte einfuhren, so würde auch Kathryn an einem der vor ihnen liegenden, trostlosen Novembertage ihre Last verlieren.

An jenem grauen Novembermorgen war Hugh bereits auf dem Weg ins Parlament, als Kathryn, beleibt und doch beweglich, die Treppe hinuntermarschierte, um mit Peg den Tagesablauf zu besprechen. Als sie die Eingangshalle durchquerte, stemmte sich Kathryn eine Hand in den Rücken, um ihre schmerzende Wirbelsäule zu entlasten.

Sie war froh, wenn das Baby endlich kam. Je eher, desto besser! Schließlich war es äußerst wichtig, daß sie noch vor der feierlichen Amtseinsetzung ihres Mannes wieder ihre frühere Figur zurückgewann, und die Zeremonie lag kaum zwei Monate vor ihnen. Daß Hugh dann auf seine ehelichen Rechte pochen würde, kam ihr gar nicht in den Sinn.

Kathryn durchquerte den verlassenen großen Saal und ging in die Küche, wo sich Polly und Peg an warmem Apfelwein labten. Plötzlich verspürte Kathryn ein seltsames, aber nicht unvertrautes, feuchtes Gefühl und sah überrascht an ihrem Körper hinunter. Der Blick der Haushälterin folgte dem ihren.

»Das Baby!« schrie Peg und sprang von ihrem Stuhl auf. »Wir müssen sie nach oben schaffen.«

»Polly, schick Patrick zum Parlament, damit er Hugh benachrichtigt«, sagte Kathryn ruhig und erleichtert, daß es nun endlich soweit war. Ungerührt von dem, was ihr bevorstand, ging Kathryn langsam durch den einsamen Saal zurück in die Halle und hatte eine besorgte Peg im Schlepptau.

In ihrem Zimmer half Peg Kathryn beim Entkleiden und zog ihr das blaue Nachtgewand über, das eigens für die Geburt ihres Sohnes angefertigt worden war. Dann wandte sich die Haushälterin von ihrer Herrin ab und fachte das Feuer im Kamin an. Als sie sich umdrehte, schritt Kathryn ruhelos im Zimmer auf und ab.

»Legen Sie sich sofort ins Bett!« kreischte Peg aufgebracht.

»Ich will diese Qualen nicht eher durchstehen, als es wirklich sein muß«, weigerte sich Kathryn. »Bereite alles vor.«

»Die Ehefrau ist genauso eigensinnig, wie ihr Gemahl verschlagen ist«, brummte Peg, tat aber, wie ihr geheißen wurde.

Kurze Zeit später kehrten Hugh und Patrick vom Parlament zurück. In Windeseile warf Hugh seinen Umhang ab, rannte, immer zwei Stufen auf einmal nehmend, die Treppe hinauf und stürmte ins Schlafzimmer seiner Frau.

»Du bist ja gar nicht im Bett!« rief Hugh, überrascht, sie vor dem Kamin stehend vorzufinden.

»Ich brauche eine Ablenkung«, sagte Kathryn zu ihm gewandt und streichelte über ihren von Krämpfen geschüttelten Unterleib. »Leistest du mir Gesellschaft?«

Hugh umschloß ihre Hände mit den seinen. »Aber natürlich, mein Herz, aber du solltest dich wenigstens hinsetzen.«

»Ich will nicht sitzen«, warf Kathryn ein, während der Schmerz heftiger wurde. Auf ihrer Oberlippe zeichneten sich winzige Schweißperlen ab.

»Aber ich.«

Hugh setzte sich in den Sessel vor dem Kamin und zog sie sanft auf seinen Schoß, dann umschlang er sie mit seinen Armen. Kathryn schmiegte ihren Kopf an seine Schulter. Schweigend saßen sie dort und beobachteten das flackernde Kaminfeuer. Plötzlich rang Kathryn nach Atem und stöhnte mitten in einer Wehe, die stärker war als die vorhergegangenen.

»Ich rufe einen Arzt«, meinte Hugh.

»Nein!« Kathryn zwang sich zu einem schwachen Lächeln. »Peg und Polly wissen, was zu tun ist, aber jetzt wird es Zeit, daß ich mich ins Bett lege.«

»Ich bleibe bei dir«, bot Hugh an, dessen Gesicht ebenso blaß geworden war wie das ihre.

»Nein«, lehnte Kathryn ab. »Geh und suche Patrick. Er kennt das bereits und wird dir helfen, die Zeit zu vertreiben.«

Mit zitternden Knien ging Hugh die Treppe hinunter in die Halle. Er hatte noch nie eine Niederkunft erlebt und war von den offensichtlichen Qualen erschüttert, besonders da es sich bei der schmerzgepeinigten Schwangeren um seine Ehefrau handelte. Seine Gedanken kreisten um das Kind — Shanes Kind —, das sich bemühte, das Licht der Welt zu erblicken. Hugh wußte, daß er es lieber gesehen hätte, wenn sein eigener Sohn Tyrone geerbt hätte, aber er war an seine Vereinbarung gebunden. Etwas anderes anzustreben, hätte den Verlust seiner Frau bedeutet.

In seinem Arbeitszimmer nickte Hugh Patrick zu und setzte sich in einen der Sessel vor dem Kamin. Als Patrick ihm ein Glas Whiskey anbot, schüttelte Hugh den Kopf. »Bedien dich.«

Patrick ließ sich in den anderen Sessel fallen, leerte die beiden Gläser Whiskey in einem Zug und grinste. »Whiskey ist das einzige, was dir die Geburt erträglicher macht«, sagte er weise.

»Frauen können bei der Geburt sterben.«

»Manche sicherlich«, stimmte ihm Patrick zu, während er es sich in seinem Sessel gemütlich machte. Dann riet er Hugh: »Entspann dich, Mylord. Du hast noch eine lange Wartezeit vor dir.«

Hugh stöhnte, als durchlitte auch er qualvolle Schmerzen, dann stand er auf und griff nach der Whiskeykaraffe. Über Stunden hinweg saßen die beiden Iren schweigend nebeneinander, schenkten sich gegenseitig Whiskey ein und waren in Gedanken bei Kathryn, die sich den Qualen der Geburt unterwerfen mußte.

Die Zeit des Abendessens kam, doch sie nahmen keine Notiz davon. Als plötzlich die Tür aufgerissen wurde, blickten Hugh und Patrick erschrocken auf.

Grinsend vor Freude stand Peg im Türrahmen. »Es ist ein rundum gesundes Mädchen«, verkündete sie.

»Was?« riefen die beiden Männer gleichzeitig.

Die Haushälterin lachte über ihre erstaunten Gesichter und wiederholte: »Wir müssen ein weiteres Mädchen aufpäppeln.«

Mit einem zufriedenen Grinsen sprang Hugh aus seinem Sessel auf. Freudestrahlend klatschte er in die Hände.

Patrick und Peg warfen ihm fragende Blicke zu.

»Kein Sohn Shane O'Neills wird jemals mein Grafenerbe antreten«, sagte Hugh, um ihre Verwirrung aufzuklären. »Und ich brauche meinen Schwur nicht zu brechen, damit mein eigener Sohn seinen rechtmäßigen Platz in der Gesellschaft einnehmen kann.« Hugh schwebte beinahe aus dem Zimmer, und Peg hatte Mühe, mit ihm Schritt zu halten.

Als Hugh das Schlafgemach seiner Ehefrau betrat, bot sich ihm ein Anblick, mit dem er nicht gerechnet hatte. In ihrem riesigen Bett zart und zerbrechlich wirkend, hielt seine Frau das schreiende Kind in ihren Armen. Statt ihn allerdings freudig zu begrüßen, wandte Kathryn ihr Gesicht ab, doch Hugh hatte bereits die stummen Tränen auf ihren Wangen bemerkt.

»Komm, wir lassen sie allein«, sagte Peg und schob Polly in den Flur hinaus.

Stirnrunzelnd schlenderte Hugh durch das Zimmer und setzte sich ans Fußende des Bettes. Kathryn nahm keine Notiz von ihm.

»Gib sie mir«, sagte er und nahm den Säugling in seine Arme.

Dann öffnete er die Windeln und betrachtete das Kind. Ihr schwarzes Haar und ihre rosige Hautfarbe belegten eindeutig, daß sie Shane O'Neills Tochter war, und deuteten gleichermaßen darauf hin, daß sie einmal eine große Schönheit werden würde.

»Unsere Tochter ist ein Prachtmädchen«, sagte Hugh und wickelte das Kind wieder in seine Windeln. »Ich werde sie mit Freuden verwöhnen.«

Unvermittelt blickte Kathryn zu ihm. Erneut standen ihr Tränen in den Augen und strömten über ihre Wangen.

Das Baby an seiner Brust wiegend warf Hugh ihr einen Blick zu. »Sag mir, was dich so traurig macht.«

»Ich habe keinen Jungen geboren. Du hättest mich nicht zu heiraten brauchen.« In ihrer Stimme schwang Bitterkeit. »Unsere Ehe ist noch nicht vollzogen und kann daher einfach für nichtig erklärt werden.«

»Ich bereue nichts und will keine Annullierung«, erwiderte Hugh. »Das Schicksal hat entschieden, daß unser gemeinsamer Sohn meinen Grafentitel erbt, und wir haben noch reichlich Zeit, um für einen Nachkommen zu sorgen.«

»Gib sie mir«, sagte Kathryn mit zitterndem Lächeln und fühlte sich auf einmal so befreit, als wäre plötzlich eine riesige, unerträgliche Last von ihrer Seele genommen worden.

Hugh hielt den Atem an, als Kathryn ihr Nachthemd beiseite schob und ihrer Tochter eine ihrer üppigen Brüste anbot. Sofort beruhigte sich das Kind. Sein kleiner Mund machte Saugbewegungen, und die winzigen Händchen tasteten nach der warmen Haut der Mutter.

»Welchen Namen wollen wir ihr geben?« fragte Hugh mit rauher Stimme.

»Sie sieht Shane so ähnlich«, sagte Kathryn und ließ ihre Augen nicht von ihrer Tochter. »Ich möchte sie Shana taufen.«

Ein schmerzvoller Zug glitt über Hughs Gesicht, aber er faßte sich sogleich wieder und sah sie an. »Gut, dann heißt sie also Shana«, stimmte er zu.

»Ob es nun passend ist oder nicht«, sagte Kathryn, »ich möchte, daß Patrick und Polly ihre Paten sind.«

»Eine hervorragende Idee.« Hugh küßte sie sanft auf die Schläfe, und seine Augen hatten ihren alten Glanz zurückgewonnen. »Ich hoffe nur, daß Shana blaue Kleider stehen.«

8

Hellstes Sonnenlicht erstrahlte am Tag von Hugh O'Neills Ernennung; tatsächlich begann sein Glücksstern einen kometenhaften Aufstieg. Die Zeremonie war am Vormittag auf Schloß Dublin vorgesehen, während am Abend ein Ball zu Ehren der O'Neills stattfand. Die Einsetzungsformalitäten waren kurz und einfach gehalten. Danach gingen die wenigen Teilnehmer in der Erwartung auf eines der größten gesellschaftlichen Ereignisse des Jahres in Dublin wieder ihrer Wege.

Als die Kutsche der O'Neills vor dem Anwesen vorfuhr, lud Hugh Patrick und Conal zu einem kleinen Umtrunk in sein Arbeitszimmer ein. Als er den beiden Männern seines Vertrauens einen Whiskey reichte, fiel sein Blick auf seine Frau. Kathryn hatte ihren Kopf zur Seite gelegt und die Brauen hochgezogen. Mit einem leichten Kopfnicken bekräftigte Hugh ihren stummen Wunsch und goß ihr einen kleinen Whiskey ein.

»Auf daß uns das Schicksal immer gewogen sein möge.« Kathryn sprach als erste.

»Auf die schönste Gräfin der gesamten Christenheit«, schmeichelte ihr Hugh überschwenglich.

»Allzeit Gesundheit und ein langes Leben für den Grafen und die Gräfin von Tyrone«, prostete Conal ihnen zu.

Mit einem Seitenblick auf Kathryn warf Patrick ein: »Mögen der Graf von Tyrone und seine Gemahlin dieses Haus mit einer großen Schar prächtiger Jungen erfüllen.«

Errötend hob Kathryn ihr Glas und trank mit den Männern. Da sie Irlands Lebenselixier noch niemals zuvor gekostet hatte, war sie nicht auf die schreckliche Wirkung vorbereitet. Ihre Augen weiteten sich vor Erstaunen, als die scharfe Flüssigkeit ihre Kehle hinunterströmte. Hustend rang sie nach Atem.

Hugh klopfte ihr auf den Rücken und warf ihr einen ›Das-hätte-ich-dir-auch-gleich-sagen-können‹-Blick zu. Er nahm ihr den Becher aus den Händen und schalt sie: »Shana muß gefüttert werden, und du darfst sie nicht betrunken machen.«

»Wenn Shana an Whiskey Gefallen findet«, erwiderte Kathryn mit einem schelmischen Grinsen, »ist sie eine wirkliche O'Neill.« Die drei Männer lachten, denn damit hatte sie den Nagel auf den Kopf getroffen.

»Ruh dich noch etwas aus, bevor die abendlichen Feierlichkeiten beginnen, Gräfin«, neckte sie Hugh. »Vor den

Augen des Vizekönigs zu gähnen, wird als unhöflich angesehen. Du bist entlassen.«

Mit einem Hofknicks wie vor einem König verbeugte sich Kathryn scheinbar demütig vor ihm und murmelte: »Wie Ihr wünscht, mein hochwohlgeborener Graf.«

»Erhebt euch, schöne Maid.« Hugh bot Kathryn ritterlich seinen Arm und geleitete sie zur Tür. Als sie sich von ihm abwandte, versetzte er ihr einen Klaps aufs Hinterteil, und sie kreischte auf.

»Sieh nach deinen Bälgern, Frauenzimmer«, befahl Hugh in gespieltem Ernst. Erheitert sah er zu, wie sie durch die Halle zum Treppenaufgang schwebte.

Es wird Zeit für meinen nächsten Eroberungsversuch, entschied er. Von heute an werden der Graf von Tyrone und seine Gräfin ein Bett teilen.

»Wisch dir dein hochwohlgeborenes Kinn ab, Mylord Graf«, bemerkte Patrick, als Hugh sich zu ihnen umdrehte. »Du hast gesabbert!«

Als sie den bestürzten Gesichtsausdruck des neuernannten Grafen sahen, brachen Conal und Patrick in schallendes Gelächter aus, in das Hugh schließlich einfiel.

Am Spätnachmittag badete Kathryn und versorgte dann Shana. Sie fürchtete, daß es nun Stunden dauern würde, bis sie ihrer hungrigen Tochter wieder die Brust würde geben können, dennoch konnte sie ihre Aufregung über den bevorstehenden Empfang auf Schloß Dublin kaum verbergen.

Nur mit einem seidenen Unterkleid und einem spitzenbesetzten Korsett bekleidet, saß Kathryn vor ihrem Spiegel und ließ ihre Haarpracht von Polly zu einem einfachen, aber dennoch eleganten Nackenknoten zusammenstecken.

»Reich mir diese kleinen Stoffkissen herüber«, wies sie ihre Zofe an. »Ich möchte mich nicht über tropfende Brustwarzen ärgern müssen.« Nachdem sie ihre Brüste mit den Kissen bedeckt hatte, schlüpfte Kathryn in ihr

Kleid, und Polly schloß die winzigen, smaragdgrünen Knöpfe auf der Rückenpartie.

»Sie sind ein überwältigender Anblick«, hauchte Polly.

Kathryn betrachtete ihr Ebenbild im Spiegel.

Passend zur Farbe ihrer smaragdgrünen Augen war ihre Abendrobe aus feinstem Samt geschneidert. Als sie ihre äußere Erscheinung begutachtete, war Kathryn über die Reaktion ihres Mannes besorgt, wenn dieser den gewagten Halsausschnitt bemerkte, der den Ansatz ihrer Brüste, ja beinahe ihre Brustwarzen freigab. Da sie wußte, daß Fiona und ihre Cousine Aisling sowie viele andere gutaussehende Frauen anwesend sein würden, hatte Kathryn Mme. Bujold angewiesen, ein Dekolleté zu entwerfen, das die Blicke ihres Ehemannes davon abhielt, zu anderen abzuschweifen.

»Reich mir meine Perlen«, bat sie Polly.

Elegant gekleidet schritt Hugh in diesem Augenblick durch die Verbindungstür. Sein Samtanzug war jagdgrün, und an seinem Gürtel hing das alte keltische Schwert Conn O'Neills, dessen Knauf und Scheide mit Juwelen besetzt waren.

Während er sich ihr von hinten näherte, lächelte Hugh sie im Spiegel an, und Kathryn wandte sich zu ihm um. »Du siehst bezaubernd aus«, sagte er. Sein Blick fiel auf die Kammerzofe. »Leg die Perlen weg, Polly, und laß uns allein.«

Hugh drehte Kathryn im Kreis, um sie von allen Seiten in Augenschein zu nehmen, doch als sie ihn erneut anblickte, war sein anerkennendes Lächeln einem mißfälligen Stirnrunzeln gewichen. »Das Kleid ist großartig, aber ich sehe nicht ein, warum ich meine Schätze den forschenden Blicken anderer aussetzen soll.« Seine Stimme schwoll vor Verärgerung an. »Das Kleid steht dir nicht. Zieh es sofort aus.«

»Aber alle anwesenden Damen werden so gekleidet sein«, warf Kathryn beunruhigt über seine heftige Reaktion ein.

»Alle anderen Damen sind nicht meine Ehefrau.«

»Das hoffe ich.« Unbewußt glitt ein bezauberndes Lächeln über Kathryns Gesicht. *Zu bezaubernd.* »Selbstverständlich werde ich mich umziehen.« Ihm ihren Rücken zukehrend murmelte sie: »Die Knöpfe, Hugh. Würde es dir etwas ausmachen?«

Erfreut über diesen seltenen Gehorsam streckte Hugh seine Hände nach den Knöpfen aus, doch ihre honigsüße Stimme unterbrach ihn.

»Ich habe aber nichts anderes zum Anziehen und kann deshalb nicht teilnehmen. Du wirst mir alle Einzelheiten erzählen müssen, wenn du nach Hause zurückkehrst.«

Hughs Hand erstarrte in der Luft, dann ließ er sie sinken. Kathryn beobachtete im Spiegel seine Reaktion und war sich sicher, daß sie gesiegt hatte.

»Pah! Du hast einen ganzen Schrank voller Kleider, aber wir dürfen jetzt keine Zeit verlieren.« Knurrend fügte Hugh hinzu: »Ich muß vermutlich den gesamten Abend an deiner Seite verbringen und auf dich aufpassen.«

Kathryn wirbelte zu ihm herum und küßte ihn auf die Wange.

»Ich habe ein Geschenk für dich«, sagte er und zog eine juwelenbesetzte Schatulle aus seinem Jackett.

Kathryn nahm die Schachtel in ihre Hände und bewunderte die kostbaren Steine und die feine Arbeit. »Danke. Ich werde sie in Ehren halten.«

»Das Geschenk befindet sich darin, du Dummchen.«

Über ihr törichtes Verhalten errötend, öffnete Kathryn die Schatulle. Ein prächtiges Halsband aus Smaragden und Diamanten funkelte ihr von einer Samtunterlage entgegen.

»Oh!« entfuhr es ihr. »I-i-ich weiß gar nicht, was ich sagen soll!«

Hugh beschloß, daß das Collier ihr Schlafzimmerproblem entscheidend vereinfachen könnte. »Du erlaubst«, meinte er, nahm ihr das Schmuckstück aus den Händen und legte es ihr um den Hals.

Als er den Smaragd an ihrem einladend hervorlugenden Brustansatz funkeln sah, gelang es Hugh nur mit Mühe, seine Erregung zu unterdrücken. Seine Hände glitten über die verlockende Haut seiner Frau. dann berührten sie sanft deren Schultern.

»Danke«, murmelte Kathryn, von seiner Berührung irritiert. »Aber ich habe kein Geschenk für dich.«

»Du hast mir etwas wirklich Wertvolles geschenkt, meinen Titel und eine Familie.«

Von seinen Worten gerührt und von dem Wunsch beseelt, auch ihm etwas schenken zu können, sagte Kathryn: »Aber ich möchte dir noch mehr geben.«

»Wenn das so ist, werde ich mir überlegen, was ich mir am sehnlichsten wünsche«, meinte Hugh, »und es dir dann mitteilen.«

Seine lustvollen Absichten und die Doppeldeutigkeit seiner Worte verkennend, nahm Kathryn lächelnd seinen Arm.

Ein Kaleidoskop schimmernder Farben erfüllte den großen Ballsaal von Schloß Dublin. Die edlen Lords und Ladies von ganz Dublin waren auf das Prachtvollste herausgeputzt, um dem neuernannten Grafenpaar in ihrem Kreise zu huldigen. Als Hugh und Kathryn eintraten, wurde es still im Saal, und sämtliche Augenpaare blickten in ihre Richtung. Der Hofmarschall des Vizekönigs wandte sich der adligen Gesellschaft zu. »Mylords und Myladies«, verkündete er, »der Graf von Tyrone und seine Gemahlin.«

Die Aristokraten applaudierten. Vizekönig Russell trat vor und führte sie zur gegenüberliegenden Seite des Saals, wo sie die wohlmeinenden Glückwünsche der vielen Anwesenden entgegennehmen konnten.

»Erfrischungen werden im Nebenraum angeboten«, erklärte ihnen der Vizekönig, wobei sein Blick auf Kathryns Brustansatz ruhte. »Der große Ballsaal ist für den Tanz reserviert, und Sie werden uns natürlich die Ehre des ersten Tanzes erweisen.«

Hugh führte Kathryn auf die Tanzfläche. Als die Musik verklang, bat Sir William Kathryn um den nächsten Tanz. Innerlich amüsiert fragte sie sich, wie ihr Ehemann auf sie aufpassen wollte, während sie mit einem anderen Mann tanzte. In den Armen von Sir William beobachtete Kathryn, wie Hugh mit Lady Fiona tanzte. Von diesem Anblick war sie erzürnt, ganz besonders, als dieser in ihre Richtung blickte und sie hämisch angrinste.

Hugh bemerkte, wie Lord Fitzgerald Kathryn um den nächsten Tanz bat. Da Fiona ihn offenbar nicht freigeben wollte, tanzte er ein weiteres Mal mit ihr. Sein Blick schweifte wiederholt in die Richtung seiner Frau.

»Herzlichen Glückwunsch«, sagte Fiona in dem Versuch, seine Aufmerksamkeit auf sich zu ziehen.

»Danke.« Hughs Blick fiel auf ihr großzügig ausgeschnittenes Dekolleté. »Du siehst heute abend hinreißend aus.«

»Ich bin so enttäuscht, daß wir unsere Bekanntschaft nicht vertiefen konnten«, schnurrte Fiona in unmißverständlich einladendem Ton.

Hughs Blick glitt von ihrem Gesicht zu ihrem Busen, und seine Männlichkeit richtete sich auf, als erwachte sie aus einem langen, bleiernen Schlaf. Innerlich verfluchte er zuerst seine fehlende Selbstbeherrschung und dann Kathryn. Meine unantastbare Ehefrau ist eine einzige Qual, dachte er, aber ihr jungfräuliches Gehabe wird heute nacht sein Ende finden. Diese keusche, kupferhaarige Jungfer wird nicht länger mit meinem Herzen spielen. *Oder mit irgendwelchen anderen Körperteilen.*

Sein Verlangen ignorierend, führte Hugh Fiona über die Tanzfläche. Als die Musik endete, standen sie neben Kathryn und Lord Fitzgerald. Ein Blick auf seine Ehefrau verriet Hugh, daß sie mit seiner Tanzpartnerin keineswegs einverstanden war. In der Hoffnung, daß sein geschickter Plan mit ihr nicht zum Scheitern verurteilt war, bat er Kathryn um den nächsten Tanz. Als sie seine Hand berührte, erschien Sir William Russell.

»Ich muß mit Ihnen persönlich sprechen«, sagte der Vizekönig zu Hugh, der innerlich seine Pechsträhne verfluchte. »Lord Fitzgerald steht es selbstverständlich frei, uns zu begleiten.« Hugh murmelte eine an Kathryn gerichtete Entschuldigung und überließ sie der Obhut von Fiona.

»Meinen Glückwunsch«, schnaubte Fiona, als die Männer gegangen waren.

»Danke, Lady Fiona«, erwiderte Kathryn, wobei sie der Anrede ›Lady‹ besondere Betonung beimaß.

Fiona, deren unverhohlener Haß in ihren blauen Augen aufloderte, starrte sie an. »Ich hatte mit meinem Glückwunsch die Geburt Ihrer Tochter gemeint, was sicherlich angebracht ist«, konterte sie und legte eine starke Betonung auf das Wort ›Tochter‹.

»Shana ist bereits zwei Monate alt«, erwiderte Kathryn, die sich nicht einschüchtern lassen wollte.

Entschlossen, die Situation weidlich auszunutzen, fuhr Fiona unbeirrt fort. »Hugh muß sich endlich Sorgen machen, ob er einen Erben für seine Grafschaft hervorbringt, da es Ihnen bislang nur gelungen ist, Töchter zu gebären.«

Kathryns Augen blitzten in einem eisigen Grünton auf. Sie kam der dunkelhaarigen Schönheit bedrohlich nahe, doch genau in diesem Augenblick kehrten die Männer zurück.

»Wenn es Ihnen nichts ausmacht, möchte ich Ihnen meine Frau für einen Moment entführen«, sagte Hugh, der die Gefahr witterte. Sanft, aber bestimmt, zog er sie fort und sagte: »Turlough übermittelt uns seine Glückwünsche.«

»Glückwünsche von Turlough?«

»Und eine Warnung, daß er immer noch der Clanchef der O'Neills ist.« Hugh drückte fürsorglich ihre Hand. »In meiner Antwort habe ich die Hoffnung ausgedrückt, daß er ebensoviel Wohlwollen an den Tag legt, wenn ich erst einmal das Oberhaupt der Familie bin.«

»Turlough zu provozieren, kann nichts Gutes verheißen«, sagte Kathryn.

»Vertraue mir«, beschwichtigte sie Hugh und zog sie enger an sich heran. »Ich verspreche, daß dir und den Kindern kein Leid geschehen wird.«

»Du wirst uns nicht beschützen können«, befand sie, »wenn du ständig mit Fiona Fitzgerald beschäftigt bist.«

»Du klingst mir verdächtig nach einer eifersüchtigen Ehefrau«, neckte er.

»Ich bin nicht eifersüchtig.«

»Ich habe versucht, von ihr wegzukommen, aber du hast mit Lord Fitzgerald getanzt.«

Kathryn warf einen Blick auf Fiona, die nun von mehreren jungen Männern umringt war. »Das hat dieses Flittchen vermutlich gemeinsam mit ihrem Vater so ausgeheckt.«

Hugh lachte leise. »Du hast nichts zu befürchten, mein fauchendes Kätzchen. Fiona ist ein harmloser Quälgeist auf der verzweifelten Suche nach einem adligen Ehemann, der jung genug ist, um sie zu schwängern.«

Verstohlen schmunzelnd wandte Kathryn ihren Blick ab. Als sie ihn erneut ansah, erlag Hugh beinahe ihrem betörenden Lächeln. »Was sagst du da, mein erlauchter Graf?« fragte sie schelmisch. »Sollen wir Lady Fionas Schicksal in die Hand nehmen?«

»Du sprichst in Rätseln, meine englische Sphinx.«

»Da drüben.« Kathryns Blick wanderte in eine Richtung. »Lord Burke ist ein äußerst ehrenwerter, unwiderstehlich anziehender Mann und außerdem jung genug, um die schöne Dame abzulenken.«

»Ein gut überlegter Schachzug.« Hugh grinste über ihre beabsichtigte Kapriole. »Sollen wir?«

Groß und gut gebaut, war Lord Michael Burke ein stattlicher Mann mit dunklen, verführerisch glänzenden Augen. Sein nachtblauer Anzug unterstrich seine vornehme Erscheinung und hob ihn in jedem Zoll als wohlhabenden Aristokraten hervor.

Als sie auf ihn zuschlenderten, verstand Kathryn, warum sich Frauen zu ihm hingezogen fühlten. Insgeheim hoffte sie, daß aus ihrem kapriziösen Plan nichts würde. Wenn Fiona Fitzgerald das Herz dieses fabelhaften Mannes allerdings wirklich gewann, dann gab es keine Gerechtigkeit auf dieser Welt.

»Großartig, dich hier zu sehen, Michael«, begrüßte Hugh seinen Freund.

»Es hat uns sehr leid getan, vom Tod Ihrer Gemahlin erfahren zu müssen«, sagte Kathryn.

»Ich danke euch.« Burke lächelte sie an. »Ich habe meine Trauer unterbrochen, um euch meine Glückwünsche auszusprechen.«

»Wir haben zu danken«, entgegnete Hugh.

»Sind Ihre Söhne in Dublin?« fragte Kathryn. »Ich bin sicher, daß sich meine Tochter Maeve freuen würde, sie kennenzulernen.«

»Nein, sie sind zu Hause geblieben.«

»Vielleicht können wir unsere Familien durch Heirat vereinen«, schlug Hugh vor. »Schließlich haben wir zwei süße Mädchen, und du hast zwei Söhne.«

»Shana ist gerade einmal zwei Monate alt«, ereiferte sich Kathryn. Die beiden Männer grinsten.

»Wenn die Töchter ihrer Mutter ähneln, wäre es mir ein Vergnügen, unsere Familien zusammenzuführen«, sagte Burke. Kathryn errötete.

»Ich schulde Fitzgeralds Tochter noch einen Tanz«, sagte Hugh, als wäre ihm das soeben eingefallen. »Michael, würdest du Kathryn Gesellschaft leisten?«

»Mit Vergnügen.« Burke lächelte Kathryn an, die sein Lächeln erwiderte.

Für Sekundenbruchteile fragte sich Hugh, ob er sie wirklich mit seinem attraktiven Freund zurücklassen sollte. Nachdem er jedoch entschieden hatte, daß seine Interessen gewahrt blieben, verließ er sie auf der Suche nach Fiona.

»Einen geliebten Menschen zu verlieren, ist sicherlich

ein großer Verlust«, sagte Kathryn. »Sie müssen Lady Burke sehr vermissen.«

»Für meine Söhne ist es außerordentlich schwierig.«

»Und für Sie nicht?« fragte Kathryn offenherzig. Die Worte waren ihren Lippen entschlüpft, noch ehe sie darüber nachdenken konnte.

Die Frage war zu persönlich. Um seines Freundes willen hoffte Lord Burke, daß Kathryns Interesse an ihrem Ehemann nicht nachließ.

»Es tut mir leid«, entschuldigte sich Kathryn, verärgert über ihr ungeschicktes Benehmen. »Ich wollte nicht taktlos werden. Ich habe viele geliebte Menschen verloren, und die Trauer ist für mich nichts Fremdes.«

Kathryn wandte ihren Blick ab. Als sie ihn erneut auf Lord Burke richtete, sagte sie ohne darüber nachzudenken: »Trotz unserer Verschiedenheit ist Hugh sehr liebenswürdig gewesen. Wir werden eine lange Zeit gemeinsam verbringen. Und immerzu glücklich, das hoffe ich.«

Lord Burke war gerührt von ihrem Bekenntnis, denn er erkannte in ihrer unbedachten Äußerung die grenzenlose Liebe für seinen Freund. Die Dame ist vielleicht zweimal verheiratet gewesen, aber sie ist immer noch ein unschuldiges Kind, schloß er irrtümlich. Kein bißchen Berechnung in ihrem liebreizenden Wesen!

»Meine verblichene Gattin und ich teilten keine großartigen Gefühle füreinander«, gab Burke zu. »Unsere Heirat ist arrangiert worden.«

Kathryn nickte, dann wechselte sie das Thema. »Kennen Sie Lord Fitzgeralds Tochter Fiona?«

»Nein.«

Kathryn schwelgte in ihrer blühenden Fantasie. »Fiona ist eine wirkliche Schönheit, eine Seele von einem Menschen, und immer blendender Laune. Seit meiner Ankunft in Dublin hat sie sich rührend um mich gekümmert.«

»Und Ihnen das Gefühl vermittelt, willkommen zu sein«, sagte Burke mit einem höflichen Lächeln. Ihr Gespräch fing an, ihn zu langweilen. »Es ist schön zu wissen, daß wir Iren ein gastfreundliches Volk sind.«

»Nun, da sind sie ja«, rief Kathryn und beobachtete die Tanzpaare. »Sehen Sie Hugh und das dunkelhaarige Mädchen?« Dann fügte sie hinzu: »Die Dame, deren großzügig enthüllter Busen alle Blicke auf sich zieht.«

Lord Burke drehte sich so abrupt um, daß er Kathryn beinahe umgestoßen hätte. Es gelang ihm gerade noch, ihren Sturz aufzuhalten. Er murmelte eine Entschuldigung, doch seine dunklen Augen waren auf die unglaubliche Erscheinung fixiert, die mit seinem Freund tanzte.

Eine keltische Göttin, dachte er. *Wenn sie aus der Nähe betrachtet so reizend ist wie auf diese Entfernung, muß ich sie haben!*

Nachdem der Tanz beendet war, führte Hugh Fiona geschickt durch den überfüllten Saal. »Katie unterhält sich mit Lord Burke«, schwatzte Hugh belanglos. »Kennst du ihn?«

»Nein«, antwortete Fiona. Glücklich in ihrem scheinbaren Triumph über den kleinen englischen Emporkömmling achtete Fiona nicht darauf, wohin er sie führte.

»Du mußt ihn kennenlernen«, sagte Hugh. Dann fügte er mit gedämpfter Stimme hinzu: »Er ist seit kurzem Witwer.«

»Wirklich?« Das weckte Fionas Interesse.

Als die beiden Paare aufeinandertrafen, setzte Fiona ihr strahlendstes Lächeln auf. Ihre saphirblauen Augen glitten über Burkes anziehende Gesichtszüge, die breiten Schultern und den gut gebauten Körper, dann wandten sie sich erneut seinem Gesicht zu. Seine dunklen Augen leuchteten auf, als er ihr höfliche Komplimente machte. Als sein glühender Blick auf den ihren traf, fühlte sich Fiona, als hätte er sie nackt ausgezogen, und sie erschauerte bei diesem delikaten Gedanken.

»Lady Fiona«, fing Hugh an, räusperte sich dann jedoch, weil er seine Erheiterung verbergen mußte. »Ich darf Ihnen Lord Michael Burke vorstellen.«

Fiona machte einen tiefen Knicks und reichte ihm artig ihre Hand. Als er sich über der dargebotenen Hand verbeugte und diese küßte, durchzuckte eine unerwartete Hitzewallung ihren Körper. Fiona wurde schwach vor Erregung. Noch nie zuvor hatte ein Mann sie so fasziniert!

Zu Kathryn gewandt, meinte Hugh: »Sollen wir uns um eine Erfrischung kümmern, Liebes?«

»Ja«, stimmte Kathryn zu und legte ihre Hand auf seinen Arm. Ohne ein weiteres Wort zu verlieren, schlenderten sie fort und ließen Burke und Fiona sprachlos — *aber auch lustvoll* — einander anlächelnd zurück.

Hugh und Kathryn verbrachten den Rest des Abends tanzend und ihren Erfolg feiernd. Das Band der Liebe, das sie umfing und anderen unversehens auffiel, blieb ihnen verborgen. Von Zeit zu Zeit beobachteten sie die adlige Gesellschaft, unter ihnen Burke und Fiona, die, wie sie bemerkten, nur Augen füreinander hatten.

Übermütig von der ganzen Aufregung und dem Wein zog Kathryn Hugh in einen abgelegenen Winkel. »Es ist schon spät«, flüsterte sie laut, »Shana wird ganz schön zornig sein, wenn sie nicht bald versorgt wird.«

»Die Kleine hat sicherlich das Temperament ihres Vaters geerbt«, meinte Hugh trocken. »Nellie wird sie solange trösten, bis wir zurückkehren.«

»Aber ich habe das dringende Bedürfnis, meine schmerzenden Brüste zu entlasten«, klagte Kathryn.

Hugh lachte leise. Der Schmerz in ihren Brüsten war sicherlich vergleichbar mit dem Schmerz in seinen Lenden. Er hob ihr Kinn an und blickte in ihre funkelnden grünen Augen. »Du bist ungewöhnlich schön, meine Gräfin.«

»Und du, mein erlauchter Graf, bist mit einem ausgezeichneten Geschmack gesegnet«, konterte Kathryn und blinzelte ihm zu.

»Fühlst du dich wirklich gut? Du hast erst vor kurzem ein Kind geboren . . .«

»Ich habe mich von Shanas Geburt vollkommen erholt, nur meine Brüste schmerzen.«

»Hervorragend!« Bei der Vorstellung an ihre nächtlichen Aktivitäten lachte Hugh fast das Herz. »Sollen wir aufbrechen?«

Kathryn nickte, da ihr seine lustvollen Absichten entgingen, und gemeinsam bahnten sie sich einen Weg durch die Menge.

Am Eingang des riesigen Saals wurden sie von Lord Fitzgerald aufgehalten, der sie aufgeregt fragte: »Haben Sie Fiona gesehen? Ich kann sie nirgends entdecken.«

»Ich habe sie vor kurzem zusammen mit Lord Burke gesehen«, erklärte ihm Hugh und warf seiner Frau einen vielsagenden Blick zu.

Seinen Hinweis aufnehmend, meinte Kathryn: »Lord Burke hat sie vielleicht nach Hause begleitet.«

»Es besteht kein Grund zur Besorgnis«, fügte Hugh hinzu. »Burke wird gut auf sie aufpassen.«

»Vermutlich haben Sie recht«, sagte Lord Fitzgerald. »Im Arbeitszimmer des Vizekönigs findet ein interessantes Glücksspiel statt. Wenn Sie Fiona sehen, sagen Sie ihr bitte, daß ich mich dort aufhalte.« Als der ältere Herr forteilte, sahen die O'Neills einander an und brachen in schallendes Gelächter aus.

Vom Wein und von ihren romantischen Gefühlen beseelt, genoß Fiona die aufregende Nähe des außergewöhnlich attraktiven, maskulinen und schwerreichen Mannes an ihrer Seite. Sie hatte sich an ihn geschmiegt, obwohl sie wußte, daß ihr Verhalten unschicklich war, doch diesen störenden Gedanken wies sie weit von sich. Was war schließlich dabei, daß er sie nach Hause begleitete?

»Wir sind da, meine Schöne«, sagte Burke, als die ungefederte Kutsche zum Halten kam. Er öffnete die Tür und sprang ins Freie, dann drehte er sich um, um ihr behilflich zu sein. Als sie heraustrat, nahm Burke sie unvermittelt in seine Arme.

»Das ist nicht mein Haus«, stieß Fiona aufgebracht hervor.

»Aber *meins*«, sagte Burke mit einem verschlagenen Grinsen.

Kreischend vor Wut versuchte Fiona sich zur Wehr zu setzen, aber ihre geringen Kräfte konnten gegen ihn nichts ausrichten. Burke amüsierte sich lediglich über ihre Bemühungen, trug sie ins Innere des Herrenhauses und vorbei an den erstaunten Blicken seiner Wachtposten und der Bediensteten die Treppe hinauf in sein Schlafzimmer. Mit dem Fuß stieß er die Tür hinter sich zu, dann ließ er sie unsanft auf sein riesiges Bett fallen und lachte schallend, als sie auf der anderen Seite hinunterkrabbeln wollte.

»Laß mich sofort gehen!« forderte Fiona. »Sonst bin ich ruiniert.«

»Das bist du ohnehin schon, mein Herzblatt«, erwiderte Burke selbstzufrieden.

Fiona, deren saphierblaue Augen gefährlich funkelten, durchquerte das Zimmer und baute sich vor ihm auf. »Du hinterlistiger, unverschämter ...« spie sie ihm entgegen und schlug ihm dann mit voller Wucht ins Gesicht.

Burke erwiderte ihren Schlag, allerdings mehr aus Überraschung als um ihr weh zu tun.

Ihr Zorn wurde von Furcht überlagert, und Fiona trat einen Schritt zurück.

»Du bist verrückt«, flüsterte sie entsetzt und fuhr sich mit zitternder Hand über die schmerzende Wange.

Burke packte sie am Handgelenk und preßte sie gegen seinen kraftstrotzenden Körper, dann drückte er sie erneut auf das Bett und befahl: »Rühr dich ja nicht.«

Dann fuhr er sich voller Verärgerung mit einer Hand durchs Haar, denn ihm war klar, daß er einen denkbar schlechten Auftakt gewählt hatte. Er setzte sich neben sie auf das Bett und spürte, wie ihr Körper sich angstvoll versteifte. In ihre weitaufgerissenen Augen strahlend sagte er: »Dein Zorn macht dich noch schöner.«

Aufgrund seines merkwürdigen Sinneswandels öffnete Fiona erstaunt den Mund.

»Ich bin genauso wie du, meine keltische Göttin«, versicherte ihr Burke in der Hoffnung, ihre Furcht zu besänftigen. »Ich weiß genau, was ich will, wenn ich etwas sehe, und dich, meine unwiderstehliche Schöne, will ich.«

»Nein«, schrie Fiona.

Burke legte seinen Arm um ihre Schultern und zog sie zu sich heran. »Trotzdem, meine Liebe, werde ich dich bekommen.«

Seine Nähe, sein Geruch und das Gefühl seines angespannten Körpers hatten sich gegen sie verschworen, und angesichts seines unerbittlichen Gesichtsausdrucks schwand ihr Widerstand. »Mein Vater wird Genugtuung verlangen«, warnte ihn Fiona.

»Seinen Schwiegersohn herausfordern?« Burke lächelte. »Ich glaube nicht.«

»Schwiegersohn?«

»Ja, mein Schmusekätzchen«, hauchte Burke in ihr Gesicht, wobei er spürte, daß ihre Anspannung nachließ und er sich seines Sieges gewiß sein konnte. »Du wirst mich heiraten und meine Söhne umsorgen.«

»Ich kenne dich doch kaum«, protestierte sie. »Außerdem bist du noch in Trauer.«

»Wir werden im August heiraten«, erwiderte er und umschlang ihren Körper so fest, als wäre sie seine Gefangene. »Das ist eine angemessene Spanne für eine Trauerzeit, und du hast noch genug Zeit, um mich besser kennenzulernen. Ich werde dich morgen früh nach Hause zurückbegleiten und unsere Heiratsabsicht ankündigen.«

Mit weit aufgerissenen Augen begriff sie, was er wollte, als sich seine Lippen zu einem verzehrenden Kuß auf ihren Mund preßten. Sie war verloren. Fiona war schon oftmals und von vielen Männern geküßt worden, aber keiner hatte sie so sehr erregt wie dieser Mann. Ihre Arme glitten über seinen Brustkorb und umschlangen schließlich seinen Nacken, um seinen glühenden Kuß leidenschaftlich zu erwidern.

»Nach dieser Nacht«, flüsterte er, während seine Lippen an ihrem bezaubernden Ohrläppchen knabberten, »wirst du mich so ansehen, wie Lady Kathryn zu ihrem Mann aufschaut.«

»Diese Schlange?« zischte Fiona und riß den Kopf zurück.

Burke betrachtete sie verwirrt. »Das ist außerordentlich seltsam, da Lady Kathryn deine Qualitäten recht wohlklingend geschildert hat.«

»*Was* hat sie getan?« fragte Fiona entgeistert.

Schulterzuckend sagte Burke: »Nun ja, vielleicht entwickelte sich die Kuppelei aus der festlichen Stimmung heraus.«

»Oder Lady Kathryn hat möglicherweise versucht, meine Blicke von ihrem Ehemann abzulenken.«

»Wenn du einem anderen schöne Augen machst, werde ich dich gnadenlos verprügeln«, knurrte Burke, sie mit eiskaltem Blick taxierend. »Verstanden?«

»J-j-ja.«

Burke verpaßte ihr einen unsanften Knuff. »Ja, was?«

»J-j-ja, M-my-lord«, stieß Fiona nervös hervor. Offensichtlich ließ sich der von ihr begehrte Mann nicht an der Nase herumführen. Gütiger Himmel! In was war sie da hineingeraten?

»Braves Mädchen«, beruhigte er sie, plötzlich lammfromm geworden, und streichelte ihren Rücken. Burke, der von Natur aus nicht gewalttätig veranlagt war, wußte genau, daß der geschmeidigen Katze in seinen Armen die Krallen gestutzt werden mußten. Er drückte sie wieder auf sein Bett zurück, beugte sich über sie und versprach: »Noch bevor diese Nacht vorüber ist, mein Kätzchen, wirst du in meinen Armen schnurren.« Seine Lippen umschlossen die ihren, und seine Zunge drängte in ihren Mund.

»Michael ...«, hauchte sie und seufzte gefügig, denn sie war seinen geschickten Verführungskünsten erlegen.

Hugh und Kathryn, immer noch erheitert über Fionas Verschwinden mit Lord Burke, trafen auf ihrem Anwesen ein und gingen gemeinsam die Treppe hoch. Auf der Empore verfolgte sie bereits Shanas wütendes Geschrei.

»Ich werde mich umziehen und dir dann Gesellschaft leisten, während du Shana die Brust gibst«, sagte Hugh und verschwand in seinem Zimmer.

»Polly«, sagte Kathryn, als sie verwundert ihr Zimmer betrat. In dem Sessel vor dem Kamin dösend, war Polly bei dem Klang der Stimme ihrer Herrin aufgesprungen. »Du brauchtest doch nicht auf mich zu warten.«

»Es gehört sich für eine Kammerzofe, ihre Lady zu erwarten«, sagte Polly, ein Gähnen unterdrückend.

»Hilf mir bitte aus diesem Kleid«, wies Kathryn sie an, »und bring mir anschließend Shana.« Polly verließ das Zimmer, nachdem Kathryn ihr Nachtgewand übergestreift hatte. Dann löste sie ihr Haar und bürstete es aus.

In einen Seidenmorgenmantel gehüllt, schlüpfte Hugh genau in dem Augenblick durch die Verbindungstür, als Polly Shana hereinbrachte, deren quälendes Hungergeschrei nicht enden wollte. »Es ist schon spät«, sagte er zu der Zofe, während er beobachtete, wie seine Ehefrau ihre üppigen Brüste bloßlegte und ihrer Tochter eine Brustwarze anbot, an der diese gierig saugte. »Geh zu Bett.«

Ein Hauch intimer Nähe umgab Mann und Frau. In dem nur schwach beleuchteten Raum saß Kathryn vor dem Kamin wie eine Märchengestalt, deren kupferrotes Haar in Kaskaden über ihre Schultern floß und im Feuerschein funkelte. Hugh war von ihrem Anblick überwältigt.

Gesättigt und schläfrig schloß Shana ihre himmelblauen Augen.

»Ich glaube, sie ist betrunken«, kicherte Kathryn und brach damit den Zauber, den sie unwissentlich auf ihren Ehemann ausgeübt hatte.

»Ich bringe sie zurück ins Kinderzimmer«, bot Hugh ihr an.

»Und ängstigst die arme Nellie zu Tode in deinem Aufzug?« schmunzelte Kathryn und bedeckte ihre Brüste. »Ich bringe sie zurück.« Um sie nicht aufzuwecken, nahm Kathryn Shana vorsichtig in ihre Arme, stand auf und brachte ihre Tochter fort.

Bei ihrer Rückkehr stand Hugh vor dem Kamin. Als sie sich ihm näherte, bewunderte Kathryn seine ansprechenden Gesichtszüge und seinen muskulösen Körper. Lächelnd legte Hugh seinen Arm um ihre Schultern und zog sie an sich. Als sie einen Arm um seine Taille legte und sich an ihn schmiegte, war Hugh von dieser Geste, die zwischen Mann und Frau doch eigentlich so natürlich war, beeindruckt.

»Es war ein wunderschöner Abend«, sagte Kathryn, und ein Gefühl der Geborgenheit überkam sie, als Hugh ihr Gesicht zu sich hochhob und seine Lippen auf die ihren senkte.

Sie erwiderte seinen Kuß.

Er zog sie noch näher an sich heran.

Ihre Körper berührten sich.

Kathryns Lippen öffneten sich bereitwillig, als sich seine Zunge Einlaß in das warme feuchte Innere ihres Mundes verschaffen wollte. Ihre Arme glitten über seine Schultern, umschlangen seinen Hals, dann schmiegte sie ihren Körper an seinen muskulösen Brustkorb.

Ein verzehrendes Feuer wurde zwischen ihren Schenkeln entfacht. Wie von weither vernahm Kathryn das leise, lustvolle Stöhnen einer Frau. Die erniedrigende Erkenntnis, daß sie diese Frau war, schoß ihr durch den Kopf.

»Nein!« schrie Kathryn und riß sich von ihm los.

Stirnrunzelnd trat Hugh neben sie. »Was ist denn los?«

»Ich ... ich kann nicht.« Kathryn wich immer weiter vor ihm zurück.

Ein Ausdruck der Verärgerung glitt über Hughs Gesicht, doch er faßte sich wieder und blickte sie voller Nachsicht an.

Er hatte gewußt, daß das erste Mal mit ihr schwierig werden könnte.

»Du hast heute abend selbst gesagt, daß du dich von der Geburt wieder vollkommen erholt hast, mein Schatz«, lautete Hughs logischer Einwand, während er auf sie zuschritt.

»Ich kann nicht!« Kathryn hatte keine Möglichkeit, sich ihm noch weiter zu entziehen. Sie war am Fußende des Bettes angelangt. Als sie erkannte, daß sie keinen Fluchtweg hatte, rannen Tränen des Zorns über ihre Wangen.

Hugh stand vor ihr, sein dunkler, intensiver Blick ließ sie erstarren. Hilflos sah sie ihn an. »Sag mir doch, was dich beunruhigt, Katie.«

Ich habe Angst, dachte Kathryn, *ich habe Angst und bin verwirrt.* Sie wollte um ihrer selbst willen geliebt werden, nicht von einem Mann geehelicht und genommen werden, damit dieser den Grafentitel erwarb und seine Söhne ihn beerbten. Aber wie sollte sie ihm das erklären? Er würde ihre Dummheit nur verspotten.

Hugh bemerkte den Widerstreit der Gefühle — Furcht, Verwirrung, Sehnsucht, Beschämung, Traurigkeit —, der sich in ihren Gesichtszügen abzeichnete. Er versteifte sich und kniff die Lippen zusammen. Lehnte sie es ab, mit ihm zu schlafen? Oder trauerte sie noch immer um Shane? Würde er unablässig im Schatten seines unsäglichen Onkels stehen?

Kathryns Stolz besiegte letztlich ihr Gefühlschaos. Nicht gewillt, ihre Gedanken oder ihre zärtlichen Gefühle für ihn preiszugeben, gab sie sich selbstgerecht. »Ich werde nicht Shanes Tochter die Brust geben und dann mit einem anderen Mann schlafen.«

»*Ein anderer Mann*?« brüllte Hugh und umfaßte ihre Schultern mit eiserner Härte. »Ich bin dein Ehemann!« Er schüttelte sie heftig. Seine Hände glitten an ihren Armen hinunter und schoben diese auf ihren Rücken, wo er sie leicht mit einer Hand festhalten konnte.

»Shane ist tot, doch du lebst«, stöhnte er auf. Als wollte

er diese Tatsache bekräftigen, packte er mit seiner freien Hand das Oberteil ihres Nachthemds und zerrte es ihr brutal von ihrem zitternden Körper.

Wie gelähmt beobachtete Kathryn, daß sein sehnsüchtiger Blick ihre Nacktheit verzehrte und sein Zorn in brennendes Verlangen umschlug. Als sein hungriger Blick auf den ihren traf, geriet sie in Panik und versuchte sich zu befreien.

»Meine Frau hat mir in meinem eigenen Haushalt nichts zu untersagen«, schnaubte er, warf sie auf das Bett und stürzte sich dann auf sie — wie ein Raubtier über seine Beute.

Von Entsetzen geschüttelt, wand sich Kathryn und trat nach ihm. Ihre Hände fuhren zu seinem Gesicht, doch Hugh packte sie und hielt sie über ihrem Kopf fest. Kathryn gebärdete sich wie eine Irrsinnige. Ohne Vergnügen zu empfinden, lachte Hugh auf und wartete nur darauf, daß sie ermüdete, was zwangsläufig irgendwann der Fall sein mußte.

Kathryns Gegenwehr ließ nach und ihr tobendes Aufbäumen hörte auf; ihre einzige Regung war nur noch ihr sich hebender und senkender Brustkorb, da sie nach Atem rang. Vorwurfsvolle grüne Augen beobachteten ihn argwöhnisch.

»Jetzt werde ich Shane O'Neill für immer aus deinen Gedanken verbannen«, knurrte Hugh. Seine Lippen senkten sich zu einem wilden, schmerzhaften Kuß auf die ihren, und seine Zunge drang unerbittlich in die Süße ihres Mundes ein.

Seinem kraftstrotzenden Körper und seinem fordernden Kuß erlag Kathryn willenlos, und schließlich erwachte das Feuer der Leidenschaft in ihr. Ein angenehmer Schauer durchfuhr ihren Körper und ließ sie erbeben. Unfähig, sich zurückzuhalten, erwiderte Kathryn seinen Kuß, und ihre honigsüße Zunge spielte mit der seinen.

Als Hugh den Kopf hob, um sie zu betrachten, sah Kathryn beschämt weg. Er ließ ihre Arme los, streichelte ihre brennenden Wangen und zwang sie, seinem Blick standzuhalten.

»Katie«, murmelte er, als er das Verlangen in ihrem Blick bemerkte.

»Oh.« Kathryn stöhnte aufgrund ihrer lange verleugneten Lust und streckte die Arme nach ihm aus, um ihn festzuhalten.

Hugh küßte zärtlich ihre Schläfen, Augenlider, Nase und Halsbeuge, dann bedeckte er ihren Mund erneut mit einem zarten Kuß. Langsam glitten seine Lippen über ihr verführerisches Dekolleté, und seine forschenden Hände erkundeten ihre seidig weiche Haut. Seine Lippen wanderten weiter zu ihren reifen Brüsten, wo sie innehielten, um ihre unglaubliche Süße zu kosten.

Hugh wollte noch warten und den Sieg über seine Frau hinauszögern, aber er wußte, daß er das nicht konnte. Seine männliche Waffe war bereits unerbittlich hart und drängte darauf, den intimsten Lebenskampf zu wagen. Seine erfahrenen Hände glitten zwischen ihre Schenkel und fanden den Quell ihrer Lust, feucht, pulsierend und bereit für seinen Angriff.

Hugh warf seinen Morgenmantel beiseite und drängte sich zwischen ihre Schenkel, dann stieß er sein Schwert tief in die Scheide.

Als er in sie eindrang, schrie Kathryn auf. Katzengleiches Schnurren entwich ihrer Kehle und ermutigte ihn, wieder und wieder in sie zu stoßen. Mit einem Aufschrei bäumte sich Kathryn auf und gab sich ihren primitivsten Gelüsten hin, bis ihr bebender Körper schließlich zu seinem Höhepunkt fand.

Zitternd vor Erregung war Hugh ihr ausgeliefert. Unbewußt erkannte er, daß der Sieger zum Besiegten geworden war. Als er wieder zu Atem gekommen war, rollte sich Hugh neben Kathryn und umschlang sie zärtlich.

»Bleib bei mir«, wimmerte sie.

»Ja«, antwortete er, doch sie war bereits eingeschlafen.

Hugh beobachtete seine Frau und erkannte, daß er sie

unbeschreiblich liebte. Niedergeschlagen seufzte er, als er daran dachte, wie sie sich zur Wehr gesetzt hatte, und er entschied fluchend, daß sie Shane immer noch liebte und seine Liebe deshalb niemals erwidern würde. Ihr seine zärtlichen Gefühle zu offenbaren, wäre ebenso verhängnisvoll wie eine gefährliche Waffe in der Hand eines Kindes.

Noch vor Sonnenaufgang erwachte Hugh. Kathryn schlief eng an ihn geschmiegt. Wie ein kleiner Junge, der ein neues Spielzeug besitzt, konnte auch er der Versuchung nicht widerstehen, deshalb schlug er das Bettlaken beiseite und heftete seinen Blick auf die ungewöhnlich schöne Frau, die jetzt zu ihm gehörte. Ihre Nacktheit bot eine unwiderstehliche Versuchung. Er streckte seine Hand aus, um die aufreizende Kurve ihrer Hüfte nachzuzeichnen. Als sein Blick ihr Gesicht streifte, bemerkte Hugh, daß ihn entwaffnend grüne Augen beobachteten.

»Küß mich«, flüsterte Kathryn und zog ihn an ihren weichen Körper.

9

Der Winter ging vorüber, und Kathryns Leben verlief gleichförmig. Ihre Töchter sowie ihre Hausfrauenpflichten beanspruchten sie am Tag, und ihre Nächte gehörten Hugh. Obwohl sie jede Nacht gemeinsam im Bett zubrachten, war Kathryn beunruhigt.

Sie war hoffnungslos verliebt in ihren Ehemann, aber Hugh hatte noch nie von Liebe gesprochen. Es ärgerte sie, lediglich für eine Zuchtstute gehalten zu werden, die ihm schließlich seinen Erben gebar. Daß auch sie gegenüber ihrem Mann nie von Liebe gesprochen hatte, kam ihr nie in den Sinn. Unglücklich wartete jeder von ihnen auf ein Zeichen des anderen, und keiner der beiden war bereit, als erster seine Liebe einzugestehen.

Im Verlauf des Winters waren einige Veränderungen eingetreten. Nachdem ein anderer Soldat der O'Neills großes Interesse an Polly gezeigt hatte, war Patrick schließlich ihrem Charme erlegen. Ihre Hochzeit sollte im Juni stattfinden.

Die Nachricht von einer weiteren bevorstehenden Heirat hielt die Bewohner Dublins in Atem. Es ging das Gerücht, daß Lady Fiona Fitzgerald am Abend der zu Ehren der O'Neills stattfindenden Feierlichkeiten mit Lord Burke verschwunden war. Außer sich vor Zorn war Lord Fitzgerald in Burkes Schlafgemach gestürmt und hatte seine Tochter in inniger Umarmung mit dem Witwer vorgefunden. Nachdem er seine Tochter als Schlampe bezeichnet hatte, hatte Fitzgerald sie nackt und schreiend aus dem Bett gezerrt. In diesem Augenblick hatte Burke nach seinem Schwert gegriffen und dem alten Mann gedroht, ihm Gewalt anzutun, falls er nicht seine zukünftige Ehefrau losließe. Das besänftigte Lord Fitzgerald zwar ein wenig, doch er konnte es sich nicht verkneifen, darauf hinzuweisen, daß die Hochzeitsnacht im Anschluß an die Trauungszeremonie und nicht vorher stattzufinden habe. Nachdem Lord Burke seinem zukünftigen Schwiegervater versichert hatte, daß er sich auf eine Hochzeit im August einstellen könne, rief er Lady Fiona wieder zu sich ins Bett. Da er keinen Sinneswandel provozieren wollte, verließ Fitzgerald sie unverzüglich, um den Ehevertrag aufsetzen zu lassen und diesen noch am folgenden Abend unterschriftsreif präsentieren zu können.

»Katie«, riß Hugh sie aus ihren Tagträumen, während sie allein im Garten spazierte und den ersten Frühlingstag genoß.

Kathryn drehte sich um und blickte völlig überrascht zu dem Mann, der neben ihrem Ehemann stand. »*Sir Henry!*« Kathryn raffte die Röcke und eilte auf ihren Stiefvater zu.

Sir Henry Bagenal streckte seine Arme aus, und eine schluchzende Kathryn erdrückte ihn fast mit ihrer Umarmung. »Was soll das denn?« neckte er sie. »Weinst du vor Freude oder vor Kummer?«

»F-freude«, schluchzte Kathryn. »Ich hatte schon gedacht, ich würde meine Familie niemals wiedersehen.«

»Du hast doch einen Mann und Kinder«, sagte Sir Henry. »Tritt einen Schritt zurück und laß dich anschauen.«

Sir Henry strahlte über den erfreulichen Anblick, der sich ihm bot. »Das Wesentliche bleibt, trotzdem ist das Mädchen zur Frau gereift.«

Unter tränenfeuchten Augen umschlang Kathryn ihren Stiefvater, das erste greifbare Lebenszeichen aus England seit sechs langen Jahren. »Komm ins Haus. Du mußt deine beiden hübschen Enkeltöchter kennenlernen.« Sie zog ihn zum Herrenhaus, und Hugh folgte ihnen.

Während des Abendessens nahm Kathryn ihren Platz an der Ehrentafel zwischen ihrem Stiefvater und ihrem Ehemann ein. Sie redete mehr, als daß sie aß, denn sie war ausgehungert nach Neuigkeiten aus ihrem geliebten England.

»Erzähl mir doch von der Familie«, drängte sie und zupfte wie ein kleines Mädchen am Ärmel ihres Stiefvaters.

»Laß den Mann doch in Ruhe essen«, sagte Hugh. »Nach dem Essen bleibt noch genug Zeit.«

»Erzähl mir alles, Henry«, bat Kathryn, ihren Ehemann ignorierend. »Ich möchte alles wissen.«

Sir Henry lächelte nachsichtig, verstand er doch ihre drängende Neugier. »Dein Bruder ist Page bei Hofe«, fing er an. »Ein Günstling der Königin, darf ich hinzufügen. Deine Schwester Brigette hat ein Kind und ist glücklich mit ihrem schottischen Gutsherrn. Wußtest du, daß sie ihm einmal weggelaufen ist?«

»Nein!« kicherte Kathryn, dann wandte sie sich ihrem Ehemann zu. »Siehst du, ich bin nicht die einzige. Aufsässigkeit ist ein Charakterzug unserer Familie.«

Hugh lachte über ihren schelmischen Gesichtsausdruck.

»Mutter geht es gut und sie wünscht dir alles Liebe«, fuhr Sir Henry fort, »aber sie trauert immer noch um Heather.«

»Trauert um Heather?« wiederholte Kathryn bestürzt.

»Wir haben dir die Nachricht schon vor einigen Monaten mitgeteilt«, sagte Sir Henry. Hilflos sah er über ihren Kopf hinweg zu dem grimmig dreinblickenden Hugh und erkannte sogleich seine Unbesonnenheit.

»Welche Nachricht?« wollte Kathryn wissen, aus deren Gesicht sämtliche Farbe gewichen war.

Sir Henry ergriff ihre Hand. »Heathers Schiff ist auf der Passage nach Frankreich gesunken. Es gab keine Überlebenden.«

»*Keine Überlebenden* . . .« Kathryns Stimme überschlug sich.

Sie wirbelte zu Hugh herum, dessen unbedachter Gesichtsausdruck ihren plötzlichen Verdacht bestätigte.

Hugh wollte etwas sagen, aber Kathryn wich zurück, als hätte er eine Todsünde begangen. Anklagend funkelte sie ihn an und machte damit jeden Versuch einer Erklärung zunichte.

»Entschuldige mich bitte«, sagte Kathryn zu ihrem Vater, dann erhob sie sich und verließ den Raum.

In ihrem Zimmer angelangt, streifte Kathryn ihr Nachtgewand über und entließ Polly. Unfähig, Schlaf zu finden, stand sie vor dem Kamin und blickte in die Flammen. *Hugh hatte gewußt, daß Heather tot war,* sagte sie sich immer wieder. Stumme Tränen rannen über ihre Wangen. Trauerte sie um ihre tote Schwester oder um das Vertrauen, daß ihr Mann so schändlich mißbraucht hatte?

Kurze Zeit später öffnete Hugh die Tür zum Schlafzimmer seiner Frau. Er wünschte, er könnte das Geschehene ungeschehen machen, hielt einen Augenblick inne und betrachtete ihren Rücken.

»*Verflucht!*« knurrte er und trat einen Schritt vor. Er hatte die traurige Nachricht überbringen wollen und zu jener Zeit das einzig Richtige getan.

»Es tut mir leid«, entschuldigte sich Hugh und legte ihr eine Hand auf die Schulter.

Kathryn wirbelte herum und schüttelte seine Hand ab. Sie ließ sich nicht länger zum Narren halten.

»Du wußtest, was mit Heather passiert ist«, beschuldigte sie ihn und strafte ihn mit einem verachtenden Blick.

»Ja, aber ...«, versuchte Hugh sich zu verteidigen.

»Du hast mich zum Narren gehalten. Du gemeiner, niederträchtiger, verlogener ...« Als ihr keine weiteren Beleidigungen mehr einfielen, die sie ihm an den Kopf werfen konnte, wandte Kathryn ihm abweisend den Rücken zu, doch Hugh zwang sie sanft dazu, sich wieder umzudrehen und ihn anzusehen.

»Vizekönig Russell hat mir vom Schicksal deiner Schwester erzählt«, gab er zu, »doch ich wollte dich niemals hintergehen.«

»Du hast es zweifellos unterlassen, mich in Kenntnis zu setzen!«

»Du warst im siebten Monat schwanger, und ich hatte Angst um das Baby«, erklärte ihr Hugh. Mit eisigem Blick sah sie durch ihn hindurch, so daß er die Geduld verlor. »*Beim Allmächtigen!* Die Aufregung hätte dem Baby Schaden zufügen können! Madam, hättest du Shanas Leben für die Wahrheit aufs Spiel setzen wollen?«

»Nein«, flüsterte Kathryn gequält, »aber ... aber später ...«

»Später hatte ich nicht mehr den Mut, es dir zu sagen«, gab Hugh zu. »Auch die tapfersten Männer sind manchmal feige. Ich hatte Angst, unser junges Glück zu zerstören. Deshalb wartete ich immer auf eine günstige Gelegenheit, es dir mitzuteilen, aber sie trat nie ein.« Er zog sie in seine Arme und hob ihr Gesicht zu dem seinen hoch. »Glaube mir, mein Herz, daß mir dein Verlust sehr leid tut und daß es für mich um so schlimmer ist, deinen Schmerz noch vergrößert zu haben. Verzeih mir. Bitte!«

»Ich verzeihe dir«, sagte Kathryn.

Hugh küßte sie sanft auf den Mund. »Henry erwartet mich im Arbeitszimmer. Uns bleibt nur wenig Zeit für unsere Strategie gegen die Maguire-Truppen.«

Kathryn nickte zustimmend, runzelte jedoch ihre Stirn.

»Stirnrunzeln sorgt für frühe Falten«, neckte Hugh, während sein Zeigefinger spielerisch über ihren Nasenrücken glitt. Er durchquerte das Zimmer, blieb an der Tür jedoch stehen, um sie eindringlich anzusehen, und warnte in gespieltem Ernst: »Ich hoffe, dich erwartungsfroh im Bett vorzufinden. Wage es, mich zu enttäuschen, Frauenzimmer, und du wirst unsägliche Qualen erdulden, wie zärtlich sie auch immer sein mögen.«

Als Hugh sah, wie Kathryns Mundwinkel zuckten und sich zu einem Lächeln formten, verließ er schließlich das Zimmer.

Sobald sich die Tür hinter ihm geschlossen hatte, schwand Kathryns Lächeln. Sie setzte sich in den Sessel vor dem Kamin und starrte nachdenklich in die tanzenden Flammen.

»Arme Heather.« Kathryn seufzte. »Ich werde dich nie wiedersehen.«

Ihre Gedanken schweiften zu den Jahren, als sie noch auf Schloß Basildon in England gelebt hatte.

Heather, die jüngste der drei Devereux-Schwestern, hatte sich stets darüber beklagt, daß sie als einziges Familienmitglied mit Sommersprossen behaftet war. Brigette, ihre gemeinsame Schwester, hatte sie gnadenlos damit aufgezogen. Kathryn war immer diejenige gewesen, die ihre Streitereien schlichtete.

Heather war es auch gewesen, die den grausamen Mord an ihrem Vater durch die Hand der Verschwörer mit angesehen hatte, und sie hatte darunter gelitten. Es verging kaum eine Nacht, in der Heather nicht qualvoll schreiend aus den unsäglichen Alpträumen hochschreckte, von denen das junge Mädchen gepeinigt wurde.

Vielleicht, dachte Kathryn schließlich, *hatte ihre jüngste Schwester endlich Frieden gefunden.*

Und Hugh! Kathryns Brustkorb hob und senkte sich in einem tiefen Stoßseufzer. Sie liebte ihren Mann, aber er hatte niemals erwähnt, daß er tiefe Gefühle für sie hegte. Und jetzt arbeitete er an einer Kriegsstrategie. *Genau wie Shane!*

Beklemmende Angst befiel sie. Hugh durfte Sir Henry nicht in die Schlacht begleiten. Sie besaß nicht die innere Kraft, einen weiteren Verlust durchzustehen. Aber wie konnte sie ihn davon abhalten? Würde Hugh auf ihre Warnung hören oder sie einfach von sich weisen? Würde er ihr überhaupt zuhören?

Einige Tage später saß Hugh in seinem Arbeitszimmer und versuchte sich zu konzentrieren, doch seine Gedanken kreisten ständig um seine Frau. Ihr Verhalten war in letzter Zeit seltsam geworden. Mehr als einmal war er nachts aufgewacht, um sie dann wach und offensichtlich in Gedanken versunken vorzufinden. Wenn er sie fragte, was sie beunruhigte, stritt Kathryn jegliche Sorge ab.

Ein Klopfen an der Tür unterbrach seine Gedanken. Als seine Frau eintrat und sich in den Sessel neben ihm setzte, fragte sich Hugh, ob sein gründliches Nachdenken dafür gesorgt hatte, daß sie sich zu ihm gesellt hatte.

»Es tut mir leid, wenn ich dich störe«, sagte Kathryn. »Aber ich komme in einer dringenden Angelegenheit.«

Hugh nickte, doch Kathryn sah weg und kaute nervös an ihrer Unterlippe. Allen Mut zusammennehmend blickte sie ihm schließlich in die erwartungsvollen Augen. »Ich ... ich halte es für unklug, Sir Henry zu begleiten.«

Hugh unterdrückte seinen ersten Impuls, ihr zu sagen, daß der Krieg Männersache war und beileibe nicht ihre Angelegenheit. Statt dessen fragte er: »Warum hältst du es für unklug, Liebes?«

Ermutigt, aber auch irritiert stand Kathryn auf und ging im Zimmer auf und ab. Sie rief sich die vielen logischen Einwände ins Gedächtnis zurück, erwog deren Stichhaltigkeit und verwarf sie wieder.

Hugh, der ihren ständig wechselnden Gesichtsausdruck bemerkte, mußte ein Lächeln unterdrücken.

Plötzlich wandte sich Kathryn zu ihm um und sagte mahnend: »Es ist nicht recht, dein eigenes Volk zu bekämpfen.« Sie hoffte, daß das der richtige Ansatz war. »Die Maguire ist das Problem der Königin. Soll sie es doch selbst lösen.«

»Das tut sie.«

»Wie bitte?«

»Die Königin löst das Problem, indem sie Sir Henry und mich damit beauftragt, die Maguire zu bekämpfen.«

»Verkauf mich bitte nicht für dumm«, sagte Kathryn zornig. »Du verstehst genau, was ich damit sagen will. Es ist nicht dein Problem.«

»Für die Ernennung zum Grafen von Tyrone«, erwiderte Hugh, »habe ich mich bereit erklärt zu kämpfen.«

»Der Preis ist zu hoch«, schrie Kathryn, die ihr angespanntes Nervenkostüm nicht mehr unter Kontrolle hatte.

Hugh stand auf und kam auf sie zu. »Sag niemals wieder, daß der Preis für das Geburtsrecht eines Mannes zu hoch ist.«

»Du verdrehst meine Worte.«

»Das Thema ist abgeschlossen.« Seine Stimme war sanft, doch sein Blick gebot ihr zu schweigen.

»Shane hat die Schlachten der Königin geschlagen, und ich durfte ihn begraben.« Tränen des Schmerzes rannen über Kathryns Wangen. »Auch du wirst nicht lebend nach Hause zurückkehren.«

Hughs Gesichtsausdruck wurde sanfter. »Du bist besorgt um meine Sicherheit?« fragte er und zog sie an sich.

Während sie ihr Gesicht an seiner Brust verbarg, streichelte Hugh ihren Rücken. »Für Frauen ist es immer beängstigend, wenn ihre Männer in den Krieg ziehen, aber daran läßt sich nichts ändern. Ich muß gehen.«

Entsetzt riß sich Kathryn von ihm los. Seine Worte waren die gleichen wie die Shanes gewesen, bevor Patrick ihn, seinen Leichnam auf dem Pferd verschnürt, nach Hause zurückgebracht hatte. Es war allein Hughs Verdienst, wenn er ihr erneut Schmerzen zufügte und sie ein weiteres Mal trauern müßte. Ihre Angst wich glühendem Zorn. Auch sie wollte ihm weh tun, und deshalb setzte Kathryn ihre einzige Waffe ein — das Wort.

»Geh und stirb für deine Königin«, herrschte sie ihn an. »Erst Shane und jetzt du — vielleicht gibt es ja noch einen weiteren O'Neill, der mich heiratet und sich dann eines Besseren belehren läßt.«

Als er das hörte, schlug Hugh sie. Kathryn stolperte gegen die Tür, doch es gelang ihr, nicht hinzufallen.

Hugh bot ihr hilfsbereit seine Hand, doch Kathryn riß die Tür auf und rannte fort, während sie sich ihre schmerzende Wange hielt.

»Katie«, rief er ihr nach.

»Shane hat mich ebenfalls geschlagen«, schrie sie, dann rannte sie die Treppe hinauf.

Patrick, Polly und mehrere der anderen Haushaltsmitglieder hatten sich in der Nähe des Arbeitszimmers aufgehalten, und die zornigen Worte sowie die sich daran anschließende Flucht ihrer aufgebrachten Gräfin war ihnen nicht entgangen. Hugh, der mit dem Gedanken spielte, ihr zu folgen, trat in die Halle und bemerkte, daß ihn dort ein aufmerksames, grimmig dreinblickendes Publikum erwartete. Augenscheinlich stimmte die öffentliche Meinung gegen ihn.

»Ich habe sie nicht geschlagen«, stieß Hugh hervor, als er Patrick bemerkte. »Nur ein Klaps.«

Patrick sagte nichts, doch allein sein Blick vermittelte Hugh Schuldbewußtsein.

»Kümmert euch um eure eigenen Angelegenheiten!« brüllte Hugh und hatte in Windeseile die Menge der Umstehenden zerstreut. Zufrieden beobachtete er, wie seine Dienerschaft hastig gehorchte. — Alle bis auf eine Ausnahme. Sein Blick fiel auf Patrick, der ihn immer noch forschend betrachtete.

»Sie ist *meine* Frau«, sagte Hugh. »Und ich behandle sie so, wie ich es für richtig halte.« Er drehte sich auf dem Absatz um, stürmte in sein Arbeitszimmer zurück und schlug die Tür hinter sich zu.

In Gedanken versunken starrte Patrick sekundenlang auf die geschlossene Tür des Arbeitszimmers. Dann faßte er einen Entschluß, ging auf diese zu und klopfte.

»Verschwinde«, knurrte Hugh aufgrund der lästigen Störung.

Ungeachtet aller Folgen öffnete Patrick die Tür und trat ein.

»Ich habe gesagt, du sollst verschwinden.«

Seine Worte ignorierend setzte sich Patrick ihm gegenüber auf einen Stuhl. »Erinnerst du dich noch an den Tag, als Katie versucht hat, Polly das Reiten beizubringen? Du fragtest sie damals, ob sie ihr zweites Kind durch einen Sturz vom Pferd verloren hätte.«

Hugh legte seine Feder beiseite und widmete seinem Gegenüber seine volle Aufmerksamkeit. »Ja, ich erinnere mich.«

»Katie verlor damals ihren Sohn, weil Shane sie beinahe zu Tode prügelte, denn sie hatte gegenüber Sorley Boy MacDonnell, einem seiner Gefangenen, Mitleid gezeigt«, erklärte ihm Patrick. »Ich möchte dich nicht mit Einzelheiten langweilen.«

»Das habe ich nicht gewußt.« Hugh kam sich plötzlich wie ein Ungeheuer vor, weil ihm seine Hand ausgerutscht war.

»Wenn du sie noch einmal anrührst«, drohte Patrick, »bringe ich dich um.«

Hugh versteifte sich bei diesen Worten, legte seine Hand auf den Knauf seines Dolches und baute sich vor seinem Offizier auf. »Du hast mir einen Eid geleistet.«

Patrick hatte sich ebenfalls von seinem Stuhl erhoben und stand beinahe auf gleicher Höhe vor Hugh. »Ich habe geschworen, daß ich Katie beschützen werde.«

Hugh entspannte sich und sagte mit einem entschuldigenden Lächeln: »Um ehrlich zu sein, ich verabscheue es, Frauen zu schlagen.«

Mit einem knappen Nicken wandte Patrick sich zum Gehen, drehte sich beim Klang von Hughs Stimme jedoch noch einmal um.

»Patrick?«

Klatsch! Hughs Faust landete auf Patricks Kinn und ließ den Soldaten zu Boden gehen.

»Das war dafür, daß du mich bedroht hast«, sagte Hugh und streckte dem anderen Mann helfend eine Hand entgegen. »Ich bin nicht Shane O'Neill. Wage es ja nicht, dessen abscheuliche Charakterzüge mit mir in Verbindung zu bringen.«

Patrick nickte und wandte sich erneut zum Gehen.

Genau in diesem Augenblick beschloß Hugh, seine wahre Rache für Patricks Drohung zu nehmen. »Ach, übrigens«, meinte er beiläufig, »ich habe den Fußsoldaten Jake gestern vor dem Abendessen zusammen mit Polly im Garten gesehen. Heiratet ihr nun oder nicht?«

Ohne sich der Mühe einer Antwort zu unterziehen, stürmte Patrick aus dem Arbeitszimmer, während er vor sich hinmurmelte: »Diese doppelzüngige Schlange. Ich werde ihrem Flirten ein Ende machen.«

Als Hugh an diesem Abend den großen Saal betrat, saß Sir Henry bereits an der Tafel. Kathryns Stuhl war leer.

Polly trat auf die beiden Männer zu. »Lady Kathryn fühlt sich nicht wohl und bittet Sie, ohne sie zu speisen.« Sir Henry bedeutungsvoll anblickend, fügte sie hinzu: »Mylady entschuldigt sich ausdrücklich bei Ihnen, Mylord.«

»Und was ist mit meiner Entschuldigung?« fragte Hugh.

»Sie wurden mit keinem Wort erwähnt, Mylord«, antwortete Polly und verließ den Raum.

»Zwischen Kathryn und dir steht es nicht immer zum Besten«, bemerkte Sir Henry.

»Sie glaubt, daß es unklug ist, gegen die Maguire zu kämpfen«, erklärte ihm Hugh.

»Sie hat Angst um dich«, folgerte Sir Henry. »Ihre Mutter hat sich mir gegenüber genauso verhalten.«

»Katie glaubt, daß mich das gleiche Schicksal ereilt wie seinerzeit meinen Onkel.«

»Ah.« Sir Henry nickte. »Ich vermute, daß es einige Parallelen gibt. Du mußt bedenken, mein Freund, daß Kathryn ein wohlbehütetes Leben geführt hat.«

»Sie ist doch jetzt kein Kind mehr«, warf Hugh ein, »und sollte es akzeptieren, daß ich meinen Mann stehen muß.«

»Ja«, stimmte Sir Henry zu. »Aber Frauen sind von Natur aus schwach. Ich kenne Kathryn seit ihrer Kindheit. Vielleicht fällt es mir deshalb leichter, Nachsicht zu üben.«

»Wie war sie denn als kleines Mädchen?«

Ein entseelter Ausdruck trat in die Augen des alten Mannes, und die Erinnerung ließ ihn schmunzeln. »Riesige grüne Augen, fast zu groß für ihr Gesicht, so kupferrotes Haar wie ein feuriger Sonnenuntergang, dürr wie ein Hühnchen ...«

Hugh mußte über diese Beschreibung lachen. »Heute ist sie gut gepolstert.«

Sir Henry lächelte. »Das habe ich bemerkt.«

»War sie schon immer so dickköpfig?«

»Alle drei Devereux-Mädchen waren in ihrer Jugend aufmüpfige, aber trotzdem liebenswerte Rangen«, antwortete Sir Henry. »Um es beiläufig zu erwähnen, als dein Onkel Kathryn das erste Mal begegnete, war sie wie ein Stallbursche gekleidet.«

Darüber brach Hugh in schallendes Gelächter aus. Er fragte sich, was sein Onkel, ein notorischer Schürzenjäger, wohl gedacht hatte, als er einen Stallburschen heiraten sollte. Für Shanes Gesichtsausdruck hätte er nur zu gern eine Hand riskiert.

In der Hoffnung, sie noch wach anzutreffen, betrat Hugh einige Zeit später Kathryns Schlafgemach. Neben dem Bett stehend betrachtete er seine schlafende Frau. Ihre Lider waren vom Weinen geschwollen. Da er wußte, daß er für ihren Kummer verantwortlich war, plagte ihn die Reue.

Zweifellos liebte Hugh sie, trotzdem blieb er unentschlossen neben dem Bett stehen. Sollte er sich ausziehen und sich neben sie legen, oder sollte er warten, bis sie sich entschuldigte? Mit eingezogenen Schultern und von Gewissensbissen gepeinigt, wandte er sich ab und schlenderte in sein eigenes Schlafzimmer.

Als sie am nächsten Morgen aufwachte, bemerkte Kathryn, daß sie allein war. Sicher hatte es mit dem Zorn ihres Ehemanns zu tun, daß er das Bett nicht mit ihr geteilt hatte, überlegte sie und nahm sich vor, ihre Liebe für ihn zu ignorieren. Das machte es bestimmt einfacher, seinen Verlust zu ertragen, wenn Patrick seinen Leichnam aus der Schlacht nach Hause trug.

An diesem Abend saß Kathryn erneut zwischen ihrem Ehemann und ihrem Stiefvater an der Tafel. Sie trug nur wenig zum Gespräch bei, hörte aber genau zu, als die Männer über die bevorstehende Schlacht sprachen. Da sie wußte, daß die beiden sich noch stundenlang in Hughs Arbeitszimmer zurückziehen würden, um ihr entsetzliches Vorhaben zu erörtern, entschuldigte sie sich nach dem Abendessen und begab sich in ihre Räume.

Nachdem sie gebadet und einen seidenen Umhang umgelegt hatte, entließ Kathryn Polly und setzte sich in den Sessel vor dem Kamin. Sie versuchte sich zu entspannen und innerlich zur Ruhe zu kommen. Nach einiger Zeit bemerkte sie jedoch, daß jemand neben ihr stand und sie sah auf.

Mit einem zärtlichen Ausdruck auf seinen anziehenden Gesichtszügen stand Hugh vor ihr. Kathryns Herz machte vor Freude einen Satz.

»Ja?« Ihre Stimme blieb kühl.

»Ich muß mit dir reden«, sagte Hugh, dann überraschte er sie damit, daß er vor ihr niederkniete und ihre Hand in die seine legte. Gequälte braune Augen blickten in gequälte grüne. »Verzeih mir, daß ich dich geschlagen habe. Ich schwöre, daß ich nie wieder meine Hand gegen dich erheben werde.«

Kathryn akzeptierte seine Entschuldigung mit einem Nicken, dann blickte sie auf ihren Schoß, wo ihre Hände in den seinen ruhten. Ein langer Augenblick verstrich, ohne daß sie etwas erwiderte. Sie sehnte sich danach, ihn auf immer in ihren Armen zu wissen, ermahnte sich jedoch, ihr Herz Distanz wahren zu lassen. Seine Entschuldigung änderte nichts an der Tatsache, daß Patrick schon bald seinen erkalteten Körper aus der Schlacht nach Hause tragen würde. Darüber mußte sie hinwegkommen, schon um ihrer Kinder willen.

Fassung bewahrend blickte Kathryn in das hoffnungsfrohe Gesicht ihres Mannes. »Gibt es sonst noch etwas, das du mir mitteilen willst?« fragte sie kurz angebunden, obgleich es ihr fast das Herz zerriß.

»Nein.« Niedergeschlagen drehte Hugh sich um und kehrte in sein Schlafzimmer zurück. Er sah nicht die heißen, stummen Tränen, die über Kathryns Wangen strömten.

Im Verlauf der folgenden Woche wurde ihre Beziehung auf eine harte Probe gestellt. Jede Nacht lag Kathryn einsam wach in der Hoffnung, daß ihr Ehemann zu ihr kommen würde, denn sie wußte nicht, was sie tun sollte.

Hugh suchte kein weiteres Mal Einlaß in ihr Zimmer.

Einige Tage später blickte Kathryn traurig aus ihrem Schlafzimmerfenster. Unten im Hof rannten die bewaffneten Männer geschäftig hin und her und trafen die letzten Vorbereitungen für ihren Aufbruch. Als sie die Menge der Soldaten überblickte, konnte sie ihren Mann nicht entdecken. Ein fast unerträgliches Verlangen, nach unten zu gehen und ihm Lebewohl zu sagen, überkam sie, doch sie verdrängte diesen Wunsch.

Starke Arme legten sich um ihre Schultern. Kathryn wirbelte herum.

»Ich breche jetzt auf«, sagte Hugh.

»Ja.« Kathryn unterdrückte ihr übermächtiges Verlangen, sein Gesicht in beide Hände zu nehmen und es ein letztes Mal zu liebkosen.

Hugh küßte sie sanft auf die Stirn, dann trat er einen Schritt zurück, um das liebreizende Gesicht zu betrachten, das ihm so vertraut geworden war. Er öffnete den Mund, um etwas zu sagen, unterließ es dann aber. Stattdessen drehte er sich wortlos um und verließ den Raum.

Als die Tür hinter ihm ins Schloß fiel, blickte Kathryn auf ihre zitternden Hände hinunter. *Herr im Himmel! Wie konnte sie es zulassen, daß er in den Tod ritt, ohne daß sie ihm ihre Liebe eingestanden hatte?*

»Hugh!« Kathryn stürmte aus dem Zimmer, die Treppe hinunter und nach draußen in den Hof. Ihre Schreie gellten durch die Luft und brachten die Männer, die gerade ihre Streitrosse bestiegen, zum Verstummen.

Hugh saß ab, sobald er sie erblickt hatte. Kathryn warf sich tränenüberströmt in seine Arme. Unter den Augen aller, die sich im Hof befanden, hielt Hugh sie umschlungen.

»Bitte komm gesund wieder nach Hause«, schluchzte Kathryn und verbarg den Kopf an seiner Schulter.

»Ich verspreche es dir«, gelobte Hugh, während er ihr Gesicht in seine beiden Hände nahm.

Dann beugte er sich zu ihr hinunter und küßte sie innig, legte seine ganze Liebe in diesen einen erregenden Kuß. Sie hielten sich so eng umschlungen, als wäre die Welt, die sie umgab, nicht vorhanden. Ihre Lippen verschmolzen zu einer sinnlichen Einheit, und ihr glühender Kuß wollte kein Ende nehmen.

»Ich glaube, wir werden niemals zurückkehren, wenn wir nicht endlich aufbrechen«, erklang Patricks ironischer Kommentar. Die Soldaten der O'Neills kreischten vor Vergnügen über die Äußerung ihres Offiziers.

Widerwillig löste Hugh seine Lippen von Kathryns Mund. Er führte ihre Hände an seine Lippen und küßte sie zärtlich. Für einen langen Augenblick labten sich Mann und Frau am Anblick des anderen und konnten doch nicht genug voneinander bekommen.

»Wenn wir noch lange warten«, stichelte Patrick, »bin ich zu alt zum Kämpfen.« Erneut verfiel die wartende Menge in ein schallendes Gelächter.

Hugh gab Kathryn noch einen letzten, flüchtigen Kuß, dann sprang er auf sein Pferd und knurrte: »Zur Hölle mit dir, Patrick.«

Eine zitternde Hand an ihre sehnsuchtsvollen Lippen gelegt, stand Kathryn im Hof und beobachtete die Gruppe, bis diese außer Sichtweite war.

Obwohl sie von den Daheimgebliebenen aufgemuntert und abgelenkt wurde, verstrichenen die quälenden Tage nach Hughs Abreise nur langsam. Kathryn beschäftigte sich viel mit ihren Töchtern, bestand allerdings darauf, bei den Vorbereitungen für die Hochzeit von Patrick und Polly mitzuhelfen.

Mme. Bujold, die von Kathryn beauftragt worden war, das Hochzeitskleid für die Braut zu schneidern, wurde zum häufigen Besucher auf dem Anwesen der O'Neills. Polly protestierte, doch Kathryn bestand darauf und erklärte, daß das Kleid ihr Hochzeitsgeschenk sein würde.

Tatsächlich gehörten die Tage, an denen Mme. Bujold im Haus weilte, zu den abwechslungsreicheren. Aus Kathryns Zimmer schallte das Lachen der Frauen, während Mme. Bujold die neuesten Skandale aus Dublin zum besten gab, da sie stets aus erster Hand informiert war. Zwischen der Gräfin und der Schneiderin entwickelte sich eine herzliche Beziehung. Häufiger schalt Mme. Bujold Polly oder Peg, daß sie sich zu wenig um ihre Herrin kümmerten, denn die Gräfin hatte vor lauter Sorgen abgenommen und dunkle Ringe unter den Augen.

Ungefähr einen Monat, nachdem Hugh sie verlassen hatte, entschied sich Kathryn eines Abends für ein entspannendes Bad, um ihre Sorgen zu verdrängen. Plötzlich wurde die Tür aufgerissen. Peg stand im Türrahmen und schnappte nach Luft.

»D-der G-graf ist z-zu Hause«, japste die Haushälterin. »Unten im Hof.«

Nackt und tropfnaß sprang Kathryn auf. »Polly, gib mir ein Handtuch.«

Polly reichte ihr das Handtuch, und Kathryn riß es ihr aus der Hand. Die beiden Frauen starrten Kathryn entsetzt an, als diese sich das Handtuch umwickelte und die beiden Enden zwischen ihren Brüsten zusammenknotete.

»Was tun Sie da?« brachte Polly schließlich heraus.

Polly ignorierend, rannte Kathryn durch das Zimmer, doch die Haushälterin versperrte ihr den Weg. »Geh beiseite«, befahl sie.

»In diesem Aufzug können Sie unmöglich nach unten gehen«, beharrte Peg.

»Geh beiseite oder du kannst dir morgen eine neue Stellung suchen.« Kopfschüttelnd wich Peg zur Seite und beobachtete, wie ihre vornehme Herrin halbnackt durch den Gang eilte. Dann flog Kathryn beinahe die Treppe in die Empfangshalle hinunter.

In Begleitung des Vizekönigs, Sir Henry Bagenals und Patricks betrat Hugh die Halle, als Kathryn gerade den Treppenabsatz erreichte. Irritiert von ihrem Anblick blieben die Männer auf der Stelle stehen.

Ohne ihren Schritt zu verlangsamen, packte Kathryn das rutschende Badetuch und warf sich ihrem Mann in die Arme. Hugh senkte seine Lippen auf die ihren.

Schließlich unterbrach er seinen Kuß, betrachtete den skandalösen Aufzug seiner Frau und warf lachend den Kopf zurück. »Mir scheint, die Mode hat sich geändert.«

Kathryns Augen glühten vor Freude. »Habt ihr gesiegt?«

»Ja, wir haben gesiegt.« Hugh trug sie durch die Halle zur Treppe, dann fielen ihm die anderen wieder ein, und er drehte sich um. »Macht es euch im Arbeitszimmer gemütlich. Ich bin gleich zurück.«

Sir Henry amüsierte sich über den entsetzten Gesichtsausdruck des Vizekönigs. »Sie ist ganz die Tochter ihrer Mutter«, sagte er. »Das französische Blut pocht in ihren Adern.«

Als er Peg auf der Treppe begegnete, wies Hugh sie an: »Bring meinen Gästen zu essen und zu trinken.« Sein Blick fiel auf Polly, die er neckte. »Schäm dich, Polly. Noch nicht einmal ein Handtuch für Patrick umgelegt?«

Außer sich vor Freude bedeckte Kathryn Hals und Wangen ihres Mannes mit flüchtigen Küssen. Hugh trug sie in sein Schlafzimmer und warf mit einem Fußtritt die Tür zu, dann ließ er sie auf sein Bett sinken und wickelte sie aus dem Handtuch. Ein leises, lustvolles Stöhnen entwich ihm, als er ihre einladend weiche Haut betrachtete.

»Küß mich«, sagte Kathryn und umschlang ihn einladend mit den Armen.

Von Zärtlichkeit übermannt, preßte Hugh seinen Mund auf den ihren, schmeckte ihre honigsüßen Lippen, die sich seiner tastenden Zunge willig ergaben. »Vergib mir«, flüsterte er mit rauher Stimme und lockerte seine plötzlich strammsitzenden Beinkleider. »Ich kann nicht warten.«

Stöhnend warf Hugh sich auf sie. Feucht und sinnlich erwartete Kathryn ihn bereits. Vor Wollust schreiend erreichte sie bald darauf ihren Höhepunkt, und Hugh folgte ihr.

In ihre verliebten Augen blickend, sagte Hugh: »Wir setzen das später fort.« Wie gebannt von ihren funkelnden, grünen Augen küßte er sie erneut.

»Ich liebe dich, meine Gräfin.«

»Ich liebe dich auch, mein großartiger Graf.«

Hugh versuchte aufzustehen, doch zwei schlanke Schenkel umschlossen seine Hüften. Kathryn war nicht bereit, ihn gehen zu lassen, und lächelte ihn schelmisch an.

»Du bist *mein* Gefangener«, erklärte sie, »und wirst nicht mehr nach unten gehen.«

»Kriegsgefangener, mein unwiderstehliches Eheweib?«

»Nein, mein Gebieter. Gefangener meiner Liebe.«

10

An einem sonnigen Juninachmittag war die Kirche von St. Mary mit Soldaten und Angehörigen des Hausstandes der O'Neills gefüllt, die der Heirat von Patrick und Polly beiwohnen wollten. Auf Hugh wartend saß Kathryn allein in der vorderen Kirchenbank. Als Brautführer mußte er Polly zum Traualtar begleiten, wo der nervöse Bräutigam und der Geistliche sie erwarteten.

Die Hochzeit war eine schlichte Zeremonie, da nur die Soldaten und das Hauspersonal geladen waren. Man hatte Hilfskräfte angeworben, damit auch die Dienerschaft an diesem Ehrentag einmal bedient wurde. Für die beiden Menschen, die dafür verantwortlich waren, daß Kathryn in sein Leben getreten war, hatte Hugh keine Ausgaben gescheut.

Als er die Braut an der vorderen Bank vorbeiführte, zwinkerte Hugh Kathryn zu. Mit feierlichem Gesichtsausdruck legte er Pollys Hand in die von Patrick, doch bevor er zurücktrat, beugte er sich zu seinem Offizier vor und flüsterte diesem zu: »Kneif dir in die Wangen, Patrick. Du siehst aus wie ein Gespenst.«

Patricks Blick schweifte zu Kathryns schmunzelndem Gesicht. In dem Bewußtsein, daß man ihn veralberte, lächelte er und entspannte sich.

Der Trauungszeremonie schloß sich ein Festabend mit Gesang und Tanz an. Kathryn, die an der Festtafel saß, entschied, daß es ein schöner Tag war, an den sich alle mit Freuden erinnern würden. Da sie alle Mitglieder des gleichen Hausstandes waren, gab es auch keinerlei politische Meinungsverschiedenheiten, die die allgemeine Fröhlichkeit trübten. Lord Burkes Hochzeit würde sicherlich nicht so angenehm sein.

»Es wird Zeit, daß sich die Braut zurückzieht«, sagte Hugh, der zu ihr getreten war. Er nahm Kathryns Hand, hob sie an seine Lippen und fuhr fort: »Patrick wartet schon ungeduldig darauf, mit seiner Ehefrau zu schlafen, und mir geht es ebenso.«

Kathryn bemerkte, daß ihr Mann ziemlich angeheitert war. Nachsichtig lächelnd nickte sie, dann erhob sie sich und gab Peg ein Zeichen, daß es Zeit wurde, die Braut für die Nacht vorzubereiten. Die Damen wandten sich zum Gehen, doch der Klang von Hughs Stimme ließ Kathryn in ihrer Bewegung innehalten.

»Auf die Braut«, schmetterte Hugh, sein Glas in der Hand, und erhob sich schwankend. Die Männer im Saal hoben prostend ihre Gläser. Seinen Kelch verschüttend grinste Hugh Patrick zu und brüstete sich: »Aber es ist sicherlich meine Manneskraft, die zuerst ihr Ziel erreicht.«

»Ich setze dagegen«, warf Patrick ein und stand unsicher auf. »Willst du eine Wette auf das Ergebnis unserer Bemühungen abschließen?«

»Ihre Damen werden sich ganz schön quälen müssen«, ertönte eine Stimme.

»Meine nicht!« rief Hugh.

»Meine auch nicht!« hielt Patrick entgegen.

»Ich werde die Wetteinsätze verwalten«, kündigte Conal an und schritt zur Festtafel. »Wenn ich sehe, wessen Frau zuerst geschwängert worden ist, erhält dieser Mann das Geld. Zusammen mit unseren allerherzlichsten Glückwünschen.« Das Gemäuer des Saals erzitterte unter männlichem Gelächter.

»Einverstanden!« riefen Hugh und Patrick gleichzeitig.

Hughs Blick schweifte zum Eingang des Saals und ruhte dann auf seiner Ehefrau, deren Gesicht vor Scham und Verärgerung dunkelrot angelaufen war. Er grinste sie an und verbeugte sich ungelenk in ihre Richtung. Ihn insgeheim verfluchend reckte Kathryn stolz ihre Nase in die Höhe und stolzierte aus dem Saal.

Als es den Damen schließlich gelungen war, eine verschüchterte Polly ins Bett zu verfrachten, stürmten die Männer ins Schlafzimmer. Patrick hatte sich bereits bis auf seine Unterwäsche entkleidet.

Kathryn kicherte, als sie ihn so spärlich bekleidet erblickte und neckte ihn: »Du hast eine sehr anziehende Kehrseite, Patrick.«

Alle lachten. Patrick, der vor Scham rot angelaufen war, verschlug es endlich einmal die Sprache.

»Komm«, sagte Kathryn zu Hugh. »Wir dürfen nicht zulassen, daß die Frischvermählten die Wette gewinnen. Unser Gewinn ist sicherlich so hoch, daß ich mir ein neues Pferd davon kaufen kann. Oder nicht?«

Ihr honigsüßer Ton strafte ihren verärgerten Blick Lügen.

»Natürlich, mein Liebes«, stimmte Hugh zu. »Wenn das dein Wunsch ist.«

Daraufhin leerte sich das Zimmer rasch. Ohne Polly aus den Augen zu lassen, entledigte sich Patrick seiner Unterwäsche, schlüpfte ins Bett und umarmte sie. Als er spürte, wie sie sich versteifte, streichelte er zärtlich ihre Wangen.

»Öffne deine Augen«, befahl er, und als sie gehorchte, lächelte er sie vertrauensvoll an. »Nun, mein Mädchen. Hat deine Mutter mit dir über die Hochzeitsnacht gesprochen, bevor wir aus Dungannon geflüchtet sind?«

»Nein«, antwortete Polly. »Sie sagte immer, gute Mädchen brauchten so etwas vor ihrer Hochzeit nicht zu erfahren.«

Patrick seufzte. Die Unwissenheit seiner Braut erschwerte seine Aufgabe. Wenn er Maude jemals wiedersah, würde er ihr ordentlich den Kopf waschen.

»Weißt du, was zwischen einem Mann und einer Frau passiert?« fragte er.

»Natürlich. Lady Kathryn hat es mir erzählt.«

Im stillen dankte Patrick Kathryn und schwor sich, für sie zu beten, wann immer er die Messe besuchte, was eher selten eintrat. »Und was hat sie dir über die Hochzeitsnacht gesagt, Schätzchen?«

»Daß mich nichts anderes als Vergnügen erwartet mit einem so kräftigen Mann wie dir«, erzählte ihm Polly. »Sie sagte auch, daß ich dir in allen Dingen vertrauen muß.«

»Und vertraust du mir, mein Herzblatt?«

»Ja, aber wenn wir nicht aufhören zu reden und endlich anfangen, werden der Graf und seine Lady uns das sauer erarbeitete Geld abluchsen.«

Lachend warf Patrick den Kopf zurück. »Möge der Herr mir die Geduld verleihen, ein so durchtriebenes Frauenzimmer zu ertragen.« Er verschloß ihren Mund mit seinen Lippen, und schließlich nahm er seine Braut.

Im großen Saal ging das Fest noch bis zum Morgengrauen weiter. Zur Freude aller waren nicht nur Braut und Bräutigam im Bett verschwunden, sondern auch der Graf und seine Gräfin. Was das Ergebnis des lustvollen Wettstreits im Haushalt anbelangte, wurden bei Conal Wetteinsätze in schwindelerregender Höhe getätigt.

An einem Vormittag Anfang Juli saß Kathryn vor dem kalten Kamin in ihrem Zimmer und wünschte sich, daß es endlich zu regnen aufhörte. Maeve und Shana spielten auf dem Boden zu ihren Füßen.

Als Kathryns Gedanken zu ihrem Ehemann abschweiften, stahl sich ein Lächeln auf ihr Gesicht. Da es Hugh haßte, in irgendeiner Form den Verlierer abzugeben, war er aufgebracht gewesen, als sie ihm nicht sogleich zu Willen war. Obwohl er sich nach allen Regeln der Kunst angestrengte, war es Hugh nicht gelungen, seinen Willen durchzusetzen.

Kathryn blickte zu ihrem flachen Leib hinunter, und ihr malvenfarbenes Kleid erinnerte sie an etwas. Sie mußte kichern. Lady Fiona wäre sicherlich aufgebracht gewesen, hätte sie gewußt, daß sie nicht nur einen möglichen Ehekandidaten, sondern auch noch ein Kleid an ihre Widersacherin verloren hatte.

Als Hugh unerwartet ins Zimmer trat und sich hinsetzte, sah Shana auf und deutete mit ihrem winzigen Zeigefinger auf ihn. »Pa ... Pa«, zwitscherte sie und jauchzte, stolz auf ihren zunehmenden Wortschatz.

Kathryn fröstelte. Daß ihre Töchter Hugh für ihren Vater halten könnten, war ihr nie in den Sinn gekommen. Kathryn entschied, daß es nur folgerichtig war, was sie eigentlich auch nicht störte.

Maeve, die sich von ihrer jüngeren Schwester nicht ausstechen lassen wollte, kletterte auf Hughs Schoß und umarmte ihn. Dann strahlte sie ihn mit ihren entwaffnenden grünen Augen an. »Onkel Hugh, könntest du auch mein Papa sein?«

»Ich wäre stolz darauf, dein Papa zu sein«, antwortete Hugh leichtherzig, »aber du darfst niemals deinen richtigen Papa vergessen. Shane O'Neill war ein tapferer Mann, ein Patriot von unschätzbarem Wert. Wenn Shana älter ist, mußt du ihr von ihm erzählen. Versprichst du mir das?«

»Ja, das tue ich«, versicherte Maeve mit vor Verwunderung weit aufgerissenen Augen. Noch nie zuvor hatte jemand ihren richtigen Vater erwähnt, und ihre Erinnerung an diesen Mann war nur sehr vage und unfaßbar.

Hugh küßte Maeve auf ihre kleine Stupsnase und schickte sie zurück zum Spielen, denn ihr Selbstvertrauen, daß sie ihrer Schwester weit überlegen war, war nun wiederhergestellt. Er blickte Kathryn an, deren Augen feucht geworden waren. »Um Himmels willen, Katie! Es besteht doch kein Grund zum Weinen. Es sei denn, du bist schwanger!«

»Ich weine nicht.«

Hugh lächelte. Den Kopf auf eine Hand gestützt, beobachtete er sie aus halb geschlossenen Augen. »Bist du glücklich?« fragte er beiläufig.

Sich ertappt fühlend, konterte Kathryn: »Warum fragst du mich das?«

»Da du das Landleben von ganzem Herzen liebst, würde es dir vielleicht besser auf Dungannon gefallen.«

»Auf Dungannon?«

»Lord Fitzgerald und Lord Burke sind heute mit mir verabredet«, erklärte ihr Hugh. »Mit ihrer Hilfe werde ich Pläne schmieden, damit wir auf Dungannon leben können.«

Kathryn war verwirrt. »Aber ... aber Turlough lebt doch auf Dungannon.«

»Ja, das ist richtig.«

Mißtrauisch kniff Kathryn die Augen zusammen. »Was hast du vor?«

Hugh grinste wie ein durchtriebener Schuljunge, und ein heimtückischer Glanz trat in seine Augen. »Nun, ich gedenke, der neue Clanchef der O'Neills zu werden«, lautete seine logische Erklärung.

Kathryn stöhnte, entsetzt über den Gedanken, Turlough gegenübertreten zu müssen. »Warum mußt du wieder in den Krieg ziehen? Ich bin zufrieden mit meinem jetzigen Leben ...«

»Diplomatie ist jedem Krieg vorzuziehen«, fiel ihr Hugh ins Wort.

»Was haben die Herren Fitzgerald und Burke damit zu tun?«

»Sie werden mir die Gelegenheit für eine Unterredung mit Turlough verschaffen.«

»Du bist der Graf von Tyrone«, wandte Kathryn ein. »Warum ist es denn so wichtig, das Oberhaupt der O'Neills zu werden?«

»Wenn ich erst Clanchef bin«, enthüllte ihr Hugh mit leidenschaftlichem Pathos in der Stimme, »werde ich unsere anderen Anführer zusammenbringen. Gemeinsam werden wir die Engländer aus unserem Land vertreiben.«

Entsetzt starrte Kathryn ihn an. Nach mehr als einem Jahr Ehe war ihr Gatte ihr immer noch ein Fremder. Er schien sich mit dem Vizekönig und den anderen so gut zu verstehen. Sie hätte nie geglaubt, daß er solche rebellischen Ansichten hegte.

»Ich ... ich ... ich bin Engländerin«, stammelte sie.

»Wenn du dich gut benimmst«, sagte Hugh lächelnd, »mache ich in deinem Fall eine Ausnahme.«

Kathryn erwiderte sein Lächeln nicht. »Du bist nicht einen Deut besser als Shane.«

»Mein Onkel hat die Diplomatie nie berücksichtigt.«

»Vielleicht wußte er, daß Diplomatie aussichtslos war. Glaubst du tatsächlich, daß Turlough die Vormachtstellung über die Familie aufgeben würde?«

»Nein.« Hugh stand auf, und als er die Mädchen bemerkte, wechselte er das Thema. »Maeve ist genau wie ihre Mutter. Sie klettert mir vielversprechend auf den Schoß und bittet mich dann um irgendwelche Gefälligkeiten.«

»Oh.« Kathryns Mundwinkel formten sich zu einem gequälten Lächeln.

Hugh deutete mit dem Finger auf sie. »Und du, meine Dame, beeilst dich besser und wirst schwanger, ansonsten verliere ich eine Menge Geld.«

Pah! dachte Kathryn, nachdem er sie verlassen hatte. Mein Ehemann in seiner männlichen Arroganz meint, daß er einfach nur befehlen muß, dann werde ich schon schwanger. Es überrascht mich, daß er mir nicht auch noch das Geschlecht des Kindes vorgegeben hat. Vielleicht sollte er besser versuchen, den Vögeln in den Bäumen das Singen zu verbieten!

Bald darauf wurde Kathryn trübsinnig, denn ihre Furcht vor einer Auseinandersetzung mit Turlough gewann wieder die Oberhand. Mit aller Willenskraft verbannte sie diesen entsetzlichen Gedanken. Sie konnte nichts tun, um auch nur irgend etwas an den zukünftigen Ereignissen zu ändern.

Ihre vom Regen durchnäßten Umhänge ausschüttelnd, trafen Lord Fitzgerald und Lord Burke an diesem Nachmittag in der Halle der O'Neills ein. Hugh kam ihnen aus seinem Arbeitszimmer entgegen, doch seine herzliche Begrüßung erstarb auf seinen Lippen, als er die dritte Person in ihrer Begleitung bemerkte. Fragend blickte er seinen Freund an.

»Fiona bat mich, uns begleiten zu dürfen«, erklärte Burke lächelnd. »Sie möchte Lady Kathryn besuchen.«

Hugh sah zu Fiona, deren blasses Gesicht angespannt wirkte. Was auch immer dieser Zankapfel vorhatte, so hoffte er doch, daß ihm seine Frau verzieh.

»Peg«, wies Hugh die Haushälterin an, »führe Lady Fiona in Lady Kathryns Salon. Sie spielt dort mit den Kindern.«

Als die irische Schönheit mit zwei Päckchen bewaffnet eintrat, erhob sich Kathryn überrascht aus ihrem Sessel. Fiona lächelte frostig, dann wanderte ihr Blick zu Polly, Nellie und den Kindern.

»Ich . . . ich wünsche Sie zu sprechen, Gräfin«, sagte Fiona zögernd und mit angespanntem Gesichtsausdruck.

Da Kathryn keinerlei Hinweise auf irgendwelche Beleidigungen oder Häme ihren Worten entnehmen konnte, bedeutete sie Polly und den anderen, sie allein zu lassen.

»Die Kinder könnten doch hierbleiben«, bat Fiona. »Ich habe ihnen Geschenke mitgebracht.«

»Bitte, nehmen Sie Platz«, sagte Kathryn kühl. Sie fragte sich, welche Probleme ihr Gegenüber nun wieder heraufbeschwor. Fiona akzeptierte dankend, und Kathryn setzte sich wieder in ihren Sessel, wobei ihr Blick zur Tür schweifte, wo Polly unschlüssig stehengeblieben war, weil sie ihre Herrin nur ungern mit dieser falschen Schlange allein ließ. Deren durchdringender Blick ließ sie schließlich den Raum verlassen; dann wandte sich Kathryn mit ernstem Gesicht erneut ihrem Gast zu, der ungemütlich in seinem Sessel hin und her rutschte.

»Ich habe Ihren Töchtern Puppen mitgebracht«, sagte Fiona und öffnete die Schachteln. Mit einem freudigen Aufschrei stürzte sich Maeve auf eine der beiden Puppen und gab Shana die andere.

»Was verschafft mir die Ehre Ihres Besuches?« fragte Kathryn ironisch.

»Ich ... ich habe mich noch nie bei jemandem entschuldigt«, stotterte Fiona, »a-aber ich b-bitte Sie um Verzeihung für mein ... mein damaliges Verhalten.«

»Warum?« fragte Kathryn, die argwöhnte, daß mehr dahintersteckte.

Fionas Worte sprudelten mechanisch aus ihr hervor, als hätte sie sie sorgfältig auswendig gelernt. »Ich liebe Michael und habe durch ihn mein wahres Glück gefunden. Hugh und Sie haben uns zusammengebracht. Mein Verhalten ist unentschuldbar, und Sie können mich sicherlich niemals als Freundin akzeptieren, aber das alles tut mir *wirklich* sehr leid.«

Kathryn schätzte, daß eine solche Äußerung Fiona sicherlich sehr viel Stolz gekostet hatte, und sah die andere Frau lange an. »Ich nehme Ihre Entschuldigung an.«

»Nun, Entschuldigen ist eigentlich gar nicht so schwierig, wie ich dachte«, hauchte Fiona, erleichtert, daß sie die unangenehme Geschichte nun endlich hinter sich gebracht hatte.

»Wie bei vielen Dingen im Leben, ist das erste Mal immer das schlimmste«, bemerkte Kathryn. »Mit wachsender Erfahrung wird alles einfacher.«

»Wie klug von Ihnen!«

Kathryn mußte über diesen unerwarteten Sinneswandel lachen, und Fiona stimmte in ihr Lachen ein. Schon bald schwatzten die beiden adligen Damen über das Thema, das Fiona besonders am Herzen lag — ihre bevorstehende Eheschließung mit Lord Burke.

Plötzlich hielt Fiona inne und starrte Kathryn an. »Dein Kleid ist ganz reizend«, lobte sie, »aber es kommt mir so bekannt vor.«

»Das ist verständlich«, sagte Kathryn mit einem amüsierten Zug um ihren Mund. »Du hast es im vorigen Jahr bei Madame Bujold bestellt, aber da sie einsah, daß ich es dringender brauchte, hat sie es mir verkauft.«

Fiona riß ihre saphirblauen Augen auf, und ihr Gesichtsausdruck spiegelte eine ganze Skala von Gefühlen wider — Überraschung, Verärgerung, Erheiterung. Da sie wußte, daß man sich einen Scherz mit ihr erlaubt hatte, lächelte Fiona zunächst verhalten, doch dann kicherte sie laut, und Kathryn mußte so herzlich lachen, wie sie es seit Monaten nicht mehr getan hatte.

Als Polly den Raum betrat, um den Aufbruch von Lord Fitzgerald und Lord Burke zu melden, hielt sie verdutzt inne, als sie die erheiterten Gesichter der beiden früheren Erzrivalinnen erblickte. Polly blieb bei den Mädchen, während Kathryn Fiona nach unten begleitete. Kopfschüttelnd blickte Polly den beiden Frauen hinterher.

Zum Erstaunen der drei Männer in der Halle waren Kathryn und Fiona, als sie die Treppe hinunterschritten, wie zwei alte Freundinnen ins Gespräch vertieft. Lord Burke warf seiner Braut einen erstaunten, wenn auch zufriedenen Blick zu. Er hatte sehr daran gezweifelt, daß sie ihre Entschuldigung vorbringen würde, obwohl er vorher alles mit ihr durchgesprochen hatte.

»Worum ging's denn?« fragte Hugh, nachdem die anderen aufgebrochen waren.

Lächelnd ließ Kathryn sich in seine Arme fallen. »Fiona hat sich für ihr abscheuliches Verhalten entschuldigt.«

Hugh nahm das lächelnd zur Kenntnis.

Sie küßte ihn aufs Kinn, dann sagte sie: »Erzähl mir von deiner Zusammenkunft.«

»Plag mich nicht mit deinen fadenscheinigen Küssen, Weib«, brummte er in gespieltem Ernst, dann küßte er sie zärtlich auf den Mund. »Turlough und ich werden auf der Hochzeit der Burkes zusammentreffen.«

»O nein!« schrie Kathryn. »Ich habe keine Lust, Turlough wiederzusehen!«

»Es besteht überhaupt kein Grund zur Besorgnis«, versuchte Hugh sie zu beruhigen. »Ich bin immer in deiner Nähe.«

Vor dem Spiegel stehend bemerkte Kathryn, daß Hugh in der Verbindungstür zu ihrem Zimmer stand. Sie glättete eine unsichtbare Falte in ihrem Kleid und erwiderte seinen prüfenden Blick. Sein Anzug war hellbraun und sein Hemd aus beigefarbener Seide geschneidert. In seinem Gürtel steckte der juwelenbesetzte Dolch Conn O'Neills.

»Bist du sprachlos über soviel Schönheit?« fragte Kathryn. »Oder hast du noch irgendeinen Makel entdeckt, den ich nicht bemerkt habe?«

»Die schönste Blüte des Sommers macht mich in der Tat sprachlos«, machte Hugh ihr Komplimente und trat auf sie zu.

In ihrem großartigen pfirsichfarbenen Gewand mit Goldstickereien wirkte Kathryn auf ihn wie eine keltische Prinzessin. Das Seidenkleid hatte ein großzügiges Dekolleté und war mit Goldfäden durchwirkt, und die weiten Ärmel und der weichfließende Rock waren mit Goldbesatz eingefaßt. Ihre Haarpracht, die der irischen Mode gemäß in offenen Wellen über die Schultern fiel, verstärkte diese geheimnisvolle Aura noch. Um den Hals hatte sie das letzte Geschenk ihres Mannes gelegt, den prächtigen keltischen Bronzereif, welcher stets der Frau des ersten O'Neills zustand. Kathryn wußte nicht, wie es ihrem Mann gelungen war, diesen Halsreif zu erwerben, er hatte jedenfalls darauf bestanden, daß sie ihn trug.

»Ach, Eheweib!« seufzte Hugh. »Mir tun bereits jetzt die anderen Frauen leid, die heute an dem Fest teilnehmen.«

Kathryn grinste. »Wir sind ein schönes Paar, nicht wahr?«

»Denk dran, Liebling«, neckte er sie, als sie das Zimmer verließen. »Hochmut kommt vor dem Fall.«

Nach der Trauungszeremonie in der Kirche St. Mary waren die Hochzeitsgäste auf das Anwesen von Lord Burke geladen, wo der Empfang stattfinden sollte. Im großen Saal schlossen sich die O'Neills der Vielzahl der anderen an, die dem Brautpaar ihre Glückwünsche überbringen wollten. Als sie vor dem lächelnden Bräutigam und seiner glückselig strahlenden Braut standen, war Kathryn von Fionas herzlicher Umarmung überrascht, und Hugh fragte sich, ob sein Freund die dunkelhaarige Hexe endlich gezähmt hatte.

»Unseren herzlichen Glückwunsch.« Als Hugh seine Hand ausstreckte, sah er seine Frau blitzschnell von der Seite an und hoffte, seine nächsten Worte würden sie nicht verärgern. »Wollen wir eine kleine Wette abschließen, Michael?«

»Hugh, wie kannst du es wagen!« rief Kathryn und errötete, dann wandte sie sich an Fiona. »Laß deinen Ehemann keinesfalls mit meinem wetten. Eine von uns wird schließlich mit dickem Bauch durch die Gegend rennen.«

»Das Üben macht aber viel Spaß«, sagte Fiona mit funkelndem Blick.

»Wenn ihr euch häuslich eingerichtet habt, könntest du dich vielleicht bei mir melden?« schlug Kathryn vor.

»Ja, gerne.« Fiona war wirklich erfreut. Noch nie im Leben hatte sie eine richtige Freundin gehabt.

»Wir sprechen später über diese Wette, ja?« flüsterte Burke Hugh zu.

Da er nicht ahnen konnte, daß die Braut bereits schwanger war, nickte Hugh zustimmend. Er war sich sicher, daß er mit Leichtigkeit jede Menge Geld machen würde.

Die O'Neills nahmen ihre Plätze an einer der riesigen Tafeln ein, die mit frisch gebackenem Brot, sahniger Butter, goldfarbenem Honig und riesigen Weinkrügen beladen waren. Als das rauschende Fest begann, blickte Kathryn sich um und war erleichtert, daß Turlough nicht in ihrer unmittelbaren Nachbarschaft saß.

Der erste Gang des Festmenüs bestand aus Krabben und Schnecken mit Knoblauchbutter, und selbstverständlich durften auch die gebackenen Austern nicht fehlen. Die an der Tafel versammelten Gäste lachten, als Kathryn ihren Mann anwies, sich nicht den Bauch mit

Austern vollzuschlagen, und Hugh sie wiederum dazu aufforderte, so viele davon zu essen, wie sie gerade noch schaffen konnte.

Mit Knoblauch gespickter Hammel, Roastbeef im eigenen Saft, gegrillte Lammhaxen und ganze Spanferkel wurden als nächstes aufgetragen, dazu eine Auswahl verschiedener Gemüse; Geflügelpasteten rundeten das Mahl ab. Als Dessert folgten schließlich Cremespeisen, Obst und eine kunstvoll verzierte Hochzeitstorte.

Hugh bemerkte Turlough, der am anderen Ende des Saals in Begleitung einer dunkelhaarigen Schönen saß, und stupste Kathryn an. »Wer ist die Frau an seiner Seite?« fragte er. »Kennst du sie?«

»Das ist Maura«, antwortete Kathryn tonlos.

»Maura?«

»Shanes Geliebte.«

Hugh nahm Kathryns Hände in die seinen. Er bereute seine Frage und vor allen Dingen die Tatsache, welcher Qual er sie hier aussetzte. Man hätte einen anderen Weg für ein Treffen mit Turlough finden müssen, dachte er, und er fühlte sich irgendwie schuldig.

Das Festmahl war beendet, und es wurde zum Tanz aufgespielt. Kathryns Laune besserte sich auf. Sie konnte das Fest wieder genießen und hatte Turloughs Gegenwart fast vergessen. Als sie mit Hugh tanzte, hatte sie allerdings plötzlich das unangenehme Gefühl, beobachtet zu werden.

Vorsichtig die Menge überblickend, bemerkte Kathryn, daß Turlough sie nicht aus den Augen ließ. Sein animalisches Lächeln verunsicherte sie. Sie verpaßte ihren Einsatz und stolperte über Hughs Fuß, der sie allerdings sogleich auffing.

»Was ist denn los?« fragte er sie.

»Gar nichts«, log sie. »Laß uns doch etwas im Saal umhergehen.«

Sich dessen bewußt, daß irgend etwas nicht stimmte, bot Hugh ihr seinen Arm. Als sie die Tanzfläche verließen, trat ihnen ein Beauftragter des Vizekönigs entgegen, der Hugh mitteilte, daß ihn der Vizekönig zu sprechen wünsche. Hugh blickte zu Kathryn, die sich fester an seinen Arm klammerte. »Kommst du solange allein zurecht?«

»Selbstverständlich.« Kathryn lächelte tapfer, fühlte sich allerdings nicht besonders mutig dabei.

Nachdem sie zur gegenüberliegenden Seite des Saals geschlendert war, von wo aus sie Turlough bemerkt hatte, entschloß sich Kathryn, in den Park zu gehen. In Anbetracht der bevorstehenden Zusammenkunft war Turlough sicherlich nicht daran gelegen, den Saal zu verlassen.

»Guten Abend, Gräfin.« Eine feste Hand legte sich auf ihre Schulter.

Kathryn wirbelte herum. Ihre Augen weiteten sich vor Entsetzen, und das Gefühl einer drohenden Ohnmacht befiel sie.

»Als ich von eurer Hochzeit erfuhr, hätte ich dir am liebsten deinen hübschen Hals aufgeschlitzt«, knurrte Turlough. »Im Augenblick hast du allerdings nichts zu befürchten. Ich will nur mit dir reden. Unter vier Augen.«

Turlough packte sie am Oberarm und drängte sie in einen abgeschiedenen Erker. Sich vor ihr aufbauend, versperrte er ihr die Sicht auf den Saal. »Du hast mir eine schöne Jagd geliefert, meine Liebe.«

»So?« erwiderte Kathryn mutig. »Du hast doch eine andere gefunden, die meinen Platz jetzt einnimmt.«

»Eifersüchtig?«

»Wohl kaum.«

»Erinnerst du dich an Maura, Shanes Mätresse?« Turlough grinste anzüglich. »Maura ist heißblütig und willig, das genaue Gegenteil von dir.«

Kathryn hatte keine Lust, etwas dazu zu sagen, obwohl sie fast die Beherrschung verlor. Wo Hugh nur blieb? Sie versuchte, an der hünenhaften Gestalt des Iren vorbeizuspähen. Turlough ergriff ihre Hand, und seine Berührung war überraschend zärtlich. Ihren fragenden Blick auf ihn gerichtet, erkannte Kathryn sein brennendes Verlangen, und sie schrak zurück, doch er umklammerte sie mit eiserner Härte. Sie saß in der Falle.

»Du tust mir weh.«

»Ich will dich, mein geflüchtetes Täubchen«, sagte er mit rauher Stimme. »Und ich werde dich jetzt bekommen.« Er streckte eine seiner riesigen Hände aus, um ihre Wange zu streicheln. Sein glühender Blick hypnotisierte sie und hinderte sie an der Flucht. Langsam glitten seine Augen über ihren Körper, dann fixierten sie erneut ihr Gesicht.

»Du trägst sogar das Symbol deiner Unterwerfung«, erklärte er ihr und lachte über ihre offensichtliche Verwirrung. »Der Reif um deinen Hals erklärt dich zur Frau des Clanchefs. Ich bin das Oberhaupt der O'Neills und werde dich besitzen, und wenn ich dich dafür nackt in meinem Bett anketten muß!«

»Niemals«, erklärte Kathryn entschieden.

Turlough lachte rauh. Abrupt wandte er sich ab und ging fort, während er an die vielen angenehmen Stunden dachte, die er damit zubringen würde, ihren Willen zu brechen.

Aufgewühlt spähte Kathryn durch den Saal, konnte ihren Gemahl jedoch nirgends entdecken. Sie verließ den Raum und suchte im Park Zerstreuung. Das Alleinsein würde ihre zum Zerreißen gespannten Nerven beruhigen. Nach einer Weile fiel Kathryn ein, daß Hugh sicherlich in den Saal zurückkehren und sich Sorgen über ihren Verbleib machen würde. Sie verlangsamte ihre Schritte, doch als sie sich wieder dem Gebäude näherte, trat eine Gestalt aus dem Schatten und stellte sich ihr in den Weg. Aufgebracht blieb Kathryn stehen, doch dann erkannte sie die Gestalt.

»Gehen Sie mir aus dem Weg«, verlangte Kathryn.

»Ihr Titel bedeutet doch gar nichts«, sagte Maura. »Turlough ist der neue Clanchef der O'Neills. Und er gehört zu mir. Wir werden für Ihre gerechte Strafe sorgen, weil Sie Shane verraten haben.«

»Turlough gehört zu *wem?*« fragte Kathryn. »Hat er Sie denn geheiratet? Oder teilen Sie nur mit ihm das Bett, wie Sie es schon mit meinem verstorbenen Mann und vielen anderen getan haben?«

Maura holte aus, um Kathryn zu schlagen. Mit überraschender Schnelligkeit und Kraft packte Kathryn ihre Hand. In diesem Augenblick bemerkte sie Mauras Halskette.

»Die Kette gehört mir«, schrie Kathryn. »Ziehen Sie sie sofort aus.«

»Es war Ihre, aber jetzt ist es meine.« Maura strich provozierend über die Goldkette. »Turlough hat mir alles geschenkt, was Sie dagelassen haben.«

Kathryn schoß nach vorn, um der anderen Frau das Collier vom Hals zu reißen. Die Bewegung traf Maura völlig unerwartet, und sie sah keine Möglichkeit, sich zur Wehr zu setzen.

Plötzlich schnellte wie aus dem Nichts eine Hand hervor und umschloß Kathryns Arm. Der Griff war eisenhart, doch sie hielt Maura unerbittlich umklammert.

»Laß sie los«, befahl Turlough.

Kathryn gab die Halskette nicht frei. Sie machte sich nicht einmal die Mühe, einen Blick auf den neben ihr stehenden Mann zu verschwenden. Doch noch bevor sie den Diebstahl des irischen Mädchens zur Sprache bringen konnte, erklang Hughs Stimme. »Lassen Sie sofort meine Frau los!«

»Erklären Sie ihr, daß sie ihre Finger von Maura lassen soll«, sagte Turlough und ließ seine Hand sinken.

»Laß sie in Ruhe, Katie.«

»Nein«, weigerte sich Kathryn. »Diese Halskette gehört mir.«

Über das Unvermögen seines Clanangehörigen, die eigene Ehefrau zur Vernunft zu bringen, lachte Turlough hämisch auf.

»Laß sie los!« schrie Hugh mit wutentbranntem Gesichtsausdruck.

Sie ließ ihre Hand sinken. Statt jedoch ihren Mann anzusehen, blickte Kathryn zu Turlough. »Meine Großmutter hat meiner Mutter dieses Collier geschenkt, und sie hat es mir bei meiner Hochzeit gegeben. Die Kette wird schon seit Generationen in meiner Familie vererbt, und sie gehört Maeve, deinem Patenkind.«

Als er in Kathryns unergründliche grüne Augen blickte, hatte Turlough das Gefühl, in diesen zu versinken. »Leg sofort die Kette ab«, befahl er.

»Aber ...«, wollte Maura protestieren. Ihr Blick wanderte von Kathryn zu Turlough. Sein Gesichtsausdruck war furchterregend. Widerwillig entfernte sie den Halsschmuck.

Verärgert über seine Niederlage holte Turlough aus und schlug Maura mit dem Handrücken.

Angewidert über diese Grausamkeit eines Familienmitglieds trat Hugh schnaubend auf ihn zu.

»Das Frauenzimmer gehört mir«, knurrte Turlough. »Kümmere dich um deine eigene Frau.«

Daraufhin folgte langes, unangenehmes Schweigen.

Hugh wandte sich ab und führte Kathryn zu einem lauschigen Plätzchen, wo sie zur Ruhe finden konnte. Gegen einen Baum gelehnt, zog er sie in seine Arme. Schweigend standen sie dort umschlungen, bis sie sich wieder beruhigt hatte.

»Es wird Krieg geben«, sagte Hugh und bemerkte, wie ein plötzlicher Schauer durch ihren Körper jagte. »War die Kette denn so wichtig für dich?«

»Ich konnte einfach nicht zulassen, daß diese Frau etwas besitzt, was meiner Tochter gehört«, antwortete Kathryn. »Außerdem hat die Schlampe Glück gehabt, daß Turlough in der Nähe war, denn ich hätte noch ganz andere Dinge mit ihr angestellt, als sie nur zu schlagen.«

Kopfschüttelnd tippte Hugh auf ihre stolz gereckte Nasenspitze und schalt sie schelmisch. »Du bist ein schlimmes Mädchen, Katie O'Neill. Eine Frau hat ihrem Mann im Beisein von anderen zu gehorchen. Dein Ungehorsam muß bestraft werden. Und zwar mit aller Härte.«

Hughs Mund senkte sich und bedeckte den ihren mit einem »strafenden« Kuß.

11

März 1569

Sie schlug zaghaft die Augen auf.

Aufgrund der Dunkelheit im Zimmer erkannte Kathryn, daß es zum Aufstehen noch zu früh war. Sie fröstelte und überlegte, ob sie das Feuer anfachen sollte, blieb jedoch im Bett liegen. Als sie auf den Rücken ihres schlafenden Ehemanns blickte, nahm sie einen nachdenklichen Gesichtsausdruck an. Welche neue Schwierigkeit lauerte in diesem endlosen blutigen Streit mit Turlough wohl heute auf sie?

Seit dem vergangenen September schwelte der ständig bedrohlicher werdende Machtkampf zwischen den beiden Angehörigen der O'Neill-Sippe. Eine große Einheit von Hughs Soldaten war in die ländliche Gegend von Ulster abkommandiert worden, um Turloughs Männer in Schach zu halten, und in allen Dörfern waren Spione postiert. Selbst die O'Neill-Festung Dungannon war nicht davon verschont geblieben.

Schließlich war es Hugh aufgrund der Bemühungen seines zunehmend wirkungsvoller werdenden Informationsnetzes gelungen, sich die Unterstützung seiner Verwandten im Norden zu sichern. Turlough hatte geschäumt vor Wut, und der heftige Kampf zwischen den beiden Blutsverwandten wurde zu einem Totentanz, den einer der beiden letztlich mit dem Leben bezahlte.

Kathryn verbannte den schrecklichen Gedanken aus ihrer Vorstellung. Ein Lächeln spielte um ihre Lippen. Hugh hatte Lord Burke zähneknirschend das Geld gezahlt, das dieser aufgrund der lächerlichen Wette, welche der beiden Frauen als erste geschwängert wäre, für sich beanspruchte. Allerdings hatte sich seine Laune erheblich gebessert bei der Aussicht, daß er wiederum von Patrick kassieren konnte.

Im vierten Monat schwanger, betete Kathryn unermüdlich, daß es ein Junge sein möge. Hugh war dummerweise eine weitere Wette mit Lord Burke eingegangen. Der Mann, dessen Ehefrau einen Sohn gebar, würde eine gewaltige Summe von seinem Gegenspieler erhalten, und Kathryn fürchtete sich vor dem weiteren Zusammenleben mit ihrem Gemahl, sollte dieser die Wette verlieren. Andererseits wären sie und Fiona erleichtert, wenn sie beide Babys vom gleichen Geschlecht zur Welt brächten.

Vor Kälte zitternd schlüpfte Kathryn aus dem Bett, durchquerte rasch das Zimmer und versuchte das verlöschende Kaminfeuer wieder anzufachen. Dann eilte sie zurück ins Bett und kuschelte sich an Hughs breites Kreuz. Ein durchtriebenes Glitzern trat in ihre Augen.

Kathryn umschlang ihren Ehemann mit einem Arm und tastete nach seiner schlafenden Männlichkeit. Unter ihren sanften, vorsichtigen Berührungen versteifte sie sich. Kathryn seufzte, zufrieden, an ihren Mann gekuschelt dort zu liegen und ihn zu verwöhnen.

»*Ohhh!*« Kathryn wurde auf ihren Rücken geworfen.

Hugh hatte sich über sie gebeugt, ein teuflisches Glitzern in seinem Blick. »Deine Beschwörung hat den Drachen geweckt.«

»Bist du wirklich ein Drache?« fragte sie, ein Kichern unterdrückend, und tat statt dessen so, als fürchtete sie sich.

»Nein, meine kleine Verführerin. Da ist dein ausgehungerter Drache.«

Ihr Blick folgte dem seinen. Hughs Männlichkeit war bereit zum Angriff.

Ein wissender Glanz ersetzte die vorgebliche Furcht in Kathryns Blick, und sie streckte ihre Hand aus, um ihn in ihre warme Grotte zu geleiten. Hugh packte ihre Hände, zog sie ihr über den Kopf und hielt sie dort mit einer seiner starken Hände fest.

»Katie«, murmelte er, und sein Gesicht war dem ihren ganz nah. »Du hast vom Baum der Erkenntnis gegessen und würdest seine Früchte immer wieder kosten.«

»Liebe mich«, flüsterte sie.

Hingebungsvoll lächelnd küßte Hugh sie sanft auf die Lippen, Schläfen, Augenlider und ihre aufwärts geschwungene Nasenspitze. Als sein Mund sich erneut auf ihre Lippen senkte, übte er seinen unwiderstehlichen Zauber auf sie aus. Sein Kuß wurde fordernd, und sie erbebte unter seiner Zärtlichkeit.

Kathryn öffnete einladend ihre Lippen, und Hughs Zunge drang in ihren Mund ein und labte sich an ihrer Süße. Erforschend und schmeckend umschlangen sich ihre Zungen zu einem verführerischen Tanz.

Hugh streichelte ihre gerötete Wange. Seine Hand glitt zu ihren Brüsten und spielte mit den dunklen, harten Spitzen. Dann wanderte seine liebkosende Hand von ihren verlangenden Brustwarzen zu ihrem Bauch und glitt tiefer.

»Zwischen deinen Schenkeln wird stets die Glut des Sommers sein«, flüsterte er rauh.

Kathryn seufzte und Hugh bedeckte ihren Mund mit einem leidenschaftlichen Kuß. Seine forschenden Lippen liebkosten ihre Wange und den hingebungsvoll entgegengestreckten Hals und glitten tiefer. Außer sich vor Verlangen drückte Kathryn seinen Kopf an ihre Brust. Hugh saugte begierig an einer ihrer großen dunklen Brustwarzen, bis sie stöhnte und rhythmisch ihre Hüften bewegte.

Hugh schluckte, dann liebkoste er ihre andere Brust. Neckend wanderte seine Zunge über ihren bebenden Leib. Trunken vor Liebe erhob sich Hugh und kniete sich zwischen ihre geöffneten Schenkel.

»Nimm mich«, hauchte Kathryn, die sich danach sehnte, mit ihm zu verschmelzen.

Hugh schob seine Hüften vor, drang aber nicht in sie ein. Er hob ihre Beine an und legte sie über seine Schultern, dann verbarg er sein Gesicht zwischen ihren Schenkeln.

»*Ohhhh* ...«, schrie sie.

Hughs Zunge glitt über die seidenweiche Haut ihrer Schenkelinnenseiten, tauchte schließlich in das Zentrum ihrer Weiblichkeit ein und kostete den unglaublich süßen Nektar.

Überwältigt von diesen sinnlichen Qualen stöhnte Kathryn auf und gab sich den erregenden Gefühlen hin. Seine Zunge schlängelte sich zu dem Juwel ihrer Weiblichkeit vor. Kathryn gebärdete sich wie eine Besessene, während sie katzenhaft schnurrende Geräusche von sich gab.

Hugh trieb ihre Erregung bis zu einem atemberaubenden Höhepunkt, und als ihre intimsten Regionen vor Wollust erbebten, drang sein männlicher Lustquell in sie ein. Stöhnend versank er in ihren verlockenden Tiefen. Kathryns Lustschreie brachten Hugh beinahe um den Verstand. Keuchend und zuckend ergoß er sich in ihr.

Außer ihren erschöpften Atemgeräuschen war es still im Raum. Hugh ließ sich an ihre Seite gleiten und nahm Kathryn in die Arme, dann küßte er sie auf ihre Stirn und sah ihr tief in die Augen.

»Frauenschänder«, neckte sie ihn.

»Drachentöterin«, konterte er.

Kathryns Blick wanderte zu seinem Geschlecht. Schlaff und reglos ruhte das stolze Symbol von Hughs Manneskraft zwischen seinen Schenkeln. Kathryn kicherte, und in ihrer Umarmung verschlungen, lachten beide so herzlich, daß ihnen salzige Tränen über die Wangen strömten.

»Denk an meine Worte«, warnte Kathryn und wischte die Tränen von den Wangen. »Du wirst dich noch beklagen, wenn mein geschundener Körper zu schwer geworden ist, um deine Lust zu befriedigen.«

»*Hmhm!*« räusperte sich Hugh. »Denkst du denn, mein kleiner Naseweis, daß dein Körper der einzig verführerische in Dublin ist?«

»*Oh!*« Kathryn holte zum Schlag aus.

Hugh fing ihren Arm ab und umschlang sie fester. »Wenn du diese Last tragen kannst«, versprach er, während er zärtlich ihren Bauch streichelte, »kann ich warten, bis du wieder schlank geworden bist.«

»Ich liebe dich«, sagte sie.

In ihre strahlenden Augen lächelnd, küßte Hugh sie. »Und ich liebe dich«, erwiderte er. »Das Parlament kommt heute zusammen. Was hast du vor?«

»Das Parlament, Mylord?« fragte Kathryn mit gespieltem Mißtrauen. »Ich werde Fiona besuchen. Du weißt, daß die Burkes bald nach Connaught umsiedeln, um dort die Geburt ihres Kindes zu erwarten.«

»Ich darf dich verbessern. Um die Geburt ihrer Tochter zu erwarten. Nimm die Kutsche, Liebes.«

»Ich werde reiten.«

»Katie, nimm die Kutsche, oder du bleibst zu Hause«, befahl Hugh. »Was meinen Sohn angeht, möchte ich keine unnötigen Risiken eingehen.«

Da sie das für eine recht kleine Gefälligkeit hielt, lenkte Kathryn sofort ein. »Wenn es dich beruhigt, werde ich mit der Kutsche fahren.«

Er entschädigte sie mit einem Kuß.

Weit im Norden auf Dungannon saß Turlough in seinem Arbeitszimmer inmitten eines Kriegsrats, der eine wirkungsvolle Zermürbungstaktik der Engländer zum Ziel haben sollte. Mit ihm tagten Calvagh O'Donnell und Sorley Boy MacDonnell, Erzfeinde des früheren Clanchefs Shane O'Neill.

»Wenn wir lediglich fünfhundert bewaffnete Männer aufstellen können«, fragte O'Donnell skeptisch, »wie willst du da einen Krieg gegen die Engländer führen und dich selbst auch noch vor Hugh O'Neill schützen?«

»Das ist ein unmögliches Unterfangen«, warf MacDonnell ein.

Selbstsicher lächelte Turlough die beiden an. »Mein Krieg gegen meinen Cousin Hugh nähert sich einem baldigen Ende.«

Überrascht blickten Sorley Boy und Calvagh einander an. Keiner von ihnen hatte eine solche Nachricht von seinen Spionen erhalten, sondern eher das Gegenteil. Hugh O'Neill und seine Männer schienen gewaltig im Vorteil zu sein.

»Ich habe eine Falle gestellt, in die mein Cousin mit Sicherheit tappen wird«, erklärte Turlough. »Ihr Köder ist unwiderstehlich.«

»Und was sollte das sein?« fragte Sorley Boy mit aufkeimendem Interesse.

Turlough lächelte selbstzufrieden. »Laßt uns in den Saal gehen und essen. Ihr werdet diesen wertvollen Köder noch vor Ende der Woche sehen. Dann werdet ihr mich verstehen.«

»Ist es sehr schmerzhaft?« fragte Fiona und sah ihre Freundin, um die Wahrheit zu erfahren, beschwörend an.

Als sie auf dem Anwesen der Burkes eingetroffen war, war Kathryn sogleich in den Salon geführt worden, wo sie Fiona mit einer bestickten Decke überrascht hatte, die eigens für das Baby angefertigt worden war. Kathryn hatte die Blässe ihrer Freundin bemerkt, und sie konnte sich denken, daß etwas nicht stimmte, doch sie wagte nicht zu fragen. Fiona sollte selbst entscheiden, ob sie ihr ihren Kummer mitteilte. Jetzt verstand Kathryn plötzlich, worum sie sich Sorgen machte.

»Was soll denn sehr schmerzhaft sein?« fragte Kathryn mit scheinheiligem Gesichtsausdruck. Schließlich hatte Fiona es auch schon genossen, *sie* an der Nase herumzuführen.

»Zur Hölle mit dir«, sagte Fiona und strich sich mit der

Hand nervös über ihren stark gewölbten Bauch. »Antworte auf meine Frage.«

»Ja, es ist schmerzhaft«, gab Kathryn zu. »Aber man kann es ertragen. Wenn dein Kind erst einmal an deiner Brust liegt, wirst du vor lauter Glück alle Schmerzen vergessen.«

»Bist du sicher? Oder willst du mir nur Mut machen?«

Kathryn mußte über Fionas Mißtrauen lachen. »Wenn die Schmerzen unerträglich wären, würde die Welt dann so bevölkert sein?«

Fionas Gesicht hellte sich auf. »So habe ich das noch nie gesehen. Aber ich fürchte, meine Figur wird nie wieder wie früher werden.«

»Mach dir keine Sorgen«, versicherte ihr Kathryn. »Ich wurde auch wieder schlank.«

»Und mein verfluchter Ehemann«, fuhr Fiona mit ihren Klagen fort. »Vor der Schwangerschaft nannte mich Michael immer seine ›keltische Göttin‹, doch jetzt bin ich nur noch seine ›Entenmutter‹, weil ich so daherwatschle. Ich hätte nie geglaubt, daß ich einmal so ungeheuer dick und unbeweglich werden könnte.«

»Dein Gang erinnert wirklich an eine Entenmutter«, sagte Kathryn mit schalkhaftem Blick.

Daraufhin brach Fiona in Tränen aus.

»Weine doch nicht«, sagte Kathryn und bereute ihre Albernheit. »Alle schwangeren Frauen haben diesen Entengang. Was ist schon dabei, das ist der Lauf der Dinge.«

»W-wirklich?« schluchzte Fiona, die ihr so gern geglaubt hätte.

»Ich schwöre es«, versicherte Kathryn und kreuzte zwei Finger. »Denk doch an das Gute. Du bist deine Last bald los, aber ich muß noch fünf Monate durchhalten. Wenn du vor meiner Niederkunft nach Dublin zurückkehrst, wirst du sehen, daß auch ich wie eine Ente watschle.«

»Du sorgst immer dafür, daß es mir wieder besser geht«, sagte Fiona und trocknete ihre Tränen.

»Es ist schon spät«, bemerkte Kathryn und erhob sich.

»Ich muß gehen. Du gibst mir Nachricht, wenn das Baby geboren ist?«

»Ja.« Fiona versuchte, aus ihrem Sessel aufzustehen.

Kathryn drückte sie sanft in den Sessel zurück, beugte sich über sie und tätschelte ihre Wange. »Vergiß nicht, uns zu benachrichtigen. Hugh will unbedingt wissen, ob das Kind ein Junge oder ein Mädchen ist.«

Lächelnd meinte Fiona: »Ihr werdet es unverzüglich erfahren.«

In Gedanken an ihren Ehemann, ihre Töchter und die bevorstehende Geburt versunken, schlenderte Kathryn in den Hof, wo ihre Kutsche wartete. Als der Kutscher der O'Neills ihr die Tür öffnete, wandte er plötzlich hustend den Kopf ab, doch seine Hand war ihr beim Einsteigen behilflich. Die Tür wurde zugeschlagen. Kathryn machte es sich in der Kutsche bequem, lehnte sich zurück und schloß erschöpft die Augen. Sie versuchte, an nichts zu denken und für einen Augenblick Entspannung zu finden, bevor ihr Ehemann und ihre Töchter wieder ihre ganze Aufmerksamkeit beanspruchten.

»Heiliger Herrgott!« Von ihrem Sitz geworfen, war Kathryn auf den Boden der Kutsche gesunken, während diese plötzlich an Tempo gewann. Wenn der Branntwein für diese rücksichtslose Fahrweise verantwortlich war, dann würde sie dafür sorgen, daß der Kopf des Kutschers zukünftig eine Zinne von Schloß Dublin zierte!

Unter Schwierigkeiten gelang es Kathryn, wieder auf den Sitz zu krabbeln und sich dort so gut wie eben möglich festzuhalten, während sie in der rasenden Kutsche erbarmungslos hin und her geschleudert wurde. Kathryn rutschte auf ihrem Sitz zum Fenster, und als sie ins Freie blickte, wurde sie von Entsetzen erfaßt. Sie fuhren in die entgegengesetzte Richtung vom Anwesen der O'Neills und hatten Dublin bereits hinter sich gelassen!

Um den Kutscher auf sich aufmerksam zu machen, schlug Kathryn wie eine Wahnsinnige gegen die Innenwand der Kutsche. Keine Antwort.

Nach einem endlos erscheinenden Zeitraum wurde die Kutsche abrupt zum Halten gebracht. Kathryn fiel erneut zu Boden, und Tränen der Angst und des Schmerzes traten ihr in die Augen.

Schwere Fußtritte näherten sich. Die Kutschentür wurde aufgerissen. Bekleidet mit der Bedienstetenuniform der O'Neills stand ein Fremder vor ihr, dessen eine Gesichtshälfte von einer häßlichen Narbe verunstaltet wurde.

»Aussteigen!« bellte er.

Kathryn schrak zurück.

Er langte ins Kutscheninnere, um sie herauszuzerren, doch als er das Hufeklappern mehrerer sich nähernder Pferde hörte, wandte er sich ab. Kathryns Hoffnung auf Rettung wurde jedoch zunichte gemacht, als sie keinerlei Kampfgeräusche vernahm.

Komplizen, dachte sie bei sich. *Man hat mich entführt, um Lösegeld zu erpressen. Oder Schlimmeres!*

»Gräfin?« Ein ihr vertrautes Gesicht erschien in der geöffneten Kutschentür.

»Liam!« rief Kathryn, doch ihre Erleichterung war nur von kurzer Dauer. Ihr Mund blieb vor Erstaunen offenstehen, als ihr einfiel, daß dieser frühere Soldat Shane O'Neills jetzt einer von Turloughs Männern war.

»Kommen Sie, Gräfin«, sagte Liam und reichte ihr seine Hand. Vor Verblüffung war Kathryn wie gelähmt.

»Kommen Sie schon«, wiederholte er. »Wir müssen nach Dungannon.«

»*Nein!*« Kathryn trat wie eine Besessene um sich, als er nach ihr griff, doch Liam schnappte sie an den Beinen und zog sie zur Tür.

»Bitte«, flehte sie.

Als sie die vielen Männer sah, die um sie herumstanden, wußte Kathryn, daß jeder Fluchtversuch aussichtslos war. Liam packte sie am Oberarm und schleppte sie zu seinem Pferd.

»Bitte, bitte, nur nicht das«, flehte sie.

»Steigen Sie auf!«

»Beim allmächtigen Gott!« schrie Kathryn. »Der Ritt nach Dungannon wird mein ungeborenes Kind töten!«

Für Sekundenbruchteile musterte Liam ihr verzweifeltes Gesicht. Bedauerlicherweise hatte er seine Befehle. Er legte seinen Umhang ab und wickelte ihn um ihre Schultern. »Tun Sie, wie Ihnen befohlen, Gräfin, und Ihrem Kind wird nichts geschehen.« Dann hob Liam sie auf sein Pferd und setzte sich hinter sie. Die lange Reise nach Dungannon hatte begonnen.

Die spätwinterliche Sonne versank bereits am westlichen Himmel, als Hugh aus dem Parlament zurückkehrte. Als er den großen Saal betrat, erblickte er Patrick, der vor dem Kamin saß, und setzte sich zu ihm. Während sie darauf warteten, daß das Abendessen aufgetragen wurde, tranken die beiden Männer einige Krüge Bier und unterhielten sich.

»Das Abendessen ist fertig«, unterbrach sie Peg mit einem beunruhigten Ausdruck auf ihrem Gesicht, »aber Lady Kathryn ist noch nicht zurückgekehrt. Sollen wir noch warten?«

»Es muß etwas passiert sein«, sagte Hugh und sprang auf.

»Kann es sein, daß sie sich vielleicht nicht wohl gefühlt hat?« fragte Patrick.

»Dann hätte Fiona uns benachrichtigt.« Hugh runzelte die Stirn. »Ruf ein paar Männer zusammen. Wir reiten zu den Burkes.«

Kurze Zeit später ritten Hugh und eine Gruppe seiner Soldaten in den Hof von Lord Burkes Anwesen. Hugh sprang vom Pferd, befahl seinen Männern zu warten und stürmte in das Herrenhaus. Er steuerte schnurstracks auf den großen Saal zu, in dem gerade das Abendessen serviert wurde.

»Wo ist Katie?« wollte Hugh wissen, als er die Tafel erreicht hatte. Lord Burke blickte seine Frau fragend an.

»Sie ist schon vor Stunden aufgebrochen«, rief Fiona aufgebracht.

»Womit?«

»Mit der Kutsche«, antwortete sie, als Patrick und einer von Burkes Offizieren in den Saal geeilt kamen. »Sie sagte mir, daß ihre Kutsche im Hof auf sie wartete.«

Der Offizier der Burkes räusperte sich, um sich Gehör zu verschaffen, und sprach dann mit rauher Stimme. »Einer der Stallburschen hat drei Leichen mit aufgeschlitzter Kehle gefunden.«

»Es sind unsere Männer«, bestätigte Patrick.

»Heiliger Himmel!« fluchte Hugh.

»Wer würde es wagen, deine Männer zu töten und Kathryn zu entführen?« fragte Burke.

»Turlough«, entfuhr es Hugh, während er sich zum Gehen wandte. »Patrick, schicke Sean nach Hause, um die übrigen Männer zu benachrichtigen. Sämtliche Wege, die von Dublin wegführen, müssen überwacht werden, aber unsere größte Aufmerksamkeit gilt denen in nördlicher Richtung.«

»Ich komme mit«, sagte Burke, dann befahl er seinen Wachen, ihm zu folgen.

Die Nacht war kalt, aber keiner der Männer beklagte sich darüber, wußten sie doch alle, daß jede Sekunde kostbar war, um die Gräfin zu finden. Hugh beschränkte seine Suche auf den nördlichen Bereich von Dublin, und in weniger als einer Stunde hatten sie bereits die verlassene Kutsche der O'Neills entdeckt.

»Dieser Bastard!« Hugh trat gegen die Kutsche und verfluchte sich für die Vorhaltungen, die er seiner Frau gemacht hatte. Hätte er sie an diesem unsäglichen Tag doch nur reiten lassen, statt darauf zu bestehen, daß sie die Kutsche nahm!

»Wir können nicht mit Gewißheit sagen, daß es Turlough gewesen ist«, sagte Patrick.

»Zur Hölle mit dir!« schrie Hugh. »Wir reiten auf der Stelle nach Dungannon.«

»Das wäre reiner Selbstmord«, warf Patrick ein. »Wenn Turlough Katie entführt hat, darfst du sicher sein, daß es ihm dabei *nicht* um ein Lösegeld geht.«

»Ja«, stimmte Burke ihm zu. »Was wäre geeigneter, als dich auf diese Weise in eine Falle zu locken?«

»Wir sollten unsere Spione in Ulster hinzuziehen«, riet Patrick, »und aufgrund ihrer Einschätzung einen Rettungsplan aufstellen.«

»Er hat meine schwangere Frau entführt«, schnauzte Hugh. »Wir müssen sofort nach Dungannon reiten.«

Lord Burke sah Patrick bedeutungsvoll an, und dieser nickte zustimmend. »Du reitest heute abend nirgends mehr hin«, sagte Burke und erntete daraufhin einen überraschten Blick von Hugh.

In diesem Augenblick packte Patrick Hughs Arme, drehte sie ihm auf den Rücken und machte es Lord Burke damit einfacher, ihm einen Kinnhaken zu verpassen, der ihn bewußtlos zu Boden sinken ließ.

»Du hast mehr Mut als ich«, bemerkte Conal, »denn wenn er aufwacht, ist der Graf bestimmt nicht allerbester Laune.«

Schmutzig, erschöpft und zerschlagen saß Kathryn dennoch stolz erhobenen Hauptes auf ihrem Pferd, als sie in den Hof von Dungannon einritten. Entschlossen, ihre Würde zu bewahren, hatte sie seit dem ersten Abend ihrer Entführung keine einzige Träne vergossen.

Überraschenderweise war Liam während der Reise immer besorgt um sie gewesen und nicht von ihrer Seite gewichen. Jedesmal, wenn Kathryn so erschöpft gewesen war, daß sie kaum noch im Sattel hatte sitzen können, hatte Liam sie auf sein Pferd gehoben. Dort war sie, den Kopf an seine Schulter gelehnt, friedlich eingeschlafen.

Als sie auf die Zügel ihres Reitpferds blickte, überlegte Kathryn, daß sie trotz allem immer noch dankbar sein mußte. Wäre nicht Liam gewesen, hätte sie längst der Tod ereilt.

Im Hof saß Liam ab und hob sie aus dem Sattel. Kathryn blickte sich verwirrt um. Ihre Ankunft war sicher bemerkt worden, und doch war kaum jemand im Hof.

»Was machst du da?« schrie Kathryn, als Liam sie an den Armen packte und ihre Handgelenke mit einem Seil zusammenband.

»Es tut mir leid«, flüsterte er, »aber ich muß es tun.«

Kathryn nickte verständnisvoll. Schließlich befolgte er nur Turloughs Anweisungen.

Als er ihre ramponierte Erscheinung bemerkte, wurde Liam von Mitgefühl und Respekt für diese stolze, junge Adlige übermannt, die ihm seinen Verrat so gnädig verzieh. Mit außerordentlicher Würde hatte Kathryn die unzähligen Demütigungen während der langen Reise ertragen.

»Kommen Sie.« Liam packte sie am Oberarm und zog sie hinter sich her.

Ich bin die Gräfin von Tyrone und werde keine Furcht zeigen, wiederholte sich Kathryn immer wieder eindringlich. Sie betraten das Hauptgebäude und gingen in Richtung des großen Saals, der von geräuschvollen Aktivitäten erfüllt war. Zögernd hielt Kathryn am Eingang des Saales inne, doch Liam packte sie fester und zwang sie zum Weitergehen.

Eine unangenehme Stille breitete sich im Raum aus, als Jäger und Gejagte durch die Menge auf die Tafel zuschritten. Die drei irischen Clanchefs unterbrachen ihr Gespräch und starrten schweigend auf das ungleiche Paar, das sich ihnen näherte.

Als Kathryn vor ihnen stand, grinste Turlough zufrieden und ließ sich entspannt in seinen Sessel zurückfallen. Der Abend fing gerade an, recht interessant zu werden.

Ihn ignorierend blickte Kathryn strafend zu Sorley Boy MacDonnell, dessen Augen sich vor Überraschung weiteten. Er hatte sie wiedererkannt. Die funkelnden grünen Augen in ihrem schmutzverschmierten Gesicht erinnerten Sorley Boy an die unendliche Dankbarkeit, die er ihr schuldete, weil sie ihm Jahre zuvor das Leben gerettet hatte.

Sie wandte ihren Blick Calvagh O'Donnell zu, dem sie noch niemals begegnet war.

»Guten Abend«, begrüßte Turlough sie. »Ich bin erfreut über deinen Besuch.«

Da sie seine Gegenwart nicht länger ignorieren konnte, blickte Kathryn schließlich zu ihm hin. Ihre Augen blitzten Turlough zornig an, und ihre Lippen verzogen sich verächtlich.

So verdreckt wie sie ist, dachte Turlough, *ist diese Hexe trotzdem noch verdammt hochmütig. Aber morgen um diese Zeit wird sie so sanft und gefügig sein, wie sich das für ein Weibsbild gehört.*

»Meine Herren, ich darf meinen unwiderstehlichen Köder vorstellen«, sagte Turlough und deutete mit seiner Hand auf sie. »Lady Kathryn O'Neill, Gräfin von Tyrone und Gattin meines Cousins Hugh.«

Turlough lächelte und nickte vielsagend, bevor er fortfuhr. »Gräfin, darf ich vorstellen, Calvagh O'Donnell und Sorley Boy MacDonnell.«

Kathryn bedachte jeden der beiden irischen Clanchefs, die für den Tod Shanes mitverantwortlich waren, mit einem hochmütigen Blick. »Entschuldigen Sie, daß ich keinen Knicks mache«, sagte sie mit honigsüßem Lächeln, »aber ich weigere mich, Schweinen meine Aufwartung zu machen.«

Turloughs Lächeln verschwand. Jeder der Anwesenden im Saal war entsetzt über ihre unerhörte Kühnheit. Plötzlich lachte Sorley Boy MacDonnell, durchbrach damit die angespannte Stimmung und zog Turloughs überraschten Blick auf sich.

»Das Frauenzimmer ist ebenso mutig, wie es schön und durchtrieben ist«, meinte der Clanchef der MacDonnells.

Turlough nickte, und ein erleichtertes Seufzen ging

durch die Menge der versammelten Soldaten, die ihren Atem angehalten hatten.

»Warum bin ich gegen meinen Willen hierhergebracht worden?« wollte Kathryn wissen.

»Du kennst die Antwort, mein Täubchen«, erwiderte Turlough und musterte verlangend ihren Körper, was den Anwesenden keineswegs verborgen blieb.

»Laß mich sofort frei«, schrie Kathryn mit zornerfüllter Stimme.

Turlough warf seinen Kopf zurück und brüllte vor Lachen. Alle außer Sorley Boy MacDonnell stimmten in sein Gelächter ein.

Sich dessen bewußt, daß die Mehrzahl von Shanes früheren Wachsoldaten im Saal anwesend waren, dachte Kathryn darüber nach, Mitgefühl für ihre mißliche Lage zu erwecken. »Was für ein Verhalten ist das, wenn Männer gegen eine schwangere Frau Krieg führen?« fragte sie laut und riß sich den Umhang von den Schultern.

Turloughs Blick fiel auf ihren Leib. »Ich führe einen Krieg gegen die Engländer«, sagte er.

»Und warum hast du dann Shanes Witwe entführt?« schrie Kathryn.

»Ruhe!« Turlough sprang von seinem Stuhl auf und schlug mit den geballten Fäusten auf den Tisch. »Du bist Hugh O'Neills Frau und nicht nur Shanes Witwe.«

»Shane könnte noch leben«, fiel ihm Kathryn ins Wort, »wenn es euch drei Verschwörer nicht gäbe. Du, Turlough, hast deinen eigenen Blutsverwandten verraten und ihn nach Cushendun in sein Verderben rennen lassen. Und jetzt brichst du dein Brot mit seinen ärgsten Feinden? Was bist du mir zuwider!«

Turlough öffnete den Mund. Doch bevor er etwas erwidern konnte, hallte eine weitere zornige Stimme durch den Raum.

»Du englische Hexe!« kreischte Maura, die wie aus dem Nichts im Saal erschienen war. »Jetzt wirst du endlich büßen!«

Bevor man sie noch davon abhalten konnte, schlug sie Kathryn. Obwohl die Feindschaft zwischen diesen beiden Schönheiten überall bekannt war, waren die Anwesenden im Saal entsetzt, daß ein Dorfmädchen die Hand gegen eine Gräfin erheben würde.

Erneut holte Maura zum Schlag aus.

Mit ihren zusammengebundenen Händen versuchte Kathryn auszuholen und traf die Frau im Gesicht, so daß diese zu Boden sank. Auf ein Nicken von Turlough nahm einer seiner Soldaten Maura in Gewahrsam, bevor sie sich erholen und erneut angreifen konnte.

»Halte deine Hure in Schach, oder ich töte sie«, drohte Kathryn, während sie Turlough haßerfüllt anfunkelte.

Turlough, der den Widerspruch zwischen dieser zarten Frau und ihren harten Worten äußerst belustigend fand, lachte auf.

Kathryn schwankte; ihre Kräfte verließen sie und die Erschöpfung forderte ihren Tribut. Liam, der ihren Zusammenbruch kommen sah, legte ihr stützend seinen Arm um die Schultern, und Kathryn lehnte sich mit ihrem ganzen Gewicht dagegen.

Sie ist todmüde, wunderte sich Turlough, *und doch hält sie sich tapfer und trotzt mir — ohne ihre würdevolle Anmut zu verlieren. Genau die richtige Frau für einen Mann wie mich!*

»Bringt Maura in ihre Hütte«, befahl Turlough seinen Männern, und als diese lautstark protestieren wollte, schrie er: »Ich bin hier der Herr im Haus, und alle haben mir zu gehorchen.« Nicht allzu sanft wurde Maura aus dem Saal geführt.

»Das gilt auch für dich, Gräfin.« Turloughs Aufmerksamkeit galt erneut seiner schönen Gefangenen. »Du wirst wieder deine früheren Gemächer bewohnen. Es ist alles genau so, wie du es verlassen hast.«

Kathryn war überrascht, doch dann brach der Zorn aus ihr hervor. Annehmlichkeiten anzunehmen, sicherte ihr nicht das Mitgefühl der Männer.

»Eine Gefangene, die im Luxus schwelgt?« meinte sie

ironisch. »Ich dachte, Kriegsgefangene würden in Ketten im Kerker schmachten.«

»Du wirst deine Ketten schon noch bekommen, Schätzchen«, erwiderte Turlough und erntete hämisches Gelächter von seinen Männern. Seine Stimme wurde unnachgiebig, denn er hatte das Wortgefecht mit seiner überaus wagemutigen Gefangenen satt. »Du gehörst mir, und ich kann mit dir machen, was ich will. Und ich will, daß du in deinen früheren Räumen untergebracht wirst. Haben wir uns verstanden?«

Kathryn schwieg, aber in ihrem Blick loderte der Widerstand auf.

»Ist dir das Balg in deinem Bauch etwas wert?« herrschte Turlough sie an, verärgert über ihren unverhohlenen Widerstand.

»Ja«, flüsterte Kathryn mit vor Entsetzen weit aufgerissenen Augen.

»Beantworte meine Frage«, verlangte Turlough, und seine Augen leuchteten auf, da er offensichtlich ihre Schwachstelle gefunden hatte. »Begreifst du eigentlich, in welcher Situation du dich befindest?« Als sie nickte, lächelte er nachsichtig, denn ihre Unterlegenheit erfüllte ihn mit Genugtuung.

Maude, die Haushälterin auf Dungannon und Pollys Mutter, wurde in den Saal befohlen. Sie nahm Kathryn in ihre tröstende Umarmung und fragte: »Sind Sie unverletzt?«

»Ich habe Angst um mein ungeborenes Kind«, sagte Kathryn und stützte sich auf ihre alte Vertraute.

Maude umkreiste Turlough und starrte ihn an, als wäre er nichts weiter als ein schrecklich ungezogener Junge. Da er wußte, daß er ihr hilflos ausgeliefert war, rollte Turlough nur mißfällig mit den Augen. Wie sollte er den alten Drachen bloß einschüchtern? Sie kannte ihn seit seiner Geburt. Wie konnte er eine Frau bedrohen, die ihm den Hintern abgewischt und ihn in die Windeln gelegt hatte? Er war das Oberhaupt der O'Neills und doch machtlos gegen eine Furie wie Maude, und die gerissene alte Hexe wußte genau, daß sie sich Freiheiten herausnehmen konnte, die er anderen niemals zugestanden hätte.

»Bade sie, gib ihr etwas zu essen, und dann bring sie zu Bett«, befahl Turlough. »Dann sperrst du sie ein und händigst mir den Schlüssel aus. Liam, begleite die beiden nach oben.«

»Löse ihre Fesseln«, forderte Maude. Wie sie sich wünschte, daß Turlough noch ein kleiner Junge wäre, dem sie eine Tracht Prügel verabreichen könnte!

Auf Turloughs Nicken durchtrennte Liam das Seil um Kathryns Handgelenke.

»Kommen Sie«, sagte Maude freundlich. »Ich werde gut auf Sie aufpassen.«

Kathryn lächelte die alte Frau schwach an und machte einen Schritt nach vorn. Ein Surren wie von einem Bienenschwarm tönte in ihren Ohren. Der Raum drehte sich vor ihren Augen, und sie nahm die Anwesenden nur noch verschwommen wahr. Entschlossen, keine Schwäche zu zeigen, zwang sich Kathryn weiterzugehen, doch dann brach sie plötzlich zusammen und fiel in ein schwarzes Nichts.

Liam fing sie auf, bevor sie zu Boden stürzte, und hob sie in seine Arme. Maude warf Turlough einen vernichtenden Blick zu, dann folgte sie Liam und verließ den still gewordenen Saal. Kathryns Mut und ihre Zerbrechlichkeit hatten die abgebrühten Gemüter der anwesenden Soldaten bewegt.

Oben angekommen, trug Liam Kathryn in ihr altes Schlafzimmer und legte sie aufs Bett. Dann verließ er sie, um Maudes Anweisungen Folge zu leisten, nämlich Essen und ein Bad für Kathryn vorbereiten zu lassen.

Sobald Kathryn wieder bei Bewußtsein war, fing sie an zu weinen; ihr Körper wurde von heftigem Schluchzen geschüttelt. Maude nahm sie in ihre Arme und hielt sie fest, bis sie sich wieder beruhigt hatte.

Als das Bad bereitet war, badete die Haushälterin Kathryn und bemerkte, wie ihre Lebensgeister wieder erwachten. Den Lehren der Kirche zum Trotz war Maude davon überzeugt, daß es zu Lebzeiten nichts Beruhigenderes für die Seele gab als ein heißes Bad. Da konnte der Glaube einfach nichts ausrichten.

In eines ihrer alten Nachthemden gehüllt, wurde Kathryn ins Bett geholfen. Maude bestand darauf, ihr die heiße Suppe einzuflößen, die eines der Dienstmädchen gebracht hatte.

Zum ersten Mal in dieser Woche fühlte sich Kathryn sauber und richtig satt. Sie ließ sich auf das Kissen sinken und sagte: »Polly und Patrick haben geheiratet.«

Maude lächelte. »Das weiß ich.«

»A-aber woher denn?«

Maude formte mit ihren Lippen das Wort *Spione,* dann deutete sie mit ihrem Zeigefinger vor den Lippen an, daß man das Thema wechseln sollte. Sie deckte Kathryn bis zum Kinn zu und streichelte ihre blasse Wange voller Mütterlichkeit. »Wann ist denn der Geburtstermin des Kindes?«

»Im August.« Kathryn hielt die aufsteigenden Tränen zurück. »Meine Töchter werden mich vermissen.« Sie schloß ihre plötzlich so schläfrigen Augenlider. »Shana ... ist ... Shana ist ... Ebenbild ...«

Kathryn kapitulierte vor dem tiefen und traumlosen Schlaf der Erschöpften. Nach einer Weile stand Maude auf, verließ das Zimmer und verschloß die Tür hinter sich.

Die hochrangigen Gäste und das niedere Schloßvolk waren längst zu Bett gegangen, als Turlough, in einen Schlafrock gehüllt, durch die Verbindungstür in Kathryns Zimmer schlüpfte. Keine Bewegung, kein Laut kam von ihrem Bett.

Turlough durchquerte das Zimmer, stellte sich neben das Bett und beobachtete seine schlafende Gefangene. *Wie reizend sie doch ist!* dachte er bei sich. *Ihr kupferfarbenes Haar ist wie ein strahlender Sonnenuntergang, und ihr süßes*

Engelsgesicht überstrahlt ihre schreckliche Dickköpfigkeit. Hinter diesen zarten Lidern verbergen sich faszinierend grüne Augen — so unergründlich wie das Meer. Wäre ich weniger mannhaft, würde ich in ihren geheimnisvollen Tiefen versinken.

Turloughs Männlichkeit wurde steif, und er mußte über diesen Wink seiner Instinkte lachen. *Ganz egal, ob sie vor mir geflohen ist,* entschied er. *Katie gehört mir, und nur der Tod kann uns jetzt noch trennen.*

Turlough legte seinen Morgenmantel ab, und ein prächtiges Exemplar von Manneskraft wurde sichtbar. Turlough war nicht nur größer und stattlicher als die meisten anderen Männer, er besaß auch den durchtrainierten, muskulösen Körper eines Soldaten, eine gutgeschulte Waffe. Seine breiten Schultern, die schlanke Taille und die schmalen Hüften verliehen ihm das Aussehen eines geschmeidigen, gutgebauten Hünen. Seine Gesichtszüge waren anziehend, doch das Fehlen jeglicher Gefühlsregung in seinen kalten, blauen Augen minderten seine Ausstrahlung. Ein Blick auf Turlough vermittelte dem Betrachter die mächtige Aura maskuliner Kraft.

Turlough zog die Decke beiseite und schwang sich aufs Bett. Es krachte unter seinem Gewicht, und Kathryn tauchte langsam aus den Tiefen ihres Unterbewußtseins hervor. Als er sie in seine Arme ziehen wollte, erwachte sie; und als er ihre Schulter berührte, riß sie die Augen auf.

Gefahr! signalisierten ihre plötzlich aufgerüttelten Sinne.

Kathryn sprang genau in dem Augenblick aus dem Bett, als er sie umarmen wollte.

»*Nein!*« schrie sie mit vor Angst geweiteten Augen und wich mit zitternden Knien zurück.

Ihre zerzauste, abweisende Erscheinung machte sie nur noch unwiderstehlicher. Turlough schätzte hinhaltenden weiblichen Widerstand; er liebte es, den Eroberer zu spielen, egal, welches Schwert dabei zum Einsatz kam.

Turlough warf die Bettdecke beiseite, damit Kathryn ihr

Schicksal genauer betrachten konnte, dann verschränkte er abwartend seine Arme hinter dem Kopf, als hätte sie ohnehin keine andere Wahl. »Komm zurück ins Bett«, befahl er.

»Nein«, entgegnete Kathryn, deren Gesichtsausdruck sich beim Anblick seiner riesenhaften Männlichkeit in Entsetzen verwandelte. Auf der Suche nach einem Fluchtweg blickte sie sich wie ein scheues, gejagtes Reh um. Wie sollte sie weglaufen? Das Bett stand zwischen ihr und der Tür!

»Zieh dich aus und komm zurück ins Bett.« Turloughs Stimme nahm einen strengen, befehlenden Tonfall an, doch er tat nichts, um seinen Willen durchzusetzen. Er war vollkommen fasziniert von diesem Katz-und-Maus-Spiel.

Kathryns Fluchtinstinkt ging mit ihr durch. Sie rannte wie eine Besessene auf die Tür zu. Als sie an ihm vorüberlief, sprang Turlough aus dem Bett, grapschte nach ihr und riß ihr dabei das Nachthemd vom Rücken.

Kathryns Schrei durchdrang die nächtliche Stille. Sie schlug heftig gegen die verschlossene Tür, dann wirbelte sie herum, um ihren Angreifer zu fixieren.

Für Sekundenbruchteile versuchten Jäger und Gejagte, sich mit ihren Blicken zu vernichten. Turloughs Augen verschlangen ihre Nacktheit. Beim Anblick ihrer von der Schwangerschaft schweren Brüste mit den dunklen, vorstehenden Spitzen überlief ihn ein Schauer der Wollust. Ihre ausladenden Hüften und der gerundete Leib verliehen Kathryn eine sinnliche Üppigkeit.

Turlough trat näher an sie heran.

In einem waghalsigen Manöver warf sich Kathryn gegen ihn. Sie hoffte, sich im letzten Augenblick noch bücken und unter seinem Arm hindurchschlüpfen zu können, doch ihr Plan mißlang.

Turlough drängte sie erneut gegen die Tür.

Wie ein Blinder, der einen kostbaren Schatz befühlte, streichelte Turlough ihre brennenden Wangen. Ebenso langsam glitten seine Hände hinunter zu ihrem Hals, zu den Schultern und dann noch tiefer. Als er ihre Brüste mit seinen Händen umschloß, stöhnte Turlough vor unbändiger Lust auf. Seine Hand streichelte ihren gerundeten Leib, ihre üppigen Hüften, die warme, weiche Haut ihrer Schenkel.

»Bitte«, wimmerte Kathryn. »Mein Baby ...«

Turlough ignorierte ihr Flehen und zog sie ungestüm in seine Arme. Sein Mund senkte sich auf den ihren, und seine Zunge bohrte sich brutal durch ihre süßen Lippen.

Kathryn lehnte sich gegen ihn auf, wehrte sich mit aller Kraft. Turlough zog sie am Haar und riß ihren Kopf zurück, seine warnenden Blicke forderten ihre Unterwerfung, doch Kathryn spuckte ihm ins Gesicht.

Turlough schlug sie mit dem Handrücken, dann hob er sie hoch und warf sie gegen die Tür. In der Absicht, sie mit Gewalt zu nehmen, spreizte er ihre Schenkel und setzte sie auf seine Hüften.

»W-wenn du das t-tust«, schluchzte Kathryn mit gebrochener Stimme, »b-bringe ich ... mich um.«

Turlough gab sie frei, und Kathryn fiel, die Hände vor ihren Leib gepreßt, mit einem Aufprall zu Boden. Angewidert blickte Turlough auf sie herab. Schließlich gehörte sie ihm, und doch war das nicht befriedigend. Er wollte sie willig, um nicht zu sagen, wollüstig.

Weinend leistete Kathryn keinen Widerstand, als Turlough sie hochhob und zurück zu ihrem Bett trug. Unschlüssig, was er tun sollte, starrte Turlough sie ratlos an und entschied schließlich, gar nichts zu tun. Er schlenderte zum Kamin und setzte sich in einen Sessel.

Das Schluchzen wurde immer leiser und verstummte schließlich. Turlough atmete erleichtert auf und biß dann wütend die Zähne zusammen. *Es muß einen Weg geben, um Kathryn gefügig zu machen — das Baby! Sie hat mich um Gnade angefleht für dieses Balg von einem Bastard!*

Mit einem hinterhältigen Grinsen stand Turlough auf und ging durch die Verbindungstür in sein Zimmer.

12

Wie jeden Tag stand Maude am nächsten Morgen früh auf und bereitete den beiden irischen Clanchefs ein Frühstück, das diese auf ihren Zimmern einnehmen konnten. Mit zwei Tabletts bewaffnet eilte die Haushälterin die Treppe hinauf, als schon die ersten Soldaten in den großen Saal stürmten, um dort zu frühstücken. Vorsichtig setzte sie ein Tablett vor dem Zimmer O'Donnells ab und das andere vor dem MacDonnells, dann schritt sie den Gang zurück.

»Pssst!«

Als sie das Geräusch hinter sich wahrnahm, blieb Maude stehen und drehte sich um. Amüsiert über das, was sie sah, legte sie den Kopf schief. Das Oberhaupt der MacDonnells winkte sie in sein Zimmer.

Für Sekundenbruchteile zögerte Maude, doch dann sagte sie sich, daß sie sicherlich kein junges Frauenzimmer mehr war, das vor dem Schlafzimmer eines Mannes Angst haben mußte. Sie machte kehrt und schlüpfte in den Raum. Die Tür fiel hinter ihr ins Schloß. Maude öffnete den Mund, doch er preßte einen Finger auf seine Lippen.

»Gestern abend schien dir Lady Kathryns Sicherheit wichtig zu sein«, begann der MacDonnell. Er zögerte, als er ihren ungerührten Gesichtsausdruck bemerkte, dann raunte er ihr zu: »Um ehrlich zu sein, du schienst sie sehr zu mögen.«

Ihn mißtrauisch betrachtend nickte Maude.

»Turlough O'Neill hat sie heute nacht vergewaltigt«, sagte Sorley Boy tonlos. »Ich habe ihre Schreie gehört.«

Maudes Augen weiteten sich vor Entsetzen und sie versuchte, sich an ihm vorbei zur Tür zu drücken. »Ich muß mich sofort um sie kümmern.«

»Warte«, befahl er und trat ihr in den Weg. »Sag Lady Kathryn, daß ich ihr helfen werde, aber das darf nicht auffallen. Wenn ich morgen abreise, werde ich ihrem

Mann eine Nachricht überbringen. Das Oberhaupt der O'Neills rechnet mit einem Rettungsversuch, deshalb wird es eine Weile dauern, bis wir sie sicher von hier fortbringen können. In der Zwischenzeit darf sie nichts tun, was ihn dazu verleiten könnte, sie zu töten. Dieser O'Neill ist ein gefährlicher, heimtückischer Mann. Hast du mich verstanden?«

»Ja.« Maude nickte.

»Sorge dafür, daß Lady Kathryn das auch versteht«, warnte der MacDonnell. »Ich kann meine Position nicht um einer Toten willen aufs Spiel setzen.«

»Machen Sie sich darüber keine Sorgen, Mylord«, erwiderte Maude. »Lady Kathryn wird meine Anweisungen befolgen, oder ich bringe mich selbst um.«

Der irische Clanchef grinste breit; dann öffnete er ihr die Tür, und Maude schlüpfte hinaus.

Ein Frühstückstablett auf dem linken Unterarm balancierend, schloß Maude kurze Zeit später die Tür zu Kathryns Zimmer auf und trat ein. Als sie durch den Raum auf das Bett zueilte, warf Maude einen vernichtenden Blick auf das zerrissene, zerknüllte Nachthemd auf dem Boden. Turloughs hemmungsloses Verlangen hätte Kathryn und ihr ungeborenes Kind töten können.

Nachdem sie das Tablett auf dem Nachttisch abgestellt hatte, deckte Maude Kathryn bis zum Kinn zu und betrachtete die schlafende Frau, was ihr fast das Herz zerriß. Kathryns Gesicht war verquollen, ihre Lippe geschwollen, und dunkle Augenringe verrieten ihre Erschöpfung.

Maude ließ sich auf der Bettkante nieder und streichelte sie. Kathryn stieß ihren Arm zurück, als wollte sie einen Schlag abwehren.

»Ich bin's«, flüsterte die Haushälterin.

»Maude?« Während Kathryn langsam aufwachte, trat ein Ausdruck des Entsetzens in ihre Augen.

»Dieses Schwein hat Ihnen doch nicht weh getan, oder?« fragte Maude und strich ihr übers Haar. Kathryn schüttelte ihren vor Scham geröteten Kopf.

»Wir haben nicht viel Zeit, also hören Sie mir gut zu«, flüsterte die Haushälterin. »Der Clanchef der MacDonnells hat Mitleid mit Ihnen und will Ihnen helfen.«

»Mir zur Flucht verhelfen? Heute?«

»Nein, nicht heute, mein Mädchen. Wenn er morgen aufbricht, wird er Ihrem Mann eine Nachricht übermitteln. Dann wird man einen Plan vorbereiten. Es hat keinen Sinn, daß Ihr Ehemann in Turloughs Falle rennt.«

»Wie lange wird das dauern?« fragte Kathryn.

»Das kann ich Ihnen nicht sagen«, erwiderte Maude, »aber Sie dürfen Turlough keinen Grund liefern, Sie zu töten.« Kathryn wurde blaß, und eine Hand glitt beschützend zu ihrem Leib.

»Ich bin mir sicher, daß er nicht die Absicht hat, Sie zu töten«, fügte die Haushälterin hinzu.

»Hol ihn der Teufel!« entfuhr es Kathryn.

Als sie die haßerfüllten, funkelnden grünen Augen bemerkte, bekreuzigte sich Maude und wies sie zurecht. »Sie sollten sich für eine solche Ausdrucksweise schämen, Gräfin. Denken Sie daran — je heftiger Sie Turlough Widerstand leisten, um so größer ist die Gefahr, daß er Ihnen etwas antut.«

»Soll das heißen, daß ich mich unterwerfen muß?« Kathryn war entsetzt. »Lieber will ich tot sein!«

»Sagen Sie nicht so etwas«, rief Maude und bekreuzigte sich erneut. »Es gibt nichts Endgültigeres als den Tod. Denken Sie an Ihre Töchter und an Ihren Mann. Wollen Sie sie trauernd zurücklassen, während Sie neben Shane in der dunklen Gruft liegen?«

»Ich verabscheue Turlough! Wie soll ich denn da . . .?« Kathryn brach ab, entsetzt von der Vorstellung, die Berührungen dieses Unmenschen tatsächlich zu ertragen.

»Das Leben geht manchmal wundersame Wege und zwingt uns dazu, Dinge zu tun, die wir nicht wollen«, sagte Maude. »Versprechen Sie mir, daß Sie sich nicht zur Wehr setzen.«

Nervös an ihrer geschwollenen Lippe nagend, sah

Kathryn fort. *Selbstmord ist eine Todsünde,* zuckte ihr die christliche Lebensweisheit durch den Kopf. Und Turlough zu bekämpfen konnte Selbstmord bedeuten. Aber was wäre, wenn Hugh sie nachher nicht mehr begehrte? Wenn er ihr die Kinder wegnahm und sie fortjagte? Ihren Bauch streichelnd entschied Kathryn, daß sie so lange wie eben möglich ihre Schwangerschaft vorschieben wollte.

»Ich werde es versuchen«, sagte Kathryn.

»Versprechen Sie mir das?«

»Ich verspreche es.«

»Gut«, sagte Maude und erhob sich. »Und jetzt essen Sie erst einmal Ihr Frühstück.«

Kathryn setzte sich auf und zog die Bettdecke fest um sich. Dann warf sie einen Blick auf das Tablett, wo sie den Becher mit der weißen Flüssigkeit entdeckte. »Du weißt, wie ich Milch verabscheue«, beschwerte sie sich.

Maude lächelte erleichtert. Wenn Kathryn sich über Milch beschweren konnte, war sie wieder ganz die alte. »Sie sind schwanger«, erinnerte sie die Haushälterin. »In einem Zug runter damit.«

Mit angewidertem Gesicht hob Kathryn den Becher an ihren Mund, hielt sich die Nase zu und trank.

»Sie wollen sicherlich den Gestank dieses Schweins loswerden«, sagte Maude. »Ich werde ein schönes heißes Bad für Sie einlassen.«

Angenehm gesättigt ließ sich Kathryn im heißen, wohlduftenden Badewasser zurücksinken und betrachtete Maude, die auf einem Stuhl neben ihr saß. Dann schloß sie die Augen und dachte über ihre unvermeidliche Auseinandersetzung mit Turlough nach. Vielleicht konnte sie in der Wanne sitzen bleiben, bis sie sich in ihre Bestandteile auflöste und verschwand. Dieser törichte Gedanke brachte Kathryn zum Lachen.

Als sie ihre Augen öffnete, hatte sich Maude verärgert umgedreht. Kathryn folgte ihrem Blick. Turlough hatte sich im Türrahmen aufgebaut.

»Oh!« Kathryn ließ sich tiefer in die Wanne sinken.

»Guten Morgen.« Turlough schlenderte durch den Raum auf sie zu.

Voller Beschämung hielt Kathryn den Blick gesenkt, als Turlough ihre bezaubernde Erscheinung musterte. Ihr zerzaustes, kupferrotes Haar war auf ihrem Hinterkopf zu einem Knoten zusammengesteckt, trotzdem hatten sich einzelne Strähnen wie unbezähmbare Feuerstrahlen aus ihrer Frisur gelöst und kringelten sich anmutig über ihre Schultern. Ihre Wangen schimmerten leicht gerötet, der zarte Rosaton bedeckte auch ihr Dekolleté und endete kurz vor ihren Brüsten, die sich unter der Wasseroberfläche ein neckisches Versteckspiel lieferten. Und doch wußte Turlough, daß diese furchtsam niedergeschlagenen Augen vor Verachtung sprühten und ihm niemals Sanftmut entgegenbringen würden.

»Laß uns allein«, befahl Turlough mit einem Blick auf Maude kurz angebunden.

»Ich bade gerade«, protestierte Kathryn.

»Ja, das sehe ich«, sagte er, setzte sich dann auf den freigewordenen Stuhl und streckte seine langen Beine aus.

»Ist mir denn kein bißchen Ungestörtheit vergönnt?« fuhr ihn Kathryn an.

»Nein, mein Täubchen, von mir nicht.« Turlough beugte sich vor. »Es war nicht meine Absicht, dir weh zu tun, Katie. Wenn du dich heute nacht nicht gewehrt hättest, wäre ich nicht so ... so brutal zu dir gewesen.«

»Ich verstehe«, erwiderte Kathryn und hielt den Blick in gespielter Demut gesenkt, »doch ich will nicht, daß mein Kind gefährdet wird.«

Dieser Bastard! fluchte sie innerlich. *Als wäre es meine Schuld, daß er mich vergewaltigen wollte!*

Kathryn weigerte sich, ihn anzusehen, da sie befürchtete, er könnte ihre wahren Gedanken erraten. Turlough besaß viele verabscheuungswürdige Eigenschaften, aber er war keineswegs dumm.

Überrascht von ihrem einlenkenden Verhalten fragte sich Turlough, ob sie nicht vielleicht doch gefügig war. Was dieses Miststück brauchte, war ein *richtiger* Mann, der sie in ihre Schranken verwies. Und wenn dem so war, dann konnte er auch großzügig sein.

»Auch wenn du an dem Ganzen nicht unschuldig warst«, sagte Turlough gönnerhaft, »entschuldige ich mich, wenn ich dir durch meinen . . . meinen Eifer Schmerzen zugefügt habe. Wenn das Baby geboren ist, werden wir unsere . . . unsere Beziehung vertiefen. Du verzeihst mir doch, mein Täubchen? Oder etwa nicht?«

»Doch.« Kathryn gab sich alle Mühe, schüchtern zu wirken, und blickte zu ihm auf.

»Hervorragend! Jetzt helfe ich dir beim Waschen.«

»Nein!« Ihre Ablehnung war zu vorschnell, und die Zuneigung in seinem Blick wich unverhohlenem Argwohn.

»Es ist nicht nötig, daß du hier die Kammerzofe spielst«, erklärte Kathryn. »Du brauchst nicht Buße dafür abzuleisten, was ich dir ohnehin schon verziehen habe.«

»Aber ich bestehe darauf.«

Bei seiner ersten Berührung versteifte sich Kathryns ganzer Körper vor Ekel.

»Entspann dich«, flüsterte er, ihren Widerstand bemerkend, als er ihren Rücken einseifte. »Ich tue dir nicht weh.«

Während eine seiner mächtigen Hände geschickt ihren Rücken massierte, umschlang Turlough ihre Schultern mit seiner anderen Hand. Kathryn schloß die Augen, während sich die Spannung in ihrer Muskulatur löste. Als ihre schmerzenden Muskeln unter seiner intensiven Massage nachgaben, lehnte sie sich beinahe ungewollt gegen den Arm, der ihren Körper stützte.

Von einer überraschend zärtlichen Berührung ihrer Brüste aufgeschreckt, riß Kathryn ihre Augen auf. Turlough beobachtete ihre Reaktion. *Er will mich auf die Probe stellen,* erkannte sie, dann wandte sie ihr schamrotes Gesicht ab. Kathryn zwang sich jedoch dazu, die Untergebene zu spielen und widersetzte sich seinen Liebkosungen nicht. Unter gesenkten Wimpern verfolgend, wie seine riesige Hand ihre Haut streichelte, war Kathryn entsetzt und beschämt, als sie sah, wie sich ihre Brustwarzen aufrichteten.

»Sieh mich an«, sagte Turlough mit rauher Stimme. Als sie gehorchte, fragte er: »Du wirst dich mir nie mehr widersetzen?«

»Nein.« Kathryn unterdrückte den in ihr aufsteigenden Ekel.

Turlough senkte seine Lippen auf die ihren. Seine Zunge forderte Einlaß, tauchte in die süßen Tiefen ihres Mundes ein, und der Kuß wurde verlangender. Kathryn wollte sich auflehnen, wurde jedoch von einer stärkeren Macht zurückgehalten.

»Stell dich hin«, forderte Turlough leise und half ihr beim Aufstehen. »Deine wunderschönen Brustwarzen wollen liebkost werden.«

»Aber du hast doch gesagt ...«, protestierte Kathryn.

»Ich weiß, was ich gesagt habe«, unterbrach er sie und lächelte durchtrieben. »Aber ich habe nicht geschworen, daß ich dich nicht anrühren würde.«

»Du hinterhältiges Schwein!« Die Worte waren ihr unbedacht entschlüpft.

»Hast du nun für das Balg dieses Bastards etwas übrig?« fuhr Turlough sie an. »Oder willst du dich erneut mir widersetzen?«

Kathryn schwieg und wich seinem Blick aus. Für Hughs Erben würde sie die Berührungen dieses Scheusals über sich ergehen lassen.

Zufrieden neigte Turlough den Kopf. Seine Lippen umschlossen eine ihrer verführerischen Brustwarzen und kosteten deren unvergleichliche Süße. Gleichzeitig fummelte eine seiner riesigen Klauen an der anderen herum.

»Du bist ja schon für mich bereit«, murmelte Turlough, als seine Finger die zwischen ihren Schamlippen verborgene, feuchte Höhlung gefunden hatten.

Kathryn erschauerte vor Ekel, was Turlough irrtümlich für Erregung hielt. Allerdings war das Oberhaupt der O'Neills ein vielbeschäftigter Mann und hatte augenblicklich keine Zeit, sich mit ihr abzugeben.

»Du ruhst heute aus.« Turlough richtete sich auf und gab ihren Körper frei. »Meine Gäste brechen morgen auf, deshalb wirst du heute abend meine Gastgeberin spielen.«

Turlough verlangte es danach, sie sofort zu nehmen, doch er sagte sich, daß sie nur eine Frau war, die ihm, wann immer er wollte, zur Verfügung stand. Er ließ sie in der Badewanne stehen und durchschritt das Zimmer, blieb allerdings an der Tür noch einmal stehen und ließ seinen hungrigen Blick über ihren Körper schweifen. »Zieh heute abend dein smaragdgrünes Seidenkleid an.«

»Mein smaragdgrünes Seidenkleid?«

»Das Kleid, das du auf Beltane anhattest, als wir uns zum ersten Mal begegneten.« Bei der Erinnerung lächelte Turlough. »Maude wird sicher wissen, welches ich meine.«

»Aber ...«

»Du ziehst etwas an, das mir gefällt«, unterbrach er sie. »Dein wunderschöner Körper weiß, daß er mir gehört, auch wenn dein Verstand das noch nicht begriffen hat.« Mit diesen Worten war er verschwunden.

Erstarrt vor der Erniedrigung stand Kathryn in der Wanne. Heiße Tränen der Beschämung rannen über ihr Gesicht. Sie fühlte sich beschmutzt von seinen ekelerregenden Berührungen. Hugh würde sie nun nicht mehr wollen, was sie ihm auch nicht übelnehmen konnte. Er würde ihr das Kind nehmen und sie vor die Tür setzen.

Kathryn kletterte aus der Wanne und trocknete sich ab. Als sie ihr Nachthemd vom Boden aufhob, sah sie, daß es zerrissen war und ließ es wieder fallen. Nackt ließ sie sich ins Bett sinken und schloß die Augen, doch sie war nicht in der Lage, die drohende Vorstellung aus ihren Gedanken zu verbannen, was in der bevorstehenden Nacht geschehen würde, wenn die Dunkelheit die Sinne der schwachen Sterblichen umwölkte.

Aus Angst um den Zustand ihrer Schutzbefohlenen betrat Maude Sekunden später das Zimmer. »Er hat Ihnen doch nichts getan, oder?« fragte sie aufgebracht.

»Lediglich meinen Stolz verletzt.«

»Gut.« Maude kicherte, was Kathryn erstaunte.

»Soweit ich das mit meinem beschränkten Verstand sagen kann, hat verletzter Stolz noch niemanden umgebracht.«

Als die Zeit des Abendessens nahte, stand Kathryn wie festgewurzelt am Treppenabsatz. Ihr kräftiges Haar fiel ihr in kupferroten Kaskaden bis zur Taille, und sie trug das smaragdgrüne Seidenkleid, wie Turlough es verlangt hatte. Als sie sich in Erinnerung rief, daß dieses Kleid zu den Lieblingsroben ihres verschiedenen Ehemannes gezählt hatte, seufzte Kathryn. Augenscheinlich gefiel es Turlough ebenfalls.

Das Oberteil saß knapp, die vergangenen Jahre und ihre Schwangerschaften hatten ihre Figur reifen lassen. Die grüne Seide bedeckte kaum die dunklen Spitzen ihrer üppigen Brüste. Als sie auf ihren offenherzigen Busen hinunterblickte, war Kathryn unsicher, was sie tun sollte. Sie fühlte sich im wahrsten Sinne des Wortes entblößt.

Sie gab ihrer Seele einen Stoß. Unentschlossenheit half ihr jetzt auch nicht weiter. Kathryn zog ihre kupferne Haarpracht nach vorn und drappierte sie sittsam über ihren Busen. *Na also!* dachte sie zufrieden, *wenigstens bin ich so etwas geschützt vor neugierigen Blicken.*

Ein kehliges Lachen, wie es nur Turlough hatte, gemahnte sie zur Vorsicht. Als sie aufblickte, sah Kathryn, wie ihr Häscher die Treppe hinaufstieg.

»Ich kam, um dich nach unten zu begleiten«, sagte er.

»Ich . . . ich«, stotterte Kathryn. »Die Tür war unverschlossen. Ich war mir nicht sicher . . .«

»Deine Brüste sollten bewundert werden«, sagte Turlough, schob ihr Haar beiseite und legte ihr alabastergleiches Dekolleté frei. Kathryn errötete vor Beschämung. Lächelnd bot ihr Turlough seinen Arm, und sie gingen schweigend die Treppe hinunter.

Der große Saal war mit den Soldaten der drei Clans gefüllt. Kathryn hatte das Gefühl, daß aller Augen nur auf sie starrten, während Turlough sie zur Tafel führte. Sie fühlte sich wie eine Trophäe, ein voller Stolz zur Schau gestellter, erkämpfter Besitz.

Turlough plazierte Kathryn zu seiner Linken, und Calvagh O'Donnell saß an seiner rechten Seite. Fast zeitgleich erschien Sorley Boy MacDonnell und nahm auf dem freien Stuhl neben Kathryn Platz. Erleichterung entspannte ihre Gesichtszüge, wußte sie doch, daß ein Freund in ihrer Nähe war. Das Essen und die Getränke wurden aufgetischt, und Kathryn beruhigte sich, da sie nun nicht mehr im Mittelpunkt der Aufmerksamkeit zu stehen schien.

»Ein Prosit auf Lady Kathryn«, sagte Turlough und hob seinen Weinkelch. Seinem Beispiel folgend erhoben die beiden anderen irischen Clanchefs ihre Gläser und prosteten ihm zu.

Kathryn starrte unbeteiligt geradeaus und weigerte sich, diese zweifelhafte Ehre zur Kenntnis zu nehmen.

»Trink«, sagte Turlough und legte ihr seine Hand auf die Schulter. »Das wird dich entspannen.«

Ihre Blicke trafen sich, und Kathryn bemerkte in seinen Augen die Warnung, daß er keinen Widerstand duldete. Nickend griff sie nach ihrem Glas und trank.

Erfreut über ihre Ergebenheit lächelte Turlough zustimmend und tätschelte ihre Schulter. Dann beugte er sich näher zu ihr hin, kitzelte ihren Nacken und flüsterte ihr ins Ohr: »Lächle und spiele die liebenswürdige Gastgeberin.«

Kathryn ließ ihren Stolz beiseite und blickte zunächst zu Calvagh O'Donnell. »Guten Abend, Mylord. Ich hoffe, es ist alles zu Ihrer Zufriedenheit.«

»Guten Abend, Gräfin«, erwiderte O'Donnell, wandte

seinen Blick jedoch nicht von ihrem Busen, der ihr Kleid zu sprengen drohte. »Dungannons Freigebigkeit ist … außergewöhnlich.«

Kathryns Gesicht lief scharlachrot an, und Turlough schmunzelte über ihre Beschämung. Ihren wachsenden Zorn unterdrückend, wandte sich Kathryn zu Sorley Boy MacDonnell und zwang sich zu einem Lächeln. MacDonnell überspielte sein Mitgefühl und erwiderte ihr Lächeln statt dessen mit einem eisigen Gesichtsausdruck.

»Wie ich sehe, hast du das Frauenzimmer deinem Willen unterworfen«, meinte er zu Turlough.

»Selbstverständlich. Alles, was sie brauchte, war ein richtiger Kerl, der ihr zeigte, wo's lang geht.« Die drei irischen Clanchefs lachten über den vulgären Witz.

Feuerrot vor Scham konnte Kathryn ihren Zorn nicht mehr länger unterdrücken. Sie stand abrupt auf. »Wenn Sie – *Gentlemen* – mich bitte entschuldigen?« fragte Kathryn übertrieben höflich.

»Setz dich«, befahl Turlough. »Oder willst du dich erneut zum Gespött des Abends machen?«

»Ich weigere mich, hier zu sitzen, während ihr über mich sprecht, als wäre ich taub oder gefühllos.« Kathryns Stimme überschlug sich vor Wut.

»Es tut uns leid«, entschuldigte sich Turlough in mitleidigem Tonfall. »Bleib sitzen und iß mit uns. Du mußt bei Kräften bleiben.«

»Bitte, setzen Sie sich«, sagte das Oberhaupt der MacDonnells. »Ich wollte Sie nicht verletzen.«

Zögernd nahm Kathryn wieder ihren Platz ein. Die Männer fingen an zu essen. Bald darauf hatten sie ihre Anwesenheit vergessen und sprachen offen über ihre Pläne, wie sie die Engländer in Schach halten wollten, sobald Turloughs Zwist mit Hugh ein Ende hätte. Kathryn horchte auf, als der Name ihres Gatten fiel, doch Turlough, der ihr Interesse bemerkt hatte, bedeutete den anderen, das Thema zu wechseln.

Verstört aß Kathryn wenig und auch nur dann, wenn

Turlough, der jede ihrer Bewegungen beobachtete, es ihr befahl.

Als das Mahl beendet war, bemerkte sie, daß die im Saal Anwesenden hemmungslos betrunken waren. Nicht nur ihre Tischherren hatten dem Wein zugesprochen, auch sie selbst fühlte sich entspannter. Auf Turloughs Drängen hin hatte Kathryn zwei Gläser Wein getrunken und war nun beschwipst.

Turlough streckte seine Hand aus und zog sie näher zu sich heran. »Ich zähle die Sekunden, bis wir allein sind, mein Täubchen«, murmelte er ihr ins Ohr. Kathryn erstarrte bei seinen Worten.

»Küß sie!« erklang die Stimme eines Wachsoldaten von irgendwoher aus dem Raum. Seinem lüsternen Vorschlag folgten noch weitere.

»Na klar, küß sie!«

»Bezähme den Drachen!«

»Nimm sie!«

»Nimm sie auf dem Tisch!«

Über ihren Übermut lachend zog Turlough Kathryn in seine eiserne Umarmung. Ihre Instinkte rieten ihr zu fliehen, doch sie setzte sich darüber hinweg und lächelte ihn verführerisch an. Sie war entschlossen, willig mitzuspielen und schließlich den zwischen ihnen tobenden Kampf zu gewinnen. Zu seiner Überraschung schlang Kathryn ihre Arme um seinen Hals.

»Du gestattest«, murmelte sie und zog seinen Kopf zu sich hinunter. Kathryn Lippen waren feucht und bereits einladend geöffnet, als sie die seinen berührten. Voller Leidenschaft stieß sie ihre Zunge in seinen Mund, stachelte gnadenlos seine Sinne an und verschaffte ihm ein nie gekanntes Lustgefühl.

Wer beherrscht hier eigentlich wen? fragte sich Turlough. Ohne eine Vorwarnung wurden die Spielregeln geändert. Turloughs Zunge jagte Kathryns zurück in ihren Mund. Als er den Kuß beendete, fiel Kathryn zurück auf ihren Stuhl. Die Männer klatschten wie wild über das

Können ihres Chefs, doch Kathryn mußte sich zusammenreißen, daß sie den Mund nicht an ihrem Ärmel abwischte.

»Sitzen Gefangene neuerdings als Ehrengäste mit am Tisch?« fragte Maura, die sich vor der Tafel aufgebaut hatte.

»Verschwinde.« Turlough wollte die irische Schönheit mit einem abfälligen Winken seiner Hand loswerden. »Geh zurück in deine Hütte.«

»Du würdest also diese englische Schlampe an meine Stelle setzen?« Maura trat näher auf Kathryn zu. »Dieser Hexe gehört ein tiefes Grab geschaufelt.«

»Liam!« schrie Turlough. Sofort erschien der Soldat und packte Maura, die sich von ihm losreißen wollte. »Bring diese Schlange nach Hause und sieh zu, daß sie dort bleibt«, befahl er, dann zwinkerte er Liam zu. »Selbst wenn du sie die ganze Nacht *persönlich* bewachen mußt.«

Schallendes Gelächter erfüllte den Saal. Breit grinsend hob Liam Maura hoch und warf sie sich über die Schulter. Er versetzte ihrem Hinterteil einige lautstarke Klapse, die ihren Widerstand beendeten, und dann schlenderte er zum Ausgang.

»Ich muß Lady Kathryn auf ihr Zimmer begleiten«, sagte Turlough zu seinen beiden Gästen, den irischen Clanchefs, und stand auf. »Wir besprechen die Sache noch einmal, bevor ihr abreist.« Dann wandte er sich zu Kathryn um und bot ihr seine Hand. Sie legte ihre zitternde Hand in die seine und ließ sich von ihm aus dem Saal führen.

Oben angelangt, schloß Turlough die Zimmertür ab und zog Kathryn in seine heftige Umarmung. Eine seiner riesigen Pranken verhinderte jegliches Ausweichmanöver, als sich seine Lippen auf die ihren senkten.

Fieberhaft nach einer Ausrede suchend, zog Kathryn ihren Kopf zurück. »Könntest du Maude rufen, daß sie mir behilflich ist?«

Turlough lächelte verschlagen. »Heute nacht spiele ich die Kammerzofe.«

»D-du h-hast mir etwas v-versprochen.« Stumme Tränen der Verzweiflung traten in ihre Augen. »B-bitte, mein Baby.«

»Tränen?« meinte Turlough ironisch, und seine Stimme war frostiger als die kältesten Winterstürme. »Meine Berührungen bringen dich zum Weinen?«

Verängstigt senkte Kathryn ihren Blick und schwieg.

»Hast du Angst vor mir?« fragte er und hob ihr Gesicht an, um in ihre entwaffnenden grünen Augen zu blicken.

»Nein«, log sie.

Turlough grinste über diese offensichtliche Lüge und schlenderte zur Tür. Kathryns Stimme ließ ihn innehalten.

»Darf ich Shanes Grab einen Besuch abstatten?« fragte sie. »Als seine Witwe bin ich ihm das schuldig.«

Turlough starrte sie sekundenlang an. »Ich werde darüber nachdenken«, zischte er, dann verließ er wortlos den Raum.

Niedergeschlagen betrachtete Kathryn die verschlossene Tür und fragte sich, was Hugh wohl gerade dachte und machte. *Wenn nicht das Baby in meinem Leib heranwüchse,* dachte sie, *würde ich meinem wertlosen Leben ein Ende setzen, um seine Ehre zu retten.*

Lautes Stimmengewirr, das aus dem Hof in ihr Zimmer scholl, weckte Kathryn am nächsten Morgen. Was war da draußen los?

Dann fiel es ihr wieder ein. Das Oberhaupt der MacDonnells verließ Dungannon und würde Hilfe holen. Aber wie lange dauerte das noch? Wie lange konnte sie Turlough noch in Schach halten?

Kathryn entschied, daß sie wachsam auf andere Fluchtgelegenheiten achten mußte. Schließlich war es einfacher für Hugh, wenn sie sich selbst befreien konnte.

Die Eichenwanne war bereits mit heißem Wasser gefüllt und stand vor dem Kamin. Kathryn warf die Bettdecke beiseite, erhob sich und wickelte sich darin ein. Dann setzte sie sich auf die Bettkante und wollte die Glocke läuten, doch die Zimmertür wurde bereits geöffnet.

»Guten Morgen«, begrüßte sie Maude. »Ich habe etwas Gutes zu essen mitgebracht, und Sie müssen alles aufessen.« Die Haushälterin setzte das Tablett auf dem Nachttisch ab, dann durchquerte sie hastig das Zimmer.

Kathryn beugte sich über das Tablett und untersuchte seine Bestandteile. Es gab frisch gebackenes Brot, hartgekochte Eier, Schinken, Käse und zwei Becher. Einer war mit dunkelbraunem Bier und der andere mit Milch gefüllt.

»Darf ich mir heute etwas aussuchen?« fragte Kathryn mit einem Blick auf die beiden Becher.

»Das Bier ist für ihn«, antwortete Maude.

Überrascht sah Kathryn auf. Im Türrahmen zwischen ihren beiden Schlafzimmern stehend bewunderte Turlough das rührende Bild, das sie ihm bot — zerzaustes Haar, verschlafener Gesichtsausdruck, makellose, lässig in ein Bettuch gewickelte Haut.

»Du brauchst wohl etwas zur Stärkung?« fragte Kathryn und warf Maude, die sich vor Erheiterung auf die Lippe biß, einen schiefen Seitenblick zu. »Ein so sinnloses Manöver hätte ich dir nie zugetraut.«

»Etwas gereizt heute morgen?« Turlough nahm sich einen Stuhl und schlenderte damit durchs Zimmer. Dann setzte er den Stuhl dicht neben ihr Bett und setzte sich. »Ich dachte mir, es wäre angenehm, gemeinsam zu frühstücken.«

Angenehm für wen? dachte Kathryn im stillen. Ihre Blicke trafen sich, und sie deutete auf die Milch. »Ich werde das nicht trinken, und Drohungen sind ebenfalls zwecklos.«

»Sie ist doch schwanger«, kommentierte Maude vom anderen Ende des Raumes.

Turlough sah von Maudes entschlossenem Blick zu Kathryns eigensinnigem Gesichtsausdruck, dann zuckte er die Schultern. »Trink jetzt deine Milch, Katie.«

»Bist du nun der O'Neill oder nicht?« konterte Kathryn. »Wer hat hier eigentlich das Sagen?«

Turlough warf ihr einen eisigen Blick zu. Seine Augen verengten sich zu Schlitzen, und seine Lippen wurden schmal vor Verärgerung.

»Ich trinke sie.« Als sie nach dem Becher griff, bemerkte Kathryn den triumphierenden Blick der Haushälterin. Ihr Zorn wuchs.

»Huch!« Der Becher glitt aus Kathryns Hand und zerschellte am Boden. Die Milch verströmte in alle Richtungen.

»Das haben Sie absichtlich gemacht«, beschuldigte sie Maude und schoß auf sie zu.

Diese durchtriebene kleine Hexe! dachte Turlough und verkniff sich das Lachen. Da er wollte, daß Kathryn einen Becher Milch trank, selbst wenn das ihre letzte Handlung auf Erden war, zwang er sich zu einem gestrengen Gesichtsausdruck. Natürlich trank er nie Milch und konnte ihre Abneigung verstehen, aber er hatte angeordnet, daß sie sie trinken sollte. Kathryn hatte seine Anordnung mißachtet, und das ließ er nicht zu, egal, wie sehr er sich nach ihrem außergewöhnlichen Körper sehnte. Die Auserwählte des O'Neill hatte zu gehorchen.

»Es war ein Mißgeschick.« Kathryn gab auf. »Hol einen neuen Becher Milch, und ich werde sie trinken.« Sie wollte die ersehnte Freiheit nicht wegen eines dummen Bechers Milch riskieren.

»Das klang nach einem wahren Iren«, bemerkte Turlough, als Maude den Raum verließ.

»Wieso?«

»Auflehnung und Unterwerfung. Weiterleben, um erneut zu rebellieren. Das ist die irische Lebensweise.«

Nachdem er sie verlassen hatte, badete Kathryn und zog einen weichen Wollrock und eine Leinenbluse an; dann spazierte sie zum Fenster und spähte in den Hof hinunter.

Die beiden irischen Clanchefs und ihre Soldaten waren reisefertig. Turlough, Liam und einige andere Soldaten standen inmitten der aufbrechenden Offiziere. Als die

O'Donnells und die MacDonnells ihre Pferde für die lange Reise antrieben, glitt ein Lächeln über Kathryns Gesicht.

Noch bevor ich mit ihm fertig bin, schwor sich Kathryn, während sie durch ihr Zimmer eilte, *wird Turlough meinen Ehemann auf Knien anflehen, mich zurückzuholen.* Die Tür war unverschlossen. Kathryn rannte die Treppe hinunter und hinaus in den Hof.

»Was willst du denn hier?« fragte Turlough.

»Du hast mir versprochen, daß ich Shanes Grab besuchen darf«, antwortete Kathryn.

»Ich habe überhaupt nichts versprochen. Ich habe lediglich gesagt, daß ich darüber nachdenken werde.«

»Nun?«

Turlough lächelte nachsichtig. »Meine Dame, du brauchst einen Begleiter, und ich habe im Augenblick keine Zeit.«

Kathryns Lächeln wurde schwächer. »Liam?«

»Meine Männer haben ebenfalls keine Zeit.«

»Maude?« bohrte sie weiter.

»Maude hat Pflichten im Haushalt wahrzunehmen.« Turlough sah sie mißfällig an. »Wir haben zu arbeiten. Die Leute können nicht einfach alles stehen und liegen lassen, nur um mit dir auf dem Friedhof herumzulungern.«

»Es muß doch jemanden geben«, rief Kathryn verzweifelt. Eine einsame Träne kullerte über ihre Wange.

Turloughs Entschlossenheit geriet ins Wanken. »Liam!« brüllte er.

»Ja?« antwortete der Mann und stand neben ihm.

»Such mir diesen nichtsnutzigen Stallburschen«, befahl Turlough kurz angebunden und versuchte seine Verärgerung darüber zu überspielen, daß sich diese halbe Portion erneut durchgesetzt hatte. Liam zwinkerte Kathryn zu und verschwand in den Stallungen.

Glücklich über ihren Sieg warf Kathryn ihrem Häscher ein strahlendes Lächeln zu. »Danke, Mylord«, zwitscherte sie, doch ihr Blick war belustigt.

Turlough war verunsichert, wußte er doch, daß er an der Nase herumgeführt worden war, aber dann wich seine Bestürzung einem durchtriebenen Lächeln. »Du kannst mir deine Dankbarkeit heute nacht beweisen«, erwiderte er und amüsierte sich über ihren mißfälligen Gesichtsausdruck.

Kathryn schätzte, daß der Stallbursche an der Schwelle zum Erwachsenenleben stand, also vielleicht zwölf oder dreizehn Jahre alt war. Er war einige Zentimeter größer als sie, dünn und ungelenk. Obwohl sein hellbraunes Haar nichts Außergewöhnliches darstellte, hatte er ein engelgleiches Gesicht und faszinierende blaue Augen. Eingeschüchtert von den Befehlen des O'Neills, ließ der Junge den Kopf hängen, und Kathryn erkannte, daß er geistig zurückgeblieben war.

»Sieh mich an, Tim«, befahl Turlough, und der Junge gehorchte sogleich. »Das ist Lady Kathryn. Du wirst sie heute, wann immer sie es will, zum Friedhof begleiten. Hast du mich verstanden?«

»J-j-ja«, antwortete Tim und starrte mit offenem Mund auf die rothaarige Erscheinung. Als die *Erscheinung* ihn anlächelte, lief Tim dunkelrot an und ließ erneut den Kopf hängen.

»Sollen wir?« Kathryn streckte ihre Hand aus, und die Gräfin und der Stallbursche spazierten Hand in Hand davon.

»Ich glaube, die Dame wird bald einen weiteren Verehrer abwehren müssen«, bemerkte Liam, während er sie beobachtete, dann lachte er.

»Kümmere dich um deine Angelegenheiten«, herrschte ihn Turlough an, dann marschierte er davon.

Als sie den Hof gemessenen Schrittes verlassen hatten, gingen Kathryn und Tim an der kleinen Kapelle der O'Neills vorüber, an die sich der Friedhof anschloß. Kathryn, die die Nervosität des Jungen bemerkte, versuchte ihn zu beruhigen.

»Als Shane O'Neill noch mein Gemahl war, war Dungannon meine Heimat«, sagte sie. »Erinnerst du dich an mich?«

Tim blieb stehen und blickte sie neugierig an. Vages Wiedererkennen blitzte in seinen Augen auf. »J-ja, Mylady.« Errötend fügte der Junge hinzu: »Ich k-könnte Sie niemals vergessen, denn Sie sind so wunderschön.«

»Wie galant von dir!« entfuhr es Kathryn. »Wie ich mich erinnere, hast du einmal einen bösen Sturz erlitten. Bist du wieder vollkommen gesund?«

»Mir geht es gut«, antwortete Tim mit verwirrtem Blick, »doch die Leute sagen, daß ich nicht mehr der alte bin. Der O'Neill sagte, daß mein Verstand durcheinandergeraten ist, aber ich kann mich an so etwas nicht erinnern.«

Auf dem Friedhof schlenderte Kathryn zu Shanes letzter Ruhestätte, doch Tim blieb aus Furcht vor Gräbern und Gespenstern zurück. Wenn ein Mensch nicht aufpaßte, das wußte Tim, trugen ihn die Geister der Verstorbenen einfach fort, und sie wurden niemals wieder gesehen.

Kathryn kniete vor Shanes Grab und blickte gedankenverloren auf den Grabstein. Vor ihrem geistigen Auge tauchte wieder Shanes Gesicht auf.

Es ist so friedlich hier, offenbarte ihm ihre Seele, *ich konnte dich lange Zeit nicht besuchen, weil ich vor Turlough fliehen mußte. Du hast noch eine Tochter. Shana ist dir wie aus dem Gesicht geschnitten ...*

»Oh, Hugh ...«, schluchzte Kathryn tränenüberströmt.

»Weinen Sie nicht, Mylady!« Tim überwand seine Furcht vor den Toten und eilte zu Kathryn, kniete neben ihr und ergriff ihre Hand. »Bitte, weinen Sie nicht.« Ohne darüber nachzudenken, wischte er ihre Tränen mit einer seiner schmutzigen Hände weg und verschmierte ihre Wangen.

»Tim ist Ihr allerbester Freund«, meinte er strahlend.

»Danke«, sagte Kathryn und lächelte ihn traurig an. »Ich will auch deine allerbeste Freundin sein.«

Tim grinste vor Freude. »Morgen werde ich Blumen aus

dem O'Neill-Garten stehlen, damit Sie sie hierherbringen können.«

»Das wäre schön.« Als sie darüber nachdachte, daß Turloughs Gärten langsam aber sicher immer kahler werden würden, brach Kathryn in glucksendes Lachen aus, und Tim stimmte darin ein.

13

Alle Bewohner des O'Neill-Anwesens durchlebten quälend lange und angsterfüllte Tage, doch niemand litt so sehr wie Hugh. Vor lauter Sorge um seine Frau schien er seit der Entführung Kathryns um zehn Jahre gealtert zu sein. Schuldgefühle legten sich wie eine eisige Faust um sein Herz, bis er weder essen noch schlafen konnte. Er hatte geschworen, Kathryn zu beschützen und war gescheitert. Hugh dachte bei sich, daß die ewigen Qualen der Hölle leichter zu ertragen wären als diese nagende Ungewißheit.

Zunächst war er zornig darüber gewesen, daß man seinen Plan, nach Dungannon zu reiten, vereitelt hatte, doch schließlich sah er die Beweggründe seiner Freunde ein.

Seine hervorragend ausgebildeten Meisterspione in Ulster hatten ihm mitgeteilt, daß Turlough Kathryn tatsächlich entführt hatte. Sie war unverletzt, wurde allerdings streng bewacht, so daß sie nur wenig Freiheiten genoß.

Hugh, Lord Burke, Patrick und Conal zogen sich stundenlang ins Arbeitszimmer zurück, um Befreiungsstrategien zu erörtern und wieder zu verwerfen. Hugh bestand darauf, daß sie einen Plan entwickeln müßten, der Kathryn nicht in Gefahr brächte, doch insgeheim war ihm klar, daß das unmöglich war.

»Mylord«, unterbrach sie Peg und lenkte ihre Blicke in Richtung Tür. »Ein Francis MacDonnell wünscht mit Ihnen über Lady Kathryn zu sprechen.«

Vier erstaunte Gesichter waren auf Francis MacDonnell gerichtet, den gleichen Soldaten, der seinerzeit das schrecklich zugerichtete Haupt Shane O'Neills auf Schloß Dublin abgeliefert hatte und der jetzt an Peg vorbeihuschte.

»Nehmen Sie Platz«, sagte Hugh und entließ seine Haushälterin mit einem Nicken.

Patrick und Conal, die an Shanes überraschenden Tod auf Cushendun dachten, tauschten bedeutungsschwangere Blicke aus und beobachteten den Sohn des MacDonnells argwöhnisch.

»Ich soll eine Nachricht von Sorley Boy MacDonnell überbringen«, begann Francis.

Hugh beugte sich in seinem Sessel vor. »Sprechen Sie.«

»Der Clanchef der O'Neills hält Ihre Frau ...«

»Das wissen wir bereits«, fuhr ihm Patrick ins Wort. »Woher haben Sie diese Information?«

»Laß den Mann ausreden«, sagte Hugh.

»Ich habe die Gräfin mit eigenen Augen gesehen«, fuhr Francis zu ihrer Überraschung fort. »Als man sie brachte, waren wir gerade auf Dungannon. Der O'Neill erwartet — ja, rechnet fest damit, sollte ich vielleicht hinzufügen —, daß Sie zu ihrer Rettung eilen. Ein direkter Angriff wäre allerdings reiner Selbstmord. In einer Woche wird mein Vater Sie in Antrim erwarten.«

»Das ist wieder einer dieser verfluchten MacDonnell-Tricks«, entfuhr es Patrick. »Genau wie der Mord an Shane.«

»Ich schwöre, es ist keine Falle.«

»Ist Ihr Wort nicht ebenso zweifelhaft wie Ihre Gastfreundschaft?« schnaubte Conal. Schließlich hatten die MacDonnells Shane ihre Gastfreundschaft angeboten, ihn dann vergiftet und sein abgeschlagenes Haupt nach Schloß Dublin bringen lassen.

»Warum sollte Sorley Boy ausgerechnet mir helfen wollen?« fragte Hugh mißtrauisch.

»Mein Vater hilft nicht Ihnen«, erwiderte der junge

Mann. »Er will Ihrer Frau helfen, da er in deren Schuld steht.«

Eine Weile herrschte Schweigen. Hughs Blick war schmerzumwölkt, und als er erneut sprach, war seine Stimme nur noch ein gequältes Flüstern. »Wie ... wie ging es ihr, als Sie sie gesehen haben?«

»Die Gräfin hielt sich so aufrecht wie eine Königin«, erklärte ihm Francis. »Sie zeigte großen Mut, was ich bei einer Frau niemals für möglich gehalten hätte.« Um den offensichtlichen Schmerz seines Gegenübers zu mildern, fügte er noch hinzu: »Ihre Gattin hat sich wirklich tapfer gehalten.«

Hugh nickte und blickte dann zu Conal. »Bring diesen Mann zu Peg. Sag unseren Männern, daß wir bei Sonnenaufgang losreiten.« Dann wandte er sich erneut Francis zu. »Meine Haushälterin wird Ihnen ein warmes Essen servieren und Ihnen einen Platz zum Ausruhen zeigen.«

»Reiten, wohin?« fragte Patrick, als die Tür hinter den beiden Männern ins Schloß fiel.

»Nach Antrim.«

»Dann sollten wir mit dem Schlimmsten rechnen«, riet Patrick. »Die Sache mit MacDonnell könnte Bestandteil von Turloughs Falle sein.«

Hugh nickte zustimmend, er wußte jedoch, daß ihm keine andere Wahl blieb. »Dieses Risiko müssen wir eingehen.«

Lord Burke, der bis dahin geschwiegen hatte, erhob sich. »Ich werde jetzt aufbrechen, bin allerdings bei Sonnenaufgang mit meinen Männern zurück.«

»Nein«, fiel ihm Hugh ins Wort. »Du reitest nicht nach Antrim, mein Freund. Fionas Baby könnte jede Stunde zur Welt kommen. Du ...«

»Ich kann doch nichts weiter tun, als ihre Hand zu halten«, protestierte Burke.

»Bleib in Dublin«, sagte Hugh. »Wenn es eine Falle ist, kannst du den Vizekönig oder die Königin benachrichtigen, damit man sich um Kathryns Befreiung kümmert. Ich lasse meine Frau und mein Kind nicht in der Hand von Turlough, selbst wenn ich dafür sterben muß.« Mit einem verständnisvollen Nicken verabschiedete sich Lord Burke, und Patrick schickte sich an, die Vorkehrungen für ihre Abreise zu treffen.

Hugh schenkte sich einen Whiskey ein und setzte sich vor den Kamin. *Das ist alles mein Fehler,* sagte er sich zum tausendsten Male. Wie konnte er Katie jemals wieder gegenübertreten? Welche Ängste und Qualen hatte sie in Turloughs Gefangenschaft zu erdulden?

»Wenn er es gewagt hat, sie anzurühren, werde ich ...« Wutentbrannt schleuderte Hugh das Glas ins Feuer.

Kathryns Tagesabläufe verliefen in scheinbarer Gleichförmigkeit. Jede Nacht bedrängte Turlough sie, und obwohl sie ihm nie nachgab, wurde sie doch von nagenden Schuldgefühlen übermannt. Wenn Turlough sich an ihrer seidigen Haut ergötzte, überhäufte Kathryn ihn mit wüsten Beschimpfungen. Sie war selbst überrascht, welche entsetzlichen Beleidigungen und Flüche ihr über die Lippen kamen. Daß er sie noch nie geschlagen hatte, überraschte sie allerdings noch mehr. Vielleicht, so dachte sie bei sich, machten ihn seine Vergewaltigungsversuche einfach taub.

Jeden Morgen ging Kathryn in den Hof, wo Tim auf sie wartete, einen gestohlenen Blumenstrauß fest umklammert. Hand in Hand spazierten sie zum Friedhof, und wenn sie zurückkehrten, verabschiedete sich Tim bis zum nächsten Tag.

Auch wenn Tim ihr offizieller Begleiter war, so wußte Kathryn doch, daß die Soldaten sie beobachteten. Jede Abweichung vom geraden Weg würde Turloughs Mißtrauen gegenüber ihr und Tim wecken.

Aus einiger Entfernung beobachtete auch Maura das ungleiche Paar und erkannte Tims törichten Gesichtsausdruck. Entschlossen, sich ihrer lästigen Rivalin zu entledigen, überlegte die irische Schönheit, wie sie sich die Schwärmerei des Jungen am besten zunutze machen konnte.

Als sie eines Tages vom Friedhof zurückkehrten, berührte Tim Kathryns Arm und errötete, als sie ihn ansah. »D-Daisy hat wieder Junge. Im S-Stall. W-wollen Sie sie sehen?« fragte er und senkte schüchtern seinen Blick.

»Aber ja, Tim, ich würde mir gern Daisys Welpen anschauen.«

Niemand hielt sie zurück, als sie die Stallungen betraten. Kathryn war sich dessen bewußt, daß vermutlich bereits irgend jemand Turlough benachrichtigt hatte und daß er zornig war, weil sie ohne seine Erlaubnis dorthin gegangen war. *Zur Hölle mit ihm!* Sie hatte diese ständige Unterdrückung satt und ließ sich nicht einsperren!

Tim führte sie durch die dämmrigen Ställe, bis sie den letzten erreicht hatten. Es roch nach Pferdeausdünstungen, Fell und Welpen. Als sich ihre Augen an die Dunkelheit gewöhnt hatten, blinzelte Kathryn in den Stall. Dort saß Daisy, eine riesige dunkelgraune Irishwolf-Hündin, umgeben von zehn balgenden grauen Fellbällen.

Seite an Seite knieten Kathryn und Tim auf der Erde, um das muntere Treiben der Kleinen zu betrachten. Zehn flauschige Fellbälle staksten, rollten und sprangen aufgeregt hin und her, um diese riesigen, unbekannten Wesen zu begutachten. Bei dem Angriff dieser tolpatschigen Geschöpfe lachten Kathryn und Tim und hatten ihren Spaß an ihrem Schnüffeln und Lecken und ihren übermütigen Sprüngen. Als Kathryn bemerkte, daß einer der Welpen hinkte, deutete sie dorthin.

»Er wurde so geboren«, erklärte ihr Tim, »aber ich habe Angst, es dem O'Neill zu sagen.«

»Warum denn?«

»Verkrüppelte Hunde taugen nicht für die Jagd. Der O'Neill hätte ihn ertränkt.«

»Nein!« schrie Kathryn. »Das würde ich nicht zulassen.«

Da er nicht daran zweifelte, daß sie das Tier vor dem sicheren Tod bewahren konnte, grinste Tim sie erleichtert an. »Wollen Sie ihn haben, wenn er nicht mehr gesäugt wird?«

»Ja, und ich werde gut für ihn sorgen.«

»Madam«, brüllte Turlough, der die Stallungen in Begleitung von Liam aufgesucht hatte. »Was hast du hier zu suchen? Geh sofort auf dein Zimmer!«

Kathryn wurde leichenblaß, doch Tim entgegnete mutig: »Ich ... ich habe sie hierhergebracht«, woraufhin ihn Turloughs strafender Blick traf.

Sie hat einen hirnlosen Stallburschen verhext. Turlough kochte innerlich. *Ich sollte sie in ihr Zimmer einschließen, damit sie nicht noch weitere Verbündete findet.*

»I-I-Ihre Dame ist so t-traurig«, stammelte Tim, entsetzt über den vernichtenden Gesichtsausdruck, der ihm galt. »Die Welpen haben sie zum Lachen gebracht. Was ist daran denn falsch?«

Zum ersten Mal nahm Turlough die Welpen wahr. »Du hast nichts falsch gemacht«, sagte er und tätschelte die Schulter des Jungen. »Lady Kathryn kann die Welpen besuchen, wann immer sie es möchte.«

Kathryn und Tim lächelten sich an.

»Der da hinkt«, meinte Liam und deutete auf das Junge.

»Dann beseitigt ihn«, befahl Turlough.

»Nein!« schrie Kathryn. Überrascht von ihrem heftigen Gefühlsausbruch sahen die beiden Männer sie an. Kathryn umschloß Turloughs Hand und sah ihn mit bittenden Augen an.

»Bitte«, flehte sie. »Tim hat mir versprochen, daß ich den verkrüppelten Hund haben kann.«

»Du willst einen nutzlosen Hund zu deinem Spielgefährten machen?« fragte Turlough ungläubig.

Liam, der hinter ihm stand, mußte ein Grinsen unterdrücken. Er wußte genau, daß der Welpe bei der Gräfin schon so gut wie gewonnen hatte. Der Clanchef würde dem Objekt seiner Begierde nichts abschlagen — außer der Freiheit.

»Das ist kein passendes Geschenk«, warf Turlough ein und tat ihre Worte mit einem abschlägigen Wink seiner Hand ab.

»Ich möchte diesen Welpen«, beharrte Kathryn und rieb ihre Wange an seiner schwieligen Hand. »Bitte, ja?«

Diese Geste ließ Turlough nachgeben. »Nun gut«, stimmte er zu und war sich ziemlich sicher, daß ihre Gefühlsduselei von ihrer Schwangerschaft herrührte. »Komm jetzt.«

»Ich danke dir«, murmelte Kathryn und lächelte dann zu Tim. »Wir sehen uns morgen.«

Als sie verschwand, sah Tim ihr noch lange nach.

»Nun, mein Junge«, neckte ihn Liam, der seinen schwärmerischen Gesichtsausdruck wahrnahm, »du versuchst doch nicht etwa, dem O'Neill die Dame auszuspannen, oder?«

»Nein.« Tim errötete schuldbewußt und beschämt.

»Du bist ein guter Junge«, sagte Liam und tätschelte dem Jungen kameradschaftlich die Schulter. »Es wäre auch nicht ungefährlich.«

Genau, wie Maura es vorausgesehen hatte, waren die Stallungen an diesem Abend verwaist, da die Soldaten des Clanchefs im großen Saal ihr Abendessen einnahmen. Mit einem abgedeckten Tontopf im Arm suchte Maura nach Tim. Sie ging in einen der Ställe und fand ihn dort bei seiner Arbeit.

»Ich habe dich gesucht«, sagte Maura und trat auf ihn zu.

»Mich gesucht?« Tim sah überrascht auf. Er hatte diese schöne Dame schon immer von weitem bewundert, sich aber nie gedacht, daß sie ihn bemerken würde.

»Ich habe mehr gekocht, als ich brauchte, und wußte nicht, was ich mit dem Essen tun sollte«, log sie. »Dann fielst du mir ein, und ich dachte, so ein netter Junge.«

»Ich?« Von ihren Worten geschmeichelt grinste Tim.

»Ja, Tim, und deshalb habe ich dir diesen köstlichen Eintopf mitgebracht.« *Der Junge ist beschränkt,* überlegte Maura. Ihn zu überlisten und sein Vertrauen zu mißbrauchen, wäre ihr ein leichtes.

»Ich möchte, daß wir Freunde werden«, sagte sie. »Willst du mein Freund sein?«

»Ja.« Tom strahlte, konnte sein Glück kaum begreifen. Jetzt hatte er schon zwei Freundinnen. Und dazu noch überaus hübsche! Die Soldaten des O'Neills würden ihn jetzt nicht mehr hänseln. Vermutlich waren sie neidisch und würden respektvoller mit ihm umgehen.

Maura reichte Tim den Topf, dann setzte sie sich neben ihn auf den Boden und sah ihm beim Essen zu. Hinter einem Lächeln über seinen offensichtlich guten Appetit verbarg Maura ihren Abscheu vor seinen erbärmlichen Manieren.

»Schmeckt lecker«, sagte Tim mit vollem Mund.

Maura drehte sich bei diesem Anblick der Magen um.

»Sie sind sehr hübsch«, machte Tim ihr mit bewundernder Stimme ein Kompliment. Diesmal war Mauras Lächeln echt, verschwand allerdings bei seinen nächsten Worten sogleich wieder. »Natürlich ist Lady Kathryn hübscher, aber Sie sind auch sehr hübsch.«

»Magst du Lady Kathryn?« fragte Maura und unterdrückte den heftigen Wunsch, ihm ins Gesicht zu schlagen.

»Sie ist meine beste Freundin«, brüstete sich Tim. »Ich schenke ihr einen von Daisys Welpen. Der O'Neill hat mir das erlaubt.«

»Das ist aber nett von dir. Du bist sicherlich auch Lady Kathryns bester Freund.«

»Ja, sicher.« Tim schaufelte noch mehr von dem Eintopf in sich hinein. Etwas Brühe tropfte ihm übers Kinn. Mit seinem Handrücken wischte Tim sie fort und rieb seine schmutzige Hand an seinem Hemd ab.

Maura schloß die Augen und unterdrückte einen Brechreiz. »Hast du Lust, morgen zum Abendessen in meine

Hütte zu kommen?« lud sie ihn ein, als sie sich wieder gefaßt hatte.

Bei dieser Aussicht blitzten Tims blaue Augen auf. »Darf ich das?«

»Selbstverständlich, du Dummkopf, ich habe dich doch eingeladen«, lachte Maura, doch dann wurde sie ernst. »Du mußt mir aber schwören, es niemandem zu erzählen. Die Leute würden es mißverstehen — wenn du verstehst, was ich meine.« Ihr Blick war verführerisch aufreizend, doch sein verständnisloser Gesichtsausdruck offenbarte ihr, daß er wirklich nicht wußte, was sie meinte.

»Wir müssen unsere Freundschaft geheimhalten, sonst können wir nicht Freunde sein.« Wenn die Zeit gekommen war, wollte Maura nicht, daß man mit anklagendem Zeigefinger auf sie deuten würde.

»Ich kann ein Geheimnis für mich behalten«, prahlte Tim. »Klar kann ich das.«

»Hervorragend! Dann bis morgen abend.« Maura erhob sich, nahm ihm den leeren Topf aus der Hand und verschwand.

Tims Herz war von überquellender Freude erfüllt. Noch nie hatte er so viele Freunde gehabt!

Am darauffolgenden Nachmittag stieg Turlough die Treppe hinauf und richtete seine Schritte auf Kathryns Zimmertür. Ohne anzuklopfen trat er ein, doch der Raum war leer. Irritiert lief Turlough wieder nach unten und war auf der Suche nach Maude, die gerade die Küche fegte.

»Wo ist sie?« wollte Turlough wissen.

»Zum Friedhof gegangen«, antwortete Maude, ohne ihre Tätigkeit zu unterbrechen.

Eine seiner riesigen Hände griff nach ihr und hielt sie von der Arbeit ab. »Aber es ist schon Nachmittag«, warf Turlough ein.

»Wie klug von Ihnen, daß Sie die Tageszeit erwähnen«, fuhr ihn die Haushälterin an. Die Vorbereitung des Abendessens stand an, und sie hatte noch viel zu erledigen. Sie war viel zu beschäftigt, als daß sie sich von einem erwachsenen Mann aufhalten ließ, der sich wie ein mondsüchtiger Jüngling verhielt. Zweifellos wäre er der erste, der sich über ein verspätetes Abendessen aufregen würde! Männer konnten solche Kindsköpfe sein!

Er lächelte wie eine listige Katze, die sich ihrer Beute sicher ist, und wies die Haushälterin an: »Bereite ein leichtes Abendessen für zwei Personen vor. Lady Kathryn und ich werden heute abend in ihrem Zimmer speisen.«

Dann marschierte Turlough in den Hof und schlug den Weg zum Friedhof ein. Kathryn war nun schon seit Wochen seine Geisel, doch Hugh ließ sich nicht blicken. Begehrte der hochwohlgeborene Graf seine Angetraute etwa nicht? Warum eilte Hugh nicht zu Kathryns Rettung herbei, so daß er ihn gleich neben Shane beerdigen konnte?

Tim stand am Eingang zum Friedhof. Der Blick des Jungen war voller Zuneigung und Verehrung, als er Kathryn beobachtete, die im stillen Gebet versunken vor Shanes Grabstätte kniete. In seinen Augen war Kathryn so etwas wie eine zweite Jungfrau Maria.

Turlough nickte dem Jungen zu und trat neben Kathryn, die sein Kommen nicht bemerkt hatte. Mit ihrem offenen, kupferfarbenen Haar, das ihr bis zu den Hüften reichte, und dem ehrfürchtig gesenkten Haupt bot Kathryn das lebende Abbild reiner Unschuld. Wer sie so sah, hätte sich niemals vorstellen können, zu welch eigensinnigem Verhalten sie fähig war. Doch Turlough kannte sie besser.

»Geh auf dein Zimmer.« Turloughs harscher Befehlston unterbrach ihr Gebet.

Zur Hölle mit dir! fluchte Kathryn insgeheim, denn sein Erscheinen hatte sie überrascht. Er hatte ihr doch die Erlaubnis gegeben, Shanes Grab zu besuchen. Warum ließ er ihr dann nicht diesen Freiraum?

»Mein Gebet ist noch nicht beendet«, sagte sie ohne aufzublicken.

Turlough, den ihre trotzige Haltung im Beisein des Stallburschen erzürnte, packte sie am Arm und zog sie hoch. »Du sollst auf dein Zimmer gehen, habe ich gesagt.«

»Und ich sagte, daß ich mein Gebet noch nicht beendet habe«, beharrte Kathryn und versuchte sich loszureißen. »Ich bete für Shane, und dein Verlangen hat gefälligst zu warten.«

»Deine Gebete sind verlorene Liebesmüh«, brummte Turlough und schüttelte sie heftig. »Ich bin lebendig und will dich jetzt.«

»Du Mörder«, schrie Kathryn. »Ich wünschte mir, du wärest ebenfalls tot!«

Turlough schlug mit der flachen Hand nach ihr, dann packte er ihren strauchelnden Körper und hinderte sie damit am Fallen.

»Rühren Sie sie nicht an!« brüllte Tim, während er auf die beiden zurannte.

Wie ein zuckender Lichtstrahl blitzte plötzlich der Stahl des Dolchs auf, den Turlough gezogen hatte und nun gegen Tim richtete, dessen wütender Angriff abrupt endete, als er dem schimmernden Tod ins Auge sah. Kathryn rang entsetzt nach Atem; die Gefahr, in der sich Tim befand, ließ ihr das Blut in den Adern gefrieren.

»Bitte, er versteht das doch nicht«, flehte Kathryn, eine Hand auf die Waffe gelegt. Die Vorstellung, daß Tim ihretwegen Schaden nehmen sollte, konnte sie nicht ertragen.

Turlough warf ihr einen langen, prüfenden Blick zu, hielt den Dolch jedoch weiterhin auf Tim gerichtet.

»Es tut mir leid«, entschuldigte sie sich und zerrte an seinem Arm. »Das Baby macht mich reizbar. Ich wollte nicht respektlos sein.«

Von ihren einlenkenden Worten besänftigt, aber trotzdem nicht bereit, die Ungehörigkeit des Jungen ungestraft zu lassen, blieb Turlough unentschlossen stehen und sah Tim an.

»Ich wäre dir sehr dankbar, wenn du ihm gegenüber Gnade walten ließest«, bat Kathryn.

Turlough wandte seinen Kopf abrupt von Tim zu Kathryn. Ihre Blicke trafen sich. Grüne Augen sahen ihn unterwürfig an.

»Und der Fluch, den du mir wünschst?« fragte Turlough.

»Ich nehme ihn zurück«, versprach Kathryn. Sie kniete vor ihm nieder, um sich seinem Willen zu beugen. »Ich bitte dich, sei gnädig.«

»Steh auf.« Turlough war ihr beim Aufstehen behilflich. »Schwöre es mir.«

»Bei meiner Ehre, ich schwöre es.«

»Frauen haben keine Ehre.«

Kathryn schluckte ihre Verärgerung hinunter und schwor: »Ich schwöre bei dem Leben und den Seelen meiner Töchter.«

Turlough steckte seinen Dolch zurück in die Scheide und wandte sich erneut Tim zu. »Das ist heute in der Tat dein Glückstag, Junge. Diese Dame und dein wirrer Verstand haben dich gerettet. *Diesmal.* Denk an meine Warnung. Misch dich nicht noch einmal in die Angelegenheiten deines Herrn ein. Und jetzt geh zurück zu den Stallungen.«

Tim zögerte, hin- und hergerissen zwischen seiner Verehrung für Kathryn und seinem grenzenlosen Respekt für den O'Neill. Hilfesuchend blickte er Kathryn an.

Kathryn begriff seine Verzweiflung und lächelte ihn zuversichtlich an. »Es ist alles in Ordnung, Tim. Wir sehen uns morgen wieder.«

Erleichtert nickte ihr Tim zu und verließ dann den Friedhof.

»Danke«, sagte Kathryn, während sie dem forteilenden Jungen nachsah. »Für seinen Tod verantwortlich zu sein, hätte ich nicht ertragen können.« Auf Zehenspitzen stehend hauchte sie Turlough einen Kuß auf die Wange.

Turlough war hingerissen. Es war das erste Mal, daß

Kathryn ihn freiwillig berührt hatte. Er sah ihr ins Gesicht und wand sich innerlich, als er dort, wo er sie geschlagen hatte, eine Verletzung bemerkte. Ihre Schönheit zu zerstören, war nicht seine Absicht gewesen. Zum ersten Mal in seinem Leben wurde seine maßlose Arroganz von reuevollen Schuldgefühlen verdrängt. Verwirrt von diesem ungewohnten und unangenehmen Gefühl wandte Turlough sich ab und entdeckte dabei den Blumenschmuck auf Shanes Grab.

»Wo hast du die her?« fragte er und deutete auf die Blumen.

»Ich habe sie im Garten gepflückt«, antwortete Kathryn. »Bist du mir jetzt böse?«

»Nein, pflück so viele Blumen, wie du willst.«

Ich hasse dich, dachte Kathryn insgeheim. Durch ihr törichtes Verhalten hatte sie Tim in Gefahr gebracht. Ihr umtriebiger Häscher würde sie niemals unmittelbar bestrafen, sondern statt dessen alle auslöschen, die ihr etwas bedeuteten. Unterwerfung war immer noch erträglicher als die schwere Last von Tims Tod.

Turlough und Kathryn verließen gemeinsam den Friedhof. Als sie den Hof betraten, bemerkten einige der Soldaten die schlimme Wunde auf Kathryns Wange. Ihre frühere Begeisterung für Turloughs Entführung war aufgrund seines Verhaltens ihr gegenüber längst verblaßt. Auch wenn die Tapfersten unter ihnen sein Mißfallen kaum erregten, waren es dennoch einige, die sein Verhalten als abstoßend empfanden. Immerhin war Kathryn Shane O'Neills Witwe und die Mutter seiner Kinder. Shanes frühere Soldaten erinnerten sich noch an ihre Freundlichkeit ihnen gegenüber, und alle konnten ihre Würde bezeugen, mit der sie ihr derzeitiges Schicksal ertrug.

Als die Abendessenszeit heranrückte, verließ Tim die Stallungen und marschierte den Weg hinunter, der ins Dorf und zu Mauras Hütte führte. Blaß und aufgeregt machte er sich Sorgen über den Vorfall auf dem Friedhof. Hatte er etwas falsch gemacht? Der O'Neill war sein

Dienstherr, und infolgedessen schuldete Tim ihm Gehorsam. Andererseits verlangte seine Bewunderung für Kathryn, daß er sie trotz aller Risiken verteidigte. Seine im Widerstreit liegenden Gefühle waren einfach zuviel für ihn.

Gedankenverloren klopfte Tim an die Tür und trat auf Mauras Rufen hin ein. Er reichte ihr sein übliches galantes Geschenk — einen Blumenstrauß, den er im Garten O'Neills unerlaubt gepflückt hatte. Seit der Nacht, in der Maura ihm den Eintopf zum Stall gebracht hatte, war Tim ihr allabendlicher Gast, aber gemäß ihrer Warnung kam er erst zur Hütte, wenn sich die anderen bereits im großen Saal versammelt hatten.

Niedergeschlagen saß Tim am Tisch. Maura gab sich nach außen hin unbeteiligt, bemerkte jedoch sein verändertes Verhalten und stellte eine Schüssel Kartoffelsuppe mit Lauch und kleinen Schinkenwürfeln vor ihn.

Dann setzte sie sich und fing an zu essen, doch ihr Blick ließ den Jungen mit dem zerknirschten Gesichtsausdruck nicht aus den Augen. »Was quält dich?« fragte sie schließlich. »Schmeckt dir die Suppe nicht?«

»Das ist es nicht«, antwortete Tim. »Heut ist was Komisches auf dem Friedhof passiert.«

Maura versuchte die Neugier zu zügeln, die von ihren Gesichtszügen Besitz ergriff. »Gute Freunde verraten einander ihre Sorgen«, sagte sie. »Vielleicht kann ich dir helfen.«

»Der O'Neill ist auf den Friedhof gekommen, um Lady Kathryn zu holen«, erklärte er ihr. »Sagte, daß er nicht länger warten wollte und befahl ihr, auf ihr Zimmer zu gehen, und als sie nicht hören wollte, hat er sie geschlagen.« Tims Gesichtsausdruck spiegelte seine Verwirrung wider. »Warum sollte sie ins Haus gehen? Es war doch noch nicht Abendbrotzeit.«

Mauras sorgenvolles Gesicht war echt. Diese englische Hexe bekam von Turlough alles, was sie selbst nicht bekam und sich doch so sehr wünschte. Eine bessere Gelegenheit, um ihren Plan umzusetzen, gab es mit Sicherheit nicht.

»Der O'Neill wollte Lady Kathryn bespringen«, sagte Maura unverblümt und entsetzte damit den Jungen.

»Bespringen? Wie die Tiere?«

»Natürlich. Was glaubst du denn, wie Babys zustande kommen?«

»A-a-aber«, stammelte Tim, »sie wollte gar nicht mit ihm gehen.«

»Das kann ich gut verstehen.« Maura warf ihm einen wissenden Blick zu.

Tim tappte sogleich in ihre Falle. »Wieso?«

Um ihm das Entsetzen auszumalen, das Kathryn in ihrem Zimmer erwartet hätte, beugte sich Maura über den Tisch und sagte mit stockender Stimme: »Der O'Neill hat den Schwanz eines Hengstes und tut jeder Frau weh, die er bespringen will.«

»Nein!« schrie Tim und sprang so rasch auf, daß er beinahe den Tisch umgestoßen hätte. »Ich muß sie retten!«

Tim rannte zur Tür, fest entschlossen, seine allerbeste Freundin aus den Klauen dieses Tieres zu befreien. Bevor er jedoch die Hütte verlassen konnte, beendete Maura seine Flucht und zog ihn zurück zum Tisch.

»Was soll denn das, du würdest dich nur selbst umbringen«, schalt sie ihn. Dann fügte sie einlenkend hinzu: »Wenn du es wirklich möchtest, dann werde ich dir und der Dame helfen.«

Erleichterung glitt über Tims Gesicht. »Aber wie können wir ihr denn helfen?«

»Vertraust du mir?«

»Ja«, antwortete Tim ohne zu zögern.

»Ich kann Lady Kathryn zur Flucht verhelfen«, sagte Maura. Dann fügte sie warnend hinzu: »Aber du darfst ihr nicht sagen, daß wir ihr helfen werden.«

»Warum denn nicht?« fragte er. »Das würde sie glücklich machen.«

»Die Pläne von O'Neill zu durchkreuzen, ist eine gefährliche Sache, mein Junge, und um uns in Sicherheit zu wissen, würde Lady Kathryn unsere Hilfe ablehnen. Leuchtet dir das ein?«

Tim nickte. »Ich verstehe.«

Zwei Tage verstrichen. Kathryn hatte ihm mitteilen lassen, daß sie krank sei, und war nicht zu ihrem täglichen Friedhofsspaziergang im Hof aufgetaucht.

Mit den gestohlenen Blumen in der Hand schlenderte Tim ängstlich auf und ab. Würde sie heute kommen, um dem Friedhof einen Besuch abzustatten? Oder hatte sie immer noch Schmerzen von den Übergriffen des O'Neills? Sein Kopf dröhnte aufgrund des ungewohnten Denkens und Planens. Tief in Gedanken versunken bemerkte Tim den Gegenstand seiner Besorgnis erst, als sie ihn begrüßte.

»Guten Morgen«, rief Kathryn ihm über den Hof zu.

Erleichterung und Freude leuchteten in Tims blauen Augen auf.

Er überreichte ihr die gestohlenen Blumen, und während sie den Weg zum Friedhof entlang schritten, musterte er sie, um nach äußeren Zeichen von O'Neills Gewalteinwirkung zu suchen.

Kathryn war blaß, doch außer der kleinen Schramme auf ihrer Wange war ihr Gesicht unverletzt.

»Tut es weh, Mylady?« platzte Tim heraus. Dann senkte er, beschämt über seine Kühnheit, den Blick auf ihren Leib.

Kathryn hielt kurz inne, sah ihn verwirrt an und folgte seinem Blick. »Es tut sehr weh«, antwortete sie, weil sie annahm, daß er die Geburt meinte.

Tim stöhnte innerlich auf. Ihn überfiel der drängende Wunsch, den O'Neill mit einem scharfen Schwert zu durchbohren. Wie konnte ein so starker Mann wie der O'Neill diese freundliche Lady nur so grausam behandeln?«

»I-i-ich würde Ihnen gern helfen«, sagte Tim.

»Das ist nicht nötig. Ich schaffe das schon allein.« Kathryn mußte ihre Erheiterung über diese seltsame, aber auch anrührende Geste verbergen. Für die Geburt von Hughs Erben war eine Hebamme sicherlich angebrachter als ein Stallbursche.

»Du hilfst mir, indem du ein wahrer Freund bist«, fuhr sie fort. »Ich werde deine Freundschaft immer in Ehren halten, mein galanter Beschützer.«

Lächelnd streichelte ihm Kathryn über seine feuerrote Wange. Verlegen, aber auch stolz und zufrieden, erwiderte Tim ihr Lächeln.

Auf dem Friedhof kniete Kathryn vor Shanes Grab nieder, bekreuzigte sich und betete. Plötzlich fiel ein Schatten über den Grabstein. Überrascht wirbelte sie herum und bedeckte mit den Händen schützend ihren Brustkorb.

»Tim, hast du mich erschreckt«, rief sie, als sie den Jungen neben sich knien sah.

»Ich muß mit Ihnen sprechen, Mylady, jetzt, wo der O'Neill uns nicht hören kann.« Um sicherzugehen, daß sie auch allein waren, blickte Tim sich vorsichtig um.

»Ja?«

Aus Angst, in ihre stechenden grünen Augen blicken zu müssen, die seine Lüge bestimmt entlarvten, sah Tim weg. »Als ich gestern abend aus dem Dorf nach Hause kam, hat mich ein Fremder angehalten. Er wußte, daß wir Freunde sind, und gab mir eine Nachricht für Sie.«

»Ein Mann?« fragte Kathryn. »Wie sah er aus?«

Tim schüttelte den Kopf. »Es war zu dunkel, um ihn genau zu erkennen.«

»Und die Nachricht?« Kathryns Herz klopfte wie wild vor Erregung.

»Sie sollen ihn am Freitag nach Sonnenuntergang hier treffen. Es ist alles vorbereitet.« Als er in ihre faszinierenden grünen Augen blickte, hätte Tim beinahe zugegeben, daß er derjenige war, der ihr zur Flucht verhelfen würde, doch dann fiel ihm Mauras Warnung ein und er schwieg. Es wäre alles vergebens, wenn er sich zu erkennen gab.

Hugh ist irgendwo in der Nähe, dachte Kathryn mit einem lebhaften Funkeln in den Augen, das Tim noch nie an ihr gesehen hatte. »Kannst du mir einen Gefallen tun?« fragte sie.

»Jeden! Schließlich sind Sie meine beste Freundin.«

»Versprich mir, daß du es niemandem erzählst«, sagte Kathryn.

»Ich schwöre es bei der Heiligen Mutter Maria.«

»Du bist ein guter Junge.« Kathryn tätschelte seine Wange. »Würde es dir gefallen, bei mir und meinem Mann in Dublin zu leben?«

Tim war überrascht. »S-S-Sie würden mich mitnehmen?«

»Gerne, wenn du Lust hast. Denk darüber nach.«

14

Am gleichen Tag, als Kathryn die Botschaft des geheimnisvollen Fremden erhielt, ritten Hugh und seine Soldaten nach Antrim in das Lager von MacDonnell. Mit einem Willkommensgruß auf den Lippen trat Sorley Boy MacDonnell auf Hugh zu und schüttelte ihm die Hand. Für Sekundenbruchteile taxierten sich die beiden Männer. Hinter Hugh standen die O'Neill-Soldaten einsatzbereit, die Hände an die Griffe ihrer Schwerter gelegt.

»Das hier ist keine Falle«, sagte Sorley Boy in dem Versuch, die zwischen ihnen aufgebaute Spannung zu entkrampfen. »Ich bin ein Ehrenmann.«

»Ich glaube Ihnen«, erwiderte Hugh. »Ich habe selbstverständlich Vorsichtsmaßnahmen getroffen, daß es dabei bleibt.« Auf den fragenden Blick seines Gegenübers hin fuhr er fort: »Wenn sich Ihr Wort als falsch erweist, werden Ihnen umgehend die gesamten Truppen Beth Tudors auf den Leib rücken.«

Der Clanchef der MacDonnells runzelte kurz seine wettergegerbte Stirn, dann entspannte er sich wieder. Sorley Boy schmunzelte. »Sie müssen ein Mann von großer Umsicht und Klugheit sein, genauso wie ich. Wenn ich Ihre berühmten Stiefel trüge, hätte ich das gleiche getan.« Auf sein Zelt deutend meinte er: »Treten Sie ein und lassen Sie uns eine Erfrischung einnehmen.«

Gefolgt von Patrick und Francis MacDonnell betraten Sorley Boy und Hugh das Zelt. Nachdem er die Whiskeybecher großzügig gefüllt hatte, forderte Sorley Boy Hugh seinen Gast auf, sich hinzusetzen, und die beiden Männer fixierten sich.

Auf den ersten Blick, dachte Sorley Boy, wirkte Hugh O'Neill ruhiger als seine umtriebigen Verwandten Shane und Turlough, und weniger aufbrausend, vom Temperament her eher wie sein Großvater Conn O'Neill. Hughs Blick verriet Intelligenz, entbehrte allerdings nicht einer gewissen Gerissenheit. Ob Hugh O'Neill gut oder schlecht für Irland war, mußte sich noch zeigen.

Auf den ersten Blick, dachte Hugh, als er den älteren Mann betrachtete, wirkte der MacDonnell wie ein Ehrenmann. Ungeschlacht, und doch von scharfem Verstand und tatkräftig, erschien ihm Sorley Boy MacDonnell stark genug, seinen Clan zu regieren, aber bei weitem nicht in der Lage, das durch Kriege gespaltene Irland mit fester Hand zu leiten. In der Schlacht war es sicher gut, diesen tapferen Krieger an seiner Seite zu wissen.

»Die Gräfin hat mir einmal das Leben gerettet«, erklärte Sorley Boy und machte es sich auf seinem Feldbett gemütlich. »Deshalb will ich ihr helfen.«

»Wie lautet Ihr Plan?« fragte Hugh.

»Der Angriff auf Dungannon muß schnell und leise vonstatten gehen«, erwiderte Sorley Boy. »Wenn wir Ihre Männer in unsere Uniformen stecken, ist der Überraschungsangriff unsere beste Waffe. Sie müssen allerdings als mein Gefangener mitreiten. Wenn wir von Turloughs Männern aufgehalten werden, muß ich sagen, daß ich Sie ihm ausliefern werde.«

»Das Ganze ist viel zu riskant«, platzte Patrick heraus. »Mir gefällt das nicht.«

»Wir haben keine andere Wahl«, sagte Hugh zu seinem Mann gewandt.

»Dir einen Dolch in den Rücken zu jagen, wäre genauso einfach, wie es bei Shane war«, ermahnte ihn Patrick. »Die MacDonnells sind nicht vertrauenswürdig.«

Über diese Beleidigung aufgebracht, fluchte der junge Francis MacDonnell und griff nach seinem Schwert. Mit einer beschwichtigenden Handbewegung ließ das Oberhaupt der MacDonnells seinen Sohn innehalten.

»Ihr Offizier hat allen Grund, uns zu mißtrauen«, gab Sorley Boy zu, »aber der Mord an Shane O'Neill geschah nicht auf meinen Befehl hin.«

Hugh nickte, denn er glaubte dem Mann. Nicht, daß es ihm etwas ausgemacht hätte. Er hatte ohnehin vorgehabt, seinem Onkel ein Ende zu bereiten.

»Es steht Ihnen frei«, meinte Sorley Boy zu ihm vorgebeugt. »Denken Sie daran — wenn Turlough ausgeschaltet ist, werden Sie das unumstrittene Oberhaupt des O'Neill-Clans.«

»Der Gedanke kam mir bereits«, sagte Hugh.

»Wie sähen Ihre Ziele für Irland als Chef der O'Neills aus?« fragte Sorley Boy.

Das Thema drehte sich um Hochverrat. Nicht gewillt, seine Gedanken vor Publikum zu offenbaren, wand sich Hugh unbehaglich auf seinem Stuhl und warf Francis MacDonnell einen schiefen Seitenblick zu. Sorley Boy sah seinen Sohn fest an und bedeutete ihm damit, daß er unter vier Augen reden wollte.

Auf ein Nicken von Hugh verschwand Patrick ebenfalls. Obwohl Patrick Hughs Einstellung kannte, hätte seine Anwesenheit während eines solch vertraulichen Gesprächs den jüngeren MacDonnell unnötig vor den Kopf gestoßen.

Hugh nahm einen Schluck Whiskey und sah dem älteren Mann fest in die Augen. »Erzählen Sie mir, wie meine Frau Ihnen das Leben gerettet hat.«

Der MacDonnell leerte seinen Whiskey in einem Zug und lehnte sich zurück. »Lassen Sie mich überlegen«, fing er an. »Das liegt ungefähr vier oder fünf Jahre zurück ...«

»Lord MacDonnell?«

Erstaunt über die weibliche Stimme erhob sich Sorley Boy MacDonnell. »Wer ist da?« fragte er, während er langsam aufstand.

»Die Ehefrau des O'Neills.«

Der MacDonnell trat an die Gitterstäbe. Kathryn hielt eine Kerze hoch, damit er sie erkennen konnte. Sprachlos starrte der betagte irische Clanchef in das unglaublich schöne Gesicht vor ihm.

»Mylord, sind Sie ernsthaft verletzt?«

Keine Antwort.

»Mylord?«

»Es ist mir ein Vergnügen, Ihre Bekanntschaft zu machen«, sagte er schließlich. »Aber was, zum Teufel, machen Sie hier?«

»Ich habe Ihnen warmes Wasser, Salbe und etwas zu essen mitgebracht«, erklärte sie ihm. Erstaunt öffnete er seinen Mund.

»Lady O'Neill«, erklärte Sorley Boy, der glaubte, daß sie zwar schön, aber dumm wäre, »ich bin hier Gefangener und nicht Ihr Gast. Dem Feind Ihres Mannes zu helfen, bringt Ihnen nur dessen Zorn ein.«

»Sie sind kein Feind meines Mannes«, erwiderte Kathryn. »Königin Elizabeth ist seine Feindin und Ihre ebenfalls.«

»Mag sein, aber ich bezweifle, daß Ihr Mann Ihre Vorgehensweise gutheißen würde.«

Kathryn machte sich nicht die Mühe, ihm zu antworten, sondern wrang statt dessen ein Handtuch in dem warmen Wasser aus und reichte es ihm durch die Gitterstäbe. Lächelnd nahm MacDonnell es an. Dann folgte die Salbe.

Als er fertig war, reichte ihm Kathryn Brot, Schinken, Käse, hartgekochte Eier und einen Becher Wein.

»Warum tun Sie das?« fragte er, während er an einem Stück Schinken kaute.

»Für meinen Mann, selbstverständlich.«

»Für O'Neill?« MacDonnell war erstaunt über ihre Antwort.

»Irland ist ein wildes Land«, erklärte Kathryn. »Wenn Shane jemals Hilfe braucht, hoffe ich, daß Sie sich an mich erinnern und meine Gefälligkeit erwidern.«

»O'Neill kann sich glücklich schätzen, daß er sich der Liebe einer solchen Frau wie Ihnen sicher ist.«

»Mylady, wir dürfen nicht trödeln«, jammerte Polly.

Plötzlich wurde die Tür über ihnen mit einem Krachen geöffnet. Kathryn und Polly wirbelten herum. Auf der obersten Stufe stand Shane mit wutverzerrtem Gesicht.

»Du hinterhältige Hexe!« brüllte Shane und stürzte die Treppe hinunter, dicht gefolgt von Patrick, der ihn zur Besonnenheit gemahnte.

Wie gelähmt konnte Kathryn den Blick nicht vom Gesicht ihres Gatten abwenden. Als er sie erreicht hatte, holte Shane aus und traf sie mit seiner Faust, so daß sie in einiger Entfernung von ihm zu Boden fiel. Polly schrie auf, und Patrick hielt ihm von hinten die Arme fest.

»Doch nicht mit der Faust, Mann!« brüllte er ihm ins Ohr. »Du wirst sie noch umbringen!«

»Halt dich da raus!« Shane schüttelte seinen Soldaten ab.

Weinend kauerte Kathryn am Boden. Shane riß sie an ihrem Haarschopf hoch und schlug erneut zu, dann schleuderte er sie gegen die Mauer. Um sich vor ihm zu schützen, preßte Kathryn das Gesicht fest an die Wand.

»Bitte«, flehte sie. »Bitte, tu mir nicht weh.«

Shane hielt in seiner Bewegung inne, bis der MacDonnell seinen Zorn unweigerlich zum Überschäumen brachte.

»O'Neill!« brüllte Sorley Boy aus seiner Zelle. »Sie sind ein Idiot!«

Als Kathryn daraufhin an der Wand in sich zusammensank, riß Shane sie hoch und wirbelte sie zu sich herum. Er ballte seine Faust, um erneut zuzuschlagen. Überraschend war Kathryn schneller und stieß ihm ihr Knie in den Unterleib. Vom Schmerz überwältigt krümmte sich Shane, und sie rannte fluchtartig auf die Stufen zu.

Als sie die Treppe zur Hälfte überwunden hatte, spürte Kathryn, wie eine Hand ihren Knöchel packte und sie nach unten zog. »Patrick!« schrie sie, da sie keinen Halt mehr fand. »Hilf mir!«

Patrick packte Shane von hinten und zog mit aller Kraft, bis Shane zurücktaumelte, jedoch immer noch den Knöchel seiner Frau umschlossen hielt.

Kathryn fiel seitlich von der Treppe hinunter. Mit einem entsetzlichen Klatschen landete sie auf ihrem Bauch und lag dann reglos auf dem Steinboden.

»O, mein Gott!« stöhnte Shane und kniete neben ihr nieder. Dann drehte er sie um. Kathryns Nase und Lippen bluteten in Strömen, und häßliche Wunden klafften auf ihrer blassen Haut.

»Sie wird das Kind verlieren«, sagte Patrick tonlos.

Shanes Blick hing an den Blutflecken auf ihrem Rock, die sich mit jeder Sekunde zu vergrößern schienen. »Bring mir Maude«, befahl er, während er Kathryn in seine Arme nahm.

»Bereits sehr früh am darauffolgenden Morgen«, fuhr Sorley Boy fort, »kam Ihr Mann — Patrick, nicht wahr? — in den Kerker und ließ mich frei. Ihr Onkel gab mir sogar ein Pferd und genügend Vorräte, um nach Schloß Dunluce zurückzukehren.«

Mit grimmigem Gesicht bemerkte Hugh: »Und deshalb haben Sie die Gefälligkeit meiner Frau mit dem Mord an ihrem Ehemann heimgezahlt.«

»Wie ich bereits erwähnte, geschah es nicht auf meinen

Befehl hin, daß Shane O'Neill niedergestreckt wurde«, sagte Sorley Boy. »Ich war zu jener Zeit gar nicht auf Dunluce. Mein hohlköpfiger Sohn meinte rächen zu müssen, wie Ihr Onkel mich behandelt hat. Glauben Sie, daß wir deshalb gegeneinander Krieg führen müssen?«

»Nein, Ihr Sohn hat mich lediglich des Vergnügens beraubt, meinen Onkel selbst zu erledigen«, gab Hugh zu.

Sorley Boy nickte. »Und jetzt beantworten Sie meine Frage?«

»Ihre Frage?«

»Wie sehen Ihre Ziele für die O'Neills und für Irland aus?«

»Meine langfristigen Pläne für Irland schließen Elizabeth Tudor aus«, enthüllte Hugh.

»Soll heißen?«

»Rebellion. Die Iren müssen von Iren regiert werden.«

»Starke Worte, um ehrlich zu sein«, bemerkte Sorley Boy unbeeindruckt. »Aber wie kann das bewerkstelligt werden?«

»Die Clans des Nordens und des Südens müssen sich verbünden«, erläuterte Hugh. »Wir werden unsere Männer heimlich ausbilden, so viele wie eben möglich . . .«

»Die Engländer gestehen uns doch nur fünfhundert Soldaten zu«, unterbrach ihn Sorley Boy. »Das reicht nicht für einen Sieg.«

Hugh lachte. »Man gesteht uns fünfhundert bewaffnete Männer *auf einmal zu«*, verbesserte er. »Sobald diese fünfhundert ausgebildet sind, werden wir ihre Namen von der Liste streichen und Platz für weitere fünfhundert schaffen. Wieder und wieder und wieder.«

»Eine einfache, aber großartige Idee.« Grinsend entschied Sorley Boy, daß er diesen jungen Emporkömmling mochte. Der Mann war zu Höherem berufen. »Womit sollen wir diese Massen von Soldaten bewaffnen, wo es doch verboten ist, Blei einzuführen?«

»Leider befinden sich die Anwesen und Schlösser Irlands in einem bedauernswürdigen Zustand«, erklärte ihm Hugh und erntete einen fragenden Blick seines Gegenübers. »Unabhängig voneinander wird jeder unserer Clanchefs auf sein schadhaftes Dach hinweisen. Das Blei dafür kann mit einer Sondergenehmigung bezogen werden, wird allerdings gleich nach seinem Eintreffen in Munition umgeschmolzen.«

»Die englische Königin schätzt Sie so sehr, daß sie Ihnen diese Sondergenehmigung erteilen würde?«

»Der Bruder meiner Frau ist ein Günstling Ihrer Majestät.«

»Sie könnten wirklich der ruhmreichste unter den O'Neills werden«, lautete Sorley Boys Kommentar. Irlands Zukunft erschien ihm augenblicklich heiterer. »Wenn Sie auf meiner Seite stehen, natürlich.«

»Bezweifeln Sie, daß ich irgend etwas riskierte, um meine Frau zu retten?« fragte Hugh. »Schließlich steht Katie bei mir an erster Stelle.«

»Ah, Lady Kathryn.« Sorley Boy seufzte, dann lächelte er, weil ihm etwas eingefallen war. »Als man sie hereinbrachte, machte sie keinen Hofknicks. Sie erklärte, daß sie sich weigerte, Schweinen ihre Aufwartung zu machen.«

Hugh lachte. Gedankenverloren unterbrachen sie für einen Augenblick ihr Gespräch, da sie beide das Bild der kupferhaarigen, grünäugigen und äußerst selbstbewußten Lady vor Augen hatten. Ihre Blicke trafen sich.

»Wie wurde sie behandelt, als Sie sie sahen?« fragte Hugh.

Großer Gott! dachte MacDonnell, als er das aufkeimende Mißtrauen im Blick des Jüngeren entdeckte. Auch wenn Hugh O'Neill diese Ehe hauptsächlich eingegangen war, um seinen Titel zu erwerben, liebte er die Frau mittlerweile.

»Nun?« bohrte Hugh.

»Man behandelte sie, wie es sich für eine adelige Dame gehört«, wich ihm Sorley Boy aus.

»*Zur Hölle mit Ihnen!* Das habe ich doch damit nicht gemeint!«

»Ich weiß, was Sie meinen.« Sorley Boy entschied, daß er besser die Wahrheit sagte, bevor der Mann seiner Frau das nächste Mal gegenübertrat. »Ihr Mißtrauen ist begründet; Turlough hat Ihre Frau vergewaltigt. Ich habe ihre Schreie gehört, aber jedes Eingreifen wäre reiner Selbstmord gewesen. Es gab nichts, was ich hätte tun können, und daran läßt sich auch jetzt nichts mehr ändern. Was geschehen ist, ist geschehen.«

Aus Hughs Gesicht war sämtliche Farbe gewichen, und er platzte fast vor Wut. Er wollte etwas erwidern, aber der MacDonnell schnitt ihm das Wort ab.

»Beherrschen Sie sich, Mann«, ermahnte ihn Sorley Boy. »Strategien erfordern einen kühlen Kopf.« Er stand auf und wechselte das Thema, indem er sagte: »Ihre Männer sind ebenso erschöpft wie meine. Ich schlage vor, daß wir hier einige Tage Rast machen und dann aufbrechen.«

»Einverstanden«, sagte Hugh und erhob sich. »Ich werde Zeit brauchen, um meine hier niedergelassenen Spione zu benachrichtigen.« Die beiden Männer schüttelten sich die Hand und traten ins Freie.

Der Freitag war gekommen. Kathryn brach mit ihrer täglichen Gewohnheit und besuchte den Friedhof an jenem Morgen nicht. Wenn sie den ganzen Tag Unwohlsein vortäuschte, fiel es nicht auf, wenn sie dem Abendessen fernblieb. Tim hatte sie erklärt, daß er trotzdem wie jeden Morgen im Hof auf sie warten sollte, um dann Überraschung über ihr Nichterscheinen vorzugaukeln. Kathryn war es sogar gelungen, Turlough davon zu überzeugen, daß er Tim in eigener Person die Nachricht von ihrem Unwohlsein mitteilen sollte.

Als sie darüber nachdachte, wie die Begegnung mit Turlough an jenem Morgen verlaufen war und wie leicht er sich für ihre Zwecke hatte einsperren lassen, mußte Kathryn lachen.

»Ich habe eine Magenverstimmung«, hatte sie geklagt,

»und mir ist irgendwie schwindlig. Sag Tim doch bitte, daß ich heute nicht zum Friedhof gehe.«

»Du willst, daß ich diesem hirnlosen Jungen eine Nachricht überbringe?« hatte Turlough daraufhin ungläubig gefragt.

»Du gehst doch ohnehin über den Hof«, hatte sie ihm erwidert. »Wäre es denn so schlimm für deinen Stolz, mit einem Jungen zu sprechen, für den du ein Held bist?«

Vielleicht schuldete er dem Jungen wirklich etwas, hatte Turlough überlegt. Seit dem Tag auf dem Friedhof, als Tim so töricht zu Kathryns Verteidigung geeilt war, hatte sie sich von ihrer besten Seite gezeigt — respektvoll, sanft und unterwürfig.

»Der Punkt geht an dich«, hatte Turlough ihr zugestimmt. »Betrachte die Sache als erledigt.«

Die Schatten der hereinziehenden Dämmerung wurden bereits länger. Ausgestreckt auf ihrem Bett liegend entschied Kathryn, daß ihr Plan geklappt hatte. Sie hatte den ganzen Tag im Bett verbracht und hervorragend Unwohlsein vorgetäuscht. Sobald sie die nichtsahnende Maude am Abend fortgeschickt hatte, würde sie ihre alte Stallburschenkleidung überziehen, die sie am Boden ihrer Rosenholztruhe gefunden hatte. Wenn man sie schließlich vermißte, war sie längst bei Hugh in Sicherheit.

Kathryn streckte ihre Hand aus und betätigte die Dienstbotenglocke. Als Maude wenige Minuten später eintrat, lächelte Kathryn schwach. »Würdest du Turlough bitte ausrichten, daß ich mich zu krank fühle, um heute abend zu den anderen hinunterzugehen?«

»Ja.« Maude berührte die Stirn ihrer Herrin. »Sobald den Männern das Essen aufgetragen worden ist, werde ich Ihnen ein Tablett heraufbringen.«

»Nein!« entfuhr es Kathryn. »Ich . . . ich meine, du brauchst dich nicht zu bemühen. Ich habe keinen Hunger.«

»Ob krank oder nicht, das Baby braucht seine Nahrung«, beharrte Maude. »Ich will keine Widerrede hören. Haben Sie mich verstanden?«

»Ja.« Kathryn hatte der älteren Frau ihre Pläne nicht offenbart, weil sie befürchtete, daß Maude ihr die gefährliche Flucht sonst ausgeredet hätte. Jetzt hoffte Kathryn nur noch, daß die Haushälterin soviel Verstand besaß und die anderen nicht alarmierte, wenn sie zurückkam und das Zimmer verlassen vorfand.

Sobald die Tür hinter Maude ins Schloß fiel, sprang Kathryn aus dem Bett und eilte durchs Zimmer zu der Rosenholztruhe. In fieberhafter Hast verstreute sie ihren Inhalt durch das Zimmer, arbeitete sich zum Boden vor und zog ihre alte Stallburschenhose, Hemd, Strümpfe, Kappe und Reitstiefel hervor.

Ihr Herz hämmerte und ihre Hände zitterten so stark, daß sie sich kaum umziehen konnte. Was wäre, wenn irgend jemand, besonders Turlough, ins Zimmer trat, während sie sich umzog? Wie sollte sie das erklären?

Kathryn war unentschlossen. Sollte sie sich wirklich sofort umziehen oder war es besser, die Stallburschenkleidung mitzunehmen und sich erst hinter der Kapelle umzukleiden?

Jetzt sofort, entschied Kathryn. Als Stallbursche verkleidet hatte sie bessere Chancen, unentdeckt zu entkommen. Was hatte es für einen Sinn, die Sachen mitzunehmen, wenn sie erst gar nicht bis zum Ausgang kam?

Kathryn zog ihr Nachthemd aus und griff nach Hemd und Strümpfen, dann stöhnte sie nach Atem ringend auf. Die Hose war viel zu eng für ihren aufgeblähten Leib. Daran ließ sich nichts ändern. Sie befestigte die Hose, so gut es eben ging, und versteckte ihren Bauch, indem sie das Hemd locker darüber trug. Dann steckte sie ihr Haar zusammen und bedeckte die flammendrote Pracht mit der Kappe. Schließlich schlüpfte Kathryn in die schwarzen Lederreitstiefel und ging in Richtung Tür.

Kathryn preßte ihr Ohr dagegen und horchte auf Geräusche auf dem Flur. Nichts. Sie öffnete die Tür einen

Spaltbreit und spähte nach draußen. Es war niemand zu sehen. Sie holte tief Luft, tat den verhängnisvollen Schritt in den Flur und schloß die Tür hinter sich.

Ihren Rücken schützend an die Wand gepreßt, tastete sich Kathryn langsam durch den schwach beleuchteten Gang zur Treppe vor.

Laute Geräusche aus dem Saal drangen an ihr Ohr, und sie hielt inne. Sollte sie das Haus durch den Vordereingang oder durch die Hintertür verlassen? Der rückwärtige Bereich des Anwesens wimmelte von Dienstboten, aber auf der Vorderseite fiel sie vielleicht irgendwelchen Soldaten Turloughs auf, die verspätet zum Abendessen eintrafen.

Kathryn schlich die Treppe hinunter und versuchte, bis sie unten angelangt war, sich immer im Schatten des Mauerwerks zu halten. Der Weg durch die Halle bis zum vorderen Portal war menschenleer. Solange nicht irgend jemand draußen im Hof herumlungerte, konnte sie es schaffen.

Die zunehmende Furcht schnürte ihr den Brustkorb zu, so daß sie kaum noch atmen konnte, doch ihre Füße hatten ihren eigenen Willen. Wie eine gejagte Maus huschte Kathryn auf Zehenspitzen durch die Eingangshalle, öffnete die Tür mit einer flinken Handbewegung und floh ins Freie. Der Hof war menschenleer.

Verstohlen schlich Kathryn um das Gebäude herum in den Park und lehnte sich dann gegen die Steinmauer. Ihr Herz klopfte wie rasend, und ihr Atem ging in kurzen, rasselnden Stößen. Im Schutze ihres warmen Körpers trat das Baby unbehaglich um sich. Um ihre Blässe zu verbergen, beschmierte sich Kathryn ihr Gesicht mit einer Handvoll Erde, dann huschte sie über den Rasen hinter die Kapelle und von dort auf den Friedhof.

Während Kathryn ihr Gesicht mit Schmutz bedeckte, verließ Maude die Küche und machte sich durch die Eingangshalle auf den Weg zur Treppe. Turlough, darüber verärgert, daß er Kathryn selbst holen mußte, trat aus dem großen Saal, erspähte jedoch die Haushälterin und blieb am Fuße der Treppe stehen.

»Ich bringe Katie ein Tablett hoch«, erklärte Maude. »Das arme Ding fühlt sich so schlecht.«

Über diese Äußerung verzog Turlough sein Gesicht zu einer Grimasse. »War sie heute auf dem Friedhof?«

»Sind Sie eigentlich taub, mein Junge?« herrschte Maude ihn an. »Das Mädchen ist krank und hat ihr Bett den ganzen Tag nicht verlassen.«

»Ich bringe es ihr«, sagte Turlough und nahm ihr das Tablett aus der Hand. »Wir werden sehen, wie krank sie wirklich ist.«

»Stören Sie das Mädchen nicht«, schalt Maude.

»Geh zurück in deine Küche«, befahl Turlough, erzürnt über ihren belehrenden Tonfall. »Ich bin ein erwachsener Mann und weiß, was ich zu tun habe.«

»Hmhm!« Maude drehte sich auf dem Absatz um und verschwand in der anderen Richtung.

Als Turlough das verlassene Schlafzimmer betrat, sah er als erstes die wild verstreuten Kleidungsstücke auf dem Boden, dann bemerkte er das leere Bett. Nach Liam und Maude brüllend raste er die Stufen zum Saal hinunter, und als die beiden auf sein Rufen hin erschienen, drückte er der Haushälterin das Tablett in die Hand.

»Geflohen ist sie, diese Schlange«, zischte Turlough, »aber sie kann noch nicht weit sein. Maude, such du im Haus nach ihr.« Dann wandte er sich zu Liam. »Ich suche auf dem Friedhof und du in den Stallungen.«

Während Turlough nach Liam und Maude rief, huschte Kathryn gerade über den Friedhof.

Es war Neumond und die Nacht war stockfinster, so daß sie kaum eine Hand vor Augen sehen konnte. Ihre vor Furcht aufgewühlten Sinne lauschten wachsam auf jedes Geräusch.

Dann hörte sie das leise Wiehern eines Pferdes. Kathryn lief blindlings auf das Geräusch zu und wäre beinahe mit einem der beiden wartenden Pferde zusammengestoßen. Völlig überrascht stand Tim vor ihr, wo sie doch erwartet hatte, Hugh vorzufinden!

»Was tust du denn hier?« fragte sie. »Kommst du mit uns?«

»Ich ... ich ... ich verhelfe Ihnen zur Flucht«, antwortete Tim. »Es hat nie einen Fremden und auch keine Nachricht gegeben.«

Bittere Tränen der Enttäuschung traten in Kathryns Augen und strömten über ihre schmutzverschmierten Wangen. Ihr war vollkommen klar, daß eine schwangere Frau und ein geistesgestörter Junge niemals allein nach Dublin gelangen konnten. Das wäre äußerst töricht und zudem gefährlich.

»Ich werde nicht gehen«, sagte Kathryn und fragte sich, wie sie unentdeckt zurück auf ihr Zimmer gelangen konnte. »Ich dachte, mein Mann hätte mir die Nachricht mitteilen lassen.«

»Uns bleibt keine Zeit zum Zaudern«, beharrte Tim, als hätte sie überhaupt nichts gesagt. »Wir müssen uns auf den Weg machen.«

»Turloughs Rache zu riskieren, ist einfach zu gefährlich«, warf sie ein.

»Aber ich will meiner besten Freundin helfen«, sagte Tim und zerrte an ihrem Oberarm. »Wir müssen los.«

Kathryn versuchte sich von ihm loszureißen. Plötzlich weiteten sich die Augen des Jungen vor Schreck und sein Griff wurde schwächer. Dann fiel Tim vornüber, und Karyn versuchte noch, den Sturz aufzuhalten, doch sein Gewicht zwang sie in die Knie. In diesem Augenblick bemerkte Kathryn den Dolch, der in seinem Rücken steckte.

»Heilige Mutter Gottes!«, kreischte sie. »Tim!«

Seine Augen brachen, und er antwortete nicht mehr. »Oh, mein Gott«, schluchzte Kathryn über den schlaffen Körper des Jungen gebeugt.

Turlough streckte eine Hand aus, um den Dolch aus der Wunde zu ziehen. Kathryn stöhnte auf, als sie die zerstörende Hand wahrnahm, welche die Waffe aus Tims

Rücken zog und die blutige Klinge dann an dessen Hemd abwischte.

Kathryn blickte auf. Turlough hatte sich wie ein schrecklicher Rachegott vor ihr aufgebaut. Als Kathryn in seine kalten, gefühllosen Augen blickte, siegte ihr Überlebensinstinkt. Sie sprang auf und rannte los.

Mit zwei riesigen Sätzen hatte Turlough sie eingeholt, sie gepackt und zu sich herumgedreht; dann holte er mit der Faust aus und traf ihren Wangenknochen. Kathryn taumelte zurück, doch Turlough schnappte nach ihrem Oberarm und hinderte sie am Fallen. Erneut schlug er zu, und aus ihrer Nase und ihrem Mund strömten Blut.

»Du hinterhältige Schlange«, fluchte er, während er sie über den Weg zurück in den Hof schleifte. Beinahe bewußtlos war Kathryn nicht in der Lage zu protestieren.

»Liam!« schrie Turlough, während er durch die Menge der gaffenden Soldaten über den Hof schritt. »Bring die Pferde und den toten Stallburschen in den Hof!«

Besorgt ihre Hände ringend wartete Maude in der Halle und hielt entsetzt den Atem an, als sie Kathryns blutüberströmtes Gesicht und Turloughs vernichtenden Gesichtsausdruck wahrnahm. Wortlos marschierte Turlough auf die Treppe zu. Maude rannte hinter dem schauerlichen Paar her.

Dann wandte sich Turlough so abrupt zu Maude um, daß Kathryn zu Boden fiel. Er zerrte sie hoch und renkte ihr dabei fast die Schulter aus, ihre Schmerzensschreie ignorierte er jedoch.

»Schafft Tims Leiche fort«, befahl Turlough. »Wir beerdigen ihn morgen früh.«

»Heilige Mutter Gottes!« rief Maude und bekreuzigte sich. Ihr Blick fiel auf Kathryn. »Das Mädchen ist verletzt.«

»Ich werde mich selbst um diese Teufelin kümmern«, knurrte Turlough, dann schleppte er die wimmernde, widerstandslose Kathryn die Stufen hoch.

Sobald sie im Schlafzimmer waren, warf Turlough

Kathryn zu Boden. Nur unscharf erkannte Kathryn den erzürnten Hünen, der mit unverhohlenem Haß auf sie hinunterstarrte.

»Bitte, tu mir nicht weh«, flehte sie.

Turlough schnaubte angewidert, dann verschwand er, um eines ihrer achtlos verstreuten Kleidungsstücke zu holen. Er tauchte es in die Wasserschüssel und kehrte dann zu der vor Furcht zitternden jungen Frau zurück. Als er sich neben sie hockte, schrak sie zurück.

»Wenn du dich bewegst, bringe ich dich um«, drohte Turlough, während er ihren Oberarm in einem schmerzhaften Griff umklammert hielt. Nicht gerade sanft rieb er das Blut und den Schmutz von ihrem Gesicht, dann untersuchte er ihre aufgesprungene Lippe und das geschwollene Auge. Im Augenblick bot Kathryn keinen besonders reizvollen Anblick, aber sie würde wenigstens keine Narben davontragen.

»Du wolltest fliehen.«

»Nein.« Kathryn versuchte, sich ihm zu entziehen.

Turloughs kraftvoller Griff hielt sie zurück. »Willst du diesen Jungen der Entführung beschuldigen? Versuchter Vergewaltigung, vielleicht?«

»Nein!«

»Das macht jetzt auch nichts mehr aus. Er ist tot.«

Der brutale Mord an Tim schmerzte Kathryn mehr als Turloughs Fäuste. *»Du Bestie!«* schrie sie ihm ins Gesicht, unbändige Wut verdrängte die Furcht in ihren Augen. »Hinterhältiges Schwein!«

Turlough holte mit seiner Hand aus, hielt jedoch mitten im Schlag inne und ließ sie wieder sinken. »Du bist die einzig Schuldige«, sagte er. »Du hast den armen Jungen ans Messer geliefert. Damit mußt du von nun an leben.« Kalt lächelnd über ihren benommenen Gesichtsausdruck stand Turlough auf und verließ das Zimmer, das er sorgfältig hinter sich verschloß.

»Nein«, widersprach Kathryn in dem leeren Raum. Sie vergrub das Gesicht in den Händen und schluchzte herzzerreißend. »Oh, T-Tim. Ich wollte nicht ... Vergib mir.«

Am nächsten Morgen wurden die Bewohner von Dungannon von einem Frühlingstag überrascht. Die Sonne schien, und der Westwind streichelte zärtlich das Land.

Turlough stand auf dem Friedhof und beobachtete, wie Tims Leichnam zur letzten Ruhe gebettet wurde. Obwohl er sich nicht sicher war, was sich in der letzten Nacht wirklich hatte ereignen sollen, wußte Turlough doch genau, daß der Junge, selbst wenn er bewaffnet gewesen wäre, für ihn keinen Gegner darstellte.

Eiskalte Logik sagte ihm, daß Kathryn die Anstifterin des Ganzen gewesen war, die ein schwachsinniges Kind für ihre Flucht mißbrauchen wollte. Eine Edelfrau wie Katie würde aber niemals die Zuneigung eines Kindes für ihre eigenen Zwecke mißbrauchen, dachte Turlough bei sich. Oder vielleicht doch? Vielleicht sollte er diese Schlange in den tiefsten Kerker werfen lassen, damit sie nicht ein weiteres Mal auf den Gedanken verfiel, die Flucht mit einem fähigeren Mann zu versuchen.

Was soll's, entschied Turlough. Dem armen Jungen war damit auch nicht mehr zu helfen. Er schüttelte seine Schuldgefühle wie einen lästigen Umhang ab, trat vom Grab zurück und strich den Mord an Tim aus seinem Gedächtnis.

Dieser geistesgestörte Narr, fauchte Maura innerlich, während sie am Eingang des Friedhofs verharrte. Sie hätte wissen sollen, daß dieser Idiot versagte.

Als Turlough auf sie zukam, verbarg Maura ihre schwelende Wut hinter einem mitfühlenden Gesichtsausdruck. »Es war nicht dein Fehler«, sagte sie, als er sie erreicht hatte.

In Gedanken bei Kathryn tätschelte ihr Turlough abwesend die Schulter. »Du bist ein ergebenes Frauenzimmer.«

Unter seiner Berührung blühte Maura auf und glaubte, daß doch noch nicht alles verloren sei. »Du bist ein gern gesehener Gast in meiner Hütte«, lud sie ihn ein. »Es wäre sicherlich entspannend, den spionierenden Blicken deiner Männer einmal zu entkommen.«

Für Sekundenbruchteile betrachtete Turlough das hübsche Gesicht, das zu ihm aufblickte, doch dann schüttelte er den Kopf. »Ein anderes Mal vielleicht. Die Pflicht verlangt es, daß ich jetzt nach der Gräfin sehe.«

»Sie ist doch die Schuldige und sollte bestraft werden«, zischte Maura und gab ihm ihren blanken Haß zu erkennen. »Shane liegt wegen ihr unter der Erde. Und jetzt auch noch Tim. Die Engländerin ist eine Hexe und muß verbrannt werden, bevor sie uns alle vernichtet!«

»Shane ist tot, weil die MacDonnells ihn umgebracht haben«, korrigierte sie Turlough. »Geh zurück ins Dorf und vergiß solchen Unfug.«

Aufgebracht stolzierte Maura fort. Sie würde sich diesen O'Neill nicht von Kathryn wegnehmen lassen. Offenbar hatte die englische Hexe Turlough verzaubert, dachte Maura, denn sonst wäre sie selbst jetzt Herrin auf Dungannon.

Während Turlough der Beisetzung Tims beiwohnte, schloß Maude die Tür zu Kathryns Schlafgemach auf. Als sie vorsichtig durchs Zimmer spähte, fielen ihr die achtlos verstreuten Kleidungsstücke auf.

Heilige Mutter Gottes! entfuhr es ihr im stillen, dann blickte sie zu dem Bett, in dem Kathryn schlief. Warum tat sie so etwas? Der MacDonnell hatte sie doch gewarnt, nichts zu riskieren, bis die Vorbereitungen mit ihrem Ehemann getroffen werden konnten. Jetzt lag sie verletzt und zerschunden da, und der Junge war tot.

Maude ging durch das Zimmer und setzte das Frühstückstablett auf dem Nachttisch ab, dann ließ sie sich auf der Bettkante nieder und betrachtete im hellen Tageslicht das schlafende Gesicht.

Kathryns Unterlippe war geschwollen. Eine häßliche Kruste hatte sich mittlerweile auf der Wunde gebildet, und ihr blutunterlaufenes Auge sah fast noch schlimmer aus.

Kathryn streckte sich und stöhnte auf, da jeder ihrer Muskeln gegen die Bewegung rebellierte. Ihr ganzer Körper schmerzte höllisch, so daß sie sich insgeheim fragte, ob sie wohl sterben müßte. Dann öffnete sie die Augen und erblickte das Gesicht der Haushälterin vor sich.

»Sie machen einen bedauernswürdigen Eindruck«, sagte Maude. »Wie fühlen Sie sich?«

»Wie eine tödlich Verwundete«, antwortete Kathryn, während ihre Hand über ihren Leib glitt. Irgend etwas Grauenvolles war passiert, aber sie konnte sich nicht genau erinnern.

»Dem Baby ist nichts geschehen«, beruhigte sie Maude.

Erleichtert versuchte Kathryn zu lächeln, doch das schmerzte entsetzlich. »Bring mir bitte ein Nachthemd.«

Mit Maudes Hilfe gelang es Kathryn, das Nachthemd überzustreifen, anschließend benutzte sie den Nachttopf. Da sie keine Lust hatte, wieder ins Bett zurückzukrabbeln, stellte sie sich ans Fenster und blickte in den verlassenen Hof.

»Wo sind sie denn alle?« fragte sie.

»Sie beerdigen Tim.«

Tränen traten in Kathryns Augen und strömten über ihr zerschundenes Gesicht. Ihr treuer Freund! Wenn sie nicht gezaudert hätte, wäre er noch am Leben! Sie trug die Schuld an seinem Tod. Von Weinkrämpfen geschüttelt bedeckte Kathryn ihr Gesicht mit den Händen, und das Schluchzen verursachte ihr Brechreiz.

Maude eilte durch das Zimmer und brachte ihr den Nachttopf. Als sich Kathryns Krämpfe gelegt hatten, half die Haushälterin ihr ins Bett zurück, dann befeuchtete sie einen Waschlappen und wischte ihr den Schweiß vom geschwollenen Gesicht.

Die Tür sprang mit einem Krachen auf. Entschlossenen Schrittes betrat Turlough den Raum und bedeutete der Haushälterin, daß sie sie allein lassen sollte.

Maude stand auf und umkreiste ihn mit der Warnung: »Benimm dich anständig, Junge. Das Mädchen ist verletzt und nicht in der Lage, noch weitere von deinen Zärtlichkeiten zu überleben.«

Stirnrunzelnd betrachtete er Kathryn und stöhnte angesichts ihres zerschundenen Gesichts innerlich auf. Vielleicht hätte er nicht so rauh mit ihr umgehen sollen, aber sie hatte immerhin versucht, vor ihm zu fliehen.

»Du wirst den Friedhof nicht mehr besuchen«, sagte Turlough, »und du kannst dich glücklich schätzen, wenn du dieses Zimmer jemals wieder verlassen darfst.«

Weinend verbarg Kathryn ihr Gesicht in den Kissen. Gedankenverloren setzte sich Turlough auf die Bettkante und streichelte ihre Schulter in dem Versuch, sie zu trösten. Schließlich beruhigte sie sich, ihr Atem ging gleichmäßiger und sie schlief ein.

Warum hat sie nur versucht zu entkommen? fragte sich Turlough völlig verstört. Warum war sie überhaupt von Dungannon geflohen und hatte den Sohn dieses Bastards geheiratet? Alle Frauen, die er kannte, hatten ihm stets den Vorzug gegeben. Er hatte ihr einen ehrbaren Antrag gemacht und war zurückgewiesen worden, aber das spielte nun auch keine Rolle mehr. Er würde sie niemals freigeben, solange nicht der Tod einen von ihnen dahinraffte.

Drei Tage verstrichen. Niedergeschlagen blickte Kathryn morgens aus dem Fenster, doch ihre Stimmung besserte sich nicht auf.

Turlough hatte sie mehrmals über die verhängnisvolle Nacht ausgefragt, war er doch überzeugt davon, daß Tim ihre Flucht niemals aus eigenem Antrieb heraus hätte vorbereiten können. Kathryn jedoch hatte ihm immer wieder die gleiche Geschichte aufgetischt, daß sie den Jungen dazu überredet hatte, für sie ein Pferd zu stehlen, damit sie fliehen konnte. Wer auch immer den Plan ausgeheckt hatte, hatte versucht, ihr zu helfen, und ein weiteres Opfer in dieser Sache war undenkbar. Kathryn nahm die Schuld gnädig auf sich und verärgerte Turlough, der spürte, daß sie log, damit zutiefest. Die einzig ungeklärte Frage, die im Raum stand, war, wer es wirklich gewesen war? Wer wagte es, dem Clanchef der O'Neills die Stirn zu bieten?

Niedergeschlagen seufzte Kathryn. Ein weiterer langer, einsamer Tag in ihrem Zimmer lag vor ihr. Die Tür war seit dem gestrigen Tag zwar nicht mehr verschlossen, da sie jedoch bezweifelte, daß man ihr irgendwelche Freiheiten ließe, hatte Kathryn es nicht verlassen. Jetzt war sie wirklich eine Gefangene.

Maude klopfte, trat ein und wollte das unangerührte Frühstückstablett entfernen, doch dann überkam sie Mitleid mit der einsamen jungen Frau und sie blieb, um das Zimmer zu reinigen. Die Haushälterin machte sich Sorgen über Kathryns Verschlossenheit und ihre Teilnahmslosigkeit an allem, was um sie herum geschah.

Kathryn drehte sich vom Fenster weg und sprach so plötzlich, daß Maude zusammenschrak. »Maude?« fragte sie. »Wo ist Turlough?«

»Im Saal.«

»Gut.« Kathryn strebte zur Tür.

»Wohin wollen Sie gehen?«, fragte Maude überrascht.

»Ich will mit ihm reden.«

»Das wäre unklug«, riet Maude vorsichtig. »Weisen Sie Turlough nicht darauf hin, daß Sie da sind und sich wieder besser fühlen.«

»Ich bezweifle, daß er mich vergessen hat«, entgegnete Kathryn und öffnete die Tür. »Außerdem werde ich verrückt, wenn ich noch eine Minute in diesem Raum zubringe.«

Auf dem Treppenabsatz zögerte Kathryn. Tat sie das Richtige? Oder war es töricht von ihr? Sie umzubringen, war das Schlimmste, was Turlough mit ihr anstellen konnte, und so wie sie sich fühlte, war es vielleicht sogar eine Erlösung.

Kathryn straffte die Schultern, reckte ihr Kinn hoch und betrat die oberste Stufe. Ihr Mut sank, als sie sich dem Fuß der Treppe näherte, und mit bleiernen Knien ging sie in Richtung des großen Saals. Am Eingang blieb sie stehen, nahm einen tiefen, beruhigenden Atemzug und trat ein.

Niemand nahm von ihr Notiz. Zögernden Schrittes näherte sich Kathryn der Ehrentafel, wo Turlough ins Gespräch vertieft mit Liam saß.

Als sie an den Soldaten vorüberging, unterbrachen diese ihre Unterhaltung und beobachteten sie. Turlough, der den plötzlichen Stimmungswechsel bemerkt hatte, blickte auf und sah Kathryn vor sich.

Als Liam aufstand, um ihr einen Stuhl anzubieten, herrschte ihn Turlough an: »Sitzenbleiben!« Schamesrot angelaufen gehorchte der Mann sofort.

Turlough starrte Kathryn an und bemerkte ihre Verfassung. *Ich kann ihre Angst förmlich fühlen,* dachte er befriedigt.

Leichenblaß und furchterfüllt trat Kathryn einen Schritt zurück. Den Saal zu betreten war ein entsetzlicher Fehler gewesen. Ach, warum hatte sie nicht auf Maude gehört? Kathryn wandte sich um und wollte weglaufen, doch seine kalte, befehlsgewaltige Stimme schnitt ihr den Weg ab.

»Halt«, donnerte Turlough, und als sie ihm ins Gesicht sah, meinte er: »Scheint so, als hättest du mir etwas Wichtiges zu sagen, sonst hätte Maude sicher nicht zugelassen, daß du das Zimmer verläßt.«

»Sie hätte mich gar nicht aufhalten können«, sagte Kathryn, um die Haushälterin in Schutz zu nehmen.

»Ja, du bist ein verdammt eigensinniges Frauenzimmer«, stimmte Turlough zu. »Also, was willst du?«

Kathryn zögerte und wünschte sich, sie wäre in ihrem Zimmer geblieben.

»Ich habe nicht ewig Zeit. Was willst du von mir?«

Ihren ganzen Mut zusammennehmend trat Kathryn einen Schritt vor und sagte mit lauter, aber zitternder Stimme: »Ich m-möchte den Friedhof b-besuchen.«

Turlough warf den Kopf in den Nacken und lachte aus vollem Halse, daraufhin wandte er sich zu seinen Männern um und dann erneut zu ihr. »Das sollte bestimmt ein Scherz sein.«

»Nein, ich ...«

»Verflucht!« schnauzte Turlough und haute mit seinen mächtigen Händen auf die Tischplatte. Ohne seinen Blick von ihr abzuwenden, stand er auf und ging auf sie zu. Kathryn hielt seinem Blick ungerührt stand.

Das Frauenzimmer besitzt verdammt viel Mut, dachte Turlough, *oder sie ist eine Närrin.*

»Du hast versucht, auf dem Friedhof zu entkommen, und jetzt besitzt du die Stirn, mich erneut um Erlaubnis zu bitten, dorthin zu gehen?« In Turloughs Stimme schwang Verachtung mit. »Gnädigste, Sie erstaunen mich.«

»Ich flehe dich an«, bettelte Kathryn und ergriff, ohne darüber nachzudenken, seine Hand. »Es ist wichtig.«

Wo sie ihn berührte, brannte es wie Feuer. Für einen langen Augenblick blickte Turlough in ihre faszinierenden Augen, diese unergründlich tiefen, grünen Seen. Sich dessen bewußt, daß seine Männer dieses interessante Zwischenspiel beobachteten, sagte er: »Kläre uns doch auf. Warum ist der Besuch auf dem Friedhof so wichtig? Planst du einen weiteren Fluchtversuch, meine Liebe?«

»Ich muß mich um das Grab meines Mannes kümmern und ...«

»Dein Mann ist in Dublin. Das ist dir doch klar, oder?«

»... und um Tims Grab«, fuhr Kathryn fort, als hätte er sie überhaupt nicht unterbrochen. »Ich muß für ihn beten. Bitte ...«

Als er durch die Halle spähte, bemerkte Turlough, daß die Gesichtszüge seiner Männer von Mitleid geprägt waren. Wie konnte er ihr diese rührende Bitte vor einem so mitfühlenden Publikum abschlagen?

»Nun gut«, stimmte er widerwillig zu, packte ihren Oberarm und führte sie aus dem Saal. »Ich bringe dich nach draußen.«

Im Hof wirbelte Turlough sie zu sich herum, so daß sie

ihn ansehen mußte, und drohte ihr: »Du wirst beobachtet, und wenn du weglaufen solltest, bringe ich Maude um.«

»Ich habe verstanden«, sagte Kathryn. »Ich hätte so gern Blumen. Darf ich zuerst in den Garten gehen?« Als er zustimmend nickte, wollte sich Kathryn abwenden, doch dann hielt sie inne, da sie sich an Daisy, die Irish-Wolf-Hündin, und ihre Jungen erinnerte. »Hat sich denn jemand um Tims Hunde gekümmert?«

»Die Hunde gehören mir«, sagte Turlough. »Wie alles auf Dungannon.« Sein Blick wurde weicher, als er sie betrachtete, dann streckte er eine Hand aus und streichelte ihre Wange überraschend zärtlich. »Alles.«

Nachdem sie sich um Shanes Grab gekümmert hatte, ging Kathryn den kurzen Weg bis zu Tims Grab, kniete davor nieder und legte die Blumen darauf, die sie im Garten gepflückt hatte. Sie bekreuzigte sich, senkte den Kopf und fing an, für die Seele des verstorbenen Jungen zu beten, doch bald nahmen ihre sorgenvollen Gedanken wieder Überhand.

»Es tut mir leid«, flüsterte sie. »Nur wegen mir mußtest du so früh sterben. Wenn ich doch nicht so lange gezögert hätte ...«

Von ihren Schuldgefühlen überwältigt brach sie schluchzend ab.

Die der Tod hinwegrafft, sind von den Sorgen des Lebens befreit, dachte sie bei sich, *während die Zurückgelassenen Gefangene ihrer Seelenqualen sind.*

Mit ihrem tragischen Schicksal hadernd hörte Kathryn nicht, wie sich jemand näherte. Als sie aufstand und den Friedhof verlassen wollte, blickte sie in dunkle, haßerfüllte Augen. Erschrocken schrie Kathryn auf.

»Also hier ist die Hexe mit den grünen Katzenaugen«, zischte Maura, dann bekreuzigte sie sich. »Ich lasse nicht zu, daß Sie diesen O'Neill genauso wie seinen Vorgänger zugrunde richten.«

»Verschwinden Sie«, befahl Kathryn schroff.

Reglos blieb Maura stehen. Ein zufriedenes Lächeln

umspielte ihre Lippen, als sie das zerschundene Gesicht der anderen Frau bemerkte.

»Verschwinden Sie, oder Sie werden es bereuen«, drohte Kathryn.

Die englische Hexe ist längst keine Schönheit mehr, dachte Maura, dann lachte sie und verschwand.

Kathryn blickte ihr nach. Als sie den Weg zum Hof zurückschritt, fühlte sich Kathryn einsamer als je zuvor. Umgeben von Feinden konnte sie kaum noch nachempfinden, daß Dungannon einst ihre Heimat gewesen war.

15

Wie an jedem Tag der vergangenen Woche blieb Kathryn am Friedhofsportal stehen und spähte um sich. Trotz der wärmenden Sonne überlief sie ein Schauer des Unwohlseins.

Nichts schien anders als sonst. Sie verdrängte das unangenehme Gefühl, beobachtet zu werden, betrat den Friedhof und ging zu Tims Grab.

Vor dem Grab niederkniend, legte sie die frischgeschnittenen Blumen nieder, die sie mitgebracht hatte, dann bekreuzigte sie sich und betete für die Seele des verstorbenen Jungen. In der Absicht, das Grab ihres verstorbenen Mannes nicht zu besuchen, erhob sie sich und drehte sich um.

»Oh!« rief Kathryn völlig überrascht.

Mit höhnisch gespitzten Lippen stand Maura einige Schritte entfernt von ihr. Kathryn, die der unbändige Haß im Blick der anderen Frau verunsicherte, trat einen Schritt zurück.

»Ihre heimlichen Beschwörungen helfen Ihnen jetzt auch nicht mehr weiter«, sagte Maura. »Sie hätten fliehen sollen, als sie noch die Gelegenheit dazu hatten.«

»Sie haben gemeinsam mit Tim meine Flucht geplant.«

Maura trat ihr bedrohlich nahe und holte mit einer blitzartigen Bewegung zum Schlag aus. Bevor die schimmernde Klinge des Dolchs ihr Ziel jedoch erreichte, hatte Kathryn ihr Handgelenk gepackt und drückte mit aller Kraft zu. Maura verlor ihr Gleichgewicht und fiel mit einem dumpfen Geräusch zu Boden.

Hilferufend rannte Kathryn auf das Friedhofsportal zu, doch die Schwangerschaft behinderte ihr Fortkommen. Sie stolperte über ihren Rocksaum und fiel mit schützend vor ihren Leib gepreßten Händen hin.

Augenblicklich war Maura über ihr, und die beiden Frauen wälzten sich am Boden. Kathryn versuchte, ihre Angreiferin abzuwehren, war jedoch bald erschöpft, und als sie nachgab, wurde sie mit einem Ruck auf den Rücken gezerrt.

Der schimmernde Dolch sauste durch die Luft zu Boden.

Mit dem Mut der Verzweiflung rollte sich Kathryn zur Seite und warf die Arme hoch, um den tödlichen Hieb abzuwehren. Die Klinge traf ihre linke Handfläche, und ein Schwall Blut schoß hervor.

»Nein!« schrie Kathryn.

Erneut versuchte Maura, mit dem Dolch zuzustechen. Doch plötzlich tauchte wie aus dem Nichts eine Hand auf, umklammerte ihr Handgelenk und vereitelte den mörderischen Anschlag.

»Hinterhältige Schlampe«, knurrte Turlough und schlug ihr die Waffe aus der Hand. Er wirbelte sie herum, zerrte ihr die Hand auf den Rücken und zwang sie zu Boden.

Dann wandte er sich Kathryn zu, bemerkte aus seinem Augenwinkel jedoch das erneute Aufblitzen des Stahls. Er trat den Dolch aus Mauras Hand, packte ihr Genick im Würgegriff und drückte immer wieder zu.

Entsetzt beobachtete Kathryn, wie Maura nach Atem rang, ihre Kräfte nachließen und schließlich ganz versiegten. Zitternd vor Angst sprang sie auf und rannte schreiend auf Tims Grab zu. »Hilfe! Hilft mir denn niemand!«

»Komm zurück!« schnauzte Turlough und blickte ihr fluchend nach.

Während sie fieberhaft versuchte, ein Versteck zu finden, drehte sie sich immer wieder verzweifelt um. Schließlich bemerkte sie ihre schmerzende Hand und blickte auf die blutende Handfläche. Auch ihr Kleid war blutüberströmt.

»O mein Gott«, stöhnte sie und sank in die Knie.

»Ich will dir doch gar nicht weh tun«, sagte Turlough, der neben sie getreten war. Er zog seine Weste aus und umwickelte damit ihre Wunde, dann hob er sie in seine Arme und lief mit ihr den Weg in Richtung Hof hinunter.

»Maude!« schrie Turlough, während er die Stufen nahm. Vorsichtig setzte er Kathryn auf ihrem Bett ab und wandte sich dann erklärend der Haushälterin zu. »Maura hat versucht, sie umzubringen.«

»Ich brauche heißes Wasser«, sagte Maude mit einem Blick auf die blutgetränkte Weste. »Schicken Sie mir jemanden hoch, der mir Nadel und Faden bringt.« Als sie Kathryns leichenblasses Gesicht und deren halbgeschlossene Lider bemerkte, wies sie ihn über ihre Schulter hinweg an: »Und lassen Sie einen Kelch warmen Wein sowie meine Schlafkräuter hochbringen.«

Unten in der Halle tat Turlough, wie ihm Maude geheißen hatte, dann entschied er, daß es an der Zeit war, sich Mauras Leiche zu entledigen. Er marschierte nach draußen in den Hof.

»He!« brüllte einer seiner Männer, der ihm aus der Richtung der Stallungen entgegengelaufen kam. »Wir haben ein Problem ...«

Zisch! Zisch! Zisch! sauste pfeifend ein Geschwader von Pfeilen durch die Luft. Einer traf die Schulter des Soldaten und brachte ihn zu Fall. Ein weiterer, der die Insignien des Grafen von Tyrone trug, bohrte sich genau vor Turloughs Stiefeln in den Boden.

Der Hof von Dungannon füllte sich mit Soldaten der

MacDonnells und O'Neills. Vollkommen überrascht legten Turloughs Männer die Waffen nieder.

»Ich wünsche dir einen schönen Tag, mein Cousin«, sagte Hugh, der wie aus dem Nichts aufgetaucht war und sich vor dem Entführer seiner Frau aufgebaut hatte.

»Ich habe dich erwartet«, entgegnete Turlough. »Ein schöner Tag, um zu sterben, nicht wahr?«

»Wenn man den Wunsch hat, seinem Schöpfer gegenüberzutreten«, sagte Hugh und zog seinen Dolch. Jedwede Loyalität außer acht lassend, traten die Soldaten im Hof zurück, um das Schauspiel der beiden kämpfenden Adligen zu beobachten.

Turlough grinste, obwohl ihm nicht zum Lachen zumute war, und zog ebenfalls seinen Dolch. Im Vergleich zu ihm war der Graf von Tyrone eine halbe Portion, der ihm an Größe und Kraft beileibe nicht das Wasser reichen konnte.

Hugh und Turlough umkreisten sich wie in einem Totentanz. Jeder versuchte, die Stärken und Schwächen des anderen auszuloten. Turloughs Reichweite war größer, doch Hugh war aufgrund seiner Statur flinker.

»Komm schon, du Hundesohn«, forderte ihn Turlough heraus. »Deine Frau bekommst du nur über meine Leiche.«

Ohne Vorwarnung machte Hugh einen Satz nach vorn. Mit der Spitze seiner Klinge streifte er die Wange seines Gegners, aus der das erste Blut spritzte, dann tänzelte er zurück.

»Willst du mich rasieren oder umbringen?« fragte Turlough und klang wesentlich gelassener, als er sich eigentlich fühlte. »Komm näher und kämpfe wie ein Mann.«

Hugh ließ sich nicht provozieren. Einen Mann wie Turlough zu besiegen, erforderte einen klaren Kopf. *Und Glück.*

Nur das gelegentliche Stöhnen der Kämpfenden und das Zischen ihrer Dolche in der Luft durchbrach die Stille im Hof. Wieder und wieder griffen sie einander an und zogen sich zurück, doch keinem der beiden gelang es, einen Vorteil zu erzielen.

Plötzlich schnellte Turlough in die Reichweite seines Cousins vor. Wie rasend stach Hugh mit seinem Dolch zu, verfehlte jedoch sein Ziel, und Turlough sprang zurück.

Hugh schoß hinter ihm her. Turlough, der mit einem solchen Manöver gerechnet hatte, stellte Hugh ein Bein. Dieser verlor sein Gleichgewicht, stürzte zu Boden und verlor dabei seine Waffe.

Augenblicklich war Turlough über ihm. Doch noch ehe die schimmernde Klinge des Dolchs seine Kehle berührte, packte Hugh die todbringende Hand und versuchte mit aller Kraft, diese nach hinten zu drücken.

»All die Jahre, in denen du am englischen Hof Stiefel geleckt hast, haben dich so verweichlichen lassen, als wärest du ein Weibsbild«, hänselte ihn Turlough.

Als Antwort auf diese Beleidigung trat Hugh seinem Cousin mit aller Kraft in den Unterleib. Mit einem Aufschrei ließ sich Turlough von ihm gleiten. Hugh rollte sich zur Seite, ertastete seinen Dolch und sprang auf.

Schwitzend und keuchend umkreisten sich die Männer erneut, stachen plötzlich zu und tänzelten dann wieder auseinander. Das Ende ihres Kampfes kam plötzlich und unerwartet.

»Mit Katie zu schlafen ist das Risiko zu sterben wirklich wert«, provozierte Turlough seinen Gegner in der Absicht, daß dieser sich zu einem unbeherrschten Angriff hinreißen ließ. »So heißblütig und so willig ...«

Hugh stöhnte vor Wut auf und geriet in die Reichweite seines Widersachers. Glänzender Stahl zischte im hohen Bogen durch die Luft, um seinen Brustkorb zu durchbohren.

Hugh sprang zur Seite, warf die Klinge aus seiner rechten Hand blitzschnell in seine linke und hieb sie dem anderen Mann in die Kehle. Mit einer abrupten Bewegung duckte er sich, wich aus und erhob sich wieder.

Völlig unvorbereitet ließ Turlough seine Waffe fallen und tastete mit den Händen an seine Kehle, aus der der Dolch herausragte. Mit einem entsetzlichen Gurgeln brach Turlough zusammen und blieb liegen.

Dann hörten sie es. Ein gellender Angstschrei durchschnitt die Luft.

Kathryn! Hugh rannte mit Patrick im Schlepptau ins Innere des Hauses und folgte den Schreien seiner Frau die Treppe hinauf. Die schmerzerfüllten Schreie hörten abrupt auf, als sie die Schlafzimmertür erreicht hatten.

»Aufmachen!« schrie Hugh, während er gegen die verschlossene Tür hämmerte.

»Maude, bist du da drinnen?« fragte Patrick. »Ich bin es — Patrick. Mach die Tür auf.«

Der Schlüssel wurde im Schloß gedreht, und dann öffnete sich die Tür. Hugh und Patrick rasten an der Haushälterin vorbei.

Kathryn lag bewußtlos auf dem Bett.

»Was hast du mit ihr gemacht?« fragte Hugh, während er durch den Raum auf seine Frau zuschoß.

»Ihre Hand genäht«, antwortete Maude wahrheitsgemäß. »Dabei ist sie in Ohnmacht gefallen.«

In der Absicht, seine Frau in seine Arme zu ziehen, wollte sich Hugh auf die Bettkante setzen, doch Maude scheuchte ihn fort. »Sie sehen nach Ihren Männern, und ich bringe meine Arbeit hier zu Ende. Wenn sie wieder zu sich kommt, werde ich ihr ein Schlafmittel geben, um ihr die Schmerzen zu erleichtern. Es wird dem Baby nicht schaden.«

Dann wandte sich Maude an Patrick. »Nun, mein Junge, sobald ich dir den Rücken gekehrt hatte, hast du still und heimlich meine Tochter geheiratet. Das mindeste, was du jetzt dafür tun kannst, ist zu verschwinden.«

Patrick grinste. »Bei allem Respekt, Maudie, ich habe Polly nicht geheiratet, weil ich dich zur Schwiegermutter haben wollte.« Nach dieser Retourkutsche strebte er zur Tür.

Hugh beugte sich vor und küßte Kathryn auf die Stirn. »Gott sei Dank«, sagte er, dann verließ er den Raum.

»Amen«, murmelte Maude und hob ihre Nadel auf.

Hugh, der sich für das Leid seiner Frau verantwortlich fühlte, ging gemessenen Schrittes die Treppe hinunter in Richtung Hof. Er trat ins Freie. Jemand hatte Turloughs Leiche fortgeschafft, und die Männer lungerten unschlüssig, was als nächstes zu tun war, herum.

Liam trat zu Hugh und kniete vor ihm nieder. »Ich, Liam MacMartin, stelle mein Leben und meine Treue in den Dienst des Grafen von Tyrone — des neuen Clanchefs der O'Neills.«

Lautes Jubelgeschrei ertönte aus den Reihen der Soldaten der O'Neills, und Hugh blickte auf den Mann, der vor ihm kniete. Er hatte ein weiteres Ziel erreicht, doch sein Herz war merkwürdig leer. Der Erfolg bedeutete ihm nichts, wenn seine Ehefrau nicht an seiner Seite war.

»Steh auf«, sagte Hugh zu Liam.

Daraufhin schwor jeder von Turloughs Leuten, ihm auf Leben und Tod die Treue zu halten. Als der letzte von ihnen geendet hatte, wies Hugh eine Gruppe von Männern unter der Führung von Conal an, die Vorbereitungen für Turloughs Begräbnis am folgenden Morgen zu treffen.

»Wie geht es Lady Kathryn?« MacDonnell warf Hugh einen fragenden Seitenblick zu.

»Nicht besonders.«

»Das arme Mädchen«, meinte Sorley Boy mitfühlend. »Sie braucht sicherlich eine Weile, um sich davon zu erholen, aber sie ist jung und willensstark.«

»Das hoffe ich«, erwiderte Hugh.

Sorley Boy, der beabsichtigte, um Hughs Gastfreundschaft für die Nacht zu bitten, so daß er bei Tagesanbruch zurück nach Schloß Dunluce reiten konnte, öffnete den Mund, brachte jedoch keinen Ton heraus. Ein einsamer Reiter in der Uniform der MacDonnells galoppierte mit halsbrecherischer Geschwindigkeit in den übervölkerten Hof von Dungannon. Die Soldaten, die bereits ihre

Schwerter gezückt und Hugh in ihre Mitte genommen hatten, nicht beachtend, sprang der junge Mann vom Pferd.

»Angus!« rief MacDonnell, überrascht von der unerwarteten Begegnung mit seinem Clanmitglied. »Was willst du denn hier?«

Die Soldaten atmeten auf. Auf Hughs Nicken hin ließen sie den jungen Mann unbehelligt zu seinem Clanchef vor.

»Ein schreckliches Unglück ist über Dunluce hereingebrochen«, schrie Angus mit vor Entsetzen geweiteten Augen. »Lady MacDonnell hat mir befohlen, dich und ihren Ehemann zurückzuholen.«

»Was ist passiert?« fragte Sorley Boy. »Fasse dich kurz.«

»Die Küche von Schloß Dunluce ist der tosenden See zum Opfer gefallen«, sagte Angus mit Entsetzen in der Stimme.

»Was?« MacDonnell konnte einfach nicht glauben, was er da hörte. Die Soldaten O'Neills und MacDonnells traten näher. Sie wollten Zeugen dieses unglaublichen Zerstörungsberichts werden.

»Vom Meer peitschten heftige Unwetter und unbändige Stürme über uns herein«, erzählte Angus in hochdramatischem Tonfall. »Irgendwie wurde der Küchentrakt vom Hauptgebäude abgerissen — und ist ins Meer gesunken!«

Die lauschenden Soldaten, die den Kurier der MacDonnells für geistig verwirrt hielten, starrten ihn mit offenem Mund an.

»Deine Schwiegertochter wußte nicht, was sie tun sollte«, sagte Angus achselzuckend. »Das wenige, was zum Abendessen noch vorhanden war, wurde mit Verspätung aufgetragen.«

Sorley Boy MacDonnell warf den Kopf zurück und lachte schallend. »Da es noch einige Stunden hell bleibt«, sagte er zu Hugh gewandt, »werden meine Männer und ich bald aufbrechen.«

»Kommt ins Haus und stärkt euch wenigstens noch«, meinte Hugh einladend.

»Das werden wir tun«, stimmte Sorley Boy zu. »Da ich annehme, daß mich auf Dunluce kein Abendessen erwartet.«

»Sean, vergewissere dich, daß die Pferde der MacDonnells bereit stehen«, wies Hugh einen seiner Männer an. Dann führte der neue Clanchef der O'Neills seine ersten Gäste in den großen Saal von Dungannon.

Zwei Stunden später begleitete Hugh Sorley Boy MacDonnell wieder in den Hof und wünschte ihm alles Gute für seine weite Heimreise, dann zog er sich gemeinsam mit Patrick und Liam in die Abgeschiedenheit des Arbeitszimmers zurück. Die schlecht geführten Aufzeichnungen des Anwesens zu entschlüsseln, beanspruchte den ganzen Nachmittag. Schlagartig wurde den dreien klar, daß Turlough sich besser zum Soldaten als zum Verwalter geeignet hatte.

Hugh bereitete es große Mühe, sich auf die vor ihm liegenden Geschäftsbücher zu konzentrieren. Seine Gedanken schweiften fortwährend zu Kathryn ab. War sie wach oder schlief sie noch immer? Was dachte sie wohl? Ob sie wußte, daß er da war? Würde sie ihm seine Fahrlässigkeit jemals vergeben können?

Es wurde Zeit für das Abendessen. Hugh sehnte sich danach, die Stufen hinauf zu Kathryn zu eilen, doch die Etikette verlangte von ihm, daß er zumindest an diesem Abend gemeinsam mit seinen Männern im großen Saal speiste. Es kostete ihn innere Überwindung, seinen Fuß in den riesigen Saal zu setzen, statt die Treppe nach oben zu nehmen.

Als das Essen sich dem Ende zuneigte, entschuldigte sich Hugh, schlenderte leichtfüßig aus dem Saal und blieb unterwegs noch mehrmals stehen, um mit seinen Männern zu reden und zu scherzen. Nachdem er endlich die Halle erreicht und sich vergewissert hatte, daß diese verlassen war, beschleunigte er seine Schritte und raste im Eiltempo die Treppe hoch, bis er vor der Zimmertür seiner Frau stand.

Hugh öffnete die Tür und trat ein. Maude saß in einem Sessel neben dem Bett, in dem Kathryn schlief. Hugh durchquerte das Zimmer und blickte auf seine Frau. Kathryn war leichenblaß, und die Spuren des durchlebten Leids hatten ihre Züge verhärmt. Maude hatte ihre verletzte Hand mit einer schneeweißen Leinenbinde umwickelt.

»Ich habe ihr einen Schlummertrunk gegeben«, erklärte ihm die Haushälterin. »Morgen wird sie sich bereits besser fühlen.«

»Danke«, sagte Hugh. »Du solltest jetzt auch ausruhen.«

»Aber ich möchte sie nicht allein lassen«, protestierte Maude.

»Ich werde bei ihr wachen.«

Maude musterte Hugh mit einiger Skepsis.

»Ich *bin* ihr Ehemann.«

Widerwillig nickte Maude, dann erhob sie sich und verließ den Raum.

Hugh legte seine Stiefel und seine Weste ab, dann krempelte er die Ärmel seines Hemdes hoch. Er setzte sich in den Sessel neben dem Bett, streckte die Beine aus und musterte die Gestalt, um die er sich so viele Tage lang Sorgen gemacht hatte. Hugh beugte sich vor, stützte das Kinn auf die Handflächen und fragte sich, welche geheimnisvollen Träume Kathryn in ihrem betäubten Zustand hatte.

Kathryns Mundwinkel zuckten und formten sich zu einem Lächeln, doch dann wurde ihr Gesichtsausdruck wieder ernst. Unzusammenhängende Worte murmelnd wälzte sie sich im Bett hin und her.

Hugh beobachtete die Gesichtszüge seiner Frau. Ihre Träume schienen unangenehmer Natur zu sein.

Als eine einsame Träne über ihre Wange kullerte, setzte sich Hugh auf die Bettkante und nahm seine schlafende Ehefrau beschützend in seine Arme. Er streichelte beruhigend ihren Rücken, und das schien sie zu entspannen.

Zärtlich drückte Hugh sie wieder in die Kissen, legte sich neben sie und hielt sie mit seinen Armen umschlungen.

Wie konnte er das Schreckliche aus ihrem Gedächtnis verbannen, das sie durch Turlough erlitten hatte? fragte sich Hugh verzweifelt. Wie konnte er es überhaupt wagen, sie darum zu bitten, ihm zu verzeihen und ihm wieder ihre Liebe zu schenken?

Es dauerte sehr, sehr lange, bis Hugh endlich den erlösenden Schlaf fand.

16

Bereits sehr früh am nächsten Morgen betrat Maude Kathryns Schlafzimmer und rüttelte Hugh sanft an der Schulter. Als er die Augen öffnete, legte sie einen Finger auf ihre Lippen und deutete auf die Verbindungstür.

Hugh nickte und löste sich aus der Umarmung mit seiner schlafenden Frau. Nachdem er seine abgelegten Stiefel und seine Weste aufgehoben hatte, schlich er durch das Zimmer und folgte der Haushälterin ins Nebenzimmer.

»Maura und Turlough zu beerdigen, ist eine Pflicht, die man möglichst früh hinter sich bringen sollte«, sagte Maude. »Warmes Wasser zum Waschen steht bereit. Ich bleibe bei der Gräfin, bis sie aufwacht.« Daraufhin verschwand die Haushälterin wieder durch die Verbindungstür.

Stunden später stand Kathryn am Zimmerfenster und blickte gedankenverloren in den Hof hinunter. Wie gebannt starrte sie auf Hugh, der ins Gespräch vertieft mit Patrick zusammenstand. Die Liebe zu ihrem Ehemann brach ihr beinahe das Herz und schmerzte mehr als ihre verletzte Hand.

Turloughs Begierde hatte sie besudelt, entschied Kathryn, und Hugh würde sie nun nicht mehr wollen. Bei der ersten sich bietenden Gelegenheit würde sie ihm die Auflösung ihrer Ehe anbieten und nach England zurückkehren. Bei diesem Gedanken verkrampfte sich ihr Herz, aber sie wollte nicht mit einem Mann zusammenleben, der ihre Liebe nicht erwidern konnte.

Hugh blickte in Richtung des Fensters und sah sie dort stehen. Mitten im Satz unterbrach er Patrick und ging abrupt fort.

Verwirrt blickte auch Patrick nach oben und erspähte Kathryn, als sie gerade vom Fenster zurücktrat. Ahhh!, dachte er bei sich, und ein spöttisches Lächeln umspielte seine Lippen. Es würde ihm immenses Vergnügen bereiten, den Grafen damit zu foppen.

Kathryn wirbelte herum, als Hugh ohne anzuklopfen das Schlafzimmer betrat. Für Sekundenbruchteile blieben die beiden Eheleute mit gemischten Gefühlen stehen.

Er schien unverändert, dachte Kathryn, als sie ihn ansah, doch die Erschöpfung war in den feinen Fältchen unter seinen Augen erkennbar. Konnte er vergessen, was Turlough ihr angetan hatte, und sie wieder lieben?

Hugh musterte seine Frau und bemerkte ihr Nachthemd und den Morgenmantel, den sie achtlos übergeworfen hatte. Ihr frisch gebürstetes Haar wirkte in dem durch das Fenster einfallenden Sonnenlicht wie funkensprühende Flammen. Sein Blick fiel auf ihre verbundene Hand. Konnte sie ihm verzeihen, was man ihr angetan hatte, und ihn wieder lieben?

Hugh durchquerte das Zimmer und setzte sich in einen der Sessel vor dem Kamin, dann bedeutete er Kathryn, sich zu ihm zu gesellen. »Geht es dir wieder besser?« fragte er, als sie in dem Sessel neben ihm Platz nahm.

»Ja«, antwortete Kathryn und senkte ihre Lider aus Furcht vor dem Zorn in seinen Augen.

Sie verachtet mich, dachte Hugh, als sie ihn nicht ansah. Nervös räusperte er. »Wir müssen über unsere Zukunft sprechen.«

Kathryn starrte wie gebannt auf ihren Leib. Ihr Herz

hämmerte, und ihr war klar, daß sie etwas sagen mußte, bevor sie ihr mühsam zusammengeraffter Mut und ihre Entschlossenheit verließen. Ein klarer Bruch wäre für sie beide das beste. Und doch ...

»Sieh mich an, wenn ich mit dir rede«, unterbrach Hugh ihre Überlegungen.

Kathryn sah ihn mit schmerzverzerrtem Blick an.

Hugh wünschte fast, sie hätte ihn jetzt nicht angesehen.

»Ich ... ich möchte zurück nach England«, erklärte ihm Kathryn.

»Du bist meine Frau, und dein Platz ist an meiner Seite«, sagte Hugh, und sein strenger Tonfall verbarg seinen Schmerz. Er würde sie niemals gehen lassen. Mit der Zeit würde es ihm gelingen, ihre Liebe und ihr Vertrauen zurückzugewinnen.

Kathryn war verwirrt, schöpfte jedoch wieder etwas Hoffnung. Wollte er sie vielleicht gar nicht loswerden? »Aber ...«

»Glaubst du wirklich, daß ich dir gestatten würde, mich zu verlassen, solange du Dungannons Erben unter dem Herzen trägst?« Sobald er die Worte ausgesprochen hatte, erkannte Hugh, daß er sich falsch ausgedrückt hatte, und hätte sie liebend gern ungeschehen gemacht.

Leichenblaß schrak Kathryn zusammen. Ihr Ehemann wollte sie nur, weil sie sein Kind erwartete. Und wenn das Baby geboren war? Was war dann? Er würde das Kind behalten und die Mutter vor die Tür setzen.

»Wann kehren wir nach Dublin zurück?« fragte Kathryn mit abgehackter Stimme, während sie sich bemühte, ihre Tränen zurückzuhalten.

»Nächstes Jahr.«

»W-wie bitte?«

»Ich bin das Oberhaupt der O'Neills, und ich gehöre nach Ulster in den Kreis meiner Familie«, sagte Hugh. »Mein Sohn muß hier unter seinesgleichen geboren werden.«

»Und was ist mit meinen Kindern?« schrie Kathryn. »Ohne die Mädchen kann ich nicht leben!«

»Reg dich nicht auf, Liebling«, sagte Hugh nachsichtig lächelnd. »Maeve und Shana werden selbstverständlich nach Dungannon geholt.«

»Mich nicht aufregen?« Kathryn sprang erbost auf. Sie starrte ihren fassungslosen Ehemann an. »Glaubst du, daß Dungannon für mich mit glücklichen Erinnerungen behaftet ist, du gefühlloser Narr? Ich will an diesem entsetzlichen Ort nicht bleiben.« Wie gleißende kupferfarbene Blitze wehten ihre Locken hinter ihr her, als sie sich von ihm abwandte und durch das Zimmer auf das Fenster zuschritt.

Hugh starrte auf seine Stiefelspitzen und schwieg. Für einen langen Augenblick war es vollkommen still im Raum. Schließlich stand er auf, ging durch das Zimmer und stellte sich hinter sie. »Es tut mir leid, Katie. Kannst du mir verzeihen, was du durch meine Schuld durchlitten hast?«

Verwirrt wandte sich Kathryn zu ihm um und bemerkte die unverhohlene Angst in seinen Augen. »Es war nicht deine Schuld.«

Erleichterung glitt über seine Gesichtszüge, und sein Blick hellte sich auf. Hugh griff nach ihrer unverletzten Hand und wollte diese an seine Lippen führen, doch sie schrak zurück.

»Bitte«, flüsterte Kathryn und entzog sich ihm. Sie sehnte sich nach seiner Berührung, aber sie hatte gleichermaßen Angst davor.

»Wie du willst«, sagte Hugh steif und wandte sich zum Gehen. Kathryn sollte die Tränen in seinen Augen nicht sehen. Als er das Zimmer verlassen hatte, blieb er einen Augenblick stehen und wischte sich eine einzelne Träne von seiner Wange. Dann atmete er tief ein, nahm Haltung an und schritt die Treppe hinunter, um seine Pflichten als neuer Clanchef der O'Neills zu erfüllen.

Unter dem Vorwand, daß ihre Hand schmerzte, blieb

Kathryn den ganzen Tag auf ihrem Zimmer und nahm ein einsames Abendessen zu sich. Als Hugh darum bat, daß sie ihn am nächsten Morgen zu einer Besichtigung der Ländereien begleitete, lehnte Kathryn ohne triftigen Grund ab.

Sie sehnte sich danach, bei ihrem Mann zu sein, und doch zog sie die Zuflucht ihres Zimmers vor, da sie es nicht ertragen konnte, den Soldaten der O'Neills gegenüberzutreten, die ihre Erniedrigung durch Turlough hautnah miterlebt hatten. Von Schuldgefühlen geplagt wollte Hugh sie nicht zwingen, doch mit jedem Tag, der verstrich, wurde seine Geduld auf eine immer härtere Probe gestellt.

Und so vergingen mehrere Tage.

Dann kam der Abend, an dem Hughs Geduldsfaden riß. Er wollte seine Frau endlich wieder an seiner Seite wissen.

Entschlossen, diese Unstimmigkeit aus der Welt zu schaffen, stärkte sich Hugh mit zwei Gläsern Whiskey für die bevorstehende Auseinandersetzung. Dann verließ er sein Arbeitszimmer, ging die Treppe hinauf und betrat ohne zu klopfen das Schlafzimmer seiner Ehefrau.

Das Bild inniger Mütterlichkeit umfing ihn. Kathryn saß vor dem Kamin und nähte Babywäsche. Leise durchquerte Hugh den Raum und stellte sich neben sie.

»Hast du mich erschreckt«, stieß Kathryn hervor und sah auf. Eine ihrer Hände lag schützend auf ihrem Brustkorb. »Ich dachte, du wärst zum Abendessen gegangen.«

»Das werde ich auch tun, meine Liebe. Ich bin gekommen, um dich abzuholen.«

Stirnrunzelnd blickte Kathryn auf ihr Nähzeug und sagte: »Ich glaube nicht. Meine Hand ...«

»Du siehst prächtig aus«, sagte Hugh. »Außerdem möchte ich mit dir gemeinsam zu Abend essen.«

»Ich habe keinen Hunger«, log sie, und ihre Blicke trafen sich.

»Wovor hast du Angst?« fragte er sie.

»Ich habe keine Angst«, sagte Kathryn hastig. »Laß mich allein.«

»Ich bin hier der Hausherr«, konterte Hugh eisig. »Du bist immer noch meine Frau und als solche wirst du mir gehorchen.«

»Bitte, du verstehst mich nicht«, flehte sie ihn an.

Hughs Stimme wurde sanfter. »Dann erkläre mir, was dich so beunruhigt.«

»Ich ... ich ... Turlough hat mich *angefaßt*.«

Hugh wurde starr. Warum mußte sie ihn daran erinnern? »Ich weiß, was Turlough getan hat«, sagte er, »und kann keinen ersichtlichen Grund erkennen, warum wir darüber grübeln sollten.«

»Aber ...«

»Gnädigste, ich bin mir darüber im klaren, was er getan hat, und ich habe mich entschieden, es zu vergessen. Was geschehen ist, ist geschehen.«

»*Du* hast dich entschieden, es zu vergessen?« wiederholte Kathryn ungläubig. Sie stand auf und fixierte ihn. »Wie leicht das Vergessen auch immer sein mag, es wurde mir angetan und nicht dir!«

Entschlossen, seinen Willen durchzusetzen, baute sich Hugh vor seiner zierlichen Frau auf. »Es gelingt mir einfach nicht, den Zusammenhang zwischen dem zu erkennen, was er dir angetan hat, und meinem Wunsch, mit dir zu Abend zu speisen.«

Kathryn ließ ihre Schultern sinken. Ein Sieg war an diesem Abend offenbar schwierig zu erringen. »Die Männer im Saal wissen es alle und ...«

»Ich werde nicht von deiner Seite weichen«, versprach Hugh. »Wenn du dann morgen dieses Zimmer verläßt, ist alles schon viel einfacher. Glaubst du mir das?« Hugh streckte seine Hand aus und wartete.

Kathryn sah von seinem hoffnungsvollen Blick auf die ihr dargebotene Hand und verlor die Nerven. »Ich ... ich kann einfach nicht.«

»Nimm meine Hand und betrete den großen Saal mit

Würde«, drohte Hugh, »oder ich werde dich an deinen kupferfarbenen Locken hineinzerren.«

Kathryn schluckte nervös. »Das würdest du nicht wagen.«

»Versuch's doch«, forderte er sie heraus.

Wie angewurzelt blieb Kathryn für Sekundenbruchteile stehen, dann lief sie an ihm vorbei zur Tür. Sie öffnete diese, schrak jedoch zurück, als erdrückte sie der Lärm, der von unten durchs Treppenhaus schallte.

Wie ein kleines Mädchen duckte sich Kathryn. »Hältst du meine Hand?«

Hugh zerriß es beinahe das Herz, doch sein Gesichtsausdruck blieb unerbittlich. Wenn er jetzt nachgab, würde sie wieder nicht nach unten gehen wollen.

Hugh und Kathryn nahmen einander bei der Hand und gingen die Stufen hinunter. Mit jedem Schritt wurde die Geräuschkulisse lauter und Kathryns Gesicht blasser.

»Gemeinsam werden wir es schon schaffen«, sagte Hugh und blieb in der Halle stehen, um ihr noch einen ermutigenden Kuß auf die Stirn zu drücken. »Das verspreche ich dir.«

Immer noch seine Hand umklammert haltend, straffte Kathryn die Schultern und nickte kurz. Daraufhin führte Hugh sie in den Saal, und ihr verzweifelter Griff schmerzte ihn nicht nur körperlich.

Wie zwei Majestäten betraten der Graf und die Gräfin von Tyrone hoch erhobenen Hauptes den Saal und schritten auf die Ehrentafel zu.

Die Soldaten der O'Neills begrüßten Hugh und lächelten Kathryn im Vorübergehen zu. Erleichtert erwiderte Kathryn ihr Lächeln, doch es erstarb auf ihrem Gesicht, als Liam vor ihnen stand.

»Guten Abend, Gräfin«, sagte er und trat beiseite. »Es ist schön, Sie wieder gesund und munter bei uns zu haben.«

»Danke«, murmelte Kathryn.

Patrick setzte das ihr wohlvertraute Grinsen auf, als er

sich erhob und sie zwischen ihm und Hugh an der Tafel ihren Platz einnahm.

»Es ist so herzerfrischend, dich wieder wohlauf zu sehen«, sagte er und nahm erneut Platz.

»Ich danke dir, Patrick«, sagte Kathryn lächelnd.

Beladen mit Schüsseln voller Fleischragout eilte Maude aus der Küche in den Saal. Als sie die dampfende Schüssel vor ihnen auf dem Tisch abstellte, meinte sie: »Es ist großartig, Sie wieder an Ihrem rechtmäßigen Platz zu sehen, Mylady.«

»Mir hättest du kein Tablett gebracht«, neckte Kathryn sie, und ein Lächeln umspielte ihre Mundwinkel. »Du hättest mich dazu gezwungen, entweder herunterzukommen oder zu verhungern.«

»Es ist das Schicksal der Bediensteten, die Befehle des Hausherren zu befolgen«, sagte Maude. Mit einem bezeichnenden Seitenblick auf Hugh fügte sie hinzu: »Und genau das habe ich getan.«

Maude zog sich eilig zurück, und Kathryn wandte sich ihrem Ehemann zu. Hugh hob in gespielter Unschuld seine Hände.

»Ich schwöre, daß dieses verfluchte Weib noch niemals von irgend jemandem Befehle befolgt hat«, brummte Patrick und brachte sie damit zum Lachen. »Und genauso hat sie auch ihre Tochter erzogen, aber vermutlich ist es zu spät, um dies zu bereuen.«

Patrick zwang sich zu einem Lächeln, ließ seinen Blick über Kathryn schweifen und versuchte sie zu necken. »Alle Frauen sind gleich — nörgeln, keifen, meckern. Ach übrigens, Katie, du scheinst etwas zugenommen zu haben, seit meine müden Augen deine zarte Gestalt das letzte Mal bewunderten.«

Hugh lachte schallend, und Kathryn bedachte ihn mit einem strafenden Blick. »Mein Ehemann scheint zu vergessen, daß ihm meine feiste Gestalt viel Geld einbringt«, sagte sie. »Bald wird Hugh stolzer Vater sein, und Irland erhält den dritten Grafen von Tyrone.«

Hugh verschüttete seinen Wein. »Es könnte aber auch ein Mädchen sein«, wies er sie zurecht.

»Nein, es ist unzweifelhaft ein Junge«, sagte Kathryn, nahm sich ein großes Stück Brot und bestrich es dick mit Butter.

Patricks Löffel stockte auf dem Weg zu seinem Mund mitten in der Luft. Er unterdrückte sein Lachen und sah zu Hugh, der ihm einen nachsichtigen Blick zuwarf.

Als sie nach ihrem Weinkelch griff, sah Kathryn auf und wurde blaß. Liam stand vor ihr und trug in seinen Armen ein zappelndes dunkelgraues Fellbündel.

»Gräfin, ich bringe Ihnen einen Gruß von Daisy«, sagte er.

Einen Augenblick lang irritiert legte Kathryn den Kopf schief.

»Die Jungen sind von der Mutter entwöhnt«, erklärte Liam und hielt das winselnde Fellbündel hoch. »Das hier ist der Welpe, der nicht jagdtauglich ist. Oder haben Sie Ihre Meinung geändert?«

»Nicht jagdtauglich ist?« fragte Hugh.

»Der arme Kerl hinkt«, antwortete Liam und deutete auf einen Hinterlauf. »Sehen Sie. Er ist verkrüppelt.«

Hugh und Patrick beugten sich über den Tisch und untersuchten den mißgebildeten Hinterlauf. Der verängstigte Welpe jaulte jämmerlich.

»Gebt ihn mir«, befahl Kathryn. Sie riß ihn an ihren Busen, streichelte seinen Kopf und tröstete ihn: »Du armes Hundebaby.«

Der Welpe reagierte auf ihre liebevolle Zuwendung, indem er Kathryns Wangen leckte und sie damit zum Kichern brachte. Schließlich schmiegte er sich an sie, kuschelte seinen Kopf wie ein Baby in ihre Halsbeuge und himmelte seine Ersatzmutter aus dunklen Kulleraugen an.

Beglückt nahm Kathryn ein Stück Fleisch und hielt es ihm hin. Der Welpe fraß es auf und kuschelte sich dann wieder an ihre Brust.

»Auch wenn der Hund lahm ist, blöd ist er jedenfalls nicht«, bemerkte Patrick und brachte die anderen zum Lachen.

»Ich werde ihn Vulcanus nennen«, schlug Kathryn vor.

»Vulcanus?« wiederholten Patrick und Liam wie aus einem Munde.

»Ein treffender Name«, stimmte Hugh zu. »Ich helfe dir, ihn abzurichten.«

»Klärt mich doch bitte auf«, sagte Patrick. »Was soll Vulcanus denn bedeuten? Es klingt so fremd, überhaupt nicht irisch.«

»Es ist römisch«, erklärte ihm Hugh.

»Römisch?« Liam zog eine Braue hoch.

»Vulcanus war der mächtige Gott des Feuers und der Sohn Jupiters, des unbestrittenen Herrschers über die römische Götterwelt«, erklärte Kathryn. »Etwas Ähnliches wie unser irischer ›*ard ri*‹. Jupiter versetzte Vulcanus einen Stoß, so daß er vom Himmel zur Erde fiel, und als er dort auftraf, brach er sich ein Bein. Daraufhin wurde er der Gott der Lahmen.«

»Aber warum hat Jupiter seinen eigenen Sohn verbannt?« fragte Patrick.

Da Kathryn es nicht wußte, blickte sie hilfesuchend zu ihrem Mann. Grinsend sah dieser Patrick an. »Ich habe es vergessen.«

»Du tischst uns eine interessante Geschichte auf«, brummte Patrick, »und wenn es spannend wird, dann kneifst du.«

Entschuldigend zuckte Kathryn die Schultern. »Ich danke dir, daß du mir Vulcanus gebracht hast«, sagte sie, als Liam sich zum Gehen wandte.

»Es war mir ein Vergnügen«, erwiderte er.

Kathryn hob eine der Vorderpfoten des Hundes und winkte Liam damit zum Abschied zu.

Die Unterhaltung begann sich um andere Themen zu drehen, doch weder Hugh noch Patrick erwähnten Turlough. Von Müdigkeit übermannt, konnte Kathryn ein

Gähnen nicht unterdrücken. Auch Vulcanus auf ihrem Schoß gähnte.

»Ich glaube, es wird Zeit, daß ich dich nach oben begleite«, meinte Hugh zu ihr. »Laß Vulcanus bei Patrick, damit er sich um ihn kümmert.«

»Nein«, widersprach Kathryn und war augenblicklich hellwach. »Vulcanus schläft bei mir.«

Hugh war sich sicher, daß Patrick den Schalk in seinen Augen hatte, deshalb vermied er es, ihn anzusehen. Ein Hund durfte neben seiner Frau schlafen, er selbst aber nicht? Hugh entschied, diesmal ruhig zu bleiben.

»Nun gut«, brummte er, nicht gewillt, die fröhliche Stimmung des Abends zu verderben.

In ihrem Zimmer setzte Kathryn den Welpen auf dem Fußboden ab. Vulcanus rannte, so schnell es sein verkrüppelter Fuß zuließ, durch den Raum und beschnüffelte seine neue Umgebung.

Demütig lächelnd blickte Kathryn zu Hugh. »Es tut mir leid, daß ich mich vorhin so schrecklich aufgeführt habe. Deine Denkweise war völlig richtig.«

»Das ist sie immer«, neckte sie Hugh. »Du solltest häufiger auf meine weisen Worte hören.«

Kathryn grinste.

»Ich wünsche dir schöne Träume, Liebling«, flüsterte er, führte ihre unverletzte Hand an seine Lippen und verließ dann ihr Schlafzimmer. Hugh ging wieder die Stufen hinunter und zurück ins Arbeitszimmer, wo er gemeinsam mit Patrick noch einige Stunden damit zubrachte, die schlecht geführten Bücher des Anwesens zu entschlüsseln.

Erst lange Zeit später wünschte Hugh Patrick eine gute Nacht und ging nach oben in sein eigenes Schlafzimmer. Er setzte sich auf die Bettkante, streifte seine Stiefel ab und folgte dann der Eingebung, seiner Frau und dem verwaisten Hundebaby noch einen kurzen Besuch abzustatten.

Leise öffnete Hugh die Verbindungstür und schlich sich

durch das Zimmer zu ihrem Bett. Was er dort sah, brachte ihn unwillkürlich zum Schmunzeln. Das Hündchen an ihren Körper gekuschelt, war Kathryn friedlich eingeschlafen.

Hugh beugte sich über sie, strich ihr eine vorwitzige kupferrote Locke aus der Stirn und küßte sie sanft. Dann musterte er den Hund, dessen dunkle Augen ihn wachsam beobachteten. »Du wirst nicht mehr lange auf meinem Platz schlafen, mein Guter«, flüsterte Hugh.

Als hätte er ihn verstanden, kräuselte Vulcanus mißfällig seine Lefzen und knurrte leise.

»Benimm dich, oder du wirst aus diesem Zimmer verbannt«, flüsterte Hugh mit gestrenger Stimme und drohte dem Kleinen mit dem Zeigefinger. »*Ich* bin hier der Herr, und nicht du.«

Vulcanus schloß seine Augen.

Zufrieden über die offensichtliche Unterwürfigkeit des Welpen suchte Hugh sein eigenes Bett auf.

17

Im Verlauf der folgenden Woche wurde Kathryn zunehmend besorgter. Tagsüber blieb sie auf ihrem Zimmer, und nur zum Abendessen begleitete sie Hugh in den großen Saal, doch ihre wachsende Besorgnis trug nur dazu bei, ihre Furcht vor dem Zusammentreffen mit den O'Neill-Soldaten noch zu verstärken.

Noch schlimmer war es, daß sich die Schuldgefühle, die sie aufgrund von Tims Tod verspürte, tief in ihre Seele gegraben hatten. Kathryn fühlte sich für den Tod des Jungen verantwortlich, und doch besuchte sie niemals dessen Grab. Was für ein trauriges Bild von einer Frau gab sie eigentlich ab?

Das Aprilwetter ging in einen sonnigen Mai über. Jeden Tag stand Kathryn an ihrem Zimmerfenster. Sie sehnte sich nach der Freiheit, wollte die wärmenden Sonnenstrahlen auf ihrer Haut spüren, gab sich statt dessen jedoch damit zufrieden, Babysachen zu nähen.

Vulcanus, den sie über alle Maßen liebte, war ein weiterer Anlaß zur Sorge in ihrer kleinen Welt. So sehr sie sich auch bemühte, es gelang Kathryn nicht, Vulcanus auch nur das kleinste Kommando beizubringen, und der Welpe wurde zum ständigen Reibungspunkt zwischen ihr und Maude.

Kathryn bestand darauf, daß die Haushälterin den Hund ausführte, um seinen unbändigen Freiheitsdrang zu befriedigen. Mit jedem Tag, der verstrich, wurde Maude über diese zusätzliche Aufgabe erboster. Kathryn wußte, daß es ungerecht von ihr war, aber ohne Hugh an ihrer Seite wollte sie seinen Männern nicht begegnen.

Kathryn wandte sich vom Fenster ab, um die Dienstbotenglocke zu betätigen. Es war wieder einmal an der Zeit, daß Vulcanus ausgeführt wurde. Bereits Augenblicke später erschien eine offensichtlich schlechtgelaunte Maude.

»Vulcanus muß ausgeführt werden«, sagte Kathryn.

»Gehen Sie doch selbst mit ihm nach draußen«, schnappte Maude zurück. »Ich habe keine Lust, das Kindermädchen für eine solch nutzlose Kreatur zu spielen.«

»Ich bin die Gräfin von Tyrone«, sagte Kathryn und baute sich zu voller Größe vor Maude auf. »Gehorche meinen Anweisungen, oder suche dir woanders eine neue Stelle.«

»Ich werde mich weder um dieses kleine Biest kümmern, noch werde ich mir eine andere Stelle suchen«, konterte Maude, deren hoch aufgerichtete Gestalt Kathryn noch um einiges überragte. »Der Graf ist hier der Herr im Haus, und nicht Sie.«

Kampfbereit starrten sich die beiden wütend an. Kathryn gab schließlich nach.

»Ich kann Vulcanus nicht ausführen«, gestand sie mit Tränen in den Augen. »Wenn ich es könnte, würde ich es selbst tun.«

Maudes Gesichtsausdruck und ihre Stimme wurden sanfter. »Warum denn nicht?«

»Ich ... ich habe Angst.«

»Sie haben nichts zu befürchten«, versicherte ihr Maude. »Ich habe Sie doch am Fenster gesehen und weiß genau, wie gern Sie nach draußen gingen. Sie können nicht für den Rest Ihres Lebens in diesem Zimmer herumlungern. Nehmen Sie Vulcanus und machen Sie mit ihm einen Spaziergang im Garten.«

Kathryn kaute unentschlossen an ihrer Unterlippe. »Ich könnte Blumen auf die Gräber bringen«, sagte sie schließlich. »Wo ist mein Mann?«

Maude zögerte. Der Friedhof war sicherlich nicht der geeignete Ort, um Kathryn fröhlicher zu stimmen. »Der Graf ist in seinem Arbeitszimmer.«

Gefolgt von einem übermütigen Vulcanus trat Kathryn aus dem Schutz ihres Zimmers und stieg zum ersten Mal seit jenem verhängnisvollen Tag, der immer wieder ihre Träume heimsuchte, allein die Treppe hinunter. Als sie die menschenleere Halle betrat, richtete sie ihre Schritte in Richtung des Arbeitszimmers.

Hugh hatte Patrick gerade mitgeteilt, daß dieser am Morgen nach Dublin aufbrechen sollte. Patrick und eine Abordnung von O'Neill-Soldaten sollten Polly, Maeve, Shana und das Kindermädchen Nellie umgehend nach Dungannon bringen.

»Herein«, rief Hugh auf ihr Klopfen hin. Als die Tür geöffnet wurde, stürmte Vulcanus in das ihm bis dahin noch unbekannte Territorium.

Kathryn lächelte den beiden Männern zu. »Ich hoffe, ich störe euch nicht«, sagte sie. »Ich kann später noch einmal wiederkommen.«

»Komm herein«, sagte Hugh. Vielleicht hatte seine Frau nun endlich ihre Seelenqualen überwunden, und alles würde sich zum Guten wenden.

»Kann ich ein paar Blumen auf die Gräber bringen?« fragte Kathryn.

»Das hier ist dein Zuhause«, erklärte ihr Hugh. »Du brauchst mich nicht um Erlaubnis zu fragen, wenn du irgend etwas tun möchtest.«

»Natürlich, ich wollte dir nur Bescheid sagen.« Beschämt errötete sie. »Es tut mir leid, wenn ich euch gestört habe.«

»Geh mit ihr«, sagte Hugh zu Patrick, als Kathryn wieder verschwunden war. »Der Friedhof ist nicht der beste Ort für sie, zumal sie das erste Mal wieder das Haus verläßt. Katie schätzt dich als ihren Freund.« Patrick nickte zustimmend und verließ den Raum.

Vulcanus schoß durch das Tor auf den Friedhof, doch Kathryn zögerte. Konnten sich die Seelen der frisch Beerdigten gegen sie verschwören? Sie spähte über den verlassenen Friedhof. Kaltes Grausen lief ihr über den Rücken, und sie zitterte trotz der wärmenden Sonne.

Kathryn nahm ihren ganzen Mut zusammen, betrat den Friedhof, und als nichts passierte, atmete sie hörbar erleichtert aus. Wachsam auf jedes Geräusch lauschend steuerte sie auf Shanes Grab zu. Dann kniete Kathryn vor seiner Grabstätte nieder, entfernte die längst verwelkten Blumen und legte den frischen Strauß darauf, den sie mitgebracht hatte. Sie bekreuzigte sich und betete für die Seele ihres verstorbenen Mannes.

Kurz darauf erschien Patrick, und aus Angst, sie zu erschrecken, rief er ihr beim Näherkommen einen Gruß zu. Dann kniete er neben ihr, bekreuzigte sich und leierte stockend ein kurzes Gebet hinunter.

»Shane und ich sind zusammen aufgewachsen«, sagte Patrick. »Der Verlust eines Menschen ist der einzige Schmerz im Leben eines Iren.«

»Amen«, erwiderte Kathryn. »Meine Schwestern haben mich immer damit aufgezogen, daß in Irland ausschließlich Barbaren hausen, aber es scheint sich die Waage zu halten. Für jedes Quentchen Glück, das uns gewährt wird, müssen wir andererseits den Schmerz der Trauer auf uns nehmen.«

Patrick erhob sich und half Kathryn beim Aufstehen. Als er sich in Richtung des Ausgangs wandte, schüttelte Kathryn den Kopf und führte ihn in die entgegengesetzte Richtung.

»Hat Hugh dich geschickt?« fragte sie, während sie nebeneinander den Weg entlang schritten.

»Ja, es bereitete ihm Sorgen, daß irgend etwas deinen Besuch überschatten könnte.«

»Oh.«

Patrick sah sie schief an. »Der Graf fühlt sich schuldig.«

»Warum?« fragte Kathryn überrascht.

»Er fühlt sich verantwortlich, weil er dich ohne Bewachung fortgelassen hat.«

»Hugh konnte doch nicht ahnen . . .«

»Ich bin froh, daß du es so siehst«, schnitt Patrick ihr das Wort ab. »Das solltest du ihm vielleicht sagen.«

»Wir sind da«, sagte Kathryn und blieb vor einem anderen Grab stehen. Sie kniete nieder, arrangierte die mitgebrachten Blumen und betete.

»Tim?« entfuhr es Patrick, als er erkannte, wer dort begraben lag. »Aber er war doch noch ein Junge. Wie konnte das passieren?«

Seine Frage ignorierend starrte Kathryn auf das Grab. Wie konnte sie ihm ihre Schuld an Tims Tod eingestehen? Was würde Patrick von ihr denken? Hugh würde es erfahren, und was hielte er erst von ihr? Bittere Tränen strömten über ihre Wangen.

Patrick kniete sich neben sie und legte ihr tröstend seinen Arm um die Schulter. »Erzähl mir doch, was los ist, ja?«

»Es war mein Fehler«, schluchzte Kathryn. »Ich bin für Tims Tod verantwortlich.«

In der Gewißheit, daß sie niemandem auch nur ein Haar krümmen könnte, hielt Patrick sie solange umschlungen, bis ihre Tränen versiegten. »Erzähl mir, was geschehen ist.«

»Tim hatte sich mit mir angefreundet und versuchte

mir bei meiner Flucht zu helfen, aber ich zögerte. Turlough ...« Sie brach ab, unfähig weiterzusprechen.

Vulcanus, der von seinem Umherstreifen erschöpft war, hinkte zu ihnen. Kathryn nahm den Welpen in die Arme, und er leckte ihr die salzigen Tränen von den Wangen.

»Turlough hat den Jungen umgebracht«, sagte Patrick. »Es war nicht dein Fehler, und deshalb solltest du auch keine Gewissensbisse haben.« Dann fügte er noch hinzu: »Oder habe ich dir jemals die Unwahrheit gesagt?«

»Ja, das hast du.« Kathryns Kichern war eher ein Schluchzen.

»Stimmt, aber nicht in solchen Dingen.« Patrick gab ihr einen Stups auf ihre Himmelfahrtsnase, was sie zum Lachen brachte. »Überlaß Vulcanus mir, ich werde ihn zurück in den Hof tragen.«

»Erfreue dich daran, solange du es noch kannst«, sagte Kathryn und reichte ihm den Welpen. »Wolfshunde bleiben nicht ewig Babys.«

Patrick schmiegte Vulcanus an sein Gesicht und küßte die nasse Schnauze des Hundes. »In ein paar Monaten wird Vulcanus mich bestimmt auf seinem Rücken davontragen.«

Als sie den Friedhof verließen, musterte Patrick Kathryn besorgt. Ja, er konnte dafür sorgen, daß sie keine Schuldgefühle mehr hatte, aber es lagen noch Welten dazwischen, bis er sein Ziel erreicht hatte.

Hugh, der im Hof mit Conal und Liam zusammenstand, erblickte Patrick und Kathryn, als sie den Weg vom Friedhof hinuntergeschlendert kamen. Er bemerkte ihre verquollenen, rotgeränderten Augen und wußte, daß sie geweint hatte. Hugh war verunsichert. Hatte sie wegen Shane geweint oder wegen dem, was ihr angetan worden war? Er wünschte sich nichts mehr, als daß seine Frau sich ihm endlich anvertraute.

»Ich habe auf dich gewartet«, sagte Hugh, während er Patrick den Hund abnahm. »Es wird Zeit, daß Vulcanus abgerichtet wird.«

»Nur zu, die Strafe folgt auf den Fuß«, neckte ihn Kathryn. Sie wußte genau, daß sich ihr Ehemann in einem Kräftemessen wiederfinden würde, aus dem er mit Sicherheit nicht als Sieger hervorging. Hatte sie sich nicht eine Woche lang mit dem Welpen hinter verschlossenen Türen abgemüht und schließlich doch keinen Fortschritt erzielt?

Patrick, Conal und Liam grinsten über den Ehrgeiz des Grafen. Einige andere umstehende Soldaten versuchten sich das Lachen zu verkneifen.

»Würde es hier irgend jemand — einschließlich meiner überaus zuversichtlichen Gattin — wagen, eine Wette auf das Ergebnis einzugehen?« forderte Hugh die anderen heraus.

»Wir wollen dir nicht dein sauer verdientes Geld abknöpfen«, konterte Patrick. Jeder der Anwesenden im Hof, einschließlich der überaus zuversichtlichen Gattin, lachte.

Eine murrende Maude, die es insgeheim für eine Sünde hielt, gutes Essen an einen Hund zu verschwenden, erschien genau in diesem Augenblick und reichte Hugh einen Teller mit verlockenden Fleischbrocken. Sie ignorierend schwenkte Hugh den Teller vor Vulcanus' Schnauze. Er sabberte vor Vorfreude.

»*Sitz* und *bleib liegen* werden Vulcanus' erste Befehle sein«, kündigte Hugh an und reichte den Teller an Kathryn weiter.

Hugh setzte Vulcanus auf dem Boden ab, drückte sein Hinterteil zu Boden und befahl: »Sitz.« Er untermauerte seinen Befehl, indem er den Welpen mit einem Stück Fleisch belohnte. Vulcanus lernte seine Lektion überraschend schnell.

Bleib liegen war da schon etwas schwieriger. Hugh befahl Vulcanus, sich hinzusetzen und liegenzubleiben, dann legte er eine kleine Spur aus Fleischbrocken, die von dem Welpen wegführte. Sobald Hugh das Fleisch auf dem Boden verteilte, sprang Vulcanus auf und fraß es.

Die Zuschauer johlten vor Lachen über dieses Schauspiel. Verärgert über den Hund fluchte Hugh, aber er war nicht wirklich zornig. Er würde mit Freuden Wagenrennen auf dem Hof veranstalten, wenn das seine Frau zum Lachen brächte, aber augenblicklich spiegelte sich in seinen Gesichtszügen Verdruß.

»Wenn die Dame meines Herzens glaubt, daß ihr mehr Erfolg beschieden ist als mir, dann kann sie es gerne versuchen«, forderte Hugh sie mit hochgezogenen Brauen auf.

Nachdem sie die Fleischplatte Patrick in die Hand gedrückt hatte, trat Kathryn vor und kniete sich neben den Welpen. Dann sah sie Hugh an und bat ihn: »Geh ein Stück weit weg und leg dann ein Stück Fleisch auf die Erde.«

Als Vulcanus dem Fleisch hinterherjagen wollte, hielt Kathryn ihn zurück. »Bleib liegen«, sagte sie sanft.

Vulcanus winselte um seine Freiheit.

»Bleib liegen«, befahl Kathryn mit strenger Stimme, und der junge Hund beruhigte sich.

Kathryn ließ den Hund los. Vulcanus hob den Kopf zu ihr auf und wedelte mit dem Schwanz, blieb jedoch liegen und gehorchte ihrem Befehl. Erfreut lobte Kathryn den Welpen und belohnte ihn mit einem Stück Fleisch.

Kathryn bat Hugh, das verbotene Fleischstück immer näher vor den Hund zu legen und wiederholte den Vorgang wieder und wieder. Als der verbotene Happen schließlich unberührt vor Vulcanus' Schnauze ruhte, gab Kathryn es ihm.

»Er brauchte die zärtliche Hand einer Mutter«, sagte sie.

Stirnrunzelnd hatte Hugh die unerwartete Wendung der Ereignisse beobachtet. Er hatte gehofft, die Bewunderung seiner Ehefrau zu erzielen, wenn er ihren kleinen Liebling abrichtete.

»Vulcanus muß ebenfalls lernen, daß er zu einem kommt«, erklärte Hugh, dann befahl er dem Hund liegenzubleiben und ging ein kurzes Stück von ihm weg.

Dann hob er seine Hand hoch, warf ein Stück Fleisch in die Luft und befahl: »Komm.«

Vulcanus legte seinen Kopf schief und blieb mit auf den Vorderpfoten ruhender Schnauze am Boden liegen. Der Hof war von Gelächter erfüllt.

»Ich glaube, Vulcanus ist müde«, rief Kathryn und brach dann in Kichern aus.

»Oder satt«, fügte Patrick hinzu. Jeder, mit Ausnahme von Hugh, grölte.

»Wir werden noch etwas für morgen aufheben«, sagte Hugh und bot seiner Frau den Arm. »Sollen wir ins Haus gehen?«

Kathryn hakte sich bei ihm ein, doch Vulcanus war nicht dazu zu bewegen aufzustehen. »Das arme Baby ist erschöpft«, sagte sie und musterte ihren Ehemann mit ihren betörenden grünen Augen. »Würde es dir etwas ausmachen, ihn zu tragen?«

Hugh blieb stehen, um den störrischen Welpen auf den Arm zu nehmen. Als er ihn hochhob, gab Vulcanus einem dringenden Bedürfnis nach.

»Du hinterhältiges Ungeheuer!« knurrte Hugh und wandte sich dann Kathryn zu. »Er hat meine Stiefel naßgemacht!«

Die Männer im Hof hatten Tränen in den Augen und hielten sich ihre Bäuche vor Lachen. Man stelle sich vor, ein nichtsnutziger Köter, der einen Grafen anpinkelt!

Als er seine Frau betrachtete, veränderte sich Hughs Gesichtsausdruck plötzlich. Lächelnd trat er einen Schritt näher.

»Dich wieder lachen zu sehen, ist einfach großartig«, sagte Hugh. Ertappt lief Kathryn dunkelrot an. Unerwartet ließ Hugh den Hund in ihre Arme sinken und ging ins Haus.

Als die Männer im Hof auseinanderstoben, ertönte Kathryns aufgeregte Stimme. »Vulcanus hat mir das Kleid durchnäßt!« Auf diese Äußerung hin folgte Hughs schallendes Gelächter, in das Kathryn einstimmte.

Bereits früh am nächsten Morgen eilte Kathryn in den Hof. Sie hatte darauf bestanden, bei Sonnenaufgang Patrick Lebewohl zu sagen, der auf die Reise nach Dublin aufbrach, um ihre Töchter zu holen. Atemlos von der Anstrengung stand Kathryn neben ihrem Ehemann und sah zu Patrick auf, der bereits zu Pferde saß.

»Sei bitte vorsichtig!« ermahnte sie ihn. »Wie lange dauert die Reise?«

»Mach dir keine Sorgen«, sagte Hugh und legte ihr seinen Arm um die Schultern.

»Ich werde die Kleinen bis zum letzten Atemzug verteidigen«, versicherte ihr Patrick. »Wir treffen noch diesen Monat wieder auf Dungannon ein.«

Kathryn streckte ihre Hand aus und griff nach der seinen. Dann sagte sie: »Gott beschütze dich, mein Freund.«

Hugh schüttelte seinem Offizier die Hand und wünschte ihm eine gute Reise. Als die Männer fortritten, beobachtete er seine Frau. Reglos starrte Kathryn ihnen nach. Sie hatte ihre Brauen sorgenvoll hochgezogen, und auf ihrem Gesicht zeichnete sich unbändige Angst ab.

Hugh hoffte, daß die Ankunft von Maeve und Shana zu Kathryns völliger Genesung beitragen und die schrecklichen Ereignisse der Vergangenheit aus ihrer Erinnerung vertreiben würde. Was ihn anbelangte, so beabsichtigte Hugh, in den nächsten Wochen viele Stunden mit Kathryn zu verbringen.

»Was beunruhigt dich, Katie?«

»Meinst du, sie haben mich bereits vergessen?«

»Von wem sprichst du?«

»Von meinen Töchtern.« Auf der Suche nach der Wahrheit richtete Kathryn ihren fragenden Blick auf Hugh. »Meinst du, daß Maeve und Shana mich vergessen haben?«

»Ihre Mutter vergessen?« Hugh lachte. »Höchst unwahrscheinlich.«

»Aber es ist schon so lange her, seit ich sie das letztemal gesehen habe.«

»Es erscheint dir bloß als lange Zeit«, sagte Hugh und umarmte sie inniger. »Außerdem, wer könnte dich jemals vergessen?«

Die Strahlen der frühen Morgensonne brachen sich auf Kathryns kupferrotem Haar und umgaben sie mit einer geheimnisvollen Aura. Ihre großen grünen Augen schimmerten wie Smaragde, und ihre verführerisch rosigen Lippen luden zum Küssen ein.

Hugh senkte den Kopf, um die verlockende Süße ihres Mundes zu spüren. Kathryn erstarrte vor Angst und schrak entsetzt zurück.

»Ich würde dir niemals weh tun«, sagte Hugh und zog seinen Kopf in dem Moment zurück, als sich ihre Lippen schon fast berührten.

»Es tut mir leid«, entschuldigte sich Kathryn und bereute ihr unterkühltes Verhalten, doch die Furcht in ihrem Blick blieb.

Hugh zwang sich zu einem Lächeln und wechselte das Thema. »Auch wenn es noch recht früh ist«, schlug er vor, »könnte Vulcanus schon jetzt seinen Unterricht bekommen.«

Der furchtsame Ausdruck in Kathryns Augen verschwand, und sie sah ihn verschmitzt an. »Für Seine Majestät, den König aller Hunde, war es viel zu früh zum Aufstehen«, sagte sie. »Vulcanus liegt noch in meinem Bett.«

Lächelnd ließ Hugh seine Hand über ihren gerundeten Leib gleiten. »Vielleicht solltest du ihm Gesellschaft leisten. Eine solche Last ständig mit sich herumzutragen, ist auf Dauer ermüdend.«

»Ich gebe zu, daß ich dicker geworden bin«, meinte Kathryn, »aber bis zur Geburt sind es immerhin noch drei Monate.«

»Bald wirst du wie eine Ente daherwatscheln, mein schwergewichtiges Eheweib«, neckte Hugh sie und begleitete sie ins Haus.

»Wie eine Ente?« schnaubte sie. »Wie kannst du es wagen, so etwas zu sagen? Ich bin noch nie wie eine Ente gewatschelt.«

»Als du mit Shana schwanger warst, hast du genau den Gang einer Ente gehabt«, beteuerte Hugh, während sie die Stufen zu ihrem Zimmer hinaufgingen.

»Niemals!«

»Hast du dich selbst einmal von hinten gesehen?« fragte Hugh. »Wie du jetzt ausschaust, wird der Entengang diesmal noch früher eintreten.«

Kathryns Augen funkelten vor Zorn, doch dann fielen ihr Fionas Klagen wieder ein und sie mußte lächeln. Offensichtlich war die Zeit ihrer wohlverdienten Strafe gekommen. Ihr Ehemann versuchte mit allen Mitteln, sie zum Lachen zu bringen, so daß sie ihre Sorgen vergaß.

Schuldgefühle, daß sie vor seiner Berührung zurückgeschreckt war, überkamen sie, und deshalb versuchte sie, ihre frühere Zurückhaltung aufzugeben. »Möchtest du später mit mir gemeinsam in meinem Schlafzimmer frühstücken?«

»Gerne.« Hugh küßte sie auf die Wange und wandte sich zum Gehen.

Kathryn blickte ihm nach, dann berührte sie die Wange, die er geküßt hatte. *Liebt er mich vielleicht doch noch?* fragte sie sich verwundert. Doch ihre Ängste gewannen sogleich wieder die Oberhand, und sie ließ ihre Schultern hängen, als würde sie von dem Gewicht ihrer Sorgen erdrückt. Sie war seiner Liebe nicht würdig. Turloughs Begierde hatte sie besudelt.

Als Hugh die Treppe hinunterschritt, rieb er sich im Geiste die Hände. Seine Frau hatte freundschaftlich eingelenkt, und er würde die Gelegenheit nutzen, bevor sie vertan war. Es gab bereits einen erkennbaren Fortschritt, wenn auch nur ganz allmählich.

Als Kathryn am Nachmittag darauf vor Tims Grab niederkniete, befiel sie das fürchterliche Gefühl, beobachtet zu werden. Ihre Angst hinderte sie daran, sich umzublikken, doch ihr Nervenkostüm war zum Zerreißen gespannt.

Der Schatten eines Mannes fiel auf den Grabstein. Schreiend wirbelte Kathryn herum und warf ihre Arme in die Luft, als wollte sie einen Angreifer abwehren.

»Ich bin es«, sagte Hugh und ergriff ihre Hände.

Zitternd ließ Kathryn ihr Gesicht in seine Hände sinken und atmete erleichtert auf. Es dauerte einige Zeit, bis sie sich wieder gefaßt hatte.

Allmächtiger Gott! dachte Hugh. *Welche Torturen muß sie durchgemacht haben, daß sie sich schon vor Schatten fürchtet?*

»Du solltest nicht hinter Leuten herspionieren«, sagte Kathryn und wünschte sich, daß ihr Herz wieder normal schlug. »Du hast mich erschreckt.«

»Ich habe nicht spioniert, trotzdem tut es mir leid, wenn ich dich erschreckt habe.« Hughs Blick fiel auf die Grabinschrift. »Ich dachte, du besuchtest Shanes Grab.«

»Gelegentlich komme ich hierher«, antwortete Kathryn und ließ seine Hände los. Sie wandte sich erneut dem Grab zu und sammelte die Blumen ein, die sie am Tag zuvor gebracht hatte.

»Wer war Tim?« fragte Hugh. »Warum besuchst du sein Grab?«

Kathryn stellte sich taub. Was sollte sie ihm sagen? Wenn sie die Wahrheit erzählte, würde sie ihn für immer verlieren. Niemand, der über einen gesunden Menschenverstand verfügte, wollte eine Mörderin zur Frau.

Ihr Schweigen mißachtend, kniete Hugh sich neben sie. »Antworte mir.«

»Hat es dir Patrick nicht erzählt?« fragte sie und wich seinem Blick aus.

»Patrick würde dein Vertrauen niemals mißbrauchen. Und ich frage dich noch einmal, wer war Tim?«

Kathryn dachte fieberhaft über eine glaubwürdige Antwort nach. Wie konnte sie ihm die Wahrheit mitteilen? Jede Chance, die Liebe ihres Ehemannes zurückzugewinnen, wäre dann vertan. Schließlich sagte sie nur: »Tim war einer der Stallburschen.«

»Ein Stallbursche kann dir doch nicht so wichtig sein.«

Hugh erkannte, daß sie ihm etwas verschwieg. »Warum besuchst du sein Grab?«

Statt einer Antwort schwieg sie.

»Bitte, Kathryn, verheimliche es mir nicht«, drängte Hugh. »Ich bin bereit, jede Last mit dir zu teilen.«

In diesem Augenblick erkannte Kathryn, daß sie der Wahrheit nicht entkommen konnte. Also mußte sie das traurige Schicksal der Einsamkeit auf sich nehmen. »Die Last eines Mordes kann man nicht teilen.«

»Mord?«

»Ich habe Tim getötet.«

Ungläubig schüttelte Hugh den Kopf. Er war sich sicher, daß sie keines Mordes fähig war

»Erzähl mir alles«, sagte er. »Ich will alles wissen.«

Während Kathryn auf das Grab des Jungen starrte, erzählte sie ihm von den Einzelheiten ihrer Entführung und von Tims Tod. Als sie geendet hatte, senkte sie beschämt den Kopf.

»Deine Schuldgefühle sind vollkommen unbegründet«, sagte Hugh und hob ihren Kopf hoch, so daß sie ihn ansehen mußte.

»Du haßt mich also nicht?« fragte Kathryn.

»Ich *liebe* dich«, sagte Hugh und sein Herz krampfte sich zusammen, als er den unverhohlenen Hoffnungsschimmer in ihren Augen bemerkte. Er nahm sie in seine Arme, und Kathryn legte ihren Kopf an seine breite, tröstliche Schulter.

Die Schuld lag einzig und allein bei ihm, entschied Hugh. Seine Unfähigkeit, Kathryn zu beschützen, war die Wurzel allen Übels gewesen. Er schwor sich, daß er das von nun an ändern würde.

Während der folgenden Wochen machte Hugh seiner Frau den Hof, was Kathryn trotz ihrer beiden Ehen und ihrer drei Kinder noch niemals passiert war. Die meiste Zeit redeten sie miteinander. Sie tauschten ihre Kindheitserinnerungen aus, ihre Hoffnungen für ihre eigenen Kinder und Hughs Pläne bezüglich Irland.

Hugh schwor ihr ständig seine Liebe und neckte gnadenlos ihre Leibesfülle. Allmählich bemerkte er, wie die seelische Belastung von ihr abfiel.

Ein Teil ihres Tagesablaufs bestand darin, daß Hugh Kathryn jeden Abend vor dem Zubettgehen besuchte. An manchen Abenden plauderten sie bis spät in die Nacht hinein. Manchmal aber verbrachten sie die gemeinsamen Abende schweigend. Sie gaben sich damit zufrieden, die Gesellschaft des anderen zu teilen.

Für Hugh stellte sich bei dieser Form der Tageseinteilung lediglich ein einziges Problem. Er hatte nicht die Absicht, eine platonische Ehe zu führen.

Geduld ist eine Tugend, sagte er sich ständig, *und ein Platz an Gottes Seite ist mir sicherlich gewiß.*

Um der Eintönigkeit ihrer Näharbeit zu entfliehen, entschloß sich Kathryn eines sonnigen Nachmittags, im Park spazierenzugehen. Sie rief Vulcanus, verließ ihr Zimmer und schlenderte durch den Flur.

Als sie die Stufen zur Halle hinunterschritt, hoffte sie, daß niemand ihr Verschwinden bemerkte. Ihr Ehemann hatte sich irgendwie in eine beschützende Glucke verwandelt und würde sie sicherlich schelten, wenn sie während ihrer üblichen Ruhezeit das Haus verließ.

Mit Vulcanus an ihrer Seite huschte Kathryn durch die menschenleere Eingangshalle und riß die Tür auf. Ihr Herz setzte beinahe aus, als sie ihn plötzlich vor sich sah.

»Warum ruhst du dich nicht aus?« fragte Hugh, der offensichtlich gerade eingetroffen war. »Fühlst du dich nicht gut?«

»Ich möchte mich in den Garten setzen«, erklärte ihm Kathryn errötend, weil sie sich ertappt fühlte. »Die Luft wird unserem Baby guttun.«

»Ach, Katie, du bist unverbesserlich«, sagte Hugh lächelnd und reichte ihr seinen Arm. »Auch ich wollte gerade in den Garten gehen.« Er machte sich nicht die Mühe, ihr zu erklären, warum er ursprünglich auf dem Weg *ins* Haus gewesen war, als sie die Tür geöffnet hatte.

Einige Zeit spazierten sie friedlich durch den Garten. Dann fand Hugh eine Bank, auf der sie sich niederlassen konnten. »Möchtest du dich etwas ausruhen, mein Liebes?« fragte er.

»Nein, aber wenn du müde bist, ließe ich mich dazu überreden, mich unter diesen Baum zu setzen«, erwiderte Kathryn.

»Aber dort steht keine Bank.«

»Was für einen scharfen Blick du doch hast«, neckte sie ihn. »Wir könnten uns ins Gras setzen.«

Hugh führte sie zu dem Baum und half ihr übervorsichtig, sich dort niederzulassen.

»Ich würde dir mit Vergnügen meinen Schoß anbieten«, sagte Kathryn, »aber ich befürchte, daß ich im Augenblick gar keinen mehr habe.«

Da er das als deutlichen Hinweis auf ihre Schläfrigkeit wertete, sagte Hugh lächelnd: »Ich habe einen Schoß und bestehe darauf, daß du ihn nutzt.«

Kathryn legte sich hin und bettete ihren Kopf in seinen Schoß. Zufrieden lächelte sie zu ihm auf, während er zärtlich ihr Gesicht streichelte.

Vulcanus kam angesprungen und kauerte sich neben seine Herrin, dann legte er seine Schnauze auf ihren Leib. Als Kathryn den Kopf des Welpen streichelte, überkam Hugh der absurde Wunsch, der Hund sein zu können.

»Es ist sehr nett von dir, mir soviel von deiner Zeit zu widmen«, sagte Kathryn. »Das hat Shane nie getan.«

»Shane war ständig mit seinen Kriegen beschäftigt.«

»Hast du denn keine diesbezüglichen Pläne?« Das konnte Kathryn kaum glauben. Die Iren lebten vom Krieg. Womit sollten sie sich beschäftigen, wenn es keinen Krieg gab? *Einen neuen anzetteln,* erwiderte ihr eine innere Stimme.

»Ich habe die Maguire aus reiner Notwendigkeit bekämpft«, sagte Hugh, seine Worte sorgfältig wählend. »Ich will nicht wieder gegen meine eigenen Landsleute ins Feld ziehen, und vor allen Dingen nicht für die Königin.«

»Planst du einen Krieg gegen die Engländer?«

»Das habe ich nicht gesagt«, wich Hugh ihrer Frage aus. »Du würdest niemals einen guten Diplomaten abgeben. Ich bin mit unserem derzeitigen Leben zufrieden. Der Weg des Friedens ist jedem anderen vorzuziehen. Außerdem können wir unsere Machtansprüche auch durch Eheschließungen erweitern, wenn Maeve und Shana ...«

»Sie sind doch noch kleine Kinder«, sagte Kathryn vorwurfsvoll. Plötzlich sprang Vulcanus auf, bellte ihren Bauch an und hinkte davon.

»Was hat er denn jetzt wieder?« fragte Hugh.

»Das Baby hat ihn getreten. Gib mir deine Hand.« Kathryn führte Hughs Hand zu ihrem Bauch und beobachtete seinen faszinierten Gesichtsausdruck, als er die Bewegungen des Kindes spürte.

»So dick zu sein wird langsam beschwerlich«, beklagte sie sich. »Stell dir vor, wie ich aussehe, wenn das Baby erst einmal geboren ist.«

»Du hast noch nie schöner ausgesehen«, erklärte ihr Hugh.

»Dann wird es ein Junge«, meinte Kathryn. »Jungen fördern die Schönheit ihrer Mutter, habe ich mir sagen lassen.«

Lachend schüttelte Hugh den Kopf, dann bestand er darauf, daß sie ruhen sollte. Kathryn entspannte sich, und als er ihre gleichmäßigen Atemzüge hörte, wußte er, daß sie eingeschlafen war.

Verliebt betrachtete Hugh das Gesicht, das sich für alle Zeit in sein Gedächtnis eingemeißelt hatte. Kathryns wilde Haarpracht betonte ihre makellose, samtweiche Haut. Die Augen einer Göttin — funkelnde Smaragde — verbargen sich hinter ihren zarten Augenlidern. Unter ihrer kleinen Stupsnase luden ihn rosige Lippen dazu ein, ihre Süße zu kosten.

Hugh widerstand der Versuchung und zwang sich wegzusehen, doch bald schon wurde sein Blick wieder unwiderstehlich von ihrem Mund angezogen. Kathryn war eine Schönheit, eine vollendete Prinzessin, eine Versuchung. *Zum Teufel damit! Sie war seine Frau!* Hughs Blick war von Liebe erfüllt, aber da war noch etwas mehr ...

Ohne darüber nachzudenken beugte sich Hugh über sie und küßte ihren sinnlichen Mund. Im Halbschlaf seufzte Kathryn und öffnete einladend ihre Lippen. Der Kuß wurde leidenschaftlicher, und sie erwachte.

»Laß das«, befahl Kathryn.

»Es ist nur natürlich, daß ein Mann Zärtlichkeit für seine Frau empfindet«, sagte Hugh, dessen Lippen über ihr schwebten.

»Das ist Lust und keine Zärtlichkeit. Außerdem kann ... kann ich nicht so darauf eingehen, wie es eine Ehefrau tun sollte.«

»Aber das hast du doch soeben getan«, meinte Hugh schmunzelnd.

Kathryn errötete. »Ich habe überhaupt nicht das Bedürfnis, darauf einzugehen. Um ehrlich zu sein, wenn du dich anderswo umschauen würdest, könnte ich das verstehen.«

»Du bist die schlechteste Lügnerin, die mir jemals begegnet ist«, sagte Hugh und gab ihr einen zärtlichen Stups auf ihre Nase. »Und vergiß ja nicht, eine solche Lüge zu beichten!«

Unwillkürlich mußte Kathryn lachen.

18

»Hugh!«

Mit ihrem ausladenden Bauch vorneweg eilte Kathryn die Stufen so schnell hinunter, wie es ihre fortgeschrittene Schwangerschaft gerade noch zuließ. Von ihrem Rufen aufgeschreckt stürmte Hugh aus seinem Arbeitszimmer und war in der Empfangshalle angelangt, als sie gerade den Treppenabsatz erreicht hatte.

»Meine Töchter sind eingetroffen«, rief Kathryn und hastete an ihm vorbei.

Über ihre offensichtliche Freude schmunzelnd eilte Hugh ins Freie und packte sie am Oberarm. »Bleib ruhig«, empfahl er ihr, während sie die eintreffende Kutsche und die Soldaten beobachteten. »Aufregung ist nicht gut für das Baby.«

Als die Kutsche anhielt, trat Hugh einen Schritt vor und öffnete den Kutschenverschlag. Kindliches Freudengeschrei ertönte, als sich Maeve und Shana in seine ausgestreckten Arme warfen. Hugh gab jedem der Mädchen einen schmatzenden Kuß auf die Wange und wandte sich dann seiner Frau zu, die mit vor Rührung tränenfeuchten Augen ihre beiden Töchter betrachtete.

Die sechsjährige Maeve war eine Miniaturausgabe ihrer Mutter. Ihr kupferfarbenes Haar war ordentlich geflochten worden, doch ein paar vorwitzige Locken hatten sich während der herzlichen Umarmung mit ihrem Stiefvater aus ihrem Zopf gelöst. Ihre grünen Augen waren beinahe zu riesig für ihr schmales Gesicht, und ihre Nasenspitze war nach oben gerichtet, was ihr ein keckes Aussehen verlieh.

Die zweijährige Shana war die weibliche Version Shane O'Neills und erstaunte jeden im Hof, der das Mädchen noch nicht kennengelernt hatte. Sie hatte die blauen Augen ihres Vaters, und ihre energisch geschwungenen Lippen deuteten auf mehr Eigensinn, als dies bei einem Kind erwünscht war. Ihr Gesicht wurde von einer glänzenden schwarzen Haarpracht umrahmt, denn die sorgfältig geflochtenen Zöpfe befanden sich mittlerweile in wilder Unordnung.

Hugh setzte die zappelnden Kinder zu Boden. Juchzend vor Freude rannten sie auf ihre Mutter zu. Kathryn bückte sich, umarmte beide und herzte sie mit Tränen in den Augen.

»Bist du traurig, Mama?« fragte Maeve.

»Das sind Freudentränen, Prinzessin«, schniefte Kathryn und ließ die beiden kleinen Mädchen los. »Ich bin so glücklich, euch wieder in meinen Armen zu halten.«

Maeve, die Weinen und Freude nicht miteinander in Verbindung bringen konnte, dachte nach. *Wie seltsam!* Sie weinte nur, wenn sie traurig war oder sich weh getan hatte. Noch bevor sie ihre Mutter weiter fragen konnte, ertönte die Stimme ihrer Schwester.

»Sieh doch!« Shana deutete auf den Bauch ihrer Mutter.

»Euer kleiner Bruder oder eure kleine Schwester wächst da drinnen«, erklärte ihnen Kathryn. »Genau wie Maeve und du darin gewachsen sind.« Shanas Gesicht nahm einen fragenden Ausdruck an, als sie diese erstaunliche Neuigkeit verarbeitete.

»Jede Mutter bekommt einen dicken Bauch, du Gans«, teilte Maeve ihrer Schwester mit. »Wenn das Baby dann da ist, verschwindet der Bauch plötzlich wieder.«

Der Hof erscholl von Gelächter über ihre vereinfachte Darstellung der Mutterschaft.

Maeve warf dem lachenden Publikum einen mißfälligen Blick zu und trug damit zu weiterer Erheiterung bei, da sie ihrer Mutter in ihrer Verärgerung noch ähnlicher wurde.

»Maude, komm her und sieh dir meine Töchter an«, rief Kathryn.

Maude erschien und lächelte die beiden kleinen Mädchen an. Endlich, dachte die Haushälterin, würde Dungannon von Kinderlachen erfüllt sein. Gütiger Himmel, es hatte aber auch verdammt lange gedauert!

»Du warst ja noch ein Winzling, als ich dich das letztemal gesehen habe«, sagte Maude zu Maeve. »Jetzt bist du schon fast erwachsen.«

Maeve glühte vor Stolz. Sich ihrer gesellschaftlichen Stellung nicht bewußt, machte sie vor der Haushälterin einen artigen, wenn auch etwas unsicheren Knicks. Unterdrücktes Kichern war auf dem Hof zu hören, und Maeve blickte sich nach dem Übeltäter um, der es gewagt hatte, sie ein weiteres Mal auszulachen.

»Das ist Shana«, stellte Kathryn ihre jüngste Tochter vor.

Als die Haushälterin sich vorbeugte, um das Kind näher zu betrachten, füllten sich ihre Augen mit Tränen. »Sie ist Shane wie aus dem Gesicht geschnitten«, sagte sie mit gepreßter Stimme, überwältigt von ihren Gefühlen und Erinnerungen.

Maude nahm ein Taschentuch aus ihrer Schürzentasche, putzte sich lautstark die Nase und fügte dann hinzu: »Ich hoffe nur, daß sie Ihren Charakter geerbt hat. Es wäre nicht gut, wenn sie so hitzköpfig wie ihr Vater würde.«

Von Hughs fester Hand zurückgehalten, saß Vulcanus jaulend auf dem Boden, weil er die beiden Neuankömmlinge beschnuppern wollte. Schließlich riß er sich los, stürmte auf die beiden Mädchen zu und leckte erst Maeve und dann Shana das Gesicht ab. Da er größer und kräftiger geworden war, warf er Shana in seinem Übermut beinahe um.

»Sitz«, befahl ihm Kathryn. Vulcanus gehorchte, doch sein Schwanzwedeln zeugte von seiner Aufregung.

»Maeve und Shana, das ist Vulcanus«, stellte Kathryn ihnen in gespieltem Ernst den Hund vor. »Vulcanus, das sind meine beiden Töchter.«

Wenn ein Hund menschliche Begeisterung verspüren konnte, so tat es Vulcanus in diesem Augenblick. Maeve und Shana gluckten vor Freude über ein solch wunderbares Spielzeug, stürzten sich auf den Hund, streichelten und liebkosten ihn und wurden dafür von ihm abgeschleckt.

Lächelnd bat Kathryn Maude, auf die drei aufzupassen, dann erhob sie sich, um ihre Zofe zu begrüßen. Sie umarmte und küßte Polly, dann trat sie zu Patrick, der neben Hugh stand.

»Ich habe alles mitgebracht, was du wolltest«, sagte Patrick gerade.

»Was sollte er denn mitbringen?« fragte Kathryn.

»Ach, nichts von Bedeutung«, wich Hugh aus.

Kathryn gab sich mit der Äußerung ihres Mannes zufrieden und schüttelte Patrick voller Dankbarkeit die Hand. Auf Zehenspitzen stehend hauchte sie ihm einen Kuß auf die Wange. »Danke, daß du meine Mädchen gesund hierhergebracht hast. Du bist mir stets ein wahrer Freund gewesen.«

Patrick grinste. »Dann bist du mir sicherlich auch nicht böse, wenn ich dir sage, daß du aussiehst, als hättest du einen riesigen Ball verschluckt.«

Kathryn lachte und wandte sich dann Hugh zu. »Trägst du Shana bitte ins Haus? Ich habe nicht mehr die Kraft dazu.«

»Wir sprechen uns später«, sagte Hugh zu Patrick. Er nahm Shana auf den Arm und folgte seiner Frau ins Haus, doch hinter seinem gelassenen Gesichtsausdruck verbarg sich unterdrückter Zorn.

Erst will sich meine geliebte Frau nicht von mir anfassen lassen, grübelte Hugh. *Dann darf ich sie anfassen, aber sie gewährt mir nicht meine Rechte als Ehemann. Ich gebe den Befehl, daß die Kinder hierhergeholt werden, und sie gibt Patrick aus Dankbarkeit einen Kuß. Nur der Himmel weiß, wie mich ihr Anblick reizt. Und jetzt ist es zu spät! Ihre Schwangerschaft ist viel zu weit fortgeschritten, als daß ich sie noch anrühren dürfte. Also werde ich warten, bis sie sich von der Geburt erholt hat, aber keineswegs länger. Ich bin ihr Ehemann, und sie entscheidet sich am besten dafür, mir zu gehorchen.*

Als es Zeit für das Abendessen wurde, ging Kathryn mit Maeve und Shana an der Hand nach unten. Vulcanus folgte ihnen. In den wenigen Stunden seit der Ankunft ihrer Töchter war Kathryns ständig furchtsamer Blick wie weggeblasen. Sie strahlte förmlich vor Glück.

»Sollen wir hier essen?« fragte Kathryn, als sie das kleine, private Speisezimmer betrat.

Hugh nickte zustimmend. »Unser erster gemeinsamer Abend sollte ein Familienfest sein. Im Saal wird man uns schon nicht vermissen.«

Hugh trat einen Schritt vor, strich Maeve über den Kopf und nahm Shana auf den Arm. Weil er sich ausgeschlossen fühlte, bettelte Vulcanus winselnd um Aufmerksamkeit. Stirnrunzelnd betrachtete Hugh den Hund, dann tätschelte er auch dessen Kopf.

»Hund«, krähte Shana und deutete auf Vulcanus.

»Das ist richtig, Nesthäkchen.« Anerkennend lächelte er Shana an, dann warf er ihrer Mutter einen bedeutsamen Blick zu. »Vulcanus ist ein Hund und kein Familienmitglied.«

Ihren Ehemann nicht beachtend, sagte Kathryn lächelnd zu Shana: »Vulcanus ist ein Hund *und* ein Mitglied der Familie.«

»Patrick läßt von Lord und Lady Burke herzliche Grüße übermitteln«, sagte Hugh, *ihre* Äußerung ignorierend. »Fiona hat eine Tochter entbunden, Grania.«

»Wie schön«, sagte Kathryn. »Wir sollten ihnen ein Geschenk schicken.«

»Es ist bereits alles in die Wege geleitet. Können wir jetzt essen?«

Die vier O'Neills und ihr Hund aßen gemütlich zu Abend. Zur Verärgerung ihrer Mutter erkannte Maeve rasch die Vorzüge, Vulcanus während der Mahlzeit neben sich zu haben, und der Hund hatte schnell heraus, daß es von Vorteil war, die Mädchen beim Essen nicht aus den Augen zu lassen. Auch wenn Maeve ihre Fütterungsversuche zu verheimlichen suchte, landete doch das meiste von ihrem Teller in seinem hungrigen Maul. Nach dem Nachtisch kletterte Shana auf Hughs Schoß und schlief sofort ein.

»Laß uns diese Zwerge in Nellies Obhut geben«, schlug Hugh vor, als Maeve gähnte.

»Maeve, möchtest du heute nacht bei mir schlafen?« fragte Kathryn.

Stirnrunzelnd hatte Hugh dieses Angebot vernommen. Er wünschte sich nur, daß seine Frau ihm einmal die gleiche Einladung machte.

»Nein, Shana wird mich vermissen«, sagte Maeve schläfrig. »Darf Vulcanus bei uns schlafen?«

Hugh kicherte leise, was ihm einen strafenden Blick von Kathryn einbrachte.

»Wenn Vulcanus möchte«, antwortete Kathryn ihrer Tochter, »darf er selbstverständlich heute nacht in eurem Zimmer schlafen.«

Nachdem ihre beiden Töchter ins Bett gebracht worden waren, küßte Kathryn Maeve und die immer noch schlummernde Shana. Auch Hugh küßte die beiden Mädchen. Sie wünschten Nellie eine gute Nacht und wollten das Zimmer verlassen, doch dann hielt Kathryn inne und durchquerte noch einmal den Raum.

»Paß auf meine Mädchen auf«, flüsterte Kathryn dem Hund ins Ohr, während sie seinen Nacken kraulte. »Du wirst mir fehlen.«

Vulcanus leckte ihr zur Antwort die Hand.

Vor dem Schlafzimmer seiner Frau hob Hugh ihre Hand an seine Lippen. Als ihre freie Hand über seine Wange streichelte, sah Hugh auf und blickte in entwaffnend grüne, von Liebe erfüllte Augen.

Kathryn schlang ihre Arme um seinen Nacken und schmiegte sich an ihn. »Danke, daß du meine Mädchen nach Hause geholt hast«, sagte sie und ihr süßer Atem streifte seinen Nacken.

»Es sind auch meine Mädchen.«

»Ja, das sind sie«, stimmte ihm Kathryn zu.

Hugh hob ihr Kinn an, um ihr tief in die Augen zu sehen. Plötzlich senkten sich seine Lippen auf die ihren, und eine lange verleugnete Leidenschaft siegte über jede Vorsicht. Kathryn schmiegte sich eng an seinen muskulösen Körper und gab seinem Drängen nach, indem sie seinen Kuß mit dem gleichen heftigen Verlangen erwiderte.

Hughs Lippen entfachten ein glühendes Feuer auf der seidenweichen Haut ihrer Halsbeuge, und Kathryns Kehle entfuhr ein leises, lustvolles Stöhnen. Der unterdrückte Laut machte ihnen beiden schlagartig klar, was sie dort taten.

»Das B-baby«, stammelte Kathryn und versteifte sich in seiner Umarmung.

Hugh gab sie frei und trat einen Schritt zurück. »Und welche Entschuldigung hast du, wenn das Baby schließlich geboren ist?« fragte er, dann drehte er sich um und verschwand.

Als Kathryn ihm nachblickte, verkrampfte sich ihr Herz schmerzerfüllt.

In ihrem Schlafgemach traf Kathryn auf Polly, die gerade einen dampfend heißen Zuber vor den Kamin rückte. Sie umarmte ihre Zofe und meinte: »Wie kann ich dir jemals meine Dankbarkeit beweisen, daß du während meiner Abwesenheit so gut für Maeve und Shana gesorgt hast?«

»Pah! Das hat mir Freude gemacht, und ich hatte doch genug Hilfe«, sagte Polly, der die Traurigkeit im Blick ihrer Herrin aufgefallen war. »Kommen Sie jetzt. Nach einem solch anstrengenden Tag wird Ihnen ein heißes Bad guttun.«

Kathryn entkleidete sich, löste ihr Haar und setzte sich schnurstracks in das heiße Wasser. Die feuchte Wärme entspannte sie, und Kathryn schloß zufrieden ihre Augen.

Maude hatte recht, entschied Kathryn. Es gab nichts Wohltuenderes für die Seele als ein langes, dampfendheißes Bad.

»Fühlen Sie sich auch wirklich gut?« fragte Polly und unterbrach ihre Träumereien.

»Ja, und ich brauche dich heute abend auch nicht mehr«, antwortete Kathryn. »Geh zu Bett.«

»Wenn es Ihnen nichts ausmacht, würde ich gern warten, bis Sie wohlbehalten im Bett liegen«, sagte Polly.

»Und ob es mir etwas ausmacht«, erwiderte Kathryn. »Und jetzt fort mit dir.«

Polly lachte. »Versucht sich der Graf immer noch mit meiner Aufgabe als Zofe?«

»Du weißt ganz genau, daß mein Gatte in seinem eigenen Zimmer schläft.«

»Wie nett von ihm«, bemerkte Polly im Hinausgehen. »Sehr verständnisvoll in Ihrem Zustand, *finde ich.*« Die Tür fiel hinter ihr ins Schloß.

Kathryn ließ sich tiefer in das wohltemperierte Wasser gleiten und hatte die törichte Hoffnung, sich im Wasser aufzulösen und spurlos zu verschwinden. Ja, dachte sie, ihr Ehemann hatte ihr gegenüber Verständnis gezeigt und Rücksicht auf ihre Gefühle genommen. Und wieviel Verständnis hatte sie ihm entgegengebracht?

Gar keines, antwortete ihr eine innere Stimme.

Unfähig, sich auf die Bücher des Anwesens zu konzentrieren, schob Hugh die unerledigten Papiere von sich und verließ sein Arbeitszimmer. Entschlossen, seine Frau an ihre ehelichen Pflichten zu erinnern, ging er auf die Treppe zu. Sobald das Baby geboren war, würden sie wieder ein Bett teilen. Da ließ er sich auf keine Diskussion ein! Er war schließlich der Herr auf Dungannon, oder? Wie konnte es Kathryn wagen, ihm ihren Willen aufzuzwingen! Seine Bedürfnisse klaglos zu befriedigen, gehörte zu den Pflichten einer Ehefrau, und er würde ihr in nichts mehr nachgeben.

Und doch ...

Zögernd stand Hugh vor ihrem Schlafzimmer, doch als er den leisen Klang ihrer Stimme hörte, öffnete er die Tür und trat ein. Kathryn, die seine Anwesenheit nicht bemerkt hatte, entspannte sich in ihrer Badewanne und murmelte leise vor sich hin.

In den Türrahmen gelehnt, verschränkte Hugh seine Arme vor der Brust und bewunderte ihren samtweichen Rücken im Licht des Kaminfeuers. Die unverhüllte Schönheit seiner Frau und vor allen Dingen die Tatsache, daß sie ihm diese verwehrt hatte, erzürnten ihn noch mehr.

Vor sich hin murmelnd streichelte Kathryn ihren gerundeten Leib. In diesem Augenblick erkannte Hugh, daß sie mit ihrem ungeborenen Kind sprach. Sein angestauter Ärger war im Nu verflogen. Statt dessen legte sich ein mildes Lächeln auf seine Gesichtszüge. Es gab keine andere Frau auf Gottes Erde, der Hugh seinen Sohn lieber anvertraut hätte.

»Du mußt deine Mutter nicht so fest treten, mein Prinz«, schalt Kathryn ihren Bauch, während sie sich aus der Wanne erhob.

Als er ihre unglaubliche Schönheit in ihrer ganzen Fülle erblickte, hielt Hugh den Atem an.

Ein schlankes Bein glitt über den Wannenrand, doch als das zweite folgte, verlor Kathryn das Gleichgewicht. Starke, muskulöse Arme umschlangen ihre beleibte Taille und verhinderten einen Sturz. Völlig überrascht blickte Kathryn in erzürnte braune Augen.

»Du hast die üble Angewohnheit, einen unvermutet zu erschrecken«, neckte sie ihn.

»So ungeschickt, wie du dich bewegst, solltest du nicht mehr unbeaufsichtigt baden«, konterte Hugh. »Weißt du denn nicht, was hätte passieren können, wenn ich dich nicht aufgefangen hätte?«

»Du hast recht«, stimmte Kathryn zu, »aber ich wollte Polly nicht so lange von Patrick trennen.«

»Und was meinst du, wie Polly sich fühlen würde, wenn dir irgend etwas zugestoßen wäre?« fragte Hugh in sanfterem Ton.

»Daran habe ich nicht gedacht. Es wird nicht wieder vorkommen.« Als Kathryn plötzlich auffiel, daß sie nackt war, lief sie dunkelrot an. Langsam wanderte die Röte über ihren Hals bis zu ihren vollen Brüsten.

Hugh starrte wie gebannt darauf, und dann glitt sein Blick tiefer. Kathryns Brüste waren aufgrund der fortgeschrittenen Schwangerschaft üppig, ihre Brustwarzen dunkel und vergrößert. Ihr Leib hatte sich beachtlich gerundet. Hughs lange vernachlässigte Männlichkeit reckte sich wie aus langem, tiefem Schlaf erwacht.

»Du brauchst dich nicht zu schämen, wenn du nackt

vor deinem Ehemann stehst«, schalt Hugh sie leichtmütig. Er griff nach einem Handtuch und hoffte, daß sich seine aufkeimende Leidenschaft wieder beruhigte.

Es half nichts.

Hugh wickelte Kathryn rasch in das Handtuch ein, führte sie zu einem der Sessel und setzte sich. Dann zog er sie auf seine Schenkel hinunter und trocknete sie vorsichtig ab.

Warum quälte er sich eigentlich so? fragte sich Hugh, während sein Blick auf Kathryns Brüsten ruhte. Von unerträglicher Sehnsucht befallen, beugte er sich vor und liebkoste eine ihrer vorwitzigen Brustwarzen.

Kathryn wich zurück.

»Zum Teufel mit dir!« Hugh stand auf, zog ihr ein Nachthemd über den Kopf und führte sie dann wie ein störrisches Kind zu ihrem Bett. Er zwang sie, sich hinzulegen, dann strebte er wortlos auf die Verbindungstür zu.

Von Schuldgefühlen übermannt, beobachtete Kathryn, wie er das Zimmer verließ. Sie liebte ihn, daran gab es keinen Zweifel, aber sie brauchte mehr Zeit. Warum konnte er das nicht verstehen? Und jetzt, nach der Ankunft von Maeve und Shana, würde sie ihn aufgrund ihrer Mutterpflichten vermutlich noch mehr vor den Kopf stoßen.

»Hugh, kann ich dich einen Augenblick sprechen?«

»Jetzt?«

»Ja.«

Hugh kehrte zurück und ließ sich auf die Bettkante sinken. Kathryn setzte sich auf, umklammerte seine Hände und führte sie an ihre Lippen. Dann drückte sie sie an ihre Wange, und diese liebevolle Geste rührte sein Herz.

»Es tut mir leid«, sagte sie.

Hugh nickte und nahm ihre Entschuldigung notgedrungen an.

»Ich möchte dich um einen Gefallen bitten«, hob Kathryn an, ihre Worte sorgfältig wählend. »Ich bin mir unschlüssig, ob sich Maeve an Shane erinnern kann, und

Shana kennt nur dich als ihren Vater. Ich möchte den beiden Shanes Grab zeigen. Das ist das mindeste, was ich tun kann, um ihm ein ehrendes Andenken zu bewahren, da ich es für richtig halte, daß sie wissen, wer ihr Vater war.«

»Willst du mich deshalb um Erlaubnis bitten?« fragte Hugh frostig und entzog ihr seine Hände.

»Nein, aber um deine Hilfe.« Kathryn berührte seine Hand. »Ich möchte, daß du auf meiner Seite stehst und ihnen von Shane erzählst — nur das Gute —, es sei denn, du willst das alles nicht. Ich möchte nicht, daß die Erwähnung Shanes in ihrer kindlichen Vorstellung zu etwas Verbotenem wird. Je länger ich Shane kannte, um so mehr verachtete ich ihn. Auch wenn er zu Lebzeiten ein grausamer Mann war, so hat er doch immer versucht, Maeve ein guter Vater zu sein. Wenn sie älter sind und begreifen, wer ihr leiblicher Vater war, werden sich Maeve und Shana fragen, warum wir nie von ihm gesprochen haben. Wenn wir aber offen über ihn sprechen, haben wir vielleicht ...« Kathryn brach ab, darüber verunsichert, ob sie sich verständlich ausgedrückt hatte.

»Ich werde dir helfen«, sagte Hugh und zog sie in seine Arme. Mit amüsierter Stimme fügte er hinzu: »Ich werde Shane in den höchsten Tönen loben, so daß die Mädchen ihn für einen Heiligen halten. Allerdings werde ich nachher einen Geistlichen brauchen, um meine unglaublichen Lügen zu beichten.«

»Papa!« Shana deutete beharrlich mit dem Finger auf Hugh, der mit wachsendem Verdruß zu seiner Frau blickte.

»Shana ist vielleicht noch zu jung, um das zu verstehen«, versuchte Kathryn ihn zu besänftigen. Sie betrachtete ihre ältere Tochter, die schweigend vor dem Grab ihres Vaters stand. »Maeve versteht es aber. Nicht wahr, Prinzessin?«

»Ja«, piepste Maeve und wiederholte: »Lord Shane O'Neill war mein Vater und ein wirklich berühmter

Mann, aber jetzt habe ich einen neuen Vater.« Daraufhin lächelte Maeve und sah spitzbübisch zu Hugh — ihrem Wahlvater —, der sich das Lachen verkniff und ergriffen über die ihm zuteilgewordene Ehre nickte.

»Das ist richtig«, sagte Kathryn, stolzerfüllt über ihre älteste Tochter. Ihr Blick schweifte zu Hugh, der sich fragte, ob Maeve wirklich die Bedeutung der Worte verstanden hatte, die sie so eifrig nachgeplappert hatte.

»Papa!« Shana patschte Hugh ihren Finger ins Gesicht, als dieser sie hochhob. Hugh tat so, als wollte er in Shanas Finger beißen und strich ihr mit der Nase über die Wange. Das kleine Mädchen lachte herzerfrischend.

»Wir versuchen es noch einmal, wenn Shana älter ist«, sagte Hugh zu seiner Frau. »Laß uns diese kleinen Quälgeister bei Polly abliefern. Ich muß dir in den Ställen etwas Interessantes zeigen.«

Gefolgt von Vulcanus verließen die vier O'Neills den Friedhof und schlenderten in den Hof zurück, wo sich Polly mit Patrick unterhielt. Nachdem sie die Mädchen in ihrer Obhut gelassen hatten, führte Hugh seine Frau in Richtung der Stallungen. Über seine Heimlichtuerei mußte Kathryn den Kopf schütteln, trotzdem folgte sie ihm willig.

Hugh zog Kathryn in einen der Ställe und führte sie zu der hintersten Box, in der eine prächtige schwarze Stute untergebracht war. Er öffnete das Gatter und führte das edle Tier ins Freie.

»Was hältst du von ihr?« fragte Hugh, als sie auf dem Stallvorplatz angelangt waren.

Kathryn schritt langsam um das Pferd und begutachtete es sorgfältig. In dem dämmrigen Stall hätte sie geschworen, es wäre ein schwarzes Pferd, doch im hellen Sonnenlicht schimmerte das seidige Fell der Stute rötlich.

»Sie ist großartig«, sagte Kathryn, die neben ihrem Mann stand.

»Wie du«, sagte er und beugte sich vor, um ihre Wange zu streicheln. »Und sie gehört dir.«

»Mir?« Kathryn öffnete erstaunt den Mund.

»Ja, dir.« Hugh überkam der absurde Wunsch, mit dem Pferd tauschen zu wollen, als sie ihre Hand ausstreckte und zärtlich über die Flanke der Stute strich.

»Seamus, hol mir einen Sattel«, wies Kathryn den Stallmeister an.

»Vergiß den Sattel«, fiel ihr Hugh sogleich ins Wort und betrachtete sie dann von allen Seiten. »Du bist im siebten Monat schwanger und wirst erst wieder ein Pferd besteigen, wenn das Kind geboren ist.«

»Aber Hugh ...«, setzte Kathryn schmollend an.

»Entweder du hörst auf mich«, unterbrach Hugh sie, »oder die Stute wird nach Dublin zurückgeschickt.«

»Wie du willst.« Kathryn war beleidigt.

»Nachdem ich dir einen so prächtigen Gaul geschenkt habe«, sagte Hugh, »könntest du mich zumindest mit einem bezaubernden Lächeln belohnen.«

Strahlend vor Freude schlang Kathryn ihre Arme um seinen Hals und zog seinen Kopf zu sich hinunter. Sie küßte ihn sehnsüchtig und murmelte ihr Dankeschön.

Auch wenn ihn diese Form des Dankes nur wenig zufriedenstellte, so wußte Hugh doch, daß er noch einige Monate auf das warten mußte, was er wirklich wollte. Allerdings zeichneten sich bereits Fortschritte ab, genau wie er es mit seiner Strategie beabsichtigt hatte. Da er seine Frau recht gut kannte, hatte Hugh genau gewußt, daß ihr ein prachtvoller Gaul mehr bedeutete als tausend kostbare Schmuckstücke.

»Wie willst du sie nennen?« fragte er.

»Ein besonderes Pferd braucht einen besonderen Namen«, sagte Kathryn. »Ich werde sie Sable rufen. Kann ich sie jederzeit besuchen?«

»Selbstverständlich, aber nicht reiten.«

Einige Tage später saßen Hugh und Kathryn abends gemeinsam vor dem Kamin in seinem Arbeitszimmer. Maeve und Shana hatten sich mit Vulcanus im Schlepptau widerwillig von Nellie in ihr Zimmer bringen lassen.

»Herein«, rief Hugh auf ein Klopfen an der Tür.

»Entschuldigen Sie«, sagte Polly und blickte dann zu Kathryn. »Ihr Bad ist vorbereitet. Soll ich noch mehr Wasser heiß machen?«

»Ich komme sofort«, erwiderte Kathryn.

»Polly, du hast für den Rest des Abends frei«, sagte Hugh und wurde dafür mit einem erstaunten Blick seiner Frau bedacht. »Ich werde heute abend die Zofe spielen.«

»Aber ...«, wollte Kathryn einwenden.

»Mach dir einen schönen Abend, Polly«, sagte Hugh, seine Frau ignorierend.

»Danke, Mylord.« Polly war bereits verschwunden, noch ehe er seine Meinung hätte ändern können.

Hugh erhob sich aus seinem Sessel und betrachtete Kathryn lächelnd. »Würdest du so herzlos sein können und Polly an ihrem ersten Hochzeitstag von Patrick fernhalten?«

»Ach, das hatte ich vollkommen vergessen.«

Die dampfende, wohlduftende Badewanne stand vor dem Kamin in Kathryns Zimmer. Nachdem Hugh seine Weste abgelegt hatte, rollte er seine Hemdsärmel hoch und half seiner Frau beim Entkleiden. Als er ihr in den Zuber half, lächelte Hugh insgeheim.

»Du brauchst mich nicht zu waschen«, sagte Kathryn, als er nach dem Waschlappen und der duftenden Seife griff.

Hugh verbeugte sich mit übertriebener Höflichkeit vor ihr und meinte: »Aber ich bestehe darauf, mein Schatz.«

Hugh massierte ihre Kopfhaut und ihren Nacken, spülte sie mit Wasser ab und achtete sorgfältig darauf, daß keine Seife in ihre faszinierenden grünen Augen drang. Als er zur Seite trat, um ihren Rücken einzuschäumen, erweckte er in Kathryn Gefühle zum Leben, die sie längst vergessen geglaubt hatte.

Erneut wandte sich Hugh ihrer Vorderseite zu. Sein erwartungsvolles Grinsen erinnerte Kathryn an einen Verhungernden, der vor einer reich gedeckten Tafel steht.

Hugh legte den Waschlappen beiseite, schäumte seine Hände ein und glitt mit verführerischen Bewegungen über ihre Brüste, dann hob er jede von ihnen an, um auch die Unterseiten zu massieren. Er schöpfte Wasser mit seinen Händen und spülte ihren Busen sowie das tiefe, dazwischenliegende Tal ab.

Kathryn seufzte vor Verlangen. Hugh lachte leise, doch als seine Männlichkeit sich regte, mußte er um seinen Verstand zweifeln. Warum quälte er sich eigentlich so? Selbst wenn Kathryn gewollt hätte, war sie viel zu beleibt, um die Anstrengungen des Liebesakts auszuhalten.

Hugh schäumte seine Hände erneut ein und massierte Kathryns Leib. Plötzlich spürte er, wie sich das Baby unter seinen Händen bewegte, und er sah sie völlig überrascht an. Kathryn nickte und lächelte sanft. Sie blickten sich verliebt an, erbebten unter ihren sinnlichen Gefühlen und hatten beide das Gefühl, der Anbetung des anderen nicht würdig zu sein.

»Ich glaube, ich sollte mein Bad beenden«, flüsterte Kathryn und legte ihre Hand auf die seine.

Hugh half Kathryn beim Aufstehen und griff nach dem Handtuch. Nachdem er sie darin eingewickelt hatte, half er ihr aus der Wanne und trocknete sie ab, dann hüllte er sie in ein Nachthemd.

Das erleichterte seine Qualen auch nicht. Das feine Seidengewand schmiegte sich aufreizend um Kathryns gerundete Gestalt.

»Setz dich hierher«, sagte Hugh stockend. Er verschwand in seinem Schlafzimmer, kehrte Sekunden später zurück und schalt sie scherzhaft: »Nicht ärgern, Katie. Das schadet nur dem Baby.«

»Wovon redest du?« fragte Kathryn und sah ihn verstimmt an.

»Das hier ...« Hugh zog eine kleine Schachtel hinter seinem Rücken hervor und öffnete sie vor ihrer Stupsnase ...

»Mein Schmuck!«

»Direkt aus Dublin«, meinte Hugh lächelnd.

Kathryn nahm das Kästchen an sich, sprang auf und stellte es auf den Sessel. Sie schlang ihre Arme um seinen Hals und zog seinen Kopf zu sich hinunter. »Deine Aufmerksamkeit bedeutet mir mehr als der Schmuck selbst.«

Ihre Lippen verschmolzen zu einem langen, verzehrenden Kuß.

Absolut frustriert fuhr sich Hugh mit einer Hand durchs Haar. »Wenn da nicht das Baby wäre, würde ich dich sofort vernaschen, ob du wolltest oder nicht. Allerdings habe ich nicht die Absicht, meinen Sohn zu stören.«

»Oder deine Tochter«, sagte Kathryn selbstgefällig lächelnd. »Wie du weißt, könnte ich mich mit dem Sohn geirrt haben.«

Heftig fluchend jagte Hugh seine Frau ins Bett und zog ihr die Bettdecke bis zum Kinn hoch.

»Jetzt bin ich endlich sicher vor dir«, neckte sie ihn.

Hugh hauchte ihr einen Kuß auf die Lippen und warnte sie: »Im Augenblick schon, mein Herzblatt, aber nicht für immer.«

19

Während Kathryn vor Sables Box stand, wie sie es in den letzten beiden Monaten täglich getan hatte, hielt sie sich ihren schmerzenden Rücken. Sie zog einen Apfel aus ihrer Rocktasche und hielt ihn der Stute hin. Sable rieb den Kopf an ihrer Hand und nahm den Happen an.

Kathryn streichelte die Nüstern des Pferdes. Auf der Suche nach einem weiteren Apfel stupste es mit seiner Schnauze nach ihrer Hand. »Na! Na! Du wirst noch so dick werden, wie ich es bin«, schalt Kathryn. Sie wandte sich zum Gehen und rief dem Stallmeister über die Schulter zu: »Seamus, paß gut auf meine Sable auf.«

»Ja, Mylady«, antwortete ihr Seamus aus einer anderen Box, wo er gerade eines der Pferde striegelte. »Über kurz oder lang werden Sie sie reiten können.«

»Wenn ich nicht vorher geplatzt bin«, rief Kathryn und brachte den alten Mann damit zum Lachen.

Bei Kathryns ungewöhnlicher Leibesfülle hatte man jeden Augenblick das Gefühl, sie würde mit ihrem Bauch vornüberfallen. Sie daherwatscheln zu sehen, machte selbst den furchtlosesten Männern O'Neills Angst. Sogar Hugh wirkte nervös und hatte ihr verboten, allein herumzustreunen.

Ob ihr Ehemann Vulcanus wohl für einen geeigneten Begleiter hielt? fragte sich Kathryn, als sie die Stallungen verließ.

Vulcanus, der auf sie gewartet hatte, wedelte mit dem Schwanz und folgte ihr. Kathryn stapfte über den Weg zum Hof und überlegte, wo ihr Ehemann wohl augenblicklich war. Wenn sie sich doch nur heimlich wieder auf ihr Zimmer schleichen könnte, damit er nicht bemerkte, daß sie seine Anweisungen mißachtet hatte!

Kathryn öffnete die Vordertür und schlüpfte ins Hausinnere.

Die Halle war menschenleer. Erleichtert schlich sie sich zur Treppe, und Vulcanus hinkte hinter ihr her.

»Gräfin«, rief Patrick, als sie gerade die erste Stufe nahm. »Dein Gatte bittet um die Ehre deines Besuchs in seinem Arbeitszimmer.«

Verflucht! Kathryn fühlte sich wie der ertappte Fuchs im Hühnerhof.

»Danke«, sagte sie mit aufgesetzter Würde.

Seine Arme vor der Brust verschränkend, lehnte Patrick sich gegen die Wand. Als Kathryn und ihr Komplize an ihm vorübergingen, versuchte Patrick, seine Erheiterung zu verbergen. Wenn er sich nicht irrte, murmelte die Gräfin gerade undamenhafte Flüche vor sich hin, und die übliche Geschäftigkeit um sie herum schien schlagartig abgenommen zu haben. Mit dem Schlimmsten rechnend, hatten sich die Soldaten und das Hauspersonal wohlweislich aus der Schußlinie gebracht.

Vor dem Arbeitszimmer nahm Kathryn ihren ganzen Mut zusammen und klopfte sanft an die Tür. Das Baby mit sich herumzuschleppen war ermüdend, und sie hatte kaum noch Kraft für eine Auseinandersetzung mit Hugh, der ohnehin nie nachgab. Kathryn klopfte erneut an die Tür, diesmal lauter.

»Herein«, grollte es aus dem Zimmer.

Im Gegensatz zu Shane war Hugh nur selten aufbrausend, doch brach sein Zorn erst einmal aus, war es am besten, einen Riesenbogen um ihn zu machen. Zögernd überlegte Kathryn, wie sie doch noch nach oben verschwinden könnte.

»Verflucht, ich sagte ›herein‹!« Hugh riß die Tür auf.

Kathryn schluckte besorgt. Kein warmherziges Lächeln, das sie begrüßte.

»Komm rein!« sagte Hugh und trat beiseite, so daß sie eintreten konnte. *»Verschwinde!«*

Kathryn wirbelte zu ihm herum und funkelte ihn an. »Aber ...?«

»Nicht du. *Er!*« Hugh deutete mit dem Finger auf Vulcanus. Nachdem er dem Hund die Tür vor der Nase zugeschlagen hatte, wandte sich Hugh an Kathryn. »Gnädigste, nimm Platz!«

»Ich will mich aber nicht setzen.«

»Ich habe gesagt, du sollst dich setzen!« brüllte Hugh. Wer ihn im Umkreis des Arbeitszimmers hörte, bekreuzigte sich und dankte dem gnädigen Gott, daß er nicht in der Haut der Gräfin steckte.

»In Ordnung, aber ich brauche Hilfe«, sagte Kathryn scheinbar ungerührt von seinem Wutausbruch. Sie hatte sich mittlerweile an die Fürsorglichkeit ihres überängstlichen Ehemannes, des stolzen zukünftigen Vaters, gewöhnt.

Augenblicklich war Hugh an ihrer Seite und half ihr, im Sessel Platz zu nehmen. Da sie keine bequeme Sitzhaltung einnehmen konnte, rutschte sie hin und her, während Hugh sich vor ihr aufbaute und ihre Unruhe beobachtete. »Letzte Woche habe ich dich gebeten, nicht mehr allein herumzustreunen«, setzte Hugh an.

In gespielter Demut senkte Kathryn den Kopf und starrte auf ihren Leib.

Meine Frau glaubt wirklich, daß ich sie für gehorsam und unterwürfig halte, wenn sie nur ihren Blick senkt, dachte Hugh. *Durchtriebene kleine Hexe! Wer könnte es besser wissen als ich, wie aufsässig sie ist?*

»Es ist unklug von dir, dich jetzt noch herumzutreiben«, fuhr Hugh fort. »Die Wehen könnten jeden Augenblick einsetzen. Bist du eigentlich von Sinnen?«

Aufgeblasener, besserwisserischer Hanswurst! dachte Kathryn aufsässig, und in ihren demütig gesenkten Augen loderte unterschwelliger Zorn auf. *Glaubt er wirklich, daß die Schwangerschaft den Verstand trübt? Wer könnte es denn besser wissen als ich, wie ich mich fühle?*

»Du verhältst dich einfach lächerlich«, platzte Kathryn heraus, während sie ihn scharf anblickte und seine Bedenken mit einer Handbewegung abtat.

Sie versuchte, sich aus ihrem Sessel zu erheben, doch Hugh legte ihr bestimmend eine Hand auf die Schulter und zwang sie, sitzen zu bleiben. Für einen langen Augenblick starrten Mann und Frau sich an. Nur Vulcanus' leises Jaulen hinter der Tür durchbrach die drohende Stille.

»Du wirst mir gehorchen«, sagte Hugh mit gefährlich ruhiger Stimme.

»Ich bin nicht deine Gefangene«, beharrte Kathryn.

»Ich will, daß man mir gehorcht!« rief Hugh, sie zum Schweigen bringend. »Du wirst dieses Haus nicht mehr ohne Begleitung verlassen.«

Kathryn öffnete den Mund, um zu protestieren, ließ es jedoch, als Hugh drohte: »Und wenn du dich mir noch länger widersetzt, wirst du überhaupt nicht mehr nach draußen gehen.«

»Wie du willst.« Kathryn gab nach, warf ihm allerdings einen säuerlichen Blick zu. Zum Zeichen ihres Widerwillens reckte sie abweisend ihre Stupsnase in die Luft.

Dann versuchte sie aufzustehen, hatte jedoch nicht genug Kraft, um ihren schwergewichtigen Körper aus dem Sessel zu schwingen. Hugh unterdrückte den Wunsch zu lachen und half ihr, sich zu erheben.

»Danke«, sagte Kathryn, den letzten Rest ihrer Würde zusammennehmend. Im Entengang watschelte sie zur Tür, doch die Stimme ihres Mannes hielt sie davon ab, den Knauf zu betätigen.

»Katie?«

»Ja?«

»Kinder und Hunde sind als Begleiter ungeeignet.«

Ohne sich noch einmal umzudrehen, nickte Kathryn kurz und verschwand. Die Tür knallte hinter ihr ins Schloß. Hugh wollte ihr folgen, besann sich dann aber eines Besseren.

Wütend fuhr er sich mit einer Hand durchs Haar, durchquerte das Zimmer und goß sich einen Whiskey ein. Hastig schüttete er ihn hinunter und schenkte noch einmal nach. Vor seinem geistigen Auge erschien ihm Kathryn, die vergeblich versuchte, sich aus dem Sessel zu hieven. Daraufhin warf er seinen Kopf in den Nacken und lachte schallend.

Am darauffolgenden Nachmittag saß Kathryn in ihrem Zimmer vor dem erloschenen Kamin, denn der ungewöhnlich heiße August machte jedes Kaminfeuer überflüssig. Kathryns ständige Rückenschmerzen hatten sie nervös und reizbar gemacht, und deshalb konnte sie kaum noch die Geduld für Maeve und Shana aufbringen. Sie hatte die beiden Kinder mit Nellie weggeschickt, um ihre Launenhaftigkeit nicht an ihnen auszulassen.

Als sie in der Ferne leises Donnergrollen vernahm, hievte Kathryn ihren schweren Körper aus dem Sessel, zog an der Dienstbotenglocke und schleppte sich zum

Fenster. Der Himmel war gefährlich dunkel, und sie empfand die Luft als ungewöhnlich drückend.

Polly trat wenige Minuten später ein. Als Kathryn sich ihrer Zofe zuwandte, durchzuckte hinter ihrem Rücken gerade ein greller Blitz den dunklen Himmel.

»Haben Sie einen Wunsch?« fragte Polly erleichtert, da sich die Laune ihrer Herrin gebessert zu haben schien.

»Ja, ich habe tatsächlich einen Wunsch. Du weißt, daß Sable sehr empfindsam ist, und ich frage mich, ob sie der aufziehende Sturm nicht ängstigt.«

»Soll ich Seamus Bescheid sagen? Patrick wird ...«

»Ich möchte niemanden von seiner Arbeit abhalten«, unterbrach Kathryn sie und rieb sich abwesend über ihr Steißbein.

»Geht es Ihnen nicht gut?« fragte Polly, die die Bewegung bemerkt hatte.

»Doch, mir geht es gut.« Kathryn lächelte hinterhältig. »Und mir wird es noch besser gehen, wenn wir uns erst um Sables Wohlergehen gekümmert haben.«

»Wir können jetzt nicht nach draußen«, rief Polly.

»Warum denn nicht? Hast du Angst vor dem Gewitter?«

»Nein, vor dem Grafen.«

»Mach dir keine Gedanken«, versicherte ihr Kathryn. »Mein Mann hat gesagt, daß ich in Begleitung das Haus verlassen darf. Vom Wetter hat er dabei nicht gesprochen. Wir brauchen lediglich unsere Umhänge, um uns im Fall eines Unwetters zu schützen.«

Polly schüttelte den Kopf. Wenn der Graf sie entdeckte, würde er sie kurz und bündig entlassen. Vermutlich würden ihre Mutter und Patrick ihn sogar unterstützen. Nein, sie weigerte sich entschieden, dieses Spiel mitzuspielen.

Augenblicke später stoben Kathryn und Polly in ihre Umhänge gehüllt durch den Flur auf die Treppe zu. Polly ging vorneweg.

»Ich möchte lieber nicht gesehen werden«, flüsterte Kathryn, als sie an der Treppe angelangt waren.

Polly nickte verständnisvoll. »Warten Sie hier«, befahl sie. »Ich gebe Ihnen ein Zeichen, wenn niemand in der Halle ist.«

Polly ging nach unten und blickte sich um, dann winkte sie. Kathryn rannte die Stufen so schnell hinunter, wie es ihre Leibesfülle gerade noch zuließ, und Polly folgte ihr nach draußen in den menschenleeren Hof. Ein gewaltiger Lichtblitz durchzuckte die Wolkendecke, und ein plötzlicher Windstoß fuhr ihnen heftig ins Gesicht.

»Wir kehren besser um. Wir werden es bei diesem Sturm nicht zurück zum Haus schaffen«, jammerte Polly. »Wenn wir vernünftig sind, sollten wir ...«

Mit einem wütenden Blick brachte Kathryn sie zum Schweigen. Sie wandte sich nach rechts und ging auf die Kapelle und die Gartenanlagen zu.

»Wo wollen Sie denn hin?« fragte Polly und zerrte an Kathryns Arm. »Die Stallungen befinden sich doch in der entgegengesetzten Richtung.«

»Wir werden einen Umweg nehmen, um nicht gesehen zu werden«, sagte Kathryn. »Folge mir.«

Langsam — wie es aufgrund von Kathryns Schwangerschaft auch nicht anders möglich war — wandten sie sich nach rechts und pirschten sich an den Gärten, der Küche und den Mannschaftsquartieren vorbei. Sie erreichten die Stallungen, als bereits die ersten Regentropfen niedergingen. *Gerade noch einmal Glück gehabt!*

Kathryn, die sich immer noch ihren Rücken hielt, stand gemeinsam mit Polly und Seamus vor Sables Stall. Polly vermutete, daß ihre Herrin sich beileibe nicht so gut fühlte, wie sie vorgab.

»Wie Sie sehen, befindet sich Sable in guten Händen«, sagte Polly. »Wenn das Gewitter Sable ängstigt macht, wird Seamus sie beruhigen. Deshalb können wir guten Gewissens wieder auf Ihr Zimmer zurückkehren.«

»Machen Sie sich keine Sorgen wegen der Stute«, beschwichtigte sie der Stallmeister. »Diese hübsche Lady ist mein besonderer Liebling.«

»Sie haben gewonnen«, sagte Kathryn. »Komm, laß uns gehen.«

Kathryn und Polly wickelten sich fester in ihre Umhänge ein, zogen die Kapuzen über die Köpfe und verließen den schützenden Stall. Der heftige, sturmgepeitschte Regen prasselte gnadenlos auf sie hinab. Kathryn entschied sich für die kürzeste Strecke zurück zum Haus. Schließlich konnte Hugh jetzt auch nichts weiter tun, als vor Wut fürchterlich zu toben.

Plötzlich schrie Kathryn, von einem heftigen Krampf in ihrem Unterleib überrascht, schmerzgepeinigt auf. Sie sank in die Knie und war in Sekundenbruchteilen schmutzüberströmt.

»Oh!« kreischte Polly. »Ich hole sofort Hilfe.«

»Beruhige dich, du Angsthase, und hilf mir auf«, brüllte Kathryn in den tosenden Sturm. »Ich habe keine Lust, für den Rest meines Lebens Hughs Tobsuchtsanfälle zu ertragen.«

Polly half Kathryn beim Aufstehen. Arm in Arm gingen die beiden die restliche Strecke bis in den Hof.

In der Hoffnung, unentdeckt zu bleiben, öffnete Polly die Vordertür einen Spaltbreit und spähte ins Hausinnere. Die Eingangshalle war menschenleer.

Kathryn und Polly, die sich sicher waren, dem Zorn des Grafen entkommen zu sein, durchquerten auf ihren triefenden, bei jedem Schritt quietschenden Schuhen die Halle. Als Kathryn die erste Stufe betrat, erscholl eine donnernde Stimme, und sie war plötzlich gelähmt vor Furcht.

»Was hat das zu bedeuten?« brüllte Hugh und musterte die schlammbespritzte Erscheinung, die seine Ehefrau darstellte.

Holdselig lächelnd blickte Kathryn an Hugh vorbei zu Patrick, der sich mit aller Gewalt das Lachen verbiß. »Ich wollte mich gerade ausruhen«, sagte sie.

»Du bist draußen gewesen«, beschuldigte Hugh sie.

Kathryn musterte ihren Umhang und erkannte, daß

Lügen keinen Sinn hatte. Ihr Blick schweifte zu dem wütenden Gesicht ihres Mannes. »Wie scharfsinnig! Das ist eine Eigenschaft, die ich an dir ...«

Hugh holte mit der Hand zum Schlag aus, hielt jedoch inne, als Kathryn zusammenzuckte. Vorsichtig senkte er seinen Arm und beobachtete sie sekundenlang. In der Halle herrschte Grabesstille, und Kathryn, die sich ihrer Schuld bewußt war, fühlte sich ungemütlich unter seinem Blick.

»Nimmst du so wenig Rücksicht auf unser Baby?« fragte Hugh mit gepreßter Stimme.

»Ich ... ich ... ich habe nicht darüber nachgedacht.«

»Die Logik außen vor zu lassen, ist eine deiner unangenehmsten Eigenschaften«, konterte er. »Ist dir eigentlich nicht klar, daß deine Wehen jeden Moment einsetzen können?«

»Sie haben schon angefangen.« Kathryn verzog das Gesicht, als sie erneut von einem heftigen Unterleibskrampf geschüttelt wurde. Als sie nach Atem rang, griff sie hilfesuchend nach ihrem Ehemann.

Fluchend nahm Hugh sie in seine Arme. »Holt Maude!« brüllte er und stürzte die Treppe hinauf.

Polly und Patrick wollten beide losrennen, um Maude zu finden. In ihrer Aufregung stießen sie zusammen.

»Aus dem Weg, du tolpatschiger Nichtsnutz«, herrschte ihn Polly an.

Patrick trat beiseite, um sie vorbeizulassen, doch seine Augen verengten sich aufgrund dieser Beleidigung zu Schlitzen. Er lehnte sich gegen die Wand und blickte ihr nach, wie sie mit wiegenden Hüften entschwebte.

Die eigensinnige Gattin des Grafen übte einen verdammt schlechten Einfluß auf seine Ehefrau aus, entschied Patrick. Was seine im Grunde sanftmütig veranlagte Frau brauchte, war ein dicker Bauch, der dem ihrer Herrin alle Ehre machte.

Bei diesem Gedanken schmunzelte Patrick, und sein Gesicht hellte sich auf. Sobald die gegenwärtige Krise überstanden war, würde er sich Tag und Nacht damit beschäftigen, seine Frau zu schwängern. Das würde dem Frauenzimmer das Maul stopfen! Leise vor sich hin pfeifend schlenderte Patrick in den großen Saal, um sich einen zu genehmigen, bis der Erbe von Dungannon endlich das Licht der Welt erblickte.

»Laß mich los. Die Schmerzen haben aufgehört«, sagte Kathryn, als sie ihr Ehemann in ihr Zimmer gebracht hatte.

Für Sekundenbruchteile betrachtete Hugh sie ungläubig, doch dann setzte er Kathryn vorsichtig ab. Er half ihr aus ihrem verdreckten Umhang und warf ihn beiseite.

»Wo willst du hin?« fragte Hugh, als sie zu ihrer Kleidertruhe schlenderte.

Gerührt über seinen ängstlichen Tonfall blieb Kathryn stehen und sah ihn überrascht an. »Ich möchte mir mein blaues Nachthemd holen, und dann werde ich mir den Schmutz vom Gesicht waschen.«

»Ich hole dir das Nachthemd«, sagte Hugh. »Geh zu Bett.«

»Nein!« Unter ihren Schmutzsprenkeln wurde Kathryn blaß. »Ich werde diesen höllischen Ort der Schmerzen nicht eher aufsuchen, als es unbedingt nötig ist.«

»Komm«, sagte Hugh und griff mit zitternden Fingern nach ihrer Hand. »Setz dich hierhin.«

Hugh führte Kathryn zu einem der Sessel vor dem Kamin und eilte dann zu ihrer Kleidertruhe. In Windeseile kehrte er mit ihrem blauen Nachtgewand in der Hand zurück. Er half ihr beim Aufstehen, beim Ausziehen ihrer schmutzigen Kleidungsstücke sowie ihrer Unterwäsche und streifte ihr dann das Nachthemd über ihren Körper. Vorsichtig schob er sie in den Sessel zurück.

»Bring mir Wasser«, wies ihn Kathryn an. »Ich kann meinem kleinen Sohn nicht mit schmutzigem Gesicht gegenübertreten.«

Lächelnd stürzte Hugh durchs Zimmer, um ihr diesen

Gefallen zu erweisen. Augenblicke später fand er Kathryn vor Schmerzen gekrümmt in den Sessel gekauert.

Als könnte er ihr damit Kraft verleihen, kniete Hugh vor seiner Frau nieder und hielt ihre Oberarme fest, doch er konnte nichts tun, als hilflos zuzusehen, wie sie von weiteren Krämpfen geschüttelt wurde.

Als sie seine tröstliche Berührung wahrnahm, blickte Kathryn auf. Schweißperlen glitzerten auf ihrer Stirn und ihrer Oberlippe.

Allmächtiger Gott! fluchte Hugh insgeheim. *Warum müssen die Kinder nur auf diese Art und Weise das Licht der Welt erblicken?* Die Geburt eines Kindes war ein Ereignis, auf das Hugh keinen Einfluß nehmen konnte, und darunter litt er entsetzlich.

Als der Wehenkrampf nachließ, atmete Kathryn erleichtert auf. »Wenn das Baby erst einmal in den Armen der Mutter liegt, sind alle Schmerzen vergessen«, sagte Kathryn, während Hugh ihr den Schmutz vom Gesicht wusch. »Bis zum nächsten Mal.«

Dann wurde die Tür aufgerissen, und Maude und Polly stürzten herein. »Polly, fach das Kaminfeuer an und mach Wasser heiß«, befahl die Haushälterin und ging zielstrebig auf das Bett zu, um die nötigen Vorkehrungen zu treffen.

»Sie will sich nicht hinlegen«, klagte Hugh.

»Sie wird sich schon noch früh genug hinlegen«, sagte Maude und lachte über den ungewohnten Anblick des verängstigten Grafen. »Sie gehen besser nach unten. Sie sehen schlecht aus und haben vielleicht nicht die Kraft, das alles durchzustehen.«

»Ich bleibe hier.«

»Ich möchte noch etwas gehen«, sagte Kathryn.

»Gehen?«

»Ja.«

Hugh murmelte leise etwas von der Dummheit der Frauen vor sich hin und half Kathryn beim Aufstehen, dann schlenderten sie gemeinsam durchs Zimmer. Er hatte ihr unterstützend seinen Arm um die füllige Taille gelegt. Eine ganze Zeitlang schlenderten sie durch das Zimmer und blieben lediglich stehen, wenn ihre Wehen einsetzten und sie sich in ihrem Schmerz krampfhaft an ihn klammerte. Sobald die Schmerzen nachließen, setzten sie ihren Spaziergang fort.

»Du scheinst dich unwohl zu fühlen«, sagte Kathryn und betrachtete sein bleiches Gesicht. »Geh nach unten und warte gemeinsam mit Patrick.«

»Ich will dabei sein, wenn mein Sohn geboren wird«, beharrte Hugh.

»Nun, dann wird es Zeit, daß ich ...«

Eine sehr viel stärkere Wehe als alle bisherigen ergriff von Kathryn Besitz und ließ sie mitten im Satz innehalten. Hugh hielt sie fest, während sie ihr Gesicht an seiner Schulter vergrub. Als der Schmerz nachließ, hob Hugh sie hoch und trug sie zum Bett.

»Halt mich fest«, schrie Kathryn und griff nach seinen Händen, als sie eine weitere Wehe durchzuckte. Mit zunehmendem Schmerz verstärkte sich auch ihre Furcht.

Hugh ließ sich auf der Bettkante nieder und lehnte sich gegen den Bettpfosten. Er nahm Kathryn in seine Arme, und sie verbarg ihr schweißnasses Gesicht an seiner Brust.

Maude streifte das blaue Nachthemd über Kathryns gewölbten Leib und entblößte ihren Körper bis zu den Brüsten. »Es ist ein großes Baby«, sagte die Haushälterin. »Das muß ein Junge werden.«

Kathryn lächelte Hugh schwach an, und er küßte ihre verschwitzten Brauen. Im gleichen Augenblick verkrampfte eine weitere Wehe ihren Körper, und in ihrem Schmerz spürte Kathryn, wie eine warme Flüssigkeit zwischen ihre Schenkel rann.

»Hier ist das Wasser«, rief Maude vom Fußende des Bettes. »Katie, Sie müssen pressen, wenn ich es Ihnen sage, aber nicht eher.«

Kathryns Schmerzen ließen nicht mehr nach, da die

Wehen nun in immer kürzeren Abständen einsetzten. Der Schmerz umfing sie wie ein undurchdringlicher Nebel und ließ sie alles außer der einen befehlenden Stimme vergessen.

»Pressen!«

Wie von weither vernahm Kathryn den Befehl und gehorchte.

»Da ist schon der Kopf«, rief Maude.

»Pressen!«

Kathryn preßte mit aller Kraft. Hughs Blick hing wie gebannt an dem dramatischen Ereignis, das sich zwischen ihren bebenden Schenkeln abspielte.

»Ich habe die Schultern«, schrie Maude. *»Pressen!«*

Unter einem letzten schmerzhaften Aufbäumen brach Kathryn zusammen, und das Baby glitt aus ihrem erschöpften Körper. Maude reinigte den Mund des Babys, hauchte Luft in die winzigen Atemwege und schlug dem Kind auf den Rücken. Mit breitem Grinsen hielt sie dann das schreiende Bündel hoch, so daß Hugh die kleinen männlichen Geschlechtsteile erkennen konnte.

»Ein Sohn!« schrie er freudig.

Maude legte das Baby vorsichtig auf den Bauch seiner Mutter zurück. Zornig über seine gnadenlose Auslieferung in diese Welt schrie das Baby weiter.

»Er hat deine Stimme«, sagte Kathryn und betrachtete Hugh, der seine über alles geliebte Frau anlächelte.

Maude durchtrennte und verknotete die Nabelschnur, dann reichte sie das Baby an Polly weiter, die es waschen und anziehen sollte, damit es den Wartenden im Saal gezeigt werden konnte. Um Kathryn würde sie sich kümmern.

Hugh küßte seine Frau und murmelte ihr seinen Dank ins Ohr. Wie von magischer Kraft angezogen, folgte er dann Polly durch das Zimmer, um seinen Sohn genauer zu betrachten.

Bald schon hielt Kathryn ihren schlafenden Sohn wieder beschützend in den Armen.

»Ich danke dir für meinen Sohn«, sagte Hugh und küßte sie auf die Wange.

»*Unseren Sohn*«, berichtigte ihn Kathryn. »Ist er nicht wunderschön? Nun, ich glaube, er ähnelt dir. Sein Haar und sein Teint sind von dir, ganz zu schweigen von seinem Temperament.«

»Ich muß ganz ehrlich sagen, daß ich noch nie ein schöneres Baby gesehen habe«, stimmte Hugh ihr zu und zog sich einen Stuhl an ihr Bett. Die stolzen Eltern widmeten sich der Betrachtung des aufregendsten Ereignisses, das sie jemals gesehen hatten — ihres schlummernden Sohnes.

»Welchen Namen sollen wir ihm geben?« fragte Kathryn und durchbrach ihr Schweigen.

»Wollen wir diplomatisch vorgehen oder nicht?«

»Ich würde ihn gern nach deinem Vater benennen«, antwortete Kathryn. »Matthew ist ein schöner Name.«

»Matthew *Timothy* Conn O'Neill«, murmelte Hugh voller Rührung.

»Ich danke dir, mein Geliebter«, sagte Kathryn. »Der zukünftige Graf von Tyrone sollte enge Beziehungen zu beiden Seiten des Meeres pflegen. Was hältst du davon, wenn wir ihm zwei Patenpaare aussuchen?«

Angetan von dieser Idee, lächelte Hugh erfreut. »Lord und Lady Burke wären sicherlich ganz hervorragende Paten.«

Kathryn nickte zustimmend. »Mein Bruder ist ein Günstling bei Hofe und wäre eine vortreffliche Wahl für einen englischstämmigen Paten.«

»Und die entsprechende Patin?« fragte Hugh. »Hast du Lust, deine Schwester Brigette darum zu bitten?«

»Aufgrund ihrer Eheschließung ist Brigette Schottin«, entgegnete Kathryn. »Warum eigentlich nicht großmütig denken? Die Königin könnte ihr eigenes Patenkind wohl kaum zurückweisen, den Neffen eines ihrer Günstlinge. Außerdem ist das bestenfalls ein Ehrenamt. Die Königin wird Matthews englische Patin.«

»Meine Geliebte, du denkst mit jedem Tag mehr wie ich.«

»Das hast du bislang noch gar nicht erwähnt«, ermahnte ihn Kathryn. »Du sagtest irgend etwas von Logik außen vor lassen . . .«

»Laß uns das alles vergessen«, unterbrach Hugh sie.

»Bis zum nächsten Mal.«

Hugh lachte, denn sie hatte den Nagel auf den Kopf getroffen. »Ist es erlaubt, daß Matthew mich in den großen Saal begleitet?«

»Ja, aber nur für ein paar Minuten, und er muß warm eingepackt werden.« Kathryn zwinkerte ihm zu. »Polly wird dich begleiten. Vielleicht braucht Patrick einen kleinen Anstoß.« Am anderen Ende des Zimmers lief Polly dunkelrot an, und Maude prustete vor Lachen.

In Begleitung von Kathryns Zofe trug Hugh seinen Sohn die Treppe hinunter. Seine Soldaten und Bediensteten hatten sich im großen Saal versammelt. Seinen Sohn fest an die Brust gepreßt, marschierte Hugh zu der erhöhten Ehrentafel, und ein erwartungsfrohes Lächeln huschte über die Gesichter der Anwesenden.

»Meine Damen und Herren!« rief Hugh grinsend. »Ich präsentiere Ihnen Matthew Timothy Conn O'Neill, den Erben von Dungannon.«

Lautes Jubelgeschrei ertönte aus den Reihen der Soldaten und der Dienerschaft. Stolz betrachtete Hugh seinen Sohn, der seine Augen aufgrund des Lärms verwundert geöffnet hatte. Hugh bestaunte das Baby. Hellblaue Augen, die sicherlich noch smaragdgrün werden würden, blickten ihm aus dem winzigen Gesicht seines Sohnes entgegen.

Das Haar und seinen Teint hat er von mir, dachte Hugh, *aber die Augen sind von seiner Mutter. Er ist die gelungene Mischung zwischen dem Vater, der ihn gezeugt, und der Mutter, die ihn geboren hat.*

Hugh hob den Jungen hoch, so daß alle das kleine Wunder bestaunen konnten, das er geschaffen hatte.

Wieder ertönte Jubelgeschrei, und Matthew Timothy Conn O'Neill fing an zu weinen, weil er sich gestört fühlte.

»Zu Matthews derzeitigem Alter paßt es besser, wenn er bei seiner Mutter ist.« Hugh übergab Polly seinen schreienden Sohn. Ihr zuzwinkernd meinte er: »Außerdem habe ich vor, mit jedem der hier Anwesenden auf die Geburt meines *ersten* Sohnes anzustoßen.«

Polly lächelte über seine Betonung und durchquerte den Saal. In der Nähe des Eingangs lehnte Patrick an der Wand und beobachtete das Geschehen. Als besonders anziehend empfand er den Anblick seiner Frau, wie sie das Baby in ihren Armen hielt.

Als sie an ihm vorüberging, errötete Polly heftig. *Dieses* Lächeln und der Glanz in den Augen ihres Mannes waren unmißverständlich.

Patrick wandte sich um, um ihre wiegenden Hüften von hinten zu betrachten. Bald schon, entschied er, würde sein eigener Sohn an den Brüsten seiner Frau saugen. Von diesem Gefühl beflügelt, schlenderte er zur Ehrentafel, um Hugh zu beglückwünschen und auf das Wohl von Dungannons Erben zu trinken.

Erst sehr spät stieg Hugh unsicheren Schrittes die Treppe hinauf und steuerte auf Kathryns Schlafzimmer zu. Leise trat er ein, ging zum Bett und betrachtete dann mit liebevollem Blick seine Frau und seinen Sohn.

Er setzte sich in den Sessel neben dem Bett und beobachtete lange seine schlafenden Angehörigen. Ein Gähnen unterdrückend stand er schließlich auf und küßte seine Ehefrau auf die Stirn.

»Mach dir keine Sorgen, mein Sohn«, flüsterte er. »Du wirst noch viele Brüder und Schwestern bekommen.«

Lächelnd betrachtete Hugh seine schlafende Frau. Bald schon würde Kathryn wieder mit ihm das Bett teilen.

20

»Verflucht, daß ihr Herz wie ein Eispanzer ist«, knurrte Hugh, während er allein vor sich hin brütend in seinem Arbeitszimmer saß.

Kathryn hatte sich von der Geburt erholt, aber ihre Ängste ließen sie immer noch Distanz wahren. Der Himmel allein wußte, wie sehr sich Hugh bemüht hatte, ihr die Furcht zu nehmen, doch es endete jedesmal damit, daß sie weinte und ihn um mehr Geduld anflehte. Wer hätte gedacht, daß es Turlough selbst im Grab noch gelang, seine Ehe zu zerstören? Bald schon war Dungannon anläßlich Matthews Taufe voller Gäste, und ihm blieb keine Gelegenheit mehr, seine Frau zu verführen.

Plötzlich wurde die Tür geöffnet. Kathryn stand da, und ihre unvergleichliche Schönheit verschlug ihm fast den Atem.

Sie trug einen jagdgrünen Rock aus weichem Samt und dazu eine schlichte weiße Leinenbluse, deren weite Ärmel an den Handgelenken geknöpft waren. Kragen und Ärmel der Bluse waren ebenso wie der Rocksaum mit goldfarbenen Paspeln eingesäumt. Ihr glänzendes, kupferrotes Haar trug sie in der Mitte gescheitelt und zu zwei Zöpfen geflochten, die, von zwei schimmernden Goldklammern gehalten, in Schneckenform um ihre Ohren frisiert waren. Ansonsten war ihr Trauring ihr einziger Schmuck.

Kathryns zart gerötete Wangen waren ein Zeichen dafür, daß sie sich unentwegt um die Vorbereitungen für die Taufe kümmerte. Nach der Geburt ihres Sohnes hatte Kathryns Figur wieder ihre frühere Zierlichkeit angenommen, doch das Stillen des Babys gab ihren Brüsten mehr Fülle. Ihre jugendliche Ausstrahlung und ihre schlanke Gestalt ließen kaum darauf schließen, daß sie schon drei Kinder geboren hatte.

»Man hat Lord Burkes Gesandtschaft gesichtet«, sagte Kathryn.

»Ich komme.« Hugh stand so langsam auf, als würde er

von der Last seiner Gefühle erdrückt. Gemeinsam gingen sie ins Freie.

Ein großes Gefolge aus Soldaten, Gepäckkarren und der Kutsche der Burkes waren im Hof eingetroffen. Offensichtlich reiste Lady Fiona ungern ohne Gepäck. Das Gesinde der O'Neills kletterte auf die Wagen und war der Dienerschaft der Burkes behilflich.

Lord Burke saß von seinem Hengst ab. Übertrieben höflich und verschlagen grinsend verbeugte er sich vor Kathryn, bevor er seiner Frau aus der Kutsche half.

In ihrem dunkelblauen Reisekleid aus Samt mit passendem pelzverbrämten Umhang war Fiona so strahlend schön wie eh und je. Allerdings neigte ihre immer schon üppige Figur seit der Geburt ihrer Tochter zur Molligkeit.

Als sie Kathryn erblickte, kreischte Fiona vor weiblichem Entzücken und rannte auf sie zu. Sie fielen sich in die Arme, lachten und weinten und herzten einander.

Da sie mit Fiona beschäftigt war, entging Kathryn, was als nächstes geschah. Lord Burke wandte sich erneut der Kutsche zu, um noch jemandem behilflich zu sein. Hugh eilte herbei, um seinen Freund sowie einen weiteren unerwarteten, aber unglaublich anmutigen Gast zu begrüßen.

Die Gestalt, die der Kutsche der Burkes entstieg, war mittelgroß und mit einer alabasterfarbenen Pfirsichhaut gesegnet. Ihr Haar schimmerte wie gesponnenes Gold und ihre Augen wie blaue Saphire.

»Guten Tag und herzliche Glückwünsche zur Geburt deines Sohnes«, grinste Lord Burke und schüttelte Hugh die Hand.

»Danke«, sagte Hugh und lächelte dem unbekannten Gast zu. »Willkommen auf Dungannon. Ich bin sicher, daß diese alten Gemäuer noch nie zuvor etwas Schöneres zu Gesicht bekommen haben.«

Von diesem außergewöhnlichen Kompliment beeindruckt, lächelte die junge Dame und errötete, was ihre Schönheit nur noch verstärkte.

»Darf ich dich mit Fionas Cousine, Lady Aisling O'Brien, bekannt machen«, stellte Lord Burke sie vor. »Ich glaube, Aisling und ihr Gatte waren auf deiner Hochzeit.«

Aisling streckte sittsam ihre Hand aus. »Es ist mir eine besondere Ehre, den einflußreichsten Grafen Irlands kennenzulernen.«

Ihr holdseliges Lächeln erinnerte Hugh an einen Engel.

»Darf ich mich erdreisten zu sagen«, erwiderte Hugh ihr Kompliment, »daß Sie Ihrem Namen alle Ehre machen — Sie sind wirklich ein Traum von einer Frau.«

»Hoffentlich ein angenehmer Traum«, murmelte Aisling, die noch stärker errötete, als sie seinen interessierten Blick bemerkte.

»Ein außerordentlich angenehmer Traum«, sagte Hugh.

»Fiona wollte eine Reisegefährtin«, mischte sich Burke ein, »und Aisling ist seit kurzem Witwe.«

»Gnädige Frau, darf ich Ihnen mein herzliches Beileid aussprechen«, sagte Hugh.

»Danke, Mylord, aber ich habe meinen verstorbenen Gatten zutiefst verachtet«, erwiderte Aisling und lachte dann über das plötzliche Entsetzen in Hughs Gesichtszügen.

Aislings melodisches Lachen erregte Kathryns Aufmerksamkeit. Fiona zog Kathryn in die Richtung ihres Mannes und ihrer Cousine.

»Diese reizende junge Dame ist meine Cousine Aisling«, machte Fiona die beiden einander bekannt. »Aisling, ich darf dir Lady Kathryn, die Gräfin von Tyrone, vorstellen.«

»Wir freuen uns, daß Sie zur Taufe unseres Sohnes gekommen sind«, hieß Kathryn sie willkommen.

»Danke.« Aisling warf Kathryn einen taxierenden Blick zu. Die Gräfin von Tyrone war zwar recht apart, hielt aber einem Vergleich mit ihr nicht stand. »Die Geburt des ersten Sohnes ist stets ein freudiges Ereignis.«

Dann wandte sich Aisling wieder Hugh zu. »Ich würde

nur zu gern wissen, ob der Junge seinem attraktiven Vater gleicht.«

Hugh sonnte sich in diesem Kompliment. Kathryn blickte mit verkniffenem Blick zu der Schönheit. Irrte sie sich, oder war Aisling tatsächlich abweisend im Umgang mit ihr, dafür aber um so verbindlicher gegenüber Hugh? Den Anwesenden nach zu urteilen, fiel niemandem etwas Ungewöhnliches auf.

»Gnädige Frau, darf ich Sie ins Haus führen?« sagte Hugh und reichte ihr seinen Arm.

»Sie sind zu liebenswürdig, Mylord«, erwiderte Aisling und nahm seinen Arm. »Nennen Sie mich doch bitte Aisling. Zwischen engen Freunden sollte es keine Förmlichkeit geben. Darf ich Hugh zu Ihnen sagen?«

Grinsend nickte Hugh.

»Ich habe gehört, daß Dungannon großen Anteil an Irlands Geschichte hat«, fuhr Aisling fort. »Ich bestehe darauf, das gesamte Anwesen kennenzulernen, bevor ich wieder abreise, Hugh.«

»Es sei Ihnen gewährt«, entgegnete Hugh. »Und alles, was Sie sonst noch wünschen.«

Völlig unbeachtet stand Kathryn da und blickte ihnen nach. Dann erinnerte sie sich an ihre Pflichten als Gastgeberin, lächelte den Burkes zu und führte sie ins Haus.

Hugh führte sie in den großen Saal und bat sie, in den Sesseln vor dem Kamin Platz zu nehmen. Um die kühle Oktoberluft zu vertreiben, brannte für die Reisenden bereits ein prasselndes Feuer. Auf Kathryns Nicken hin brachte ein Dienstmädchen den besten Whiskey für die Männer und für die Frauen Glühwein.

Maeve und Shana stürmten in den Saal. Ein schleifchengeschmückter Vulcanus kam hinter ihnen hergeschossen.

Maeve machte zu Ehren der Gäste einen Hofknicks, den sie über eine Woche lang eifrig geübt hatte. Shana wollte es ihr gleichtun, doch es gelang ihr nur, mit einem lauten Bums auf ihr Hinterteil zu fallen. Vulcanus leckte ihr teilnahmsvoll das Gesicht ab, bis das kleine Mädchen kicherte und damit alle Anwesenden zum Lachen brachte. Kopfschüttelnd hob Hugh Shana auf seinen Schoß und küßte sie auf die Wange.

»Was für reizende Kinder!« rief Aisling.

»Danke.« Kathryn fragte sich, ob sie ihr erster Eindruck von dieser Frau vielleicht getäuscht hatte.

»Die Gräfin ist die Mutter der Mädchen, Sie sind aber nicht deren Vater?« fragte Aisling mit honigsüßer Stimme und schaute in Hughs Richtung. »Das stimmt doch, oder?«

Hugh warf seiner Frau einen verstohlenen Blick zu, dann räusperte er sich. »Shane O'Neill war ihr leiblicher Vater, aber ich bin der einzige Vater, den sie kennen, und ich behandle sie wie mein eigen Fleisch und Blut. Ich brauche nicht hinzuzufügen, daß ich sie über alles liebe. Nicht wahr, meine Süße?« Er küßte Shana erneut auf die Wange. Die Zweijährige sah ihren Stiefvater aus treuen blauen Augen an und schlang ihre Arme um seinen Hals.

»Ich hab' dich lieb«, erklärte sie, ihre Wange dicht an Hughs Gesicht geschmiegt. Sie gab ihm einen geräuschvollen Schmatzer auf seine Lippen und legte ihren Kopf besitzergreifend an seine Schulter. Mit ihrer weiblichen Frühreife gelang es Shana, alle anwesenden Damen, die nur zu gern ihren Platz eingenommen hätten, auszustechen — einschließlich ihrer Mutter.

Hugh amüsierte das, und Kathryn lächelte ihre Tochter nachsichtig an. Sie konnte nicht anders als sich zu fragen, ob Shanas außergewöhnliche Schönheit und ihr kokettes Verhalten ihr nicht eines Tages zum Nachteil gereichte.

»Großzügigkeit und Freundlichkeit sind Charakterzüge, die man nur selten bei so herausragenden Männern wie Ihnen findet«, bemerkte Aisling zu Hugh.

Kathryn, die gerade an ihrem Wein nippte, verschuckte sich und hustete. Als Hugh erkannte, daß sie sich auf seine Kosten amüsierte, warf er ihr einen erzürnten Blick zu. Glücklicherweise brachte Nellie genau in diesem Augenblick Matthew herein.

»Hier ist mein Prinz«, erklärte Kathryn und hob Matthew aus den Armen des Kindermädchens. Wie bei Frauen üblich, beugten sich Fiona und Aisling über den Jungen, dessen erstaunte smaragdgrüne Augen ihre ungewohnten Gesichter argwöhnisch beobachtete.

»Was für ein hübsches Baby«, schwärmte Fiona.

»Ja«, stimmte ihr Aisling zu.

Kathryn lächelte stolzerfüllt und freute sich über die Komplimente.

»Ich nehme an, daß ich bei unserer Wette noch etwas gutzumachen habe«, bemerkte Lord Burke.

Hugh lächelte entseelt. Kathryn sah zu ihm auf. Er schien von Aislings großzügigem Dekolleté gefesselt zu sein, die sich über das Baby gebeugt hatte. In diesem Augenblick keimte in Kathryns Herzen eine irrsinnige Eifersucht auf.

»Nun, ich glaube, daß der hübsche Junge seinem Vater ähnelt«, sagte Aisling. Sich dessen bewußt, daß der Graf ihre äußeren Reize genoß, beugte sich Aisling einladend vor.

Hugh lachte, ließ den Blick jedoch nicht von seiner Frau. Kathryns smaragdgrüne Augen hingen feindselig an der anderen Frau. Lord Burke, dem die gereizte Stimmung auffiel, sah seine Frau vorwurfsvoll an. Fiona schlug ihre Augenlider nieder. Aisling mitzbringen, war ein Fehler gewesen.

»Es muß Sie doch erleichtert haben, daß Lady Kathryn nach zwei Mädchen endlich den ersehnten Jungen geboren hat«, sagte Aisling in gespielter Unschuld zu Hugh. »Man weiß ja nie, nicht wahr?«

Schönheit kommt eigentlich von innen, entschied Hugh und änderte seine Meinung von Aisling. *Was diese Schönheit hier aufführt, macht sie zutiefst abstoßend.*

Kathryn wollte etwas erwidern, doch Matthew nutzte den Augenblick, um sich lautstark bemerkbar zu machen. Hugh versuchte die angespannte Situation mit Humor zu nehmen und erklärte: »Auch wenn mein Sohn mein attraktives Aussehen geerbt hat, besitzt er leider die Launenhaftigkeit seiner Mutter.«

Das hätte er besser nicht gesagt. Alle außer Kathryn lachten. Sie lächelte frostig und stand auf.

»Matthew hat Hunger«, sagte sie, während sein winziger Mund vergeblich nach ihrer Brustwarze suchte. »Wenn ihr mich bitte entschuldigt.«

»Ich bin überrascht, daß Lady Kathryn noch keine Amme eingestellt hat«, sagte Aisling.

Im Verlassen des Saals begriffen, blickte sich Kathryn bei dieser Äußerung noch einmal um und bemerkte das holde Lächeln in Hughs Richtung.

»Katie ist eine hervorragende Mutter und genießt es, die Kinder selbst zu versorgen«, verteidigte Hugh seine Frau.

»Wie aufopfernd«, bemerkte Aisling. »Aber würden Sie mir nicht zustimmen, daß ein hungriges Baby viele angenehme Tätigkeiten unterbricht, besonders nachts?«

Mit angeekelt verzogenen Lippen sah sich Kathryn ein letztes Mal um. Im nächsten Augenblick verschwand der angewiderte Zug um ihre Mundwinkel und wich einem kleinen Lächeln.

Offensichtlich enttäuscht über das Interesse, daß ihr Vater einer anderen Frau widmete, griff Shana zu anderen Mitteln, um gezielter auf sich aufmerksam zu machen. Sie umschlang den Hals ihres Vater und sah Aisling herausfordernd an.

»Ich hab' dich lieb, Papa«, erklärte Shana, als ihre Mutter gerade die Halle betrat und in heftiges Kichern ausbrach.

Als es Zeit für das Abendessen wurde, stahl sich Hugh durch die Verbindungstür in Kathryns Zimmer, wo sie neben ihrem Bett stand und ihre Schmuckkassette begutachtete. Ihm fiel auf, daß sie ihre Garderobe sehr sorgfältig gewählt hatte, denn sie sah an diesem Abend besonders reizvoll aus.

In ihre Überlegungen versunken, welchen Schmuck sie

anlegen sollte, bot Kathryn ihm den Anblick einer pfirsichfarbenen Schönheit. Ihr Kleid, das die Blicke aller auf sich ziehen würde, hatte ein enganliegendes Mieder und ein gewagtes Dekolleté, das ihre schlanke Taille und ihren üppigen Busen äußerst vorteilhaft zur Geltung brachte.

Hugh setzte sich in einen der Sessel vor dem Kamin. Er hoffte nur, daß sich ihre Laune gebessert hatte.

»Ich bin gleich fertig, Schatz«, rief Kathryn ihm über die Schulter zu.

Aufgrund ihres ungewohnt schmeichelnden Tonfalls blickte Hugh in ihre Richtung und fragte sich, welche Gemeinheit sich wohl dahinter verbarg, doch Kathryn schien vollauf damit beschäftigt, ihren Schmuck für den Abend auszuwählen. Hugh entspannte sich, streckte seine Beine aus und beobachtete selbstvergessen seine Ehefrau.

Kathryn griff in die Schmuckschatulle, zog ein Halsband aus wunderschönen, ebenmäßigen Perlen daraus hervor und hielt es vor ihr Kleid. Sie entschied sich dagegen und legte die Kette wieder zurück.

Lächelnd beobachtete Hugh sie. Er konnte sich gut vorstellen, daß sie wieder einmal ihre kleine Stupsnase gerümpft hatte.

Als nächstes betrachtete Kathryn ein außergewöhnliches Opalcollier mit einer Diamantenschließe. Nach reiflicher Überlegung legte sie auch dieses zurück.

»Ich mag Lady Aisling nicht«, bemerkte Kathryn. »Was hältst du denn von ihr?«

»Ich glaube, daß es ungerecht ist, einen Menschen aufgrund einer einzigen Begegnung zu beurteilen«, meinte Hugh.

Stirnrunzelnd dachte Kathryn nach. Dann fiel ihr Blick auf das Halsband, das für ihre Abendgarderobe wie geschaffen war, und sie lächelte durchtrieben. Aus ihrer Schmuckkassette zog Kathryn den alten keltischen Goldreif hervor — das Symbol für die auserwählte Frau des Clanchefs der O'Neills. Der Reif würde nicht nur hervorragend zu ihrem Kleid passen, sondern auch eine gezielte Botschaft an diese geschmacklose Person und ihren verblendeten Ehemann richten. Die Schmuckkassette schnappte geräuschvoll zu und Kathryn wandte sich lächelnd zu ihrem Mann um.

»Würdest du mir bitte behilflich sein?«

Hugh stand auf und durchquerte das Zimmer. Er nahm ihr die Kette ab und legte sie um ihren Hals.

»Hältst du sie eigentlich für hübsch?« fragte Kathryn, während er den Reif in ihrem Nacken schloß.

»Wen?«

»Lady Aisling.« Kathryn bemühte sich um Selbstbeherrschung, doch der gereizte Unterton in ihrer Stimme verriet sie. »Nun?«

»Recht anziehend.« Hugh, zunächst verwirrt über die offensichtliche Erregung seiner Frau, machte sich an der Schließe zu schaffen, doch dann kam ihm plötzlich die Erleuchtung.

Kathryn war eifersüchtig.

Insgeheim schmunzelte Hugh. Es stimmte, daß der Mensch immer genau das begehrte, was die anderen auch wollten. Die Aufmerksamkeit, mit der ihn Lady Aisling bedacht hatte, hatte die Eifersucht seiner Frau verursacht.

»Bist du eifersüchtig?« fragte er.

»Lady Aisling verkörpert nichts von dem, was ich als erstrebenswert ansehe«, erwiderte sie.

Versuchsweise ließ Hugh seine Hände länger als nötig auf Kathryns Hals ruhen. Mit geübten Händen massierte er ihre Schulterblätter und flüsterte ihr ins Ohr: »So angespannt, mein Schatz?«

»Vermutlich ist das die Aufregung wegen der Tauffeierlichkeiten daran schuld«, murmelte Kathryn und lehnte sich an ihn, als seine Lippen ihren Nacken streiften. Genau wie früher spürte sie die vertraute Erregung, die verlangend ihren Körper durchströmte, auch wenn sich ihr Verstand gegen die Liebkosung ihres Mannes sperrte.

Hugh drehte Kathryn zu sich um und hauchte ihr einen Kuß auf die Lippen. Lächelnd bot er ihr daraufhin seinen Arm. »Komm, wir gesellen uns zu unseren Gästen.«

Im großen Saal herrschte geschäftiges Treiben. Arm in Arm schlenderten Hugh und Kathryn auf die Ehrentafel zu. Unterwegs begrüßte Hugh zahlreiche seiner Männer, und Kathryn, von allen verehrt und geliebt, nickte ihnen lächelnd zu.

Als sie die Ehrentafel erreicht hatten, führte Hugh lächelnd Kathryns Hand an seine Lippen. Als sie sein Lächeln erwiderte, fiel ihr Blick auf Aisling, und sie bemerkte voller Genugtuung, wie die blonde Schönheit diesen Beweis ehelicher Verehrung beobachtete. Im folgenden bedachte Hugh seine Ehefrau allerdings mit der ersten von verschiedenen Verhaltensregeln, die sie im Verlauf der nächsten Tage noch auferlegt bekommen sollte.

»Unsere Gäste zu ignorieren, schickt sich nicht, Liebste«, sagte er und ließ ihre Hand los. »Wir sollten uns zu ihnen gesellen und die liebenswürdigen Gastgeber spielen.«

Ohne ein weiteres Wort zu verlieren, plazierte Hugh Kathryn an einem Ende der Tafel neben Fiona. Dann drehte er sich um und setzte sich zwischen Aisling und Burke.

Von ihrem Sitzplatz aus konnte Kathryn das lange Ende des Tisches übersehen und es entging ihr nicht, daß Aislings Abendrobe mehr zeigte, als sie verhüllte. Stirnrunzelnd beobachtete sie, wie Hugh sich dicht zu Aisling vorbeugte, um ihr etwas ins Ohr zu flüstern.

»Stimmt irgend etwas nicht?« fragte Fiona.

»Nein, nein, mir ist nur gerade die erstaunliche Ähnlichkeit zwischen dir und deiner Cousine aufgefallen.«

»Wirklich?« Fiona war überrascht. »Außer unserer Augenfarbe kann ich mir keine weiteren Ähnlichkeiten vorstellen.«

Kathryn lächelte säuerlich. »Erzähl mir von Grania.«

Während des ihr endlos erscheinenden Mahls behielt

Kathryn ein unnahbares Lächeln bei. Höflich lauschte sie dem oberflächlichen Geschnatter ihrer Freundin, die von der Empfängnis ihrer Tochter bis zu ihrer Abreise nach Dungannon nichts ausließ. Mit Adleraugen beobachtete Kathryn die Aufmerksamkeiten, die Hugh Aisling zuteil werden ließ, und ihr Gesichtsausdruck wurde zunehmend niedergeschlagener.

Als das Abendessen schließlich beendet war, blickte Hugh zum erstenmal an diesem Abend zu seiner Frau und gab ihr ein Zeichen, daß man die Soldaten ihren eigenen Vergnügungen überlassen sollte. Sie selbst wollten sich gemeinsam mit ihren adligen Gästen ins Arbeitszimmer zurückziehen. Hugh stand auf, bot Aisling seinen Arm und ließ seine Frau stehen, so daß sie ihm zusammen mit den Burkes, die sich besorgte Blicke zuwarfen, folgen mußte.

In seinem Arbeitszimmer reichte Hugh Lord Burke ein Glas Whiskey, dann bemerkte er die wachsende Verärgerung seiner Frau. Aisling war es geschickt gelungen, ihren Platz neben Hugh zu behaupten, und Kathryn fühlte sich daraufhin in ihrem eigenen Haus als Ausgestoßene.

»Sie haben einen hervorragenden Geschmack, was Juwelen anbelangt«, sagte Aisling zu Hugh. »Ich bewundere den Halsschmuck ihrer Frau.«

Hugh wollte ihr antworten, doch Kathryn kam ihm zuvor. »Vielen Dank«, sagte Kathryn und schürte den Neid der anderen, indem sie mit den Fingern über den kostbaren Halsreif glitt. »Er ist ein altes Familienerbstück und gilt bereits seit Generationen als Symbol der O'Neills an ihre Auserwählten. Nur diese eine Frau darf ihn besitzen — so wie sie die Liebe des Clanchefs besitzt.«

Kathryns Warnung war unmißverständlich, und Aisling giftete sie aus saphirblauen Schlitzen an. Hugh verschüttete seinen Whiskey.

»Welche Neuigkeiten gibt es aus Dublin zu berichten?« fragte Hugh seinen Freund in dem Versuch, ein unverfänglicheres Gesprächsthema zu finden.

»W-wie bitte?« Lord Burke bemühte sich redlich, seine Erheiterung darüber zu verbergen, daß hier zwei Edelkatzen ihre Krallen ausfuhren.

Schließlich war es Fiona, der es fast noch gelungen wäre, den Tag zu retten, als sie sagte: »Katie, ich muß dir noch eine ganz delikate Geschichte erzählen ...«

»Die bei weitem delikateste Geschichte war doch die Sache mit Lady Kathryns Entführung«, beeilte sich Aisling zu erwähnen.

Sprachlos blickten die O'Neills und die Burkes zu Aisling. Hugh sah Kathryn verstohlen an und war entsetzt über den rachsüchtigen Blick, mit dem sie die andere Frau bedachte.

»Wie schrecklich das für Sie gewesen sein muß, Hugh«, fuhr Aisling fort. »Wenn die eigene Frau so erniedrigt wird, ist das doch sicherlich nicht angenehm. Um nicht zu sagen entwürdigend!«

»Aisling, wie kannst du es wagen!« schrie Fiona. »Katie hat doch nicht darum *gebeten*, entführt zu werden.«

Kathryn wurde blaß. Ihr Gesichtsausdruck spiegelte Zorn und Schmerz wider.

Wie kann diese blutrünstige Raubkatze es wagen, die Dame meines Herzens zu beleidigen! kochte es in Hugh insgeheim hoch, und er nahm sich vor, sie in ihre Schranken zu verweisen. Leider war Aisling ihr Gast und mußte deshalb höflich behandelt werden.

Sich selbst dafür verachtend zwang sich Hugh zu einem Lächeln. »Was halten Sie davon, Aisling? Morgen wäre ein schöner Tag, um uns die Ländereien von Dungannon anzuschauen.«

»Das wäre großartig«, hauchte Aisling und warf Kathryn einen triumphierenden Blick zu.

»Es wird Zeit, Matthews zu stillen«, kündigte Kathryn an und erhob sich aus ihrem Sessel. Ihrem Mann warf sie einen mißfälligen Blick zu. »Ich muß mich um den Erben von Dungannon kümmern.« Dann stolzierte sie hocherhobenen Hauptes aus dem Zimmer.

Nachdem sie einige Zeit später ihre Zofe weggeschickt und sich für die Nacht zurechtgemacht hatte, konnte Kathryn nicht einschlafen. Sie stand aus ihrem einsamen Bett auf und ging unruhig im Zimmer auf und ab. Als sie vor der Verbindungstür stand, dämmerte es ihr, daß diese das einzig wirkliche Hemmnis zu der Liebe ihres Mannes war, doch ihr fehlte der Mut, sie zu überwinden.

Wie schön Aisling doch ist, mußte Kathryn sich neidlos eingestehen. Und wie sie es genießen würde, diese blonde Hexe zurück nach Dublin oder sonst irgendwohin zu schicken — Hauptsache weit genug entfernt von Dungannon.

Es war eigentlich nicht Aislings Verschulden, daß sie sich zu Hugh hingezogen fühlte. Er besaß viele anziehende Eigenschaften — Attraktivität, Charme, einen Titel, Reichtum — und, so hoffte Kathryn zumindest, Ehrbarkeit und Loyalität.

Und es war auch nicht Hughs Verschulden, daß ihn eine andere Frau anzog, dachte Kathryn im stillen. Aisling war außergewöhnlich reizend und bot ihm genau das, was sie ihm schon seit langem verwehrte. Es würde sich alles zum Guten wenden, wenn sie sich endlich ihrem Ehemann hingeben könnte.

Kathryn griff mit zitternder Hand nach dem Türknauf, zuckte jedoch rasch zurück. Schluchzend preßte sie ihre Stirn gegen die Verbindungstür, denn sie hatte ihre Tränen den ganzen Abend zurückgehalten.

In seinem eigenen Schlafzimmer hörte Hugh das unterdrückte Schluchzen und schlich sich durch den Raum, bis er vor der Verbindungstür stand. Er sehnte sich danach, Kathryn zu trösten, wollte schon nach dem Türknauf greifen, doch auch seine Hand zuckte zurück, als hätte er sich verbrannt.

Soll sie ruhig weinen, entschied Hugh und widerstand dem bitterlichen Schluchzen. Kathryn würde ihm niemals nachgeben, wenn er Mitgefühl zeigte.

Hugh durchquerte leise den Raum und legte sich ins

Bett, doch das herzzerreißende Schluchzen verfolgte ihn. Er rollte sich auf den Bauch und bedeckte sein Gesicht mit einem Kissen, damit er die qualvollen Geräusche nicht mehr hören mußte.

Am späten Vormittag des folgenden Tages steuerten Hugh und Aisling als letzten Punkt ihrer Besichtigung den Vorhof zu den Stallungen an. Die Tatsache, daß eine vornehme junge Adlige seine Stallungen sehen wollte, stimmte Hugh heiter, dennoch verkniff er sich das Lachen, als er seinen hübschen Gast hineinbat.

Was Aisling anbelangte, so hoffte sie, daß sich in diesem Bereich niemand aufhielt und sie ihre Absichten, Hugh als Liebhaber zu gewinnen, weiter vorantreiben konnte. Sollte sie Erfolg haben, so wäre sie, wenn er nach Dublin käme, die verwöhnte Mätresse dieses einflußreichen Mannes. Natürlich würde er seine Frau und seine Kinder auf Dungannon zurücklassen, während sie sich an seinen kostbaren Geschenken erfreute.

Sable, Kathryns kostbarster Besitz, lenkte Aislings Aufmerksamkeit auf sich. »Ich habe noch nie ein schöneres Pferd gesehen«, meinte sie.

»Sable war eines meiner Geschenke an Kathryn«, erklärte ihr Hugh und folgte ihrem Blick zu der prachtvollen Stute.

»Wie großzügig Sie sind«, murmelte Aisling. Ihre saphirblauen Augen blitzten vor Bewunderung auf, und ihre zarte Haut errötete leicht.

»Möchten Sie morgen früh einen kleinen Ausritt machen?« fragte Hugh.

»Ich würde zu gern auf Sable reiten«, erwiderte Aisling in dem Glauben, der Graf hätte ausgesprochenes Interesse an ihren Reizen. Wie hätte es auch anders sein sollen?

»Nun ...« Hugh zögerte, nicht gewillt, die Gefühle seiner Frau zu verletzen. Schließlich gehörte Sable ihr.

»Ich bin sicher, daß Lady Kathryn nichts gegen einen kurzen Ausritt einzuwenden hätte«, beharrte Aisling. »Ich werde sie selbstverständlich um Erlaubnis bitten.«

»Nun gut«, stimmte Hugh wider besseres Wissen zu.

Er bot ihr seinen Arm. Über Belanglosigkeiten schwatzend kehrten sie in den Hof zurück, wo er sie zu den anderen Damen schickte.

Als sie durch den Park streifte, erspähte Aisling Fiona und Kathryn. Sie saßen auf einer Bank mit dem Rücken zu ihr. Irgend etwas an ihrer Haltung deutete darauf hin, daß sie ein vertrauliches Gespräch führten. In der Hoffnung, etwas für ihre Zwecke Aufschlußreiches zu erfahren, versteckte sich Aisling im Gebüsch und lauschte.

»Ich weiß, daß dich etwas bedrückt«, sagte Fiona gerade. »Ist es etwa Aisling?«

»Zum Teil«, gab Kathryn zu. »Ich weiß, daß sie ein Auge auf meinen Ehemann geworfen hat.«

»Das tut mir leid«, entschuldigte sich Fiona. »Ich habe nicht darüber nachgedacht, daß so etwas passieren könnte. Im Anschluß an die Taufe werde ich darauf bestehen, daß wir umgehend nach Dublin zurückkehren.«

Im Gebüsch verzog Aisling angewidert das Gesicht.

»Ein Großteil der Schuld liegt allerdings bei mir selbst«, sagte Kathryn.

»Wie meinst du das?«

Kathryn wollte etwas sagen, doch dann zögerte sie und senkte beschämt den Blick. Dann holte sie tief Atem und gab zu: »Hugh und ich sind nicht mehr intim.«

»Ach, meine arme Liebste! Das tut mir so leid.«

Kathryns Kopf schnellte zu ihrer Freundin um. »Es war meine Entscheidung, nicht seine.«

Fionas Mund blieb vor Überraschung offenstehen. »Du liebst Hugh. Warum verweigerst du ihm dann dein Bett?«

»Ich ... ich ... habe Angst«, antwortete Kathryn. »Turlough ...« Unfähig, ihren Satz zu beenden, schwieg sie.

Vor intimen Körperkontakten hatte Fiona noch nie Angst gehabt. »Was ist denn passiert?« fragte sie vorsichtig und darum bemüht, ihre Freundin nicht zu bedrängen.

»Ich ...« Kathryn errötete. »Er hat mich angefaßt.«

»Du warst seine Gefangene.«

»Aber ich verachtete Turlough und fühle mich so ... so schmutzig«, erklärte Kathryn. »Was ist denn, wenn Hugh ... verstehst du ... und ich nicht mehr ...?«

Über Fionas Gesicht glitt plötzlich ein Ausdruck der Erleichterung, und sie schmunzelte. Dann mußte sie kichern. Dieses leise Kichern entwickelte sich zu einem herzlichen Lachen, bis ihr unwillkürlich Tränen über die Wangen strömten. Schließlich hielt sich Fiona den Bauch vor Lachen und rang, von Schluckauf geplagt, nach Atem.

Entsetzt blickte Kathryn sie an. Wie konnte ihre Freundin ein so schreckliches Geständnis nur lustig finden?

»Katie O'Neill, wie ist es möglich, daß du zwei Männer geheiratet und ihnen drei Kinder geboren hast, aber trotzdem so unglaublich naiv bist?«

»Wie meinst du das?« fragte Kathryn verstört.

Die erfahrene Fiona zog eine Braue hoch. »Ich war an meinem Hochzeitstag keine Jungfrau mehr. Hältst du mich deshalb für unrein, weil mich vor Michael bereits ein anderer Mann berührt hat?«

»Nun ...«, meinte Kathryn zögernd, weil sie ihre Freundin mit ihrer Antwort nicht vor den Kopf stoßen wollte.

»Herzlichen Dank«, sagte Fiona ironisch und grinste. »Obwohl mein Ehemann es besser wissen sollte, glaubt er, daß ich so unschuldig wie eine Jungfrau bin. Nun, zumindest beinahe. Und Hugh denkt das gleiche von dir. Verliebte Männer sind manchmal ziemliche Dummköpfe.«

Ungewollt mußte Kathryn lachen.

»Ich kann dir nur raten, so schnell wie möglich mit deinem Mann ins Bett zu gehen«, sagte Fiona.

Als sie hörten, daß sich jemand näherte, blickten sich die beiden Frauen überrascht um. Hinter dem äußerst bezaubernden Lächeln, das Aisling aufgesetzt hatte, versteckte sich kalter Zorn gegenüber ihrer Cousine. Mit etwas Glück würde Lady Kathryn Fionas Rat allerdings nicht befolgen.

Die meisten Bediensteten im Schloß erhoben sich gerade aus ihren Betten, als Kathryn bereits sehr früh am nächsten Morgen zu den Ställen ging. Sie hatte wieder eine lange, schlaflose Nacht allein in ihrem Bett verbracht, und unter ihren Augen zeichneten sich dunkle Ringe der Erschöpfung ab. Auf wundersame Weise hatte sich die Gräfin in einen schmuddeligen Jungen verwandelt, da sie abgenutzte Reitkleidung trug, die aus enger Hose, Hemd, Kappe und bequemen Lederstiefeln bestand.

Ein langer Ritt auf Sable würde ihren angespannten Nerven guttun, dachte Kathryn. Danach würde sie mit diesem albernen Flittchen schon fertig werden, das sich erdreistet hatte, in ihr Haus einzudringen.

Als sie in den Vorhof zu den Stallungen einbog, bot sich Kathryn ein Anblick, der sie abrupt innehalten ließ. Hugh saß auf seinem Hengst, und dieses alberne Flittchen thronte majestätisch an seiner Seite.

Aisling hatte Kathryn zuerst bemerkt und warf ihr einen triumphierenden Blick zu. Der zufällige Beobachter hätte meinen können, daß Aisling die Gräfin und Kathryn ihr Stallknecht war.

Kathryns Blick fiel auf das Pferd, auf dem Aisling thronte, und ihre Augen weiteten sich plötzlich vor Zorn. »Was hat das zu bedeuten?« wollte sie wissen.

Beim Klang der Stimme seiner Ehefrau drehte sich Hugh lächelnd zu Kathryn um und bemerkte dann ihren Aufzug. Hugh musterte Kathryns jungenhafte Erscheinung mißfällig von oben bis unten, dann betrachtete er Aisling, als wollte er die beiden vergleichen. Sein Kopfschütteln zeugte von der Tatsache, daß seine Frau der strahlenden Schönheit an seiner Seite einfach nicht das Wasser reichen konnte. Hughs Blick war auf Kathryn gerichtet.

»Aisling und ich werden ausreiten«, antwortete er. »Willst du uns begleiten?«

»Sable gehört mir«, beharrte Kathryn. »Sag ihr, daß sie von meinem Pferd absitzen soll.«

Hugh warf seinen Kopf herum, um Aisling anzusehen, doch diese wich seinem Blick aus. Offensichtlich hatte ihn die Dame angelogen, was Kathryns Erlaubnis in bezug auf Sable anging. Nun, daran ließ sich nun auch nichts mehr ändern. Hugh erkannte, daß er sprichwörtlich zwischen zwei Übeln zu wählen hatte. Er würde einfach an die Höflichkeit seiner Frau appellieren und später versuchen, die Sache aufzuklären. Was blieb ihm anderes übrig?

»Katie, die Ställe sind voller Pferde«, sagte Hugh und deutete auf die Scheune. »Such dir ein anderes aus.«

»Ich will aber Sable.« Kathryn stampfte zur Bekräftigung mit dem Fuß auf.

»Sable gehört dir, weil ich sie dir geschenkt habe«, erwiderte Hugh mit wachsender Verärgerung. »Du vergißt, daß Aisling unser Gast ist. Entschuldige dich bitte sofort.«

Augenblicke verstrichen, in denen sich Kathryn und Hugh zornig anfunkelten. Schließlich durchbrach Hugh das quälende Schweigen. »Wir warten hier auf dich.«

»Fahr zur Hölle!« brach es aus Kathryn hervor, und sie bedrohte ihn mit ihrer Faust. »Und nimm deinen ehrenwerten Gast gleich mit!« Mit diesen Worten machte sie kehrt und stolzierte wieder ins Haus zurück.

»Komm sofort zurück!« schrie Hugh. Aufgrund seines Befehlstons beschleunigte Kathryn und verfiel in Laufschritt. Hugh mußte ein anerkennendes Lächeln unterdrücken. Diese enge Reithose betonte die aufreizende Kehrseite seiner Frau äußerst vorteilhaft.

»Es tut mir leid, wenn ich der Auslöser solcher Unannehmlichkeiten bin«, entschuldigte sich Aisling, um seine Aufmerksamkeit wiederzuerlangen.

»Unsinn«, sagte Hugh, wobei er den Wunsch unterdrückte, sie kräftig zu schütteln. »Bitte nehmen Sie statt Kathryns meine Entschuldigung an.«

Aisling lächelte. »Wie könnte ich einem so attraktiven Mann auch nur irgend etwas abschlagen?«

Unter den neugierigen Blicken der herumlungernden Dienerschaft stürmte Kathryn in die Eingangshalle, raste die Stufen hoch und schlug die Zimmertür hinter sich zu. Sie eilte zum Fenster und sah nach draußen.

»Hier ist sie«, klang Maudes irritierte Stimme von der Tür, und dann kam sie ins Zimmer geeilt. »Ich dachte, du hättest sie nirgends finden können.«

Kathryn blickte in Richtung der Stimme. Als Maude ihren traurigen Gesichtsausdruck bemerkte, nahm sie Nellie den schreienden Matthew aus den Armen und winkte das Kindermädchen nach draußen.

Kathryn setzte sich in einen der Sessel vor dem Kamin und entblößte ihre Brüste. Ohne etwas zu sagen, nahm sie der Haushälterin ihren wütend brüllenden Sohn ab und reichte ihm eine ihrer Brustwarzen. Matthew beruhigte sich sofort, konnte er doch endlich seinen Hunger stillen.

»Ich werde meinen Ehemann verlieren«, stöhnte Kathryn und blickte Maude besorgt an. Ihre Unterlippe zitterte bei dem krampfhaften Versuch, ihre Tränen zurückzuhalten.

»Das ist auch kein Wunder«, antwortete die Haushälterin aufrichtig. »Schließlich ist es auf Dungannon ein offenes Geheimnis, daß Sie nicht das Bett mit dem Grafen teilen.«

»Kümmere dich um deine eigenen Angelegenheiten«, fuhr Kathryn sie an.

»Ob es Ihnen gefällt oder nicht, Sie werden mir jetzt zuhören«, konterte Maude. »Ich habe Sie hier in diesem Hause als Shanes Braut willkommen geheißen, und als er starb, war ich für Sie da. Ich habe mich um zwei Ihrer Kinder gekümmert und Sie über den Verlust eines weiteren hinwegzutrösten versucht. Und ich war diejenige, die sich um Sie gekümmert hat, als Sie bei Turlough mit dem Schlimmsten rechnen mußten. Ich bin Ihnen in all der Zeit eine bessere Mutter gewesen als Ihre leibliche, und deshalb werden Sie mir jetzt zuhören.«

Betroffen ließ Kathryn ihren Kopf hängen. »Es tut mir leid.«

»Das klingt schon besser«, schnaubte Maude. »Verraten Sie mir etwas, lieben Sie den Grafen eigentlich?«

»Ja.«

»Dann kämpfen Sie um ihn.«

»Aber wie?«

Maude grinste. »Die Antwort kennen Sie selbst.«

»Ich kann es nicht tun.«

»Es ist Ihnen doch klar, daß er nicht wie ein Mönch leben kann, ganz zu schweigen davon, daß es vollkommen unnatürlich wäre«, entgegnete Maude. »Er liebt Sie, aber auch die Liebe hat Grenzen. Gehen Sie zu ihm, und er wird Sie zärtlich behandeln. Glauben Sie mir, Hugh O'Neill ist nicht Turlough.«

»Ich werde darüber nachdenken.«

Maude nickte und wollte den Raum verlassen, blieb jedoch in der Tür noch einmal stehen und warnte sie: »Lady Aisling ist eine echte Schönheit. Denken Sie nicht zu lange darüber nach, denn sonst ist es vielleicht zu spät.« Dann fiel die Tür hinter ihr ins Schloß.

Kathryn runzelte die Stirn. Sie blickte auf Matthew hinunter, der mit halbgeschlossenen Lidern genüßlich an der Brust seiner Mutter saugte.

»Immer noch hungrig?« scherzte sie. »Jetzt ist die andere dran.«

Beinahe gesättigt protestierte Matthew schwach, als sie ihn an der anderen Brust anlegte.

»Was meinst du dazu, mein kleiner Prinz?« fragte Kathryn ihn zärtlich beobachtend. »Was soll deine Mama tun?«

Beim Klang ihrer Stimme riß Matthew an ihrer Brustwarze die Augen auf, saugte dann allerdings stumm und zufrieden weiter.

21

Die Kapelle von Dungannon war zum Bersten gefüllt mit Ehrengästen, Angehörigen der O'Neill-Familie, Soldaten und dem Fußvolk, die alle der Taufe von Matthew Timothy Conn O'Neill beiwohnen wollten. Eines Tages würde dieses Kind das Oberhaupt der Familie sein.

Die O'Neills und die Burkes standen an dem blumengeschmückten Altar vor dem Dorfgeistlichen. Den zappelnden Matthew in den Armen haltend, stand Lord Burke gemeinsam mit seiner Frau inmitten der stolzen Eltern. Kathryn stand links von Fiona und Hugh zur Rechten von Lord Burke.

Als der Geistliche mit seiner Predigt begann, betrachtete Kathryn ihren Gatten und musterte unbewußt dessen Körper, angefangen mit seinen schwarzen Lederstiefeln. Als ihr Blick auf seine Männlichkeit fiel, blitzten ihre smaragdgrünen Augen bei der Erinnerung an längst vergangene Leidenschaften auf.

Würde sie ihn verlieren, wenn sie nicht bald wieder das Bett mit ihm teilte? fragte sich Kathryn und ihr Blick wanderte zu seinem Brustkorb, der von einem Seidenhemd und einem Samtjackett verhüllt wurde. Wie konnte sie seinen Verlust ertragen, wo sie ihn doch über alles liebte?

Schüchtern errötend fiel Kathryns Blick auf sein Gesicht. Hughs Mundwinkel verzogen sich zu einem rätselhaften Lächeln. Sein durchdringender, glühender Blick zog sie in seinen Bann.

Ganz langsam glitt Hughs Blick über ihren Körper. Seine dunklen Augen verzehrten die wohlgeformten Rundungen ihrer Hüften und ihre üppigen Brüste.

Kathryn fühlte sich beinahe nackt. Ein vertrautes und zugleich aufreizendes Prickeln durchströmte ihre Lenden. Als Hugh, der sich der Wirkung seiner lustvollen Prüfung bewußt war, sie vielsagend anblickte, liefen ihre Wangen dunkelrot an.

Mein Gott! dachte Kathryn, unfähig, ihren Blick von

ihm zu lösen. Wie konnte er ihr das vor einem Mann der Kirche und einer zum Bersten gefüllten Kapelle antun? Das war ungeheuerlich!

Als Matthew mit dem Weihwasser benetzt wurde, trat er schreiend um sich und brach den sinnlichen Zauber, den Hugh auf Kathryn ausgeübt hatte. Lord Burke war froh, das zappelnde Kind an seine Patin weitergeben zu können. Zu Kathryns Erleichterung war die Zeremonie bald darauf zu Ende, und alle Anwesenden brachen in den großen Saal auf.

Es herrschte feierliche Festtagsstimmung, als sich der riesige Raum mit Gästen füllte. Kathryn nahm Matthew aus Fionas Armen und stellte sich neben Hugh, um die vielen Gäste zu Ehren ihres Sohnes willkommen zu heißen. Stolz stellten sie allen Ankömmlingen den zukünftigen Erben von Dungannon vor.

»Großer Gott im Himmel«, flüsterte Hugh. »Es scheint mehr O'Neills in Ulster zu geben als Bettler in England.«

»Um es einmal so auszudrücken, die Iren sind recht fruchtbar«, meinte Kathryn schmunzelnd. »Ich bin jedoch sicher, daß sie nicht nur zu Ehren unseres Sohnes gekommen sind, sondern auch, um einen Blick auf den berühmt-berüchtigten Grafen zu werfen.«

»Vielleicht wollten sie dich begutachten«, konterte Hugh. »Dieses ungewöhnliche Frauenzimmer, dem es gelungen ist, zwei Ehemänner aus den Reihen der O'Neills vor den Altar zu zerren.«

»Wie du dich erinnern kannst, mein Lieber, war ich diejenige, die von dir vor den Altar gezogen wurde.«

Hugh wollte etwas entgegnen, doch Matthew fing an zu weinen, weil er Hunger hatte.

»Die Launen deines Sohnes sind deinen sehr ähnlich«, sagte Kathryn. »Versuch doch, ihm in Zukunft mit einem besseren Beispiel voranzugehen. Wenn du mich jetzt bitte entschuldigst, ich muß unser hungriges Baby stillen.«

Es war unmißverständlich, was der leuchtende Glanz in den Augen seiner Frau zu bedeuten hatte, dachte

Hugh, während er beobachtete, wie sie die Treppe hinaufschwebte. Seine abweisende Frau war bereit, in sein Bett zurückzukehren. Wenn es ihm gelang, sie allein anzutreffen, würde Kathryn schon in dieser Nacht wieder an seiner Seite verweilen.

Oder noch eher.

Hugh spähte durch die überfüllte Halle, und als sein Blick auf Patrick fiel, gesellte er sich zu seinem Offizier, um ihn um Hilfe zu bitten, damit er Kathryn einmal unter vier Augen sprechen konnte. Sich dessen nicht bewußt, daß er das Ziel eines anderen darstellte, verließ Hugh den großen Saal und machte sich in den Garten auf. Seine Verfolgerin, Lady Aisling, ging ihm nach.

In ihrem Zimmer stillte Kathryn ihren Sohn und ließ ihn dann bei Nellie im Kinderzimmer, um wieder zu ihren Gästen zurückzukehren. Irgendwo auf halber Treppe entschied sich Kathryn für ihren Ehemann und dafür, daß sie wieder mit ihm ein Bett teilen wollte. Als sie schließlich den großen Saal betrat, hielt sie in der Menge nach Hugh Ausschau.

Nachdem sie den einen oder anderen Gast begrüßt hatte, schlenderte sie langsam durch die Menge auf Patrick zu. »Weißt du, wo mein verschwundener Gatte ist?« fragte sie, ihn schelmisch anblitzend.

»Ich glaube, er ist nach draußen gegangen, um frische Luft zu schnappen.«

»In welche Richtung ist er gegangen?«

Patrick, der beobachtet hatte, daß Aisling ihm gefolgt war, zögerte kurz. »Ich . . . ich glaube, in den Garten.«

»Danke, ich werde ihn schon finden.«

Als sie sich abwenden wollte, ergriff Patrick mit gemischten Gefühlen ihren Arm und hielt sie auf. »Sollte nicht wenigstens einer von euch hiersein, um den Gastgeber zu spielen?«

»Ich muß unbedingt mit ihm sprechen«, sagte Kathryn und schüttelte seine Hand ab. Sie überblickte die Menge und meinte: »Unsere Gäste scheinen sich auch ohne mein Zutun zu amüsieren.« Mit diesen Worten stolzierte sie in die Halle.

Was auch immer geschehen würde, es war nicht sein Fehler, dachte Patrick, als er sie beim Verlassen des Saals beobachtete. Schließlich hatte er versucht, sie aufzuhalten.

Patrick schlenderte in die Eingangshalle. Er wollte sich dort aufhalten, um die Neugierigen abzuschirmen, und, falls erforderlich, den Verwundeten beizustehen.

Im Hof angelangt, nahm Kathryn den Hauptweg durch den Garten. Auch wenn es tagsüber noch immer warm war, so fröstelte sie doch in der herbstlichen Kühle dieses Oktoberspätnachmittags.

Während sie gedankenversunken noch einmal durchging, was sie Hugh sagen wollte, bemerkte sie plötzlich das Paar, mit dem sie überhaupt nicht gerechnet hatte. Bei diesem Anblick schwand Kathryns Fröhlichkeit, und sie fühlte sich auf einmal bleischwer.

Vor ihr auf dem Weg standen Hugh und Aisling, die sich voller Leidenschaft umschlungen hielten und deren Körper und Lippen eins zu sein schienen. Unglücklicherweise war Kathryns Zorn so groß, daß ihr nicht auffiel, wie sich ihr Mann aus der Umarmung zu lösen bemühte, ohne seine hartnäckige Angreiferin zu verletzen.

Kathryn verzog angewidert ihre Lippen, und ein leises Grollen entwich ihrer Kehle. Ohne darüber nachzudenken, packte sie Aislings blonden Haarschopf und zerrte so heftig daran, bis das Paar auseinanderstob. Damit nicht genug, stieß Kathryn in ihrer verzehrenden Wut die überraschte Frau auch noch zu Boden.

»Sie haben sich vielleicht mein Pferd erschlichen, aber meinen Ehemann bekommen Sie nicht«, fauchte sie. Mit diesen Worten wandte sich Kathryn an ihren vor Überraschung sprachlosen Ehemann.

»Ehebrecher!«

Wie ein plötzliches, heftiges Unwetter wirbelte Kathryn dann herum und rannte den Gartenweg hinunter.

»Katie!« schrie Hugh. Fluchend jagte er hinter ihr her — durch die Gärten und über den Hof bis in die Halle.

Am Fuß der Treppe streckte Hugh seine Hand aus, packte ihren Arm und zerrte sie so ungestüm zurück, daß sie mit dem Brustkorb aufeinanderprallten. Kathryn wich vor ihm zurück, als wäre er der abscheulichste Unhold, doch Hugh ließ sie nicht los.

»Du hast Aisling geküßt«, beschuldigte sie ihn.

»Nein, Aisling hat mich geküßt«, beharrte er.

»Wo, zum Teufel, liegt da der Unterschied?« schnaubte Kathryn und wand sich, um sich aus seinem Griff zu befreien.

Sie heftig schüttelnd, brüllte Hugh: »Ich liebe dich, Katie!«

Kathryn hörte auf zu kämpfen, und Hugh ließ sie los. Kathryns zorniger Blick gab unmißverständlich zu erkennen, daß sie ihn für schuldig hielt. Sie holte mit ihrer Hand aus und versetzte ihm einen kraftvollen Schlag. Nachdem sich ihre Wut gelegt hatte, sank Kathryn vor lauter Schmerz und Scham in sich zusammen, wandte sich ab und ging die Stufen zu ihrem Zimmer hinauf.

Abgewiesen beobachtete Hugh, wie sie sich zurückzog. Als sie außer Sichtweite war, setzte er sich auf die unterste Stufe und rieb sich die brennende Wange. Die Rechte seiner Frau hatte es verflucht in sich.

Schwarze Stiefel tauchten vor ihm auf, und Hugh blickte zerknirscht in ein Gesicht. »Verschwinde«, drohte Hugh. »Oder ich werde dafür sorgen, daß dein häßlicher Schädel auf einer Pike vor Schloß Dublin baumelt.«

Patrick setzte sich neben ihn. »Es ist noch nicht zu spät«, sagte er. »Wenn Katie sich wieder beruhigt hat, wird sie alles noch einmal überdenken. Schließlich hast du ihr vor allen Anwesenden im Saal erklärt, daß du sie liebst. Welche Frau hat es nicht gern, wenn ihr Ehemann ihr vor der ganzen Welt seine Liebe offenbart?«

Hugh blickte Patrick schweigend an.

»Ganz Ulster ist angenehm berührt«, fuhr Patrick fort.

»Man stelle sich vor, der mächtige Graf schwört seiner Gattin so überschwenglich seine Liebe.«

Innerlich kochte Hugh, seine Geduld für den Humor seines Gegenübers war endgültig erschöpft!

»Zieh dich für ein oder zwei Stunden zurück«, riet ihm Patrick unbekümmert. »Die Gäste werden denken, daß du und Kathryn euch eurer großen Liebe versichern müßt.«

»Scher dich zum Teufel«, knurrte Hugh, stand auf und steuerte geradewegs auf sein Arbeitszimmer zu, wo er wenigstens seinen Whiskey und seine Ruhe hatte.

Kathryn schlenderte zur gleichen Zeit verwirrt und verletzt durch ihr Zimmer. Barfuß und nur in ein elfenbeinfarbenes Seidennachthemd gehüllt, spürte sie kaum, wie die frostigen Vorboten des Winters durch das offene Fenster in ihr Zimmer eindrangen. In ihrem Unglück waren solche Widrigkeiten nebensächlich.

Ich habe Hugh für immer verloren, dachte Kathryn. Ihn zu schlagen, nachdem er ihr seine Liebe offenbart hatte, war unverzeihlich. Schließlich war ihr Ehemann kein Gott, sondern ein Mensch aus Fleisch und Blut, der gewisse Bedürfnisse hatte. Die Einsamkeit war ihre gerechte Strafe dafür, daß sie sich ihm zu lange widersetzt hatte.

»Zur Hölle mit meinem verdammten Stolz!«

Beim Klang ihrer eigenen Stimme sah Kathryn auf und bemerkte, daß sie vor der Verbindungstür stand. *Ob ich es wagen soll, jetzt zu ihm zu gehen? Wie würde er reagieren? Begehrt er mich oder Lady Aisling? Es gibt nur eine Möglichkeit, das herauszufinden.*

Mit zitternder Hand öffnete Kathryn die Verbindungstür, trat ein und schloß sie tapfer hinter sich, um sich jede Rückzugsmöglichkeit zu versperren. Dann griff sie nach den Trägern ihres Nachthemdes und streifte sie über ihre Schultern. Das Seidengewand schwebte wie ein Blütenblatt zu Boden. In ihrer betörenden Nacktheit stand Kathryn da, ihren Blick auf die Silhouette ihres schlafenden Ehemannes gerichtet.

Sie holte mehrmals tief Atem, nahm dann ihren ganzen Mut zusammen und näherte sich seinem Bett. Für einen langen Augenblick blieb sie in ihrer entblößten Schönheit stehen und betrachtete ihren Mann, doch auf einmal wurde sie von der drohenden Gefahr seiner Zurückweisung überwältigt.

Kathryn drehte sich um und wollte sich in den Schutz ihres eigenen Schlafzimmers zurückzuziehen. Ohne jede Vorwarnung schoß plötzlich eine Hand unter der Bettdecke hervor und zog sie zu sich heran.

»Kommst du zu mir ins Bett?« fragte Hugh ganz nah am Gesicht seiner überraschten Frau. »Oder gibt es irgend etwas Wichtiges, was du mit mir besprechen willst?« Erheiterung schwang in seiner Stimme mit.

»Ins Bett«, murmelte sie erleichtert und preßte ihre Lippen auf die seinen. Ihre ganze Liebe und lange verdrängte Leidenschaft legte Kathryn in diesen einen, erregenden Kuß.

Hugh erwiderte ihn und flüsterte schließlich leise: »Du bist so kalt, mein Liebling. Komm unter die Bettdecke und laß dich von mir wärmen.«

Seine Einladung nur zu gern annehmend, schlüpfte Kathryn zu ihm ins Bett. Seite an Seite lagen sie beieinander und genossen das erregende Gefühl ihrer nackten Haut. Hugh zog Kathryn auf seinen Körper, und sie spürte seine Erregung auf ihrem weichen Bauch.

»Tut es noch weh?« fragte sie.

»Jetzt nicht mehr«, antwortete er, während er ihre Wangen streichelte. »Hast du Angst, mein Liebling?«

»Jetzt nicht mehr.«

Hugh rollte sich auf ihren Körper. Sein fordernder Kuß raubte ihr den Atem, seine Zunge suchte und verschaffte sich Einlaß zu der verborgenen Süße ihres rosigen Mundes.

Dann löste sich Hugh von ihren Lippen und hauchte zarte Küsse auf ihre Schläfen, Augenlider, ihre Nase und ihre Halsbeuge. Vor Wollust stöhnend warf Kathryn ihren

Kopf zurück. Hugh verbarg sein Gesicht an ihrem Dekolleté und atmete ihren berauschend frischen Duft ein. Sie hatte ihre Furcht für immer verloren und hielt ihn eng umschlungen, sie brauchte ihn und wollte mit ihm zu einem einzigen göttlichen Wesen verschmelzen.

»Langsam, Liebling«, flüsterte Hugh. Seine verzehrenden Blicke glitten über ihren Körper, seine glühenden Lippen streiften ihren Busen und liebkosten ihre feuchten Brustwarzen. »Matthews Frühstück ...«

Hugh umschlang ihre üppigen Brüste und senkte seine Lippen, um die Muttermilch aus einer ihrer riesigen Brustwarzen zu saugen, dann wandte er sich der anderen zu. Dieses wunderbare Gefühl vermittelte Kathryn ein Prickeln in den Lenden.

Hugh löste sich von ihren Brustwarzen und glitt mit neckender Zunge über ihren seidenweichen Bauch, was sie beinahe an die Bewegungen von Schmetterlingsflügeln erinnerte. Seine Zunge berührte ihre einladende Weiblichkeit, dann bedeckte sein Mund erst einen und dann den anderen ihrer Schenkel mit Küssen. Als er ihr verlockendes Dreieck erneut erreichte, glitt Hughs Zunge zwischen ihre Schenkel und liebkoste ihre pulsierende Scham, bis ein leises, gurrendes Wimmern ihrer Kehle entwich.

»Nimm mich«, stöhnte Kathryn.

Mit seiner stolz geschwellten Männlichkeit drang Hugh tief in sie ein, bis sie ihre Lust laut hinausschrie. Kathryn wand ihre Beine um sein Becken und erwiderte jeden seiner kraftvollen Stöße, als wäre sie von Sinnen. In ihrer wild entrückten Ekstase verwandelten sie sich in unbändige Geschöpfe voller unvergleichlicher Leidenschaft.

»Hugh!« Kathryn erreichte ihren Höhepunkt, und ihre zuckenden Tiefen saugten ihn in sich auf.

Stöhnend bäumte sich Hugh auf, dann sank er auf ihren Körper zurück und vergrub sein Gesicht an ihrer Schulter. In diesem schwächsten aller Augenblicke in ihrem Leben hielt Kathryn ihren geliebten Mann fest umschlungen und beschützte ihn vor allem, was die Fluchtburg ihres gemeinsamen Bettes bedrohen konnte. Als sich ihre Erregung legte und ihr Herzschlag wieder gleichmäßiger ging, fielen die beiden Liebenden in einen befriedigten, lähmenden Schlummer ...

»Mmmm«, murmelte Kathryn im Schlaf. In der wohligen Umarmung ihres Mannes verbarg sie ihr Gesicht in seinem dunklen Brusthaar. Im nächsten Augenblick war in ihrem Schlafgemach die Hölle los.

Die Zimmertür öffnete sich mit einem lauten Knall, und Maude kam hereingelaufen. Ihr dicht auf den Fersen war Patrick, gefolgt von Maeve, Shana und Vulcanus. Hugh richtete sich in seinem Bett auf und versperrte den Eindringlingen auf diese Weise die Sicht auf Kathryn.

»Lady Kathryn ist spurlos verschwunden«, schrie Maude. »Und Matthew weint vor Hunger.«

»Ich habe in den Gärten und Stallungen nach ihr gesucht«, fügte Patrick hinzu. »Sable steht allerdings im Stall.«

Ein kupferroter Schopf lugte an Hughs Seite unter der Bettdecke hervor. »Bring Matthew hierher«, wies Kathryn Maude an und setzte sich auf, wobei sie das Laken sorgfältig bis zu ihrem Kinn hochhielt.

Mit einem breiten Grinsen blickte Patrick zu Hugh, der seinen Offizier mit hochgezogenen Brauen diabolisch angrinste. Vulcanus, der seine Herrin gewittert hatte, bellte und sprang so plötzlich auf das Bett, daß das Laken verrutschte und ihre entblößten Brüste freigab. Errötend zog Kathryn es wieder hoch. Hugh lehnte sich schmunzelnd gegen einen Bettpfosten, als Maeve und Shana ins Bett stürmten, um ihre Mutter zu begrüßen.

»Bitte, Maude«, wiederholte Kathryn, »bring meinen Sohn hierher.« Die Haushälterin eilte fort.

»Du hast ja gar nichts an, Mama«, stellte Maeve fest. »Was tust du denn da?«

Hugh kicherte und handelte sich umgehend einen strafenden Blick seiner Frau ein.

»Ich spiele mit Papa«, erklärte Kathryn ihrer Ältesten.

»Darf ich auch mitspielen?« fragte Shana.

Hugh warf den Kopf in den Nacken und prustete vor Lachen. Patrick stimmte mit ein.

»Das sind Erwachsenenspiele, meine Süße«, meinte Kathryn lächelnd an ihre jüngere Tochter gewandt.

»Wer hat Lust zum Ponyreiten?« fragte Patrick, worauf die beiden Mädchen vergnügt aufjauchzten. »Dann kommt mit mir, und wir suchen Soot.«

Ohne jede weitere Aufforderung stürmten Maeve und Shana aus dem Zimmer. Vulcanus stürzte ihnen nach, wobei er beinahe Maude mit dem weinenden Jungen im Arm umgerannt hätte.

»Patrick, sag Polly, daß ich ihre Dienste erst später benötige«, sagte Kathryn, als er sich zum Gehen wandte.

»Meine Frau wird es freuen, das zu hören, aber augenblicklich hängt sie erst einmal über dem Nachttopf.«

»Ist Polly etwa krank?« fragte Maude, hellhörig geworden.

Patrick grinste seine Schwiegermutter an. »Nein, allerliebstes Mütterlein, sie ist schwanger.« Dann war er verschwunden, doch der Klang seines Lachens hallte zurück in den Raum zu den dreien, die gedankenverloren auf den leeren Türrahmen starrten.

»Hmhm!« schnaubte Maude und überreichte Matthew seiner Mutter. »Endlich hat dieser Tunichtgut mal was Vernünftiges zustande gebracht.«

Kathryn streifte das Laken beiseite und legte ihren hungrigen Sohn an ihre Brust. Matthew saugte schmatzend an ihrer Brustwarze, als wäre er halb verhungert.

Lächelnd betrachtete Hugh seine Frau und seinen Sohn, dann rief er Maude, die gerade das Zimmer verließ, noch nach: »Richte unseren Gästen aus, daß sie uns nicht vor dem Abendessen erwarten sollen. Wenn es Probleme geben sollte, kläre sie mit Patrick.«

»Ja, Mylord.« Die Tür fiel hinter der Haushälterin ins Schloß.

Zufrieden betrachtete Hugh seinen Sohn an Kathryns Brust. »Er ist ganz schön gierig, nicht wahr?« bemerkte er.

»Seine Ähnlichkeit mit dir ist unverkennbar.«

Schmunzelnd legte Hugh seinen Arm um Kathryns Schultern. Er zog sie näher zu sich heran und kitzelte ihren empfindlichen Nacken; dieses anregende Gefühl brachte sie zum Kichern.

»Ich sollte mich wirklich um eine Amme kümmern«, sagte sie und imitierte dabei Aislings Tonfall. »Ein hungriges Baby unterbricht so viele angenehme Tätigkeiten. Was meinst du, mein ehrenwerter Graf?«

Hugh zog zärtlich ihr Gesicht zu sich hoch. Lächelnd blickte er in ihre faszinierenden grünen Augen, senkte seine bebenden Lippen auf die ihren und versiegelte sie mit einem leidenschaftlichen Kuß.

»Meine süße Gräfin«, hauchte Hugh in ihren Mund. »Ich liebe dich.«